Am Morgen des 8. September 1900 erwacht Isaac Cline, der örtliche Meteorologe von Galveston in Texas, mit einem mulmigen Gefühl. Dumpf und bedrohlich hatte er nachts den Wellengang in einem ungewohnten Rhythmus vernommen. Isaac machte sich auf den Weg zum Strand, um Windstärke, Temperatur und Luftdruck zu messen, aber außer der merkwürdig hohen Dünung bei ablandigem Wind kann er nichts Ungewöhnliches feststellen. Seiner tiefen Unruhe zum Trotz beschließt Isaac, sich auf die brandneuen meteorologischen Instrumente zu verlassen …

Isaac Clines Fehleinschätzung hat fatale Folgen: Am Abend desselben Tages ist das friedliche und wohlhabende Galveston von einem Hurrikan nie gekannten Ausmaßes dem Erdboden gleichgemacht. Isaac Cline überlebt die verheerende Naturkatastrophe mit einem gewaltigen Verlust. Tagelang irrt er durch die Straßen auf der Suche nach seiner schwangeren Frau. Zwischen den Ruinen treiben die einstigen Besitztümer der Bürger von Galveston, und ein entsetzlicher Geruch wird noch für Wochen in der Luft hängen. Acht- bis zehntausend Menschen haben in diesem Sturm den Tod gefunden.

Erik Larson erzählt nicht nur das wahre Schicksal Isaac Clines und der Menschen von Galveston, sondern parallel dazu die »Biographie« von Isaacs übermächtigem Gegenspieler, die mit dem Zusammentreffen dreier Winde irgendwo über dem Golf von Guinea beginnt. Ein aufregendes Buch über die Gewalt der Natur und die tragische Geschichte Isaac Clines, das zugleich eine Parabel auf Optimismus und Technologiegläubigkeit zu Beginn unseres Jahrhunderts ist.

Erik Larson schreibt für das *Time Magazine.* Zuvor war er lange Jahre Reporter für das *Wall Street Journal* und hat außerdem für Magazine wie *Harpers, The Atlantic, The New Yorker* und *The New York Times* gearbeitet. Larson unterrichtet das Schreiben von Non-Fiction an der Hopkins State University. Er lebt mit seiner Frau und drei Töchtern in Seattle.

Unsere Adresse im Internet: www.fischer-tb.de

Erik Larson

ISAACS STURM

Ein Mann und sein Kampf gegen den schrecklichsten Hurrikan der Geschichte

Aus dem Amerikanischen von Bettina Abarbanell

Fischer
Taschenbuch
Verlag

Limitierte Sonderausgabe
Veröffentlicht im Fischer Taschenbuch Verlag,
einem Unternehmen der S. Fischer Verlag GmbH,
Frankfurt am Main, Mai 2003

Die amerikanische Originalausgabe erschien 1999
unter dem Titel ›Isaac's Storm‹ im Verlag Crown Publishers, New York

Druck und Bindung: Clausen & Bosse, Leck
Printed in Germany
ISBN 3-596-50644-1

Für Chris, Kristen, Lauren und Erin

Inhalt

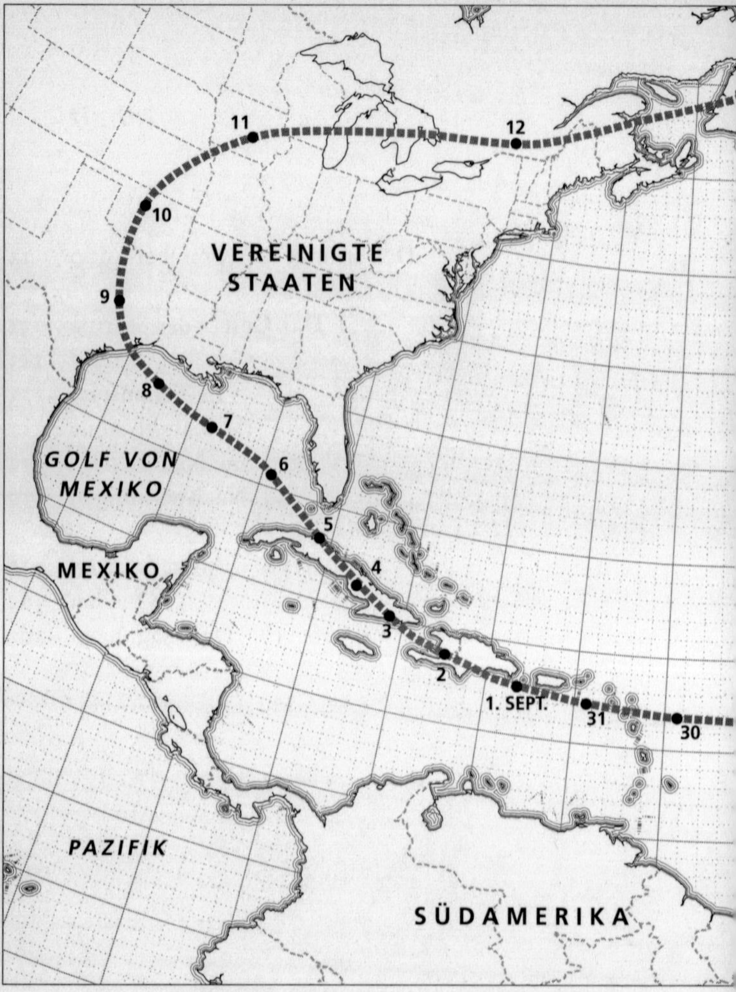

Der Verlauf des Hurrikan

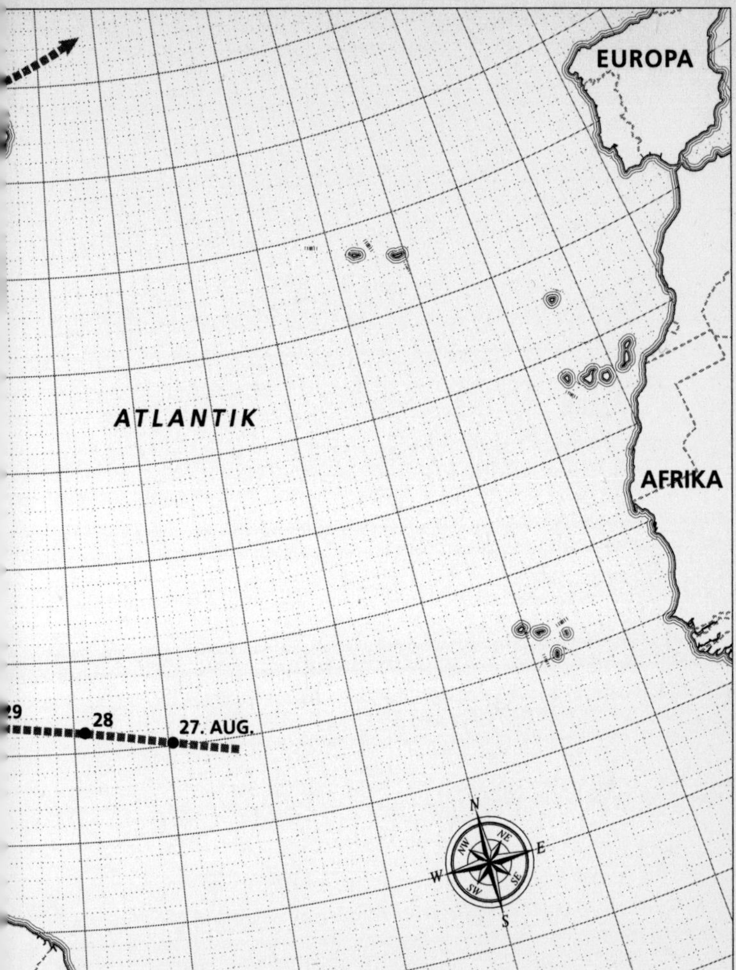
EUROPA
ATLANTIK
AFRIKA
29
28
27. AUG.
N
NE
E
SE
S
SW
W
NW

Telegramm

Washington, D.C.
9. Sept. 1900
An: Manager, Western Union
Houston, Texas

HABEN SIE ETWAS AUS GALVESTON GEHÖRT?

Willis L. Moore, Direktor des Nationalen Wetteramtes

Der Strand

8. September 1900

In der Nacht vom Freitag, dem 7. September 1900, erwachte Isaac Monroe Cline immer wieder mit dem unguten Gefühl, daß etwas nicht stimmte. Es war jene Art von Empfindung, wie Eltern sie haben und er selbst sie bei seinen drei Töchtern kennengelernt hatte, als sie Babys waren. Sie hatten, natürlich, alle geschrien, oft über erstaunlich lange Zeiträume hinweg, und damit nicht nur die Stille des Hauses der Clines, sondern damals, in der Zeit der geöffneten Fenster und unverriegelten Türen, auch den tauglitzernden Frieden der gesamten Nachbarschaft gestört. In manchen Nächten hingegen schrien die Kinder nur gerade eben lang genug, um ihn zu wecken. Dann lag er mit erschrockenem Herzen da und fragte sich, was ihn zu dieser ungewohnten Stunde in die Welt zurückgeholt hatte. Heute nacht nun war dieses Gefühl wiedergekehrt.

In den meisten Nächten schlief Isaac tief. Er war ein Geschöpf der letzten Jahrhundertwende, als der Schlaf sich allgemein leichter einzustellen schien. Die Dinge lagen für ihn klar auf der Hand. Er war rechtschaffen, glaubte an Anstand, Ehre und Fleiß. Er hielt manchmal den Kindergottesdienst. Er zahlte bar, eine Tatsache, die in einem von Giles Kreditauskunftei erstellten Register verzeichnet und zur strikt vertraulichen Behandlung bestimmt war. Das kleine rote Büchlein, das in eine Westentasche paßte, führte nahezu alle ehrbaren Bürger Galvestons auf – Polizeibeamte, Bankangestellte, Kellner, Kirchenvertreter, Tabakverkäufer,

Unternehmer, Fabrikanten und Schiffsmakler – und beurteilte sie nach ihrer Kreditwürdigkeit, eine Einschätzung, die auf geheimen, von Freunden und Feinden anonym zusammengetragenen Berichten beruhte. Ein Sternchen neben einem Namen verhieß nichts Gutes – »im Büro nachfragen« – und beschädigte den finanziellen Ruf solcher Leute wie Joe Amando, Tamale-Verkäufer; Noah Allen, Anwalt; Ida Cherry, Witwe; und August Rollfing, Maler. Isaac Cline hatte die höchste Note erhalten, ein »B« für »bezahlt zuverlässig; absolut kreditwürdig«. Im November 1893, zwei Jahre nachdem Isaac nach Galveston gekommen war, um dort die texanische Sektion des neuen Nationalen Wetteramtes zu eröffnen, schrieb ein Regierungsinspektor: »Ich denke, es gibt im ganzen aktiven Wetterdienst niemanden, der mehr substantielle Arbeit leistet als er ... Er hat ein bemerkenswert ausgeprägtes Interesse an seiner Arbeit und setzt seinen Stolz daran, seine Warte zu einer der besten und wichtigsten im ganzen Land zu machen, was sie heute schon ist.«

Auf den ersten Blick wirkte Isaac auf die meisten bescheiden und zurückhaltend, doch wer ihn besser kennenlernte, bemerkte an ihm eine Härte und ein Selbstvertrauen, die an Dünkel grenzten. Ein Photograph aus New Orleans hielt diesen Aspekt auf einem Bild fest, das in seiner Beachtung von Komposition und Lichtverhältnissen so gelungen ist, daß es ein Ölgemälde sein könnte. Der Hintergrund ist so schwarz wie Isaacs Anzug. Sein Hemd hat die Farbe bleicher Knochen. Er trägt Schnurrbart und Spitzbart und hat einen Strohhut auf dem Kopf, nicht die steife Kuchenplattenversion, sondern ein Modell mit geschwungenem Krummsäbelrand, das ihm das Aussehen eines französischen Malers verleiht. Oder eines Abenteurers. Dunkelheit erfüllt das Photo. Der Hutrand beschattet den oberen Teil seines Gesichts. Seine Augen blitzen in der Dunkelheit. Besonders auffällig ist die bedachte Haltung seiner Hände.

Die rechte ruht in seinem Schoß und umschließt etwas, das ein Paar Handschuhe sein könnte. Die linke hält er in die Luft, so daß der Diamant an seinem kleinen Finger funkelt wie ein Stern.

Diese Photographie birgt ein Geheimnis. Für den Augenblick aber genügt es zu sagen, daß das Porträt Eitelkeit suggeriert. Es deutet an, daß Isaac sich seiner selbst sowie seiner Art und Weise, den Tag zu meistern, gewiß war und sich keineswegs als bloßen Buchhalter von Niederschlägen und Temperaturen betrachtete. Er war ein Wissenschaftler, kein hergelaufener Farmer, der das Wetter an den Schmerzen in seinem rheumatischen Knie ablas. Isaac hatte einige der seltsamsten atmosphärischen Erscheinungen, denen ein Wetterexperte zu begegnen hoffen konnte, persönlich erlebt und erläutert, aber er hatte auch die Werke der meisten bedeutenden Meteorologen und physikalischen Geographen des neunzehnten Jahrhunderts gelesen, Henry Piddington etwa, Matthew Fontaine Maury, William Redfield und James Espy, und war ihnen auf ihrer Jagd nach dem Gesetz der Stürme gefolgt. Er war überzeugt, daß er alles verstand.

Er lebte in einer großen Zeit, auf dem Wellenkamm der Jahrhundertwende reitend. Der Wilde Westen war noch lebendig: Buffalo Bill Cody begeisterte mit seiner immer ausverkauften Show rund um den Globus die Massen, Bat Masterson war Sportjournalist in New Jersey, und Frank James öffnete die Tore zur Besichtigung seiner Familienranch für fünfzig Cents pro Kopf. Aber es war bereits ein neues Amerika im Entstehen begriffen, ein Amerika mit großen, übergeordneten Zielen. Teddy Roosevelt, flankiert von seinen Rough Riders, ging als Kandidat für die Vizepräsidentschaft in den Wahlkampf. US-Kriegsschiffe stachen in See, um den Boxeraufstand niederzuschlagen. Es ging das sagenhafte Gerücht, die Amerikaner würden einen Kanal bauen, um den Atlantik mit dem Pazifik zu verbinden, eine Aufgabe, an der der Vicomte de Lesseps und die

Franzosen so katastrophal gescheitert waren. Die Nation des Jahres 1900 war voller Stolz und technologischem Selbstvertrauen. Der Durchschnittsamerikaner, schrieb Senator Chauncey Depew, einer der prominentesten Politiker der Zeit, fühlte sich damals »vierhundert Prozent größer« als im Jahr zuvor.

Es war sogar die Rede davon, das Wetter zu kontrollieren – Hagel mit Hilfe von Kanonenschüssen zu bändigen und Waldbrände zu entfachen, um Regen zu erzeugen.

In diesem neuen Zeitalter schien die Natur selbst kein großes Hindernis zu sein.

Isaacs Frau Cora lag neben ihm. Sie erwartete ihr viertes Kind, und die Schwangerschaft war in einer schwierigen Phase, aber jetzt schlief sie tief und fest, ihr Bauch eine fahle Insel in der Dunkelheit.

Ohne Frage trug die Hitze zu Isaacs Schlaflosigkeit bei. Sie war schon die ganze Woche ein Problem gewesen, ja eigentlich den ganzen Sommer über, vor allem für Cora, deren Schwangerschaft ihren Körper in einen Backofen verwandelte. Die Temperaturen in Galveston waren seit Dienstag unaufhörlich gestiegen. Am Donnerstag waren über 32 Grad Celsius gemessen worden, am Freitag ebenfalls. Aufgrund der wochenlangen schweren Regenfälle hatte sich eine beinahe unerträgliche Luftfeuchtigkeit gebildet. Vor ein paar Tagen hatte Isaac in den *Galveston News* gelesen, daß eine Hitzewelle in Chicago mindestens drei Menschenleben gefordert hatte. Selbst in den nördlichsten Breitengraden herrschten ungewöhnlich hohe Temperaturen. Zum ersten Mal in der überlieferten Geschichte hatte der Beringgletscher im Gebiet des späteren Alaska zu schmelzen begonnen, reißende Flüsse entstehen lassen, Eisberge gekalbt und schließlich insgesamt etwa hundertachtzig Meter Tiefe verloren. Ein Korrespondent der Zeitschrift *The Western World* schrieb: »Der Sommer des Jahres 1900 wird uns wegen der anhaltend hohen Temperaturen, wie sie seit beinahe einer Generation nicht mehr gemessen wurden, lange als einer der bemerkenswertesten im Gedächtnis bleiben.«

Die beständige Hitze hatte das Wasser des Golfs auf Badewannentemperaturen erwärmt, ein nicht unglücklicher Umstand für all die Immigranten aus Europa, die am Hafen von Galveston, vielen als das Ellis Island des Westens bekannt, ankamen. Manche zelteten nun am Strand unweit der neuen Geschützstellungen des Militärs und stählten sich für die lange Reise gen Norden. Dort hofften sie offenes Land und Reichtum zu finden, wie es die Eisenbahngesellschaften, bestrebt, Amerikas weite, unentwickelte Prärie zu bevölkern, ihnen versprochen hatten. In einer Flugschrift mit dem Titel *Home Seekers* schrieben die Gesellschaften Atchison, Topeka und Santa Fe, das üppige Land der texanischen Küste »warte darauf, zu einer lachenden Ernte wachgekitzelt zu werden«. Die Eisenbahnplakate schilderten Texas als ein Paradies des milden Wetters, während in Wirklichkeit Hurrikans seine Küste ausschwemmten, heiße Luftströme die Äpfel an den Bäumen brieten und die sogenannten »blauen Nordwinde« die Temperaturen innerhalb von Minuten um 10 Grad fallen lassen konnten. Isaac fand diese Launen des Wetters faszinierend, und das nicht nur, weil er der Chef-Meteorologe von Texas war. Er war auch Arzt. Allerdings behandelte er keine Patienten mehr, sondern war zu einem Pionier der medizinischen Klimatologie geworden, die die Auswirkungen des Wetters auf die Menschen erforschte, ganz in der Tradition des Hippokrates, der geglaubt hatte, daß das Klima den Charakter von Menschen und Nationen bestimme.

Hippokrates hatte jedem Arzt, der an einem ihm unbekannten Ort ankam, empfohlen, zuerst »seine Lage hinsichtlich der Winde zu prüfen«.

Während die Freitagnacht allmählich in den Samstag überging, kühlte die Luft endlich ab. Die plötzliche Temperaturänderung mochte für die anderen Bewohner Galvestons eine höchst erfreuliche Überraschung sein; für Isaac war sie ein weiterer Grund zur Beunruhigung.

Er ließ seine Gedanken durchs Haus schweifen. Im Kinderzimmer war alles still. Seine älteste Tochter Allie May war jetzt zwölf, seine mittlere, Rosemary, elf und seine jüngste, Esther Bellew, sechs, aber er nannte sie noch immer sein Baby. Auch von seinem Bruder Joseph, der mit ihnen im Haus lebte, war nichts zu hören. Joseph hatte vor acht Jahren als Assistent bei ihm zu arbeiten begonnen. Noch waren sich die beiden Männer sehr nah, aber schon bald würde das Band zwischen ihnen für immer zerschnitten sein, und für den Rest ihres Lebens sollte es so aussehen, als hätten sie einander nie gekannt. Joseph war neunundzwanzig, Isaac achtunddreißig.

Isaacs Haus in der Avenue Q lag nur drei Querstraßen vom Golf entfernt. Es war vier Jahre alt; das Haus, das vorher an seiner Stelle gestanden hatte, war im November 1896 abgebrannt. Isaac hatte sein Haus auf einem Wald aus Pfählen errichten lassen, mit dem ausdrücklichen Ziel, es gegen die schlimmsten Stürme, die der Golf auf Lager hatte, unempfindlich zu machen. Es hatte zwei Stockwerke, von denen vorne wie hinten Terrassen beziehungsweise »Galerien« abgingen. Ein kleines Gebäude auf der Rückseite diente als Stall. Das Haus hatte eine ideale Lage. Sonntags schlossen sich Isaac und seine Familie dem Strom anderer Familien an, die auf der 25. Straße zu den großen, oberhalb des Golfs gebauten viktorianischen Badehäusern marschierten. Manchmal gingen sie zu Murdoch's, an anderen Tagen entschieden sie sich für das Pagoda Company Bathhouse mit seinen beiden großen achteckigen Pavillons und den schrägen Pagodendächern. Um dorthin zu gelangen, mußten die Clines einen 75 Meter langen Plankenweg entlanggehen, der am Fuß der 24. Straße begann, auf etwa fünf Meter über dem Strand anstieg und weitere 33 Meter über die Wellen hinausführte, so als hätten seine Erbauer geglaubt, das Meer ein für allemal besiegt zu haben. Ein elektrischer Draht spannte sich bis zu einem Pfahl weit draußen in der Brandung, wo er ein über dem Wasser hängendes Licht mit Strom versorgte. Abends sammelten sich dort die Badenden wie Insekten.

Isaac hörte die gewohnten Geräusche, die ein schlafendes Haus, selbst ein so robustes wie das seine, macht. Er hörte die Balken, Pfähle und Deckenträger knirschen, während das relativ neue Holz seines Heims die Feuchtigkeit der Nacht aufnahm und die letzte Wärme des Tages abgab. Er hörte das Flattern der von der Brise angehobenen Gardinen. Vermutlich waren auch Mäuse und Insekten da. Wenn die Menschen sich überhaupt zu schützen versuchten, hängten sie Zelte aus feinem, gazeartigem Netz über ihre Betten. Fliegenfenster hatte niemand.

Während Isaac horchte, drangen die Hintergrundgeräusche nach vorn. Ein Geräusch im besonderen. Eigentlich war es mehr als ein Geräusch. Wenn Isaac ganz stillag, fühlte er, wie die Druckwellen die Pfähle seines Hauses hinaufkletterten, genauso wie er die Vibration der Orgel spürte, die Cora jeden Sonntag in der Kirche spielte. Die Kinder in den Häusern am Strand, vor allem die dreiundneunzig Kinder in dem großen, traurigen St. Mary Waisenhaus drei Kilometer westlich am äußersten Rand des Meeres, liebten dieses Geräusch – sie hörten es, sie spürten es, und sie träumten davon. Für manche war jede Druckwelle das Dröhnen der britischen Artillerie im Burenkrieg oder ein Geistergewehr der toten *Maine* oder womöglich das Stampfen eines nahenden Riesen. Eines willkommenen Riesen. Der bebende Boden versprach eine herrliche Ablenkung von der trüben Gleichförmigkeit der Galvestoner Sommer, und er kam genau im rechten Augenblick: an einem Samstag. Nur noch wenige Stunden bis zum Samstagabend, dem schönsten Abend von allen.

Aber Isaac beunruhigte das Geräusch. Er wußte, daß das Stampfen von der gewaltigen Tiefseedünung herrührte, die an den Strand brandete. An den meisten Tagen war der Golf so friedlich wie ein großer Teich, und die Wellen brachen sich nicht, sondern verliefen sozusagen im Sand. Die Dünung hatte sich erst am Freitag verstärkt. Jetzt wurde das Dröhnen lauter und schwerer, jede Erschütterung tiefer.

Gegen vier Uhr morgens erwachte Isaac erneut, aber diesmal war der Grund offensichtlich. Sein Bruder klopfte leise an die Schlafzimmertür und rief seinen Namen.

Auch Joseph hatte nicht schlafen können. Als ein nicht sehr geistreicher Mann beschrieb er dieses Gefühl als eine Ahnung »drohenden Unheils«. Er war bis Mitternacht aufgeblieben und hatte mit den Instrumenten, die auf dem Dach des Levy-Gebäudes, eines vierstöckigen Backsteinhauses im Herzen von Galvestons Geschäftsviertel, aufgestellt waren, Wetterbeobachtungen aufgezeichnet. Die Barometer hatten nur eine leichte Abschwächung des Drucks registriert. Das Anemometer, das den Wind in Bechern auffing, die an entgegengesetzten Enden gekreuzter Metallstäbe befestigt waren, zeigte Windgeschwindigkeiten von 19 bis 32 Stundenkilometern an. Es konnte Windgeschwindigkeiten von bis zu 160 Stundenkilometern messen, aber bisher war diese Kapazität nie auch nur annähernd getestet worden, und kein vernünftiger Mensch glaubte, daß es je dazu kommen könnte. Den ganzen Freitagnachmittag und -abend lang hatte eine eigentümliche Schwere über der Stadt gelegen. Die Temperaturen waren bis spät in die Nacht hoch geblieben.

Keine dieser Beobachtungen reichte für sich genommen aus, um beunruhigt zu sein. Doch Isaac hatte seit einigen Tagen immer wieder Telegramme vom Hauptbüro des Wetteramtes in Washington, D. C., erhalten, die einen Sturm offenbar tropischen Ursprungs beschrieben, der Kuba überschwemmt hatte. Was Isaac nicht wußte, war, daß es einige Unklarheit über den Kurs dieses Sturms gab und Diskussionen über seinen Charakter. Die Leute vom Wetteramt in Kuba sagten, es bestünde kein Grund zur Besorgnis. Kubanische Wetterexperten, die die Hurrikanvorhersage etabliert hatten, waren anderer Meinung. Die Auseinandersetzung zwischen diesen beiden Gruppen war immer heftiger geworden – ein Ergebnis der endlosen Kampagne, die der Direktor des nationalen Wetteramtes, Willis Moore, führte, um zunehmend zentralisierte Kontrolle über die Vorhersage und die Ausgabe von Sturmwarnungen zu gewinnen. Amtlicherseits war das Wort »Tornado« seit langem verboten, weil es Panik auslöste. Panik brachte Kritik, und Kritik konnte das Amt sich nicht leisten. Anfang der Woche hatte Moore ein Telegramm nach Galveston geschickt, in dem er zum wiederholten Male klarstellte, daß nur das Hauptquartier Sturmwarnungen ausgeben könne.

Am Freitagmorgen um 11 Uhr 30 hatte Moore noch einmal telegrafiert, diesmal, um Isaac und andere Beobachter auf einen tropischen Sturm aufmerksam zu machen, dessen Zentrum im Golf von Mexiko südlich von Louisiana lag und sich »langsam in nordwestlicher Richtung fortbewegte«. Das Telegramm sagte »starke nördliche Winde für heute abend und Samstag, wahrscheinlich mit schweren Regenfällen«, voraus.

Auch das war nicht besonders besorgniserregend. Tropische Stürme suchten die Küste jeden Sommer heim. Sie brachten Wind und Regen mit sich, manchmal auch Überschwemmungen. Schäden waren selten. Niemand wurde verletzt. Doch in einer Hinsicht überraschte Isaac das Telegramm. Bis jetzt hatten Moores Botschaften absolut zuversichtlich geklungen, daß der Sturm sich in Richtung Norden auf die atlantische Küste zubewegte.

Isaac stand auf, möglichst leise, um Cora nicht zu

wecken. Er ärgerte sich, daß Joseph gekommen war. Die Stimmung zwischen den Brüdern war angespannt. Nichts Ausgesprochenes – noch nicht. Nur eine beständige leise Rivalität.

Er und Joseph gingen hinunter in die Küche, sorgsam darauf bedacht, die Kinder nicht zu wecken, und Isaac setzte aus reiner Gewohnheit Kaffeewasser auf. Sie sprachen über das Wetter. Eine vertraute Dynamik entstand. Joseph, als der jüngere Bruder und Angestellte bestrebt, sich zu profilieren, betonte übertrieben stark, daß etwas Merkwürdiges im Gange sei und Washington *unbedingt* informiert werden müsse. Isaac, zuversichtlich wie immer, riet Joseph, sich wieder schlafen zu legen. Er werde die Sache in die Hand nehmen, sich ein Bild von der Lage machen und, falls nötig, seine Erkenntnisse an das Hauptbüro telegrafieren.

Isaac zog sich an und trat auf den Balkon im ersten Stock hinaus. Da fast die gesamte gegenüberliegende Straßenseite noch nicht bebaut war, hatte er einen unverstellten Blick auf den Himmel und die Stadtsilhouette im Norden. Er sah die weißgetünchten Bungalows, die eindrucksvollen dreistöckigen Häuser mit ihren Giebeln, Erkern und Kuppeldächern und gleich dahinter das große Rosenberg-Frauenheim sowie die Grundschule Bath Avenue. An der Ecke, rechts von ihm auf der anderen Straßenseite, stand das dreistöckige Haus der Familie Neville. Die Fenster waren geöffnet, Tau und Nieselregen hatten das kunstvolle Schieferdach dunkler gefärbt. Seit dem großen Brand von 1885 hatte Galveston als Vorsichtsmaßnahme verfügt, daß alle Dächer mit Schiefer anstatt mit Holz gedeckt werden müßten. Doch in nur wenigen Stunden würden die Schindeln vom Haus der Nevilles, von Isaacs Haus und Tausenden anderer Häuser in ganz Galveston mit solcher Macht durch die Luft zu wirbeln beginnen, daß es für die älteren Bürger die blutigen Nachmittage heraufbeschwor, die sie in Chancellorsville und Antietam erlebt hatten.

Isaac spannte sein Pferd vor den kleinen zweirädrigen Wagen, den er meistens benutzte, wenn er auf Jagd ging, und machte sich mit einem kurzen Ruck der Zügel auf den Weg zum Strand drei Straßen weiter südlich.

Es war ein wunderbarer Morgen. Der Wind war weich und von Dunst, Jasmin und Oleander durchdrungen. Der Himmel war voller Stratus- und Kumuluswolken, deren Bäuche zum Teil beinahe das Meer berührten, aber Isaac sah auch Flecken blauer, von Wolkendunst umrahmter Dämmerung. Zu seiner Linken, hinter den Wolken, ging schon die Sonne auf und färbte die Wolken orange-grau, wie Feuer hinter Rauch. Möwen schwebten in Dreiergrüppchen an fixen Punkten am Himmel. Kopfüber und mit starken Flügelschlägen schossen sie in den ungewohnten Nordostwind hinein. Die Räder von Isaacs Einspänner verbreiteten ein beruhigendes Knirschen, als sie über den Straßenbelag aus zerstoßenen Austernschalen rollten.

Inzwischen waren die eifrigsten Kinder aufgestanden, um ihre Pflichten hinter sich zu bringen, damit sie möglichst bald an den Strand gehen konnten. Alle genossen die erfrischende Kühle. Rabbi Henry Cohen bereitete sich schon auf seinen Samstagsgottesdienst vor. Dr. Samuel O. Young, ein Amateur-Meteorologe und Geschäftsführer von Galvestons Baumwollbörse, frühstückte und hatte vor, sich danach ebenfalls an den Strand zu begeben. In einem kleinen zweistöckigen Haus Ecke 18. Straße und Avenue O$^1/_2$ machte Louisa Rollfing das Frühstück für ihren Mann August, der an diesem Morgen mit den Malerarbeiten an einem Bürogebäude in der Innenstadt fortfahren mußte. Louisa blickte aus dem Fenster und verspürte wie immer einen Hauch von Enttäuschung oder auch Trauer, denn obwohl ihr Galveston gefiel, hatte sie sich immer noch nicht an die Landschaft gewöhnt. Für sie waren Palmen und Immergrüne Eichen keine richtigen Bäume. Sie vermißte die grünschwarzen Wälder ihrer Kindheit in Deutschland, mit Bäumen, »so alt und groß, daß es an manchen Stellen selbst am Tage beinahe dunkel war«.

Besucher, die sich Galveston vom Meer aus näherten, sahen es zuerst als einen blitzenden Lichtstreifen zwischen Wasser und Himmel, wie auf einer leuchtend blauen Oberfläche schwimmendes Quecksilber. Im Sommer 1900 kam ein Junge namens John W. Thomason Jr. – der später ein bekannter Militärhistoriker werden sollte – nach Galveston, um die Ferien bei seinem Großvater in einem kleinen Holzhaus am Broadway zu verbringen, das sechs Querstraßen von Isaac Clines Büro entfernt lag. »Die Golfbrise kühlte die Stadt, wenn der Tag zur Neige ging; einer der schönsten Strände der Welt lud zum Wellenbaden ein; und alle waren nachmittags dort, schwammen, gingen spazieren oder fuhren in Kutschen auf dem glatten, frischen Sand entlang.« Er verließ die Stadt am Samstag, dem 1. September, genau eine Woche vor Isaacs Ausflug zum Strand. Es war ein trauriger Abschied. Er blickte sehnsuchtsvoll zurück, als sein Zug über die lange hölzerne Brücke zum Festland fuhr und seine neugefundenen Freunde im Dunst der Galvestonbucht verschwanden. »Die Stadt, wie sie damals war«, schrieb er, »sah ich niemals wieder, ebensowenig wie einige der Jungen und Mädchen, die ich dort kennengelernt hatte.«

Was an Galveston am häufigsten kritisiert wurde, war ein Mangel an topographischer Abwechslung. Die Stadt lag auf einer langen, schmalen Insel, die zugleich die südliche Grenze der Galveston Bay bildete, über welche eine Straßen- und drei Eisenbahnbrücken hinwegführten. Ihr höchster Punkt, am Broadway, lag 2,6 Meter über dem Meeresspiegel, aber ihre durchschnittliche Höhe betrug nur die Hälfte davon, so daß die Stadt bei jedem Anstieg der Flut um dreißig Zentimeter gleich dreihundert Meter Strand einbüßte. Josiah Gregg, einer der berühmtesten Reiseschriftsteller Amerikas, schrieb im November 1841 in sein Tagebuch, er habe gehört, bei einer Flut sei »diese Insel so vollständig überschwemmt worden, daß ein kleines Schiff mitten darüber hinwegsegeln konnte«. Er glaubte diese Geschichte nicht. Aber er erkannte immerhin, daß die Überschwemmungen eines Tages »sogar Menschenleben gefährden« könnten.

Tatsache war indessen, daß Galveston im Jahr 1900 an der Schwelle zu Ruhm und Bedeutung stand. Wenn alles so weiterlief wie bisher, würde die Stadt bald das Format von New Orleans, Baltimore oder San Francisco erreichen. Der New Yorker *Herald* hatte Galveston bereits als das »New York des Golfs« tituliert. Doch führende Persönlichkeiten der Stadt wußten auch, daß an der texanischen Küste allenfalls Platz für eine große Stadt war und sie mit dem nur achtzig Kilometer in nördlicher Richtung entfernten Houston konkurrieren mußten. Seit 1900 hatte Galveston die Führung übernommen. Im Jahr davor war es zum größten Baumwollhafen des Landes und zum drittwichtigsten amerikanischen Hafen überhaupt avanciert. Fünfundvierzig Dampfschiffahrtsgesellschaften liefen die Stadt an, darunter die White Star Line, die zwischen Galveston und Europa verkehrte. In etwas mehr als einem Jahrzehnt würde sie ein großes Schiff aus purer Vermessenheit an das Eis verlieren. Sechzehn Konsulate in der Stadt vertraten ihre Länder, darunter Rußland und Japan. Und Galvestons Bevölkerung wuchs rapide. Am Freitag, dem 7. September, hatte Isaac in der *News* die soeben erschienenen Ergebnisse der Volkszählung des Jahres 1900 gelesen, die zeigten, daß sich die Stadt in nur zehn Jahren um dreißig Prozent vergrößert hatte.

Galveston verfügte mittlerweile über Straßenbahnen, elektrisches Licht, örtlichen und internationalen Fernsprechverkehr, zwei Telegrafengesellschaften, drei große Konzertsäle und zwanzig Hotels. Das exklusivste war das ganz in der Nähe von Isaacs Büro gelegene Tremont mit seinen zweihundert meerseitigen Zimmern, den fünfzig

»eleganten« Zimmern mit Bad sowie einer eigenen Triebwerkanlage.

Was die Stadt vor allem auszeichnete, war ihr Geld. Schon 1857 hatte Galveston sich einen Ruf als kosmopolitische Stadt mit einer Leidenschaft für schöne Dinge erworben. Einer ihrer französischen Meisterköche machte mit einer Mischung aus Wildwest- und Kontinentalgerichten von sich reden, darunter »Beefsteak goddam à la mode«. 1900 lebten in Galveston angeblich mehr Millionäre pro Quadratkilometer als in Newport, Rhode Island. Viel von diesem Reichtum wurde in den luxuriösen Häusern und üppigen Gärten am Broadway, der ersten Adresse Galvestons, zur Schau gestellt.

Die Stadt bot alles – von Sex bis zu Sechspfund-Säcken »Flutkatastrophen-Mehl«. Für die trauernden Reichen hatten die riesigen Berufsbekleidungs- und Bestattungsunternehmen J. Levy und Gebrüder etwas ganz Besonderes auf Lager: »Einen weißen Kinderleichenwagen mit weißem Geschirr und weißen Pferden.«

Alle Häuser, an denen Isaac vorbeikam, hatten die Fenster geöffnet, was der Stadt einen Anschein von Verletzlichkeit gab. Plötzlich klangen die Geräusche des Wagens in seinem Ohr eher mißtönend als beruhigend. Normalerweise hätten die großen Badehäuser am Ende der Straße Isaacs Stimmung aufgeheitert, aber heute sahen sie aufgequollen und schäbig aus. Gleich einer Phantasie Edgar Allan Poes schienen sie wie Schlösser auf Kissen grünlichen Dunstes zu schweben.

Isaac fuhr weiter, bis er klare Sicht auf den Golf hatte, dann hielt er den Einspänner an. Er stand auf, zog seine Uhr heraus und begann die Zeit zu messen, in der die langen Wellenberge auf den Strand zurollten. Ihre Kämme waren braun vom Sand, doch auf den Flächen zwischen ihnen schuf die Gischt raffinierte, grellweiße Spitzenmuster.

Isaac wußte, daß das Tiefdruckzentrum des Sturms irgendwo linker Hand draußen im Golf liegen mußte. Es war einer der wesentlichen Lehrsätze der Nautik, den er selber an einem Samstagabend des Jahres 1891 während eines Vortrags in Galvestons YMCA erläutert hatte. Bei solchen Veranstaltungen herrschte großer Andrang. Die Menschen konsumierten das gesprochene Wort, wie ihre Nachfahren einst Fernsehsendungen konsumieren würden. In der nördlichen Hemisphäre, erklärte Isaac seinen Zuhörern, drehen sich die Winde tropischer Zyklone immer entgegen dem Uhrzeigersinn um ein zentrales Tiefdruckgebiet herum. »Wenn Sie mit dem Rücken zum Wind stehen«, sagte er, »wird das Barometer zu Ihrer Linken stets niedrigere Werte anzeigen als zu Ihrer Rechten.«

Die Dünung kam in langen Abständen von einer Minute bis fünf Minuten. Laienbeobachter mochte dieser langsame Rhythmus beruhigen; in Wahrheit machte er die Dünung weitaus bedrohlicher, ein Grundsatz, den Isaac nur vage verstand. Viele Jahre später sollte er schreiben: »Hätten wir damals so viel wie heute über diese Dünung und die Fluten, die sie erzeugen, gewußt, hätten wir die tödlichen Gefahren des Sturms, von denen sie ... in unmißverständlicher Sprache kündeten, früher erkannt.«

Isaac wendete den Einspänner, um ins Büro zu fahren. Der Wind kam jetzt genau von vorne und zerzauste die Mähne seines Pferdes. Das Austernschalenpflaster ging über in schwere Holzbohlen, die den Einspänner rattern ließen wie einen schnellen Zug. Der Nordostwind trug Isaac den Duft einer erwachenden Stadt zu: den sauberen, beinahe minzeähnlichen Geruch frisch gesägten Holzes von der Hildenbrandmühle; den Kaffeeduft der Röster aus der kleinen Gasse zwischen Mechanic und Market Street; und immer und überall der Geruch von Pferden.

Beim Levy-Gebäude angekommen, ging Isaac die drei

Stockwerke zu seinem Büro hinauf, warf einen Blick hinein und stieg weiter hoch bis zum Dach. Im Osten und Süden sah er das Meer; im Westen die Türme der St. Patricks Kirche, die immer noch eingerüstet war. Die Sturmflagge des Amtes, ein karmesinrotes Quadrat mit einem kleineren schwarzen Quadrat in der Mitte, flatterte am Turm.

Das Barometer zeigte an, daß der Luftdruck im Vergleich zur vorigen Nacht nur leicht gesunken war. »Um 3,3 Hektopascal«, sagte Isaac laut.

Nichts, weder der Himmel noch die Instrumente, noch die Telegramme aus Washington, deutete auf einen heftigeren Sturm hin. »Die üblichen Zeichen, die das Nahen eines Hurrikans ankündigen, waren in diesem Fall nicht vorhanden«, sagte er. »Vom sogenannten Ziegelstaubhimmel war nicht das geringste zu sehen.«

Trotzdem – irgend etwas stimmte nicht. Normalerweise hielten ablandig gerichtete Winde Brandung und Flut niedrig, aber jetzt stiegen beide trotz des frischen Nordostwinds an. Dieses Muster war Isaac neu.

Er fuhr zum Strand zurück und maß noch einmal mit der Uhr die Dünung. Er achtete auf ihre Form, ihre Farbe und auf den Bogen, den sie beschrieb, wenn sie im Sand auslief. Sie war jetzt heftiger geworden und drückte Meerwasser in die Straßen, die dem Strand am nächsten waren.

Isaac kehrte in sein Büro zurück und setzte ein Telegramm an das zentrale Wetteramt in Washington auf. Er schloß mit dem Satz: »Derart hohen Wasserstand bei entgegengesetztem Wind nie zuvor beobachtet.«

Isaacs Besorgnis wurde von seiner Überzeugung gedämpft, daß kein Sturm Galveston ernsthaften Schaden zufügen könne. Zu diesem Schluß war er gekommen, nachdem er die einzigartige Geographie des Golfs und ihre Auswirkung auf das Wetter in diesem Gebiet eigens analysiert hatte. 1891, nach dem tropischen Sturm, den Galveston mit viel Geschick gut überstanden hatte, bat die *Galveston*

News Isaac, einzuschätzen, wie wetterfest Galveston im Extremfall sei. Isaac, Vater dreier Kinder, Ehemann, Liebhaber, Wissenschaftler und ein Geschöpf des neuen amerikanischen Zeitalters, schrieb: »Die Meinung mancher Menschen, die mit den wirklichen Gegebenheiten nicht vertraut sind, daß Galveston irgendwann durch eine solche Störung ernsthaft in Gefahr geraten könnte, ist schlicht und einfach ein absurder Irrglaube.«

Oben auf dem Levy-Gebäude drehte sich das Anemometer. Die Wetterfahne bewegte sich ganz leicht. Das selbstschreibende Barometer registrierte einen weiteren winzigen Druckabfall.

Weit draußen auf dem Meer, 160 Kilometer von Isaacs Standort entfernt, betete J.W. Simmons, Kapitän des Dampfschiffs *Pensacola*, leise vor sich hin, während horizontale Regenflächen mit solcher Gewalt an der Brücke explodierten, daß sie in einer Milliarde Nadelspitzen aufleuchteten wie Feuerwerkskörper an einem grünschwarzen Himmel.

Er war in den tödlichsten Sturm geraten, der Amerika je heimgesucht hatte. In den nächsten vierundzwanzig Stunden sollten achttausend Männer, Frauen und Kinder der Stadt Galveston ihr Leben lassen. Die Stadt selber verlor ihre Zukunft. Isaac erlitt einen unerträglichen Verlust. Und er sollte sich sein Leben lang fragen, ob nicht ein Teil der Schuld ihn selber traf.

Dies ist die Geschichte Isaacs und seiner Epoche, der letzten Jahrhundertwende, als die Hybris der Menschen sie glauben ließ, daß sie sich über die Natur selbst hinwegsetzen könnten.

Erster Teil

Das Gesetz der Stürme

Der Sturm

Irgendwo, ein Schmetterling

Es begann, wie alles beginnen muß, mit dem Erwachen von Molekülen. Über dem afrikanischen Hochland östlich von Kamerun ging die Sonne auf und wärmte Grasland, Wälder, Seen, Flüsse und die Menschen und Tiere, die dort lebten und atmeten. Sie wärmte den Atem, den sie verströmten, und ließ ihn als eine große Federwolke aus Kohlenstoff, Sauerstoff, Stickstoff und Wasserstoff – die Seele der Erde – gen Himmel steigen. Die Luft enthielt Wasser: Dunst, Dampf, Nebel; den Gestank tagealter Jagdbeute und den morgendlichen Gruß von Menschen, die froh waren, aus dem kühlen Mysterium der Nacht zu erwachen. Sie enthielt Kordit, Äther, Urin, Dung, Kaffee, Speck, Schweiß. Es entstand ein unsichtbares Muster aus Schwaden und Gegenschwaden über der Erde, flüchtig wie die Kupfer- und Bronzeschleier, die sich bilden, wenn man Wasser zu Whiskey gießt.

Winde konvergierten. Ein gewaltiger, heißer Ostwind fegte um ein hitzebedingtes Tief in der Sahara herum, wo die Temperaturen Durchschnittswerte von 45 Grad erreichten. Die Hitze versengte die Luft, und Winde füllten den Himmel mit Staub. Dieser Ostwind wehte in Richtung der feuchten und weit kühleren Ausbuchtung Westafrikas. Hoch über den üppigen Landschaften nördlich des Golfs von Guinea, über Ouagadougou, Zungeru und Yamoussoukro, traf dieser Wärmestrom auf feuchte Monsunluft, die aus südwestlicher Richtung vom Meer her kam. Er überquerte den Punkt, an dem 0. Längen- und Breitengrad sich kreuzen, und erreichte den Kontinent über Nigeria.

Wo diese Winde aufeinanderprallten, erzeugten sie eine Zone der Instabilität. Die Luft begann sich wellenförmig zu bewegen.

Die Meere waren heiß. Das Land war heiß. In ganz Nordamerika stiegen die Temperaturen auf über 32, manchmal sogar über 38 Grad Celsius. Die Hitze durchflutete die Rockies, Nebraska, Kansas, Missouri, Oklahoma und einen breiten Streifen Land vom Golf bis hinauf nach Pennsylvania. Am Samstag, dem 11. August, um drei Uhr nachmittags erreichten die Temperaturen in Philadelphia 38 Grad. Es gab keine Klimaanlagen. In den Eisenbahnen war es glühend heiß. Die Anzüge waren aus schwarzer Wolle, die Kleider aus Taft, Mohair oder Gabardine. Die Kutschen hatten schwarze Segeltuchverdecke und schwarzlackierte Karosserien. Die Fahrgäste brieten, die Pferde glänzten. In New York City starben an diesem Samstag dreißig Menschen infolge eines Hitzschlags. Drei Kinder kamen beim Sturz von Feuerleitern ums Leben, die sie in der Hoffnung auf eine frische Brise erklommen hatten. Ein Hochdruckgebiet erstreckte sich vom Mittleren Westen bis weit auf den Atlantik hinaus und bremste den Luftstrom über einem großen Teil des Landes. Nirgends regte sich ein Lüftchen. »Die Luft dicht über dem Erdboden wurde überhitzt«, schrieb Professor E. B. Garriott, der damalige Chefmeteorologe des Wetteramtes. »Insgesamt gesehen, war dies vom oberen Mississippi-Tal über das Seengebiet und Ohio-Valley bis hin zu den mittelatlantischen Staaten New York, New Jersey und Pennsylvania der wärmste je verzeichnete August.«
Was bedeutete, daß die Hitze einen Großteil der gesamten Bevölkerung betraf. Alle litten darunter. Was diese Hitzewelle so außergewöhnlich machte, war nicht so sehr die von Stadt zu Stadt registrierte Höchsttemperatur, sondern ihre Dauerhaftigkeit. Springfield, Illinois, meldete die längste Hitzeperiode in zwanzig Jahren: zwölf aufeinanderfolgende

Tage mit Temperaturen von 32 Grad und mehr. Die Männer in der Zentrale des Wetteramtes litten Qualen, als das Quecksilber an sieben Tagen hintereinander auf 35 oder mehr Grad anstieg. Die durchschnittlichen Temperaturen in Albany, Atlantic City, Baltimore, Chicago, Cincinnati, Erie, New York und Philadelphia waren im August höher, als sie es seit Beginn ihrer Dokumentierung durch das Wetteramt im Jahr 1873 jemals gewesen waren.

In Galveston gab es Regen und Sonne. Von Mitte Juli bis Mitte August tobten eine Reihe tropischer Gewitterstürme über dem Golf und überschwemmten Galveston. Einmal fielen in einem Zeitraum von vierundzwanzig Stunden 356 Millimeter Regen. Einige Straßen wurden überschwemmt. Kleine Jungen verwandelten Holzbottiche in Boote und segelten darin stadteinwärts. Ein Pferd ertrank. Die gesamte Niederschlagsmenge dieses Sturms betrug allein 406 Millimeter in achtundvierzig Stunden, 127 Millimeter mehr als der Rekord, den Galveston im September 1875 aufgestellt hatte. Damals hatte, 240 Kilometer südwestlich von Galveston, ein Hurrikan Indianola an der Matagorda Bay erfaßt. In Paris, Texas, wurde ein Baum vom Blitz getroffen und zerstört; zehn Milliarden Joule Energie sprangen auf eine drei Meter entfernte Veranda über und ließen fünf Kinder bewußtlos umfallen. Waco wurde von Heuschreckenschwärmen heimgesucht. Die Straßen knirschten unter den Rädern. Insekten sammelten sich unter den Laternen und zwangen Omnibusse zum Anhalten. Bürgerwehren benutzten ungelöschten Kalk und Petroleum, um die Heuschrecken zu vertreiben. Die Feuerwehr griff zu den Schläuchen.

Das Wasser des Golfs erhitzte sich.

Über dem Niger drehten die aufeinanderprallenden Winde und beschrieben Bögen. Gewaltige Gewitterstürme färbten den Himmel purpurrot. Ein großes Luftpaket begann langsam zu rotieren, viel zu weit oben, als daß es unten am

Boden jemand hätte bemerken können. Ein starker Saharawind trieb es als eine Welle aus Turbulenzen, Gewitterstürmen und peitschendem Regen westwärts zum Atlantik hinüber.

Innerhalb dieser sogenannten Ostwind-Welle stieg feuchtschwere Luft in die Troposphäre auf, die unterste Luftschicht, in der alles Wetter sich ereignet. Die Luft kühlte rasch ab, während sie in immer kältere Schichten der Atmosphäre vordrang und auf immer geringeren Druck traf. Je geringer der Druck wurde, desto mehr dehnte die Luft sich aus; und je mehr sie sich ausdehnte, desto mehr kühlte sie ab. Sie stieg weiter, aber gut eineinhalb Kilometer über der Erde übersprang sie eine Schwelle, und ein Phasenübergang trat ein. Die Luft wurde so kalt, daß sie das Wasser, das sie barg, nicht mehr halten konnte. Der Dampf kondensierte *en masse*, wie nach dem Taktstock eines Dirigenten. Die dabei entstehenden Tröpfchen waren so winzig, daß sie in der aufsteigenden Luft schwebten.

Die Aufwinde drückten sie mit einer Geschwindigkeit von bis zu 160 Stundenkilometern höher und höher, bis sie die höchsten und kältesten Bereiche der Troposphäre erreicht hatten, wo die Luft alles in Sekundenschnelle gefrieren lassen kann. Doch die Tröpfchen gefroren nicht. Statt dessen wurden sie aufgrund einer physikalischen Besonderheit unterkühlt, d. h., sie behielten ihren flüssigen Zustand bei. Billionen von ihnen schwebten dichtgedrängt dort oben und reflektierten das Sonnenlicht. Die Menschen am Boden sahen Baumwollblüten mit flachen grauen Unterseiten, die die Höhe markierten, in der die Kondensation begonnen hatte. Kinder sahen Kamele, Hasen und Rauchzeichen. Die Wolken erblühten vor ihren Augen. Manche wuchsen und vergingen rasch wieder. Andere rauchten wie Silvesterraketen. Wieder andere verwandelten sich in massige Festungen aus kondensiertem Wasser, *Cumulus congestus*; manche stiegen höher, *Cumulonimbus calvus*. In den Säulen, die bis zum obersten Rand der

Troposphäre aufragten, fielen die Temperaturen auf 37 Grad unter Null. Schließlich gefroren die Tröpfchen. Kleine sechseckige Spiegel aus Eis schwebten in anmutigen transparenten Schleiern, den sogenannten Virga, von den Gipfeln herab.

Etwas Gewaltiges und letztendlich Tödliches ging in diesen Wolken vor sich. Während die Luft aufstieg und sich abkühlte, konnte das Wasser kondensieren und Wärme abgeben. Im Himmel über Afrika begannen im August 1900 Billionen und Aberbillionen von Wassermolekülen Feuer zu speien. Die so entstehende Wärme trieb die Luft noch höher in die Atmosphäre hinauf, bis die Wolken sich abflachten und sogenannte *Cumulonimbus capillatus incus* bildeten. Incus heißt »Amboß«, wie auch der kleine, entsprechend geformte Knochen im menschlichen Ohr. Dies waren Gewitterwolken. Weiter oben durchdrangen die stärksten Wolken die Stratosphäre. Schon bald marschierte ein Heer großer Gewitterwolken westwärts am Horizont entlang, genau beobachtet von den Kapitänen britischer Schiffe, die mit frischen Truppen für den Burenkrieg die afrikanische Küste hinuntersegelten. Siebzig bis achtzig solcher Wolkenfelder trieben jeden Sommer von Westafrika über den Atlantik hinweg. Manche davon waren gefährlich, die meisten nicht. Die Kapitäne nahmen sie weniger als Wetterfaktoren denn als geographische Erscheinung wahr – als Phänomen, das sie während der langen Stunden auf See beobachten konnten. In der Morgen- und Abenddämmerung erwärmten die fernen Wolken den Himmel mit ihren Farben. Regen fiel in Schlieren aus ihren Bäuchen. Gefrorene Virga stiegen von ihren vergletscherten Gipfeln auf. Wenn das Licht richtig war oder eine Sturmböe nahte, bildeten die Wolken eine schwarze Böschung. Seitlich von der Sonne beleuchtete Fregattvögel schwebten im Vordergrund und sprenkelten den Himmel diamanten.

Schiffen, die direkt auf dem Kurs dieser Augustwelle segelten, bot sich ein anderes Bild. Jede Welle hatte eine »Periode« von vier Tagen, das heißt, ein Schiff an einem festen Standort erlebte einen Wetterzyklus, der sich alle vier Tage wiederholte. Am ersten Tag war die Luft heiß und trocken, wie in einer Wüste im Meer. Keine Wolken, aber auch sehr wenig blauer Himmel. Blau war der Himmel nur direkt über einem; überall sonst war er weiß. Der Horizont war wie Milch – das Ergebnis des Staubs, der von den Wüsten Afrikas herübergetragen wurde.

Bald jedoch füllte sich der Himmel mit bauschigen Wolken, *Cumulus humilus*, den Schönwetterwolken der freundlichsten Sommertage. Während die Welle sich vorwärtsbewegte, wurden diese nun dicker und größer. Als nächstes erschienen hohe Wolken, zuerst vereiste Zirren, dann eine graue Decke Zirrostrati. Der Himmel wurde dunkler, die Wolkendecke niedriger. Ein leichter Nieselregen setzte ein. Es folgte eine Reihe von Gewitterstürmen, Vettern des großen Sturms, der erst vor ein paar Tagen die Ladenbesitzer Dakars dazu gezwungen hatte, Schutz zu suchen. Die Stürme brachten Blitz und Donner mit sich, aber sie tobten nicht annähernd so heftig wie zuvor über der Rundung Westafrikas. Sie ließen die Temperaturen auf der Höhe des Meeresspiegels auf unter 20 Grad sinken. Für jeden, der an die feuchte Wärme der Tropen gewöhnt war, fühlte sich die Luft auf einmal regelrecht kalt an. Es war Jackenwetter auf den Kapverden.

Dann zogen die Sturmböen vorüber. Der Himmel klarte auf. Der Kreislauf begann von neuem.

Wo immer die Augustwelle hinkam, nahm der Luftdruck, zunächst kaum spürbar, ab. Doch schon bald strömte warme Luft durch die Gewitterwolken aufwärts, heizte dort die Luft auf, verringerte ihr Gewicht und dadurch auch den Druck, den sie auf die Meeresoberfläche ausübte. So entstand dort eine Tiefdruckzone, die Luft aus den umliegenden Gebieten zog, in denen höherer Druck herrschte. Inzwischen fegten Winde der oberen Regionen die Luft weg, die dem Sturm oben entwich. Je schneller dies geschah, desto schneller kam Luft von unten nach. Einige Wolken wurden dabei so gewaltig, daß sie begannen, das Verhalten der gesamten Masse zu bestimmen.

Der Sturm hätte sich weiter ausdehnen können, aber dafür herrschten nicht die richtigen Bedingungen. Die Luft, die ihm oben entwich, begann zu sinken. Ihre Form aber war nicht mehr die gleiche wie am Anfang, als sie in den Sturm hineingeströmt war. Ihrer Feuchtigkeit beraubt, war sie kühl und trocken. Katarakte verbrauchter Luft fielen jenseits der Grenzen des Sturms ins Meer, dessen Appetit so gewaltig geworden war, daß er auch diese Luft verschlang. Die kühle Luft wurde von den feuchten Winden der Meeresoberfläche, die zum Sturm hinjagten, gefangen und mit sich fortgezogen. Indem sich diese trockene Luft mit der feuchten mischte, dämmte sie das Feuer, das durch die Wolken nach oben stieg. Für den Augenblick stabilisierte sich das System.

In Galveston betrug die Luftfeuchtigkeit beinahe hundert Prozent. Sich zu bewegen hieß zu zerfließen. Selbst für einen Badeanzug war es zu heiß. »Braun ist die neue Farbe für Badeanzüge«, berichtete die *Galveston News* in der Bildunterschrift zu einem Photo, das den letzten Schrei in der Strandmode zeigte. »Dieses Modell aus schwerem blattbraunen Mohair hat Passe, Kragen und Bänder aus weißem Mohair mit Streifen aus schwarzer Litze.«

Mohair.

Eine Anzeige für »Dr. McLaughlin's Electric Belt« in der *Galveston News* fragte jeden Tag aufs neue: »Schwache Männer – Seid Ihr krank?«

Die meisten tropischen Stürme lösten sich auf dem offenen Meer wieder auf. Sie prallten mit starken Winden aus dem Westen zusammen, die aus den mittleren Breiten stammten und ihnen die Spitzen ihrer Gewitterwolken abrissen. Sie trafen auf Ansammlungen kalten Wassers. Sie zogen so viel trockene Luft mit sich fort, daß sie ihre Gier einbüßten. Ihre Rauch- und Lichtsäulen lösten sich in Dunst auf. Meistens. Gelegentlich aber wurden sie zu Mördern. Warum das so ist, bleibt selbst am Ende des zwanzigsten Jahrhunderts ein Rätsel. Satelliten verbesserten die Fähigkeit der Meteorologen, Sturmbewegungen aufzuzeichnen, konnten aber den Augenblick der Verwandlung nicht festhalten. Wie exakt Meteorologen die von den Satelliten niedergeschriebenen Sturmbiographien auch analysierten, sie vermochten immer noch nicht die genauen Bedingungen zu isolieren, die eine bestimmte Ostwindwelle für Mord und Zerstörung prädestinierten. Satelliten können Temperaturänderungen von wenigen tausendstel Graden aufzeichnen und Merkmale in einer Größenordnung von dreißig Zentimeter Breite und wenigen Zentimetern Höhe erkennen. »Doch stellen Sie sich vor«, schrieb Ernest Zebrowski Jr. in *Perils of a Restless Planet*, »daß sich ein tropischer Sturm entwickelt und wir das Datenmaterial der vorangegangenen Tage sichten. Was finden wir, wenn wir in der Zeit zurückgehen? Einen kleineren Sturm und eine noch kleinere Störung, dann eine warme, feuchte, windige Stelle, dann ein Bündel atmosphärischer Gegebenheiten, die sich von den an vielen anderen Orten in den Tropen herrschenden Bedingungen nicht unterscheiden.«

Zebrowski glaubte, die Antwort könne in der Wissenschaft der »nichtlinearen Dynamik« liegen: in der Chaostheorie und dem berühmten Schmetterlingseffekt. Er formulierte die Frage folgendermaßen: »Könnte ein Schmetterling in einem westafrikanischen Regenwald dadurch, daß er zur linken und nicht zur rechten Seite eines Baumes fliegt, womöglich eine Kette von Ereignissen in Gang setzen, die ein paar Wochen später in einem Hurrikan an den Küsten South Carolinas eskalieren?«

Für Zebrowski sprach die Tatsache, daß die detailliertesten Satellitenanalysen keinen Auslöser für tropische Stürme entdecken konnten, für den Einfluß von Kräften, die zu subtil waren, um gemessen zu werden. Er stellte fest, daß eine winzige Veränderung der Variablen bei der Computersimulation der Entstehung eines Hurrikans später dramatische Veränderungen herbeiführen konnte. »Ein simulierter Sturm bewegt sich gen Norden, während ein anderer in westlicher Richtung weiterzieht, einer intensiviert sich, während ein anderer abflaut, einer bleibt an einem Ort, während ein anderer auf eine Küste zurast.«

Jeder Hurrikan hat aber auch Eigenschaften, die denen jedes anderen Hurrikans ähneln. Zum Beispiel bilden sie allesamt Gewitterstürme und beginnen zu rotieren. In der Chaostheorie nennt man diese Punkte weitgehend ähnlichen Verhaltens »seltsame Attraktoren«. Subtile Kräfte können ein System von einem Attraktor zu einem anderen katapultieren – ein zufälliger Windstoß, eine heiße Fontäne aus dem Meer, vielleicht sogar ein plötzlicher Feuerstoß, ausgelöst auf einer britischen Fregatte während einer Geschützübung vor Dakar. »Ein kleiner Defekt, ein metaphorischer Schmetterling, der zu einem komplexen Prozeß hinzukommt«, schrieb Zebrowski, »kann ein Ergebnis herbeiführen, das kein vernünftiger Mensch je erwartet hätte.«

Während Galveston dampfte, brodelte es in der Welt. Der Boxeraufstand verschärfte sich. Die britische Öffentlichkeit begann des Burenkriegs überdrüssig zu werden. Als burische Heckenschützen auf eine britische Truppenkolonne schossen, befahl ein britischer General, in einem Umkreis von zwanzig Kilometern alle Häuser niederzubrennen. Der Befehl erschütterte London. Ein Verrückter ermordete Italiens König Umberto. In Paris versuchte ein anderer Attentäter, den Schah von Persien zu töten. In London und Glasgow tauchte die Beulenpest auf. William Jennings Bryan kandidierte für die Präsidentschaft und wetterte gegen Amerikas neue imperialistische Neigung, insbesondere die verbreitete Überzeugung, daß die Expansion jenseits des Atlantiks Amerikas Zukunft sei. »Die Zukunft«, donnerte er, »ist eine Ausflucht der Menschen ohne Rückgrat.«

Seine Rede ging noch achttausend Wörter lang weiter. Trotz der Hitze war der Saal gerammelt voll.

Auf den Meeren herrschte reger Betrieb. Einige Schiffe müssen dem Donner und Regen begegnet sein, doch offenbar sahen ihre Besatzungen darin nichts Außergewöhnliches. Sie spannten Leinwand, um den Regen aufzufangen. Dampfschiffe setzten Segel, um Kohle zu sparen. Fregattvögel kreisten in der kürbisfarbenen Dämmerung.

Galveston wirbelte mit 1500 Stundenkilometern durch den Raum. Die Passatwinde bliesen. Große Luftmassen verschoben sich lautlos.

Irgendwo breitete ein Schmetterling seine Flügel aus.

Washington, D. C.

Heftige Turbulenzen

Trotz der Beschwerlichkeit des Landlebens im 19. Jahrhundert erschien Isaac und seinem Bruder Joseph die Welt ihrer Kindheit in der buckeligen Hügellandschaft des Monroe County, Tennessee, in der Erinnerung als ein paradiesisches Reich, in dem sie sich ohne große elterliche Einschränkung nach Lust und Laune bewegen konnten. Zum Vergnügen, und um ein bißchen Geld zu verdienen, fing Isaac Bisamratten, Nerze und Otter. Er stand früh auf, um seine Fallen zu prüfen, bevor seine tägliche Arbeit begann. Seine Arbeit begann um vier Uhr morgens. Er war sechs Jahre alt.

Die Cline-Farm gehörte zu den reichsten in den Hügeln. Im Herbst, zur Eichelzeit, sammelten sich so viele Wandertauben in den Eichen, daß die Baumkronen nicht mehr zu sehen waren. Es gab Äpfel, Pfirsiche, Erdbeeren und Dattelpflaumen im Überfluß. Geister bevölkerten die finsteren Orte unter den Wäldern. Isaacs Onkel schwor, daß er einmal bei einem Jagdausflug einer Frau ohne Kopf begegnet sei, die ihm erzählt habe, sie suche einen Krug Whiskey, den ihr Mann fünfzehn Jahre zuvor vergraben habe. Es kursierten Geschichten über seltsam affenartige Wesen, die angeblich in den Hügeln gesehen worden waren. Auch sie muteten wie ländliche Volksmärchen an, bis zu dem Tag, an dem bewaffnete Polizisten einen nackten »wilden Mann« gefangennahmen und mitten in der Stadt in einen Käfig sperrten. Bodensenken konnten sich über Nacht auftun. Eine verschlang Josephs Pflug; eine andere verwandelte Boyd's

Pond, einen kleinen Badeteich auf der Cline-Farm, in »das aufregendste Teufelsversteck weit und breit«, wie Joseph sagte – es hieß, ein Junge habe geprahlt, er würde »vier Runden im Teich schwimmen oder zur Hölle fahren«. Als er die vierte Runde beendet hatte, begann das Wasser um ihn herumzuwirbeln; er kämpfte, riß in Panik die Arme hoch und war verschwunden.

Der Auslöser für Isaacs Entscheidung, Meteorologe zu werden, sollte, dem Gesetz der bequemen Erleuchtung gemäß, im Trichter eines Tornados liegen, der eines Samstagnachts durch das nahe Fork Creek Valley fegte, das Bett eines schlafenden Kindes anhob und es hundert Meter weiter in einem Obstgarten wieder abstellte, das Kind noch darin und unversehrt, das Bett intakt. Oder vielleicht in den riesenhaften Blitz-Gerippen, die in so vielen Augustnächten den Himmel umklammerten. Blitze verstand man damals kaum, Tornados überhaupt nicht. Wie konnten sie einen Jungen in einem Land der Geister und wilden Männer nicht in den Bann ziehen?

Aber es wirkten noch andere Kräfte auf Isaac ein. Er wuchs in einer Zeit des allgemeinen technologischen Erwachens heran, in einem Amerika, das sich durch Dampf und telegrafische Kommunikation wandelte. Er las alles von Jules Verne. Zwischen den Pflugrunden begleitete er, während er seinem Maulesel Jim eine Verschnaufpause gönnte, Phileas Fogg und Captain Nemo bei ihren vielfältigen Abenteuern. Isaac liebte die Wissenschaft – sein größter Traum war es, eine wissenschaftliche Abhandlung über irgend etwas zu verfassen, egal was, solange es nur überall in der Welt Resonanz finden würde –, aber er liebte auch die Bibel, so sehr sogar, daß seine Mitschüler ihn gegen Ende der Schulzeit drängten, Pastor zu werden. Mit sechzehn begann er am Hiwassee College in Tennessee Mathematik, Physik, Chemie, Latein und Griechisch zu studieren.

Einige seiner Freunde hatten vor, Rechtsanwälte zu werden, und eine Zeitlang schloß Isaac sich ihnen an und las die Werke Sir William Blackstones, des englischen Rechtsgelehrten aus dem achtzehnten Jahrhundert, wenn auch nie in dem ernsthaften Wunsch, das Gelesene selber zu praktizieren. »Zuerst studierte ich, um Pfarrer zu werden, bis ich feststellte, daß ich zu sehr dazu neigte, große Geschichten zu erzählen«, erklärte er später. »Dann studierte ich eine Zeitlang Blackstone und merkte bald, daß ich in der Tatsachenverdrehung nicht geschickt genug war, um einen erfolgreichen Anwalt abzugeben. Daraufhin beschloß ich, mir ein Gebiet zu suchen, in dem ich große Geschichten erzählen und die Wahrheit sagen könnte.«

Er entschied sich für das Wetter.

Eigentlich entschied sich das Wetter für ihn.

General William B. Hazen, seit 1880 verantwortlich für das Signal Corps, die amerikanische Fernmeldetruppe, wollte für seinen neuen Wetterdienst nur die besten Leute um sich versammeln. Kluge Männer, moralische Männer, wissenschaftlich begabte Männer, vor allem aber starke Männer, die der zunehmenden Skepsis gegenüber der Fähigkeit des Signal Corps, das Wetter vorherzusagen, gewachsen sein sollten. Er schrieb Collegedirektoren an und bat sie, ihm geeignete Kandidaten aus dem Examensjahrgang zu empfehlen.

Der Präsident des Hiwassee Colleges, J. H. Bruner, empfahl Isaac.

»Ich nahm voller Begeisterung an«, schrieb Isaac, »denn das war genau die Art von Arbeit, die ich mir wünschte.« General Hazen telegrafierte, daß er am 7. Juli 1882 in Washington vorzusprechen habe.

Isaac kam am Morgen des 6. Juli an der Pennsylvania Railroad Station in Washington an. Er war zwanzig Jahre alt und hatte sein ganzes bisheriges Leben zwischen den Hügeln

Tennessees verbracht, doch nun wurde seine Welt auf einmal größer. Riesig. In der Minute, in der er aus dem Zug stieg, stellte er fest, daß er sich dort befand, wo das Blut eines Präsidenten geflossen war. Eine Gedenktafel markierte die Stelle, an der Präsident James Garfield ein Jahr zuvor von Charles J. Guiteau erschossen worden war. Guiteau war in der Woche vor Isaacs Ankunft gehängt worden. Jetzt war der Bahnsteig voller Männer, deren dicke Bäuche und imposante Backenbärte von Macht kündeten. Die Luft war bereits stickig und heiß. Es roch nach Pferden und Rauch. Die Männer trugen schwarze Anzüge. Sie schienen nicht unter der Hitze zu leiden, aber die Luft hatte etwas zusätzlich Beißendes. Noch nie hatte Isaac so viele Menschen an einem Ort inmitten eines derartigen Lärms und einer solchen Vielfalt an Gerüchen versammelt gesehen. Die Lokomotiven pfiffen gellend, ihre Dampfkessel zischten. Er hörte ein zeitweilig aussetzendes Klingeln und wußte sofort, daß es von den Telefonen irgendwo im Innern des Bahnhofs herrührte. Glänzende schwarze Taxis rumpelten zur Bahnhofstür, von Trägern herbeigewinkt, die hochrädrige Handkarren schoben. Isaac sah Telegrafenmasten, zwischen denen so viele Drähte gespannt waren, daß sie wie der Saitenbezug eines Flügels aussahen. Und es war von noch mehr Draht die Rede – davon, daß Städte wie New York, Philadelphia und Washington bald mit Elektrizität erleuchtet werden würden.

Isaac war erschöpft, einsam und aufgeregt. Er nahm ein Taxi zu dem Hotel, in dem General Hazen ihm ein Zimmer reserviert hatte, und verbrachte den Rest des Tages mit einem für ihn ganz untypischen Zeitvertreib: dem Nichtstun. Zum Teil lag das an seiner Müdigkeit. Hauptsächlich aber hatte dieser junge Mann, der im Alter von sechs Jahren in den nächtlichen Wäldern Tennessees Fallen ausgelegt hatte, Angst. Er war noch nie zuvor in einer so großen Stadt gewesen. Er hatte sogar Angst, das Hotel aus den Augen zu lassen.

Er hätte sich womöglich noch mehr geängstigt, wenn er von der Kontroverse gewußt hätte, die in diesem Augenblick um das Signal Corps herumwirbelte, und von dem Skandal, den sie ausgelöst hatte, einem Skandal, dessen Druckwellen wie eine Sturmdünung vorwärtsrollen und die Ereignisse vom Samstag, dem 8. September 1900, herbeiführen sollten.

Doch in dieser Nacht schien das einzige, was herumwirbelte, die Wolke von Mücken zu sein, die die Gaslaternen unten auf der Straße verdunkelte.

Das Verbrechen selbst hätte in jedem Regierungsamt geschehen können, explosiv wie das Aufeinandertreffen von Geld und Menschen nun einmal ist. Daß es im Signal Corps geschah, verlieh ihm jedoch eine Sprengkraft, wie sie sich niemand vorher ausgemalt hätte. Es löste eine wahre Flut angestauter Ressentiments aus.

Die Truppe war an Auseinandersetzungen gewöhnt, seit der Kongreß sie zur Mutterorganisation des ersten nationalen Wetterdienstes erkoren hatte. »Die Meteorologie ist stets ein Zankapfel gewesen«, schrieb Joseph Henry, der erste Direktor des Smithsonian. »Es ist, als erzeugten die heftigen Turbulenzen der Atmosphäre eine entsprechende Wirkung bei denen, die sie zu erforschen versuchen.« Manche waren der Meinung, die Menschen *dürften* das Wetter nicht vorhersagen, weil das Gottes Domäne sei; andere glaubten, die Menschen *könnten* es nicht, weil sie dazu nicht fähig seien. Mark Twain, erbarmungslos wie immer, parodierte die Anstrengungen der Regierung folgendermaßen: »Hohe Wahrscheinlichkeit nordöstlicher bis südwestlicher Winde, in südliche, westliche, östliche und dazwischenliegende Richtungen drehend, Hoch- und Tiefdruck in beständigem Wechsel, wahrscheinlich Regen, Schnee, Hagel und Dürre, gefolgt oder angeführt von Erdbeben, mit Donner und Blitz.«

Doch die aktuelle Kontroverse war anders geartet. 1881 nahm die Polizei Captain Henry W. Howgate, den kaufmännischen Leiter des Signal Corps, fest, weil er angeblich fast eine viertel Million Dollar veruntreut hatte – zu einer Zeit, als ein Essen in einem guten Restaurant um die fünfunddreißig Cents kostete. Er wurde verhaftet, schuldig gesprochen und eingesperrt. Im Frühjahr 1882 erlaubte ihm die Gefängnisdirektion, unter Bewachung nach Hause zu gehen, um seine Tochter zu sehen, die aus Vascar zu Besuch war. Howgate flüchtete und wurde noch immer gesucht, als Isaac in Washington ankam.

Für die Kritiker des Wetterdienstes war der Howgate-Skandal der Tropfen, der das Faß zum Überlaufen brachte. Kriegsminister Robert T. Lincoln veranlaßte eine Untersuchung des Signal Corps, die besonders den Wetterdienst unter die Lupe nehmen sollte. Er stellte fest, daß es dort kaum finanzielle Kontrollen gab, nur wenige erfahrene Meteorologen und ein Ausbildungslager – Fort Myer –, in dem sehr viel mehr Zeit darauf verwendet wurde, die Männer militärisch auszubilden, als ihnen beizubringen, das Wetter vorherzusagen. General P. H. Sheridan, den noch immer die Aura des Bürgerkriegshelden umgab, erklärte Fort Myer zu einem Ort der Geldverschwendung. Die Handelskammer in Chicago stellte im Kongreß einen formalen Antrag auf Reformen. Beschwerden kamen auch aus dem Signal Corps selber, in dem einige Veteranen, unter ihnen Major H. H. C. Dunwoody, einen Vorstoß General Hazens bekämpften, Ursachen und Eigenschaften des Wetters im großen Stil zu erforschen. Dunwoody wehrte sich insbesondere dagegen, daß Hazen Zivilisten wie Cleveland Abbe engagierte, den zweifellos herausragendsten praktizierenden Meteorologen des neunzehnten Jahrhunderts. Persönlich wurde die Auseinandersetzung, als ein Kongreßabgeordneter aus Pennsylvania General Hazen der Feigheit in der Schlacht von Shiloh bezichtigte.

Man konnte in diesem neuen Amerika vieles sein, aber ganz gewiß kein Feigling.

Ein Sanitätsoffizier untersuchte Isaac. Er sah einen jungen, mittelgroßen Mann vor sich, mit kantigem Gesicht, lebhaften dunklen Augen und einer so nüchternen Miene, daß man Lust bekam, ihm irgendeinen dummen Witz zu erzählen, nur um zu sehen, ob er auch lachen konnte. Der Arzt hatte viele solche jungen Männer gesehen, aber unter völlig anderen Umständen, und er wollte diesem Jungen sagen, daß er nicht so ängstlich zu sein brauche, sein nächstes Ziel sei nur Fort Myer und nicht Bloody Run. Für einen Jungen vom Land typisch, war Isaacs Gesicht sonnenverbrannt bis auf das obere Viertel seiner Stirn, wo die Haut bleich wurde wie ein Forellenbauch. Der Junge hatte gute Hände, kräftig, verwittert und gekerbt. Zupackende Hände. Der Arzt erklärte ihn für tauglich.

Isaac und drei andere neue Männer kletterten in einen Wagen, der von zwei starken Pferden gezogen und von einem Mann in Uniform gelenkt wurde. Er fuhr zuerst gen Westen, durch ein Viertel, das der Kutscher Georgetown nannte, wo drei- bis vierstöckige Backsteinhäuser dichtgedrängt nebeneinander standen. Dann bog der Wagen ab, fuhr in südlicher Richtung weiter und rumpelte über die Georgetown Bridge nach Virginia, wo es immer bergan ging, bis sie die Arlington Heights erreicht hatten.

Sogar im Dunst dieses heißen Nachmittags war der Blick überwältigend. Im Osten sah man die große Kuppel des Kapitols in der Hitze glänzen. Etwa zwei Kilometer davor waren das Willard Hotel und die Wipfel der Baumgruppe zu erkennen, die das Anwesen des Präsidenten verbargen. Ein riesiger Steinturm beherrschte die Landschaft. Er ragte weit in den Himmel hinein und ließ alle anderen Gebäude um ihn herum winzig klein erscheinen. Dabei war er nicht einmal fertig – wieviel höher mochte er noch werden? Ganz in der Nähe sah Isaac Robert E. Lees Arlington-Villa und den Friedhof durchschimmern, der auf seinem Grundstück im Entstehen war.

Der erste Soldat, der Isaac begrüßte, war First Sergeant Mike Mahaney, ein schroffer Bürgerkriegsveteran, der ihn in ein längliches Zimmer mit einem Fenster, fließendem Wasser, zwei Doppelschreibtischen und vier Betten führte. Der Kommandant des Forts, Captain Dick Strong, dessen natürlicher Ernst von einem dichten Bart unterstrichen wurde, hieß die neuen Männer willkommen und nannte ihnen seine Grundforderung: »Sie werden freudig und ohne Fragen alle Befehle befolgen und davon Abstand nehmen, irgend etwas, sei es billigender oder mißbilligender Art, dazu zu sagen.«

Isaac erhielt als Teil seiner offiziellen Ausrüstung einen Kavalleriesäbel. Er mochte sein Gewicht, seine kalten, harten Linien, und daß er die Geschichten von Pickett's Charge heraufbeschwor, die er die Männer hatte erzählen hören. Schon bald fand Isaac sich auf dem Rücken eines Pferdes wieder und lernte, im Galopp andere Männer zu töten – obwohl amerikanische Militärstrategen, von dem Gemetzel des Bürgerkriegs entsetzt, ihre Begeisterung für Kavalleriegefechte längst verloren hatten. Isaac war ein geübter Reiter und lernte so schnell, daß Sergeant Mahaney ihm die Führung einer Gruppe anderer Rekruten übertrug, von denen manche aus der Großstadt kamen und noch nie auf einem Pferd gesessen hatten.

Isaac ließ sie in unverschämtem Tempo um die Bahn herumreiten, so daß einige von ihnen sich an den Hälsen ihrer Pferde festklammern mußten. Was ihm nicht allzu viele Freunde verschafft haben dürfte.

Das Herzstück des Wetterdienstes und seine unverzichtbare Ausstattung war der Telegraf. Er machte zum ersten Mal in der Geschichte die schnelle, simultane Übermittlung von Wetterbeobachtungen an Tausende von Kilometern entfernte Orte möglich.

In Fort Myer nahm Isaac Telegrafen auseinander und setzte sie wieder zusammen, um herauszufinden, was den »Klick« erzeugte. Ein übel zugerichteter Telegrafenmast stand in einem Gruppenraum und ragte von dort in den Himmel. Isaac lernte, auf den Mast zu klettern und Telegrafendraht zu spannen.

Er lernte auch, Nachrichten zu senden und zu empfangen und einen speziellen Code zu verwenden, den der Wetterdienst entwickelt hatte, um Zeit zu sparen und die Kosten der Übermittlung zu verringern. Das Wort »Verrückter« stand für einen morgendlichen Luftdruck von 960 Hektopascal. Ein Wind von 91 Stundenkilometern hieß »Balsam«. Das Codewort für einen Wind von 240 Stundenkilometern war »extrem«. Die Verschlüsselung ermöglichte es dem Telegrafisten, sehr viele Informationen in wenige Worte zu verpacken. Ein Beispiel: »Paul Diktion gesunken Johnson durchtränken Probe.« Entschlüsselt hieß das: »St. Paul, 991 Hektopascal Luftdruck, –20 Grad Lufttemperatur, Wind 10 Stundenkilometer, Höchsttemperatur –23 Grad, Taupunkt –28 Grad. Diese Beobachtung stammt von acht Uhr abends, der örtliche Wetterdienst sagt gutes Wetter voraus.«

Doch der Wetterdienst bestand darauf, daß seine Männer auch die bewährten visuellen Methoden der militärischen Kommunikation beherrschten. Isaac lernte, wie man Nachrichten mit Flaggen, Fackeln und dem Heliographen übermittelte, der einen Spiegel hatte, um Lichtzeichen über weite Entfernungen zu senden. Später, im April 1886, wurde er bei dem Eroberungsfeldzug von Geronimo verwendet. In der Praxis war die Verständigung mittels Signalen umständlich und schwierig, vor allem nachts, wenn man Fackeln benutzen mußte. Diese Operationen bedeuteten nicht selten »nächtliche Fahrten durch den Regen, über matschige Straßen in schwarzer Finsternis, während die Pferde den richtigen Weg suchten, den wir selber nicht fanden«, erinnerte sich H. C. Frankenfield, der ebenfalls 1882 in Fort Myer eintraf. Zwei Jahrzehnte später sollte das Wetteramt Frankenfield den Auftrag erteilen, herauszufinden, woher der große Hurrikan von 1900 gekommen war.

Isaac machte sich mit allen Mitteln der Signalsprache vertraut, doch die meisten anderen Rekruten nahmen diesen Aspekt ihrer Ausbildung nicht sehr ernst. Sie nahmen ohnehin vieles nicht ernst. Oft erzählten die Rekruten einander im voraus, wie die Nachricht, die sie zu übermitteln hatten, lautete. Ein Leutnant ließ eine Gruppe neuer Rekruten absichtlich im Schnellschritt von einer ein Meter hohen Veranda heruntermarschieren, ein anderer befahl seiner Truppe aus heiterem Himmel, nur, um einen Wagen voll junger Mädchen zu beeindrucken, das Wort »assafoetida« zu übermitteln, den Namen eines medizinischen Wirkstoffs, den kaum einer zu buchstabieren vermochte. Auf einen Augenblick verblüfften Schweigens folgte ein gewaltiges Fahnengeflatter, das allerdings weniger an eine Elitefernmeldetruppe als an einen Schwarm aufgeschreckter Tauben erinnerte.

Eines Morgens kurz vor Tagesanbruch erschien ein Rekrut namens Harrison McP. Baldwin, der Klassenclown, zum Morgenappell und führte alle geforderten Manöver fehlerlos durch.

Ohne sein Gewehr.

Niemand bemerkte es.

Jahre später begann Baldwin in Galveston für Isaac zu arbeiten. Er war ein begabter Clown und ein miserabler Meteorologe – ein Mangel, den Isaac später untragbar finden würde, während er Baldwin vermutlich das Leben rettete.

Der Sturm

Montag, der 27. August 1900: 15,3° N, 44,7° W

Der Sturm kam langsam voran. 13 Stundenkilometer, höchstens 16. Er bewegte sich in westlicher und leicht nördlicher Richtung vorwärts und legte ungefähr 320 Kilometer täglich zurück. Auf seinem Weg wühlte er die Meere auf und errichtete eine elektrisierte Wolkenwand, die für Schiffe weit außerhalb seines Einflußbereichs sichtbar war. Offiziell wurde er zum ersten Mal am Montag, dem 27. August, gesichtet. Der Kapitän eines Schiffs, das sich auf 19 Grad nördlicher Breite und 48 Grad westlicher Länge unter dem Wendekreis des Krebses auf halber Strecke zwischen den Kapverden und den Antillen befand, hielt in seinem Logbuch Zeichen einer unruhigen Wetterlage fest. Er registrierte Winde der Stärke 4 aus Ost-Nordost, »eine mäßige Brise«. 22 bis 31 Stundenkilometer. Sein Barometer zeigte 1026 Hektopascal an.
Er tat den Sturm als eine ferne Bö ab.

Fort Myer

Was Isaac wußte

Zwischen den obligatorischen Runden berittener Säbelkämpfe drang Isaac tief in die Geheimnisse des Wetters ein. Die Meteorologie war eine junge Wissenschaft, die nicht so sehr auf akribischer Forschung als vielmehr auf Geschichten und Abenteuern beruhte, was den Charakter des Geheimnisvollen noch verstärkte. Im Licht seiner Gaslampe versenkte er sich, während die Glocken Washingtons im sommerlichen Dunst leise läuteten, in die jahrtausendealte Suche nach dem rechten Verständnis des Windes und nahm teil an der Jagd nach dem Gesetz der Stürme, das für eine der richtungweisenden wissenschaftlichen Erklärungen des neunzehnten Jahrhunderts stand. Er fand dies alles ebenso unwiderstehlich wie die Bücher von Verne, eine große mitreißende Saga voll karmesinroter Wolken, turmhoher Wellen und seltsamer Begebenheiten. Er las von Männern, deren Schiffsdecks nach den heftigsten Stürmen mit erschöpften Pferdebremsen übersät waren, oder von den Überlebenden eines Hurrikans in den Kolonien, die, als der Wind sich gelegt hatte, in den Bäumen gestrandete Hirsche entdeckten. In der Karibik hatte der Wind Kanonen angehoben.

Das Wetter war ein nationales Steckenpferd, und dies seit Jahrhunderten. Zahllose Männer, darunter einige der berühmtesten Zeitgenossen, verfolgten das Wetter täglich, oft jahrzehntelang. Thomas Jefferson führte sein Leben lang ein Wettertagebuch und notierte am 4. Juli 1776, trotz gewisser anderer dringender Angelegenheiten, die Temperatur in Philadelphia betrage angenehme 24 Grad. Samuel Rodman Jr., ein bekannter Kaufmann aus Massachusetts, und sein Sohn Thomas erstellten täglich gemeinsam einen lückenlosen Wetterbericht, den sie 1812 begannen und über drei Viertel des Jahrhunderts fortsetzten. Solche detaillierten Aufzeichnungen sagten zwar nichts über die Kräfte aus, die dem Wetter zugrunde lagen, aber sie gaben ihren Verfassern das Gefühl, die Natur zu beherrschen. Indem sie das Wetter festhielten, es quantifizierten und Jahr für Jahr ihre Vergleiche anstellten, entmystifizierten sie es immerhin so weit, daß Stürme nicht mehr als von Gott verhängte Strafen betrachtet wurden.

Doch seit Gott zumindest teilweise aus dem Spiel war, schien alles nur noch rätselhafter geworden. Die erste »wissenschaftliche« Erklärung des Windes von Anaximander, einem griechischen Naturphilosophen, wäre Isaac lächerlich primitiv vorgekommen. Doch in ihrer Zeit, sechs Jahrhunderte vor Christi Geburt, war sie ein Wunder an Genialität: Er nannte den Wind »ein Fließen von Luft«.

Aber was war Luft?

Der erste Mensch, der schlüssig bewies, daß Luft Substanz hatte, war Philo von Byzanz im dritten Jahrhundert vor Christi Geburt. Er befestigte ein Röhrchen an einer Glaskugel und steckte das offene Ende des Röhrchens in ein mit Wasser gefülltes Gefäß. Wenn er die Kugel in den Schatten stellte, stieg das Wasser im Röhrchen an; setzte er die Kugel der Sonne aus, sank der Pegel. »Die gleiche Wirkung tritt ein«, schrieb er, »wenn man die Kugel mit Feuer erhitzt.«

Ohne es zu wissen, war er auf den Motor gestoßen, der das Wetter der Welt im wesentlichen antrieb und zweitausend Jahre später die Schiffe des Kolumbus und seiner Kumpanen zügig über – und mit ärgerlicher Regelmäßigkeit auch *unter* – die Meere beförderte. Er hatte versäumt, sich folgendes zu fragen: Wenn Hitze ein kleines Luftvolumen dazu bringen konnte, Wasser in einem Röhrchen steigen und fallen zu lassen, was vermochte sie dann mit dem riesigen Meer anzustellen, das die Welt bedeckte?

Aristoteles bewies, daß die Luft Masse hatte, indem er zeigte, daß ein mit Luft gefüllter Behälter nicht zugleich mit Wasser gefüllt werden konnte. Bedeutete dies auch, daß Luft Gewicht hatte?

Um das herauszufinden, legte Aristoteles einen luftdicht verschlossenen Lederbeutel auf die Waage, füllte ihn danach mit Luft und wog ihn erneut. Nichts hatte sich geändert. Er folgerte, irrtümlicherweise, daß Luft gewichtlos sei.

Die Welt drehte sich weiter. In den nächsten fünfzehn Jahrhunderten entwickelte sich die Definition von Wind kaum über Anaximanders »fließende Luft« hinaus. Im Jahr 1120 n. Chr., noch bevor Europa die großen Werke der Griechen wiederentdeckte, glaubte Adelard von Bath, ein englischer Mönch, auf etwas Neues gestoßen zu sein.

Mit der Nüchternheit eines Mannes, den die eigene Genialität mit Demut erfüllte, schrieb er: »Ich glaube, Wind ist eine Spezies der Luft.«

Als die Menschen sich, von der Aussicht auf Ruhm und Reichtum angelockt, über die Grenzen ihres angestammten Gebiets hinauswagten, begegneten sie sonderbaren neuen meteorologischen Phänomenen. Frühe Seefahrer lernten beispielsweise die wundersamen Passatwinde kennen, die ihre Schiffe wie von selbst nach Westindien bliesen. Aber sie gerieten auch in den Kalmengürtel am Äquator und, unmittelbar nördlich der Passatströmung, in eine weitere windstille Zone. Sie nannten sie die Roßbreiten, weil dort halbtote Besatzungen, deren Schiffe wochenlang nicht von der Stelle kamen, ihre Pferde über Bord warfen, um Trinkwasser zu sparen.

Damalige Kapitäne lernten zudem, daß in den neuen Meeren auch das genaue Gegenteil dieser Windstillen lauerte: monströse Stürme mit heimtückischen Flauten, in denen die Sonne schien und der Wind nachließ, so daß unvorsichtige Mannschaften sich bereits in Sicherheit wähnten. Isaac las, daß der erste Europäer, der diese Stürme erlebte, der stets von einem Schutzengel begleitete Kolumbus war. Ihm offenbarte sich das Wetter Westindiens erst allmählich, wie um ihn auf seinen ersten waschechten Hurrikan vorzubereiten. Dieser Sturm, der sich auf seiner vierten und letzten Reise ereignete, war von so parteiischer Grausamkeit, daß geargwöhnt wurde, Kolumbus selbst habe ihn durch Magie heraufbeschworen – angesichts des Mystizismus der damaligen Zeit und des Ausgangs, den der Sturm nahm, kein ganz und gar unverständlicher Vorwurf.

Kolumbus brach am 3. August 1492 in Palos, Spanien, mit drei kleinen Karavellen, der *Niña*, der *Pinta* und der *Santa Maria*, zu seiner ersten Reise auf. Nach den Maßstäben des neunzehnten Jahrhunderts konnten sie alle drei kaum als Schiffe bezeichnet werden. Es waren große, mit ein paar erfahrenen Seeleuten und abenteuerhungrigen jungen Kerlen dürftig bemannte Boote. Nicht nur hatten Kolumbus und seine Kapitäne keinerlei Möglichkeit, im unterschiedslosen Blau des Ozeans die genaue Position ihrer Schiffe zu bestimmen, sie verfügten auch über keines der meteorologischen Hilfsmittel, die für Seefahrer zu Isaacs Zeit selbstverständlich waren.

Nachdem sie einige technische Schwierigkeiten überwunden hatten, wurden die Schiffe von den Passatströmungen erfaßt und kamen schnell und ungehindert voran. Das Wetter war vollkommen: ein klarer blauer Himmel, frische, stetige Winde, die große Wattewolken über den Horizont schoben, kühle Nächte und milde Tage. Eine Atmosphäre träger Sinnlichkeit. »Das Wetter war wie in Andalusien im April«, schrieb Kolumbus. »Es fehlte nur noch der Gesang der Nachtigallen.«

Aber dann geschah auf dieser ersten Reise doch etwas

Merkwürdiges. Der Ausguck sah zuerst, wie das Meer in weiter Ferne anschwoll. Erstaunt schlug er Alarm.

Man schrieb den 23. September, die genaue Position der Flotte war ungewiß, aber das Wetter gut, der Himmel klar, der Horizont ohne jedes Anzeichen eines Sturms. Dennoch machten die Ausgucke eine immense Dünung aus, die langsam und lautlos auf die Schiffe zurollte. Kolumbus und seine Kapitäne steuerten die Flotte mitten in die Wellen hinein und sahen mit offenen Mündern zu, wie die Meeresoberfläche sich zu großen, ölglatten blauen und grünen Bergen auftürmte. Die Dünung hob die Schiffe in schwindelnde Höhe, blieb jedoch ungefährlich.

Was Kolumbus nicht wußte, war, daß sie höchstwahrscheinlich die Vorhut eines Hunderte von Seemeilen entfernten Hurrikans weit außerhalb seiner Sichtweite bildete – es war die gleiche Art von Dünung, die Isaac vier Jahrhunderte später in Galveston, auf seinem Einspänner stehend, beobachtete.

Die Schiffe setzten ihre Reise fort. Kolumbus öffnete die Tore zur Neuen Welt.

Je mehr Zeit er jedoch in den Gewässern Westindiens zubrachte, desto stärker mußte er sein ursprünglich so günstiges Urteil über das karibische Wetter revidieren. Wasserfontänen tanzten zwischen seinen Schiffen. Tropische Regengüsse fielen wie aus aufgesprungenen Kübeln. Windstöße rissen die Segel von den Spieren. Als die Zeit seiner letzten Reise gekommen war, wußte Kolumbus, daß die Meere der Neuen Welt verlockend und tödlich zugleich waren, doch in der Zwischenzeit hatte er gelernt, die Anzeichen für Gefahr am tropischen Himmel zu deuten.

Er war bereit für seinen ersten richtigen Hurrikan.

Vier Jahre vor diesem Sturm ernannten Ferdinand und Isabella von Kastilien Kolumbus zum Vizekönig Westindiens.

Er erreichte Hispaniola im August 1498 in der Erwartung, die Vorteile seines Rangs genießen zu können, doch statt dessen fand er Rebellion und Aufruhr vor. Als man in Spanien erfuhr, daß in Hispaniola das Chaos regierte, beauftragten Ferdinand und Isabella einen Gesandten, Francisco de Bobadilla, dort für Ordnung zu sorgen. Heimlich hatten sie ihn mit besonderen Vollmachten ausgestattet, die er bei seiner Ankunft unverzüglich demonstrierte. Es half nicht gerade, daß Bobadilla, als er in den Hafen von Santo Domingo einfuhr, sieben spanische Leichname an den Galgen baumeln sah. Im Wind schaukelnde Palmen waren eins; im Wind schaukelnde Landsleute etwas ganz anderes. Er benutzte die Hinrichtungen als Vorwand, um Kolumbus festzunehmen und ihn in Ketten legen zu lassen, ein Grad der öffentlichen Demütigung, der vermuten läßt, daß in Bobadillas Portefeuille eine tiefere Gemütsregung lauerte – Habgier vielleicht, ganz sicher aber Neid.

Im Oktober 1500 führte Bobadilla den in Eisen gefesselten Kolumbus durch die Stadt und brachte ihn an Bord eines Schiffes namens *La Gorda*, das nach Spanien fuhr. Bobadilla übernahm selber die Regierung Hispaniolas. Zurück in Spanien, blieb Kolumbus noch sechs Wochen lang in Ketten, bis die Monarchen ihn befreiten. Sogleich bat er um die Erlaubnis, eine weitere große Reise unternehmen zu dürfen. Als Zeichen ihrer erneuerten Sympathie für den Admiral befahlen Ferdinand und Isabella von Kastilien Bobadilla, alle durch Handel und Goldgräberei erzielten Erträge, die Kolumbus zustanden, zusammenzutragen und sie einem von ihnen bestimmten Bevollmächtigten anzuvertrauen. Am 14. März 1502 gewährten die Monarchen Kolumbus eine weitere Reise. Und wie kluge Eltern, die die Kämpfe ihrer eifersüchtigen Kinder abzuwenden versuchen, verboten sie ihm, Hispaniola anzulaufen.

Hocherfreut, wieder die Segel setzen zu können, brach Kolumbus mit vier Karavellen auf und traf mit seiner Flotte am 29. Juni 1502 vor den Küsten Hispaniolas ein. Er sah, daß ein gewaltiger Konvoi von dreißig Schiffen im Fluß Ozama in Santo Domingo für den offenbar unmittelbar bevorstehenden Aufbruch vorbereitet wurde, wußte jedoch nicht, daß sich auch Bobadilla sowie ein riesiges Vermögen in Gold, einschließlich seines eigenen Anteils, an Bord befanden. Daß Bobadilla Kolumbus' Gold ausgerechnet auf dem kleinsten und zerbrechlichsten Schiff, der *Aguja*, hatte laden lassen, war ein weiterer Hinweis auf die verborgene Gemütsregung, die seinen Haß schürte. Wenn eines der Schiffe sinken würde, dann die mickrige *Aguja*.

Kolumbus hatte mindestens drei gute, sinnvolle und vertretbare Gründe für das, was er als nächstes tat: Erstens bot der Konvoi eine ausgezeichnete Möglichkeit, Post von seiner eigenen kleinen Flotte rasch nach Spanien zu befördern; zweitens wollte er eines seiner Schiffe, das keine gute Leistung erbracht hatte, gegen ein flinkeres eintauschen; drittens hatte das Wetter eine unheilvolle Wendung genommen und wies die übliche Troika der Sturmvorboten auf: ölige Dünung, drückende Hitze und einen roten Himmel.

Aus diesen Gründen schickte Kolumbus einen seiner Kapitäne an Land, um ihn die Erlaubnis einholen zu lassen, mit seiner Flotte in den Hafen einzufahren, eine eindeutige Mißachtung der königlichen Anordnung.

Der neue Gouverneur, Don Nicolas de Ovando, lachte nur.

Gekränkt lenkte Kolumbus seine Schiffe auf die leewärts gelegene Seite Hispaniolas, um die Masse der Insel zwischen sich und den aufkommenden Sturm zu bringen. Er wies seine Kapitäne an, falls sie durch den Sturm getrennt würden, einen Hafen an der Ocoabucht anzusteuern, der in der Nähe des späteren Puerto Viejo de Azua lag.

Inzwischen war der Konvoi samt Bobadilla und Kolumbus' Gold mit großem Getöse – Trompetenschall, Kanonendonner, knatternde Fahnen – vom Ozama aus in See gestochen und befand sich auf dem Weg zur Monapassage, der Meerenge zwischen Hispaniola und Puerto Rico, die die Karibik mit dem Atlantik verbindet.

Der Sturm war ein ausgewachsener Hurrikan. Kolumbus' Flotte, im Windschatten Hispaniolas einigermaßen geschützt, wurde von ihm gestreift; dies übertraf schon alles, was Kolumbus bis dahin erlebt hatte. »Es war ein fürchterlicher Sturm«, schrieb er, »und in dieser Nacht wurden die Schiffe von mir getrennt. Jedes einzelne wurde derart bis zum Äußersten belastet, daß niemand etwas anderes als den Tod erwartete. Jedes einzelne war sich sicher, daß die anderen verloren seien.«

In einem Manöver, das aller üblichen Seefahrerpraxis widersprach, segelte Kolumbus nicht aufs offene Meer hinaus, sondern brachte sein Schiff näher an die Küste heran, um den Windschutz auszunutzen, den die Berge Hispaniolas boten. Sein Schiff überstand den Sturm. Am Sonntag, dem 3. Juli, erreichte er mit seiner Karavelle die Ocoabucht, den vereinbarten Treffpunkt. Von den anderen keine Spur.

Während sein Schiff sanft im schönen blauen Wasser schaukelte und auf den Decks, abgesehen von Reparaturgeräuschen, alles ruhig war, beobachtete Kolumbus durch heiße Ströme feuchter Luft hindurch die Einfahrt in die Bucht.

Der Ausguck wird sie zuerst als weißes Glitzern auf dem allmählich zur Ruhe kommenden Meer ausgemacht haben. Er rief laut, wünschte dann vielleicht, er hätte es nicht getan, denn das Glitzern verschwand, und das Schiff sank wieder in die türkise Stille zurück.

Doch dann sah er ein neues Glitzern, diesmal ein untrügliches Zeichen. Segel tauchten auf, kurz darauf kam ein Schiff in Sicht. Gefolgt von einem zweiten. Und, unglaublich, einem dritten.

Alle gerettet.

Und Bobadilla?

Der Hurrikan hatte den Konvoi in der Monapassage frontal erfaßt. Das Auge war ganz in der Nähe, vielleicht direkt über ihnen, vorbeigerast. Zwanzig der Goldschiffe waren mit Mann und Maus untergegangen; auf einem von ihnen hatte sich Bobadilla befunden. Alles in allem verloren fünfhundert Seeleute ihr Leben. Ein paar Schiffe kämpften sich, schwer beschädigt, nach Santo Domingo durch.

Nur eines der ursprünglich dreißig Schiffe schaffte es bis Spanien: die mickrige kleine *Aguja*, die Kolumbus' Gold geladen hatte.

Das Rätsel der Luft beschäftigte weiterhin die klügsten Köpfe der Welt. 1638 führte Galileo eine Variation von Aristoteles' Lederbeutel-Experiment durch. Er konstruierte ein Gerät aus einem Glasballon und einem Ventil, mit dem sich der Ballon luftdicht verschließen ließ. Er wog den Ballon. Dann preßte er über das normale Volumen des Ballons hinaus Luft hinein. Als er ihn erneut wog, stellte er einen meßbaren Unterschied fest.

Damit war erwiesen: Luft hat Gewicht.

Zu Galileos Zeit war dies eine verblüffende Neuigkeit. Luft war unsichtbar und hatte dennoch Gewicht. Sie war überall, hoch über der Erde aufgeschichtet. Also mußte sie auf jeden Menschen, jeden Stein und jeden Baum eine Kraft ausüben. Die meteorologische Bedeutung dieser Erkenntnis entging Galileo, doch fünf Jahre später inspirierte seine Entdeckung den italienischen Physiker Evangelista Torricelli zu einer Reihe von Experimenten, mit denen er das entscheidende Tor zum Verständnis der Kräfte öffnete, die das Wetter der Welt bestimmen.

Auch er begann mit einem Glasballon, verband ihn jedoch mit einem »zwei Ellen langen« Röhrchen (eine Elle war eine ziemlich ungenaue Maßeinheit, die dem Abstand zwischen dem Ellbogen und der Mittelfingerspitze eines Mannes entsprach). Er füllte dieses Röhrchen mit Quecksilber, stellte es in eine ebenfalls mit Quecksilber gefüllte Schale und beobachtete, wie das Quecksilber in dem Röhrchen sank, bis sich der Pegel ungefähr in der Mitte zwischen Ballon und Schale stabilisierte.

Er stabilisierte sich allerdings nie ganz und gar. Torricelli bemerkte, daß er zu verschiedenen Zeiten des Tages und unter verschiedenen atmosphärischen Bedingungen immer wieder leicht anstieg oder sank. Zu diesem Ergebnis war er nicht ohne weiteres gekommen. Bevor er sich für Quecksilber entschied, versuchte er es mit Wasser. Um dabei überhaupt einen sichtbaren Effekt zu erzielen, mußte er ein zwanzig Meter langes Glasrohr verwenden, ein Apparat, der nicht unbedingt geeignet war, bei Seefahrern Anklang zu finden.

Der Begriff »Barometer« kam etwa ein Jahrzehnt später auf, als Robert Boyle sein Gerät zum Wiegen der Luft so bezeichnete. Es war ein Instrument, das die Royal Society derart begeisterte, daß sie 1668 beschloß, ein ganzes Sortiment von Boyles Barometern herstellen und bis in die hintersten Winkel der Erde verschicken zu lassen. Dazu kam es zwar nie, aber zu Isaacs Zeit war das Barometer als meteorologisches Gerät längst so anerkannt, daß es den Weg in all diese Gegenden von selber fand.

Immer detailliertere Sturmschilderungen beflügelten nicht nur die Phantasie zahlloser Landratten, sondern brachten auch die ersten wissenschaftlichen Erkenntnisse über den einzigartigen Charakter von Hurrikans hervor. Einer der fesselndsten Autoren des siebzehnten Jahrhunderts war William Dampier, ein Engländer, der seine Zeit zwischen Abenteuern mit Piraten und dem geduldigen Dokumentieren der Naturerscheinungen aufteilte, die er auf seinen weiten Reisen beobachtete. Isaac hielt ihn für einen der größten Pioniere der Meteorologie. Es war Dampier, der der Welt die erste ausführliche Beschreibung der grellen atmosphärischen Farben lieferte, die Hurrikans vorausgingen –

jenes »Ziegelstaubhimmels«, den Isaac, als er mit den Augen den Horizont absuchte, nicht fand.

Im Jahr 1703 offenbarte mitten im Herzen Londons ein heftiger, langanhaltender Sturm den wahren Charakter von Wirbelstürmen. Indem er England den schlimmsten Sturm seiner Geschichte bescherte, beförderte er zugleich die literarische Karriere Daniel Defoes, eines dreiundvierzigjährigen Schriftstellers und Journalisten mit einem Sinn für Katastrophen. Er wußte eine gute Geschichte zu schätzen.

Zwei Wochen lang legte eine Anzahl starker Sturmwinde den Schiffsverkehr vor der Küste Englands lahm. Auslaufende Schiffe mußten im Hafen bleiben, ankommende auf See. Am Mittwoch, dem 24. November, ließen die Winde nach; Donnerstag war es soweit, daß sich Hunderte von Schiffen einschließlich eines Kontingents russischer Kriegsschiffe, von dem britischen Kriegsschiff *Reserve* feierlich eskortiert, in langsamem, anmutigem Walzer über die rauhe See bewegten, die die Stürme hinterlassen hatten.

Die *Reserve* ging vor Yarmouth vor Anker. Überzeugt, daß das Schlimmste überstanden sei, ging ihr Kapitän zusammen mit dem Schiffsarzt und dem Expedienten an Land, um Vorräte einzukaufen. In Deal, einer kleinen Stadt oberhalb der trügerischen Goodwind Sands nahe Dover, verbrachte Bürgermeister Thomas Powell den ganzen Tag mit seiner Hauptbeschäftigung: dem Handel mit Seemannsbedarf. In Plymouth segelten Henry Winstanley und eine Handvoll Arbeiter von den Barbican Steps aus zu Winstanleys 25 Kilometer entferntem, umstrittenem Eddystone Light, um dessen fehlerhaftes Leuchtsignal zu reparieren. Kritiker hatten behauptet, der Leuchtturm biete keine Sicherheit, worauf Winstanley erwidert hatte, er möchte sich während »des größten Sturms, der je unter dem Antlitz des Himmel getobt hat«, nirgendwo anders befinden als im Innern dieses Turms – einer jener Augenblicke der Geschichte, die nach einem Anschwellen unheilvoller Musik verlangen.

Inzwischen konnte man Barometer nicht mehr nur im Besitz von Seefahrern und Wissenschaftlern, sondern auch in einigen Privathäusern finden. Wissenschaftler wußten mittlerweile, daß schlechtes Wetter häufig von sinkendem Luftdruck begleitet war, obgleich ihnen ein Rätsel blieb, warum das so war. Am späten Freitag, dem 26. November, sahen die Barometerbesitzer Englands das Quecksilber zuerst allmählich fallen, dann regelrecht absacken.

Der Sturm schlug mit solcher Härte zu, daß Königin Anne in den Keller des St. James Palastes geführt und in einem Weinkeller in Sicherheit gebracht wurde. Der Wind riß das Dach von Westminster Abbey ab und zerstörte über vierhundert Windmühlen, wobei er in einigen Fällen ihre Segel so schnell drehte, daß die Reibung die Gebäude in Brand setzte. Der Wind schleuderte Dachziegel wie Kanonenkugeln durch die Gegend.

Der Sturm zerstörte auf der Themse innerhalb Londons siebenhundert Schiffe. Er türmte große Trümmerhaufen auf, in denen Bugspriete Heckkabinen durchbohrten. Ein Gewirr aus Takelagen und Tauwerk lag über allem, als hätte sich ein riesiges Spinnennetz über den Wrackteilen ausgebreitet. Entlang des Severn Rivers durchbrachen die Sturmfluten Deiche und ertränkten fünfzehntausend Schafe. Die salzige Gischt färbte die Blätter weiß. Der Naturforscher Anton van Leeuwenhoek schrieb: »Um acht Uhr am nächsten Morgen warf ich einen Blick auf das Barometer und stellte fest, daß das Quecksilber niedriger war, als ich es je gesehen hatte.«

An Land starben nur 128 Menschen, viele von ihnen durch einstürzende Kaminschornsteine.

Auf See sahen die Dinge anders aus. Wäre das Geheul von Wind und Wellen nicht gewesen, so hätte man in dieser Nacht überall entlang der englischen Küste die dünnen Schreie todgeweihter Menschen gehört, gestrandet oder auf dem Wasser treibend, viele auch an der Spitze von Masten hängend, die nur noch wenige Meter aus dem Meer herausragten.

Vor Plymouth ereignete sich etwas, das die meisten wohl für unmöglich gehalten hätten. Wenn in Defoes Zeit, wie in Isaacs, auf irgend etwas Verlaß war, dann auf Leuchttürme.

Bis kurz nach Mitternacht, Freitagnacht, sahen die Bewohner des fernen Festlandes das beruhigende Leuchtsignal des Eddystone Light. Es bewies, daß Henry Winstanley es trotz des Orkans geschafft hatte, die Lampe zu reparieren.

Nach Mitternacht verlosch das Licht plötzlich. Als Retter den Leuchtturm, oder besser gesagt, den Felsen, auf dem er errichtet worden war, endlich erreichten, fanden sie dort nichts mehr vor: Der Sturm hatte ihn hinweggefegt. Nur die spärlichsten Holz- und Mauerwerkreste ließen noch ahnen, daß dort jemals irgend etwas gestanden hatte, von einem Leuchtturm ganz zu schweigen.

Weiter die Küste hinauf waren mehrere Schiffe auf den Goodwind Sands auf Grund gelaufen. Überlebende hingen in den Masten und Takelagen ihrer Schiffe, bis die Flut zurückwich und sie auf die Sandbank hinunterklettern konnten, um auf Rettung zu warten. Sie waren sicher, daß die Stadt, die sie durch die Gischt hindurch ausmachten, ihnen bald Hilfe schicken würde.

Die Einwohner Deals waren sich des Leids der Seeleute durchaus bewußt. Manche beobachteten die gestrandeten Männer durch ihre Teleskope. »Es muß ein trauriger Anblick gewesen sein«, schrieb Defoe, »wie die armen Seeleute auf der Sandbank auf und ab gingen, welche Posen sie einnahmen, und wie sie, Hilfe suchend, Zeichen machten, die mit dem Fernglas vom Ufer aus leicht zu erkennen waren.«

Es fuhren auch tatsächlich Boote von Deal aus los, aber

nicht zu ihrer Rettung. Ihre Mannschaften ignorierten die verlorenen Männer und durchstöberten statt dessen die im Wasser treibenden Trümmer nach wertvollem Bergungsgut. Die Männer auf der Sandbank waren Väter, Ehemänner, Geliebte und Söhne, »aber keiner scherte sich um das Leben dieser armseligen Kreaturen«.

Als Bürgermeister Powell vom Verhalten seiner Bürger erfuhr, war er entsetzt. Er bat das örtliche Zollamt inständig, seine Boote einzusetzen, aber der verantwortliche Beamte lehnte ab. In dem Versuch, eine eigene Rettungsmannschaft aufzustellen, setzte Powell eine Belohnung von fünf Schillingen für jeden geretteten Matrosen aus. Mit Hilfe einiger Freiwilliger kaperte er ein Zollschiff und brachte durch sein Vorbild einige der Bergungsleute zu dem Entschluß, ebenfalls zu helfen. Gemeinsam retteten sie zweihundert Männer, schafften es jedoch nicht mehr, die vielen anderen zu bergen, die noch draußen waren, als die Flut zurückkam.

Insgesamt tötete der englische Wirbelsturm des Jahres 1703 über achttausend Seeleute auf Hunderten von Schiffen. Eines davon war das Kriegsschiff *Reserve*. Als der Sturm heftiger wurde, eilten ihr Kapitän, der Arzt und der Expedient zum Hafen von Yarmouth zurück, wo sie nur noch zusehen konnten, wie das Wasser ihr Schiff und alle, die an Bord waren, verschlang.

Die Menschen kannten inzwischen die Gefahren, die von Hurrikans ausgingen, doch was die Launen des Wetters herbeiführte, entging ihnen nach wie vor. Wo kamen die Winde überhaupt her? Und was gab ihnen solche Kraft?

Anfang des achtzehnten Jahrhunderts befanden sich wichtige Teile des Puzzles an der richtigen Stelle. Der Luftdruck konnte gemessen werden, sogar auf See. Temperaturskalen erlaubten endlich den präzisen Vergleich von heiß und kalt.

Das wichtigste Puzzleteil aber fehlte noch, obwohl das zugrundeliegende Prinzip längst bewiesen worden war.

1627 richtete ein mutiger, wenn auch ein wenig melodramatischer deutscher Mathematiker, Joseph Furtenbach, eine geladene Kanone in den Himmel, um mittels eines Experiments eine weitere von Galileos Theorien zu beweisen: daß die Erde sich um eine feste Achse drehte. Das war hohe Wissenschaft. Wenn Galileo recht hatte – und Furtenbach hoffte inbrünstig, daß es so sei –, würde eine senkrecht in die Luft geschossene Kanonenkugel irgendwo westlich der Kanone wieder auf die Erde fallen, während die Rotation der Erde Furtenbach gen Osten in Sicherheit beförderte. Wenn Galileo sich aber irrte, würde die Kugel genau dort herunterfallen, wo sie abgefeuert worden war, und Furtenbach wäre ein toter Mann.

Er entzündete die Kanone. Während die Kugel in den Himmel schoß, lief er zur Mündung und setzte sich darauf. Die Skeptiker unter den Zuschauern machten höchstwahrscheinlich ein paar Schritte rückwärts, um die Sache aus respektvoller Entfernung zu beobachten. Wie die Sekunden sich in die Länge gezogen haben müssen, während die Kugel wimmernd ihren höchsten Punkt erreichte, das Lächeln auf Furtenbachs Gesicht erstarrte, die ängstlicheren Zuschauer die Hände hoben, um ihre Augen zu bedecken, und durch das Gitterwerk ihrer Finger spähten ...

Rrrumms.

Stille.

Furtenbach glitt vom Kanonenrohr, Kopf und Lächeln intakt. Etwas weiter westlich – ein kleiner Krater. Endlich der Beweis: Die Erde drehte sich.

Es war Edmund Halley, ein berühmter Kometenforscher, der erkannte, daß diese Rotation einen beträchtlichen Einfluß auf das Wetter der Erdkugel haben könnte. In dem Versuch, die Passatwinde zu erklären, stellte Halley fest, daß die Sonnenstrahlen am beständigsten auf den Äquator fielen. Indem die Sonne sich durch die Drehung der Erde über diese hinwegbewege, bringe sie nach und nach Luftmassen zum Aufsteigen. Andere, kühlere Luft ströme nach, um den Raum auszufüllen, und folge der Sonne in einem beständigen Windstrom um die Erdkugel.

Eine bezwingende Theorie, die jedoch ein entscheidendes Manko hatte: Sie vermochte nicht zu erklären, warum die vorherrschenden Ostwinde des Passatgürtels plötzlich nördlich der Roßbreiten in Winde übergingen, die genau in der entgegengesetzten Richtung bliesen.

Was Halley bei seinen Überlegungen nicht berücksichtigt hatte, war die *Form* der Erde: die Tatsache, daß die Welt sich in New York City – obwohl kein New Yorker dies je zugeben würde – langsamer drehte als in Key West. Im Jahr 1735 fand George Hadley, der oft mit Halley verwechselt wird, eine so verblüffend einfache Erklärung, daß sie noch zu Isaac Clines Zeit allgemein anerkannt war.

Hadley erkannte, daß ein am Nordpol und ein am Äquator verankertes Objekt sich mit unterschiedlicher Geschwindigkeit durch den Raum bewegten: Mit demselben Planeten verbunden, mußten beide eine Erdumdrehung in derselben Zeit hinter sich bringen, doch das Objekt am Äquator hatte eine erheblich größere Distanz zu bewältigen und bewegte sich daher schneller. Hadley begriff, daß dasselbe Prinzip auch für die Luft an diesen Orten galt.

Er stimmte mit Halley darin überein, daß die Sonne, indem sie den Äquator erwärmte, Luft zum Aufsteigen brachte, die dann durch nachströmende kühlere Luft ersetzt wurde. Doch Hadley vermutete, daß diese kühlere Ersatzluft ihre polare Geschwindigkeit beibehielt. Je weiter südlich sie käme, meinte er, desto langsamer müßte sie sich im Verhältnis zum Erdboden zu bewegen scheinen. Wer diesen sich langsam fortbewegenden Luftmassen begegnete, würde sie als einen rechts- oder westdrehenden Wind wahrnehmen. Dies seien die Passatwinde.

Nach Norden wandernde Luft hingegen, so Hadley, müsse sich im Verhältnis zum Boden zu beschleunigen scheinen. Während sie abkühle, sinke sie, behalte dabei aber ihre äquatoriale Geschwindigkeit bei. Beobachter am Boden würden dies als einen nach Osten wehenden oder von seinem nördlichen Kurs nach rechts drehenden Wind wahrnehmen. Dieser, so Hadley, erzeuge die beständige Brise nördlich der Roßbreiten, die die Forscher nach Hause wehe.

Ein Jahrhundert später setzte ein französischer Mathematiker, Gaspard Coriolis, all dies in Zahlen und Formeln um und bewies, daß jedes Objekt auf der nördlichen Hemisphäre nach rechts, auf der südlichen Hemisphäre dagegen nach links driftete. In seinem Vortrag vor dem YMCA Galvestons im Jahre 1891 gab Isaac eine quälend detaillierte Beschreibung des Coriolis-Effekts. Die Menge lauschte mit eiserner Konzentration: »... Auf dem 30. Breitengrad beträgt die Geschwindigkeit der Erde in östlicher Richtung 1444 Stundenkilometer, auf dem 45. Breitengrad 1178, also 266 Stundenkilometer weniger. Übertrüge man nun eine Luftmasse im Ruhezustand plötzlich vom 30. auf den 45. Breitengrad, so würde man feststellen, daß sie eine um 266 Stundenkilometer größere relative östliche Geschwindigkeit hätte als der Breitengrad, auf dem sie angekommen ist, und wechselte sie mit der Geschwindigkeit, die sie auf dem 45. Breitengrad hat, von diesem zum 30. Breitengrad, so wäre sie langsamer als die Erde auf dem 30. Breitengrad, was einer relativen westlichen Geschwindigkeit von 266 Stundenkilometern entspräche.«

Ein Publikum des zwanzigsten Jahrhunderts hätte Isaac kurzerhand erschossen.

Hadleys Theorie trug wenig dazu bei, den Menschen zu einem unmittelbaren Verständnis von Stürmen im allgemeinen und Hurrikans im besonderen zu verhelfen. Indessen wuchs die Gefahr. Der Schiffsverkehr dehnte sich aus. Nationen entsandten Flottengeschwader, um ihre Interessen zu schützen. Keine andere Zeitspanne machte die Bedrohung der nationalen Verteidigung so deutlich wie die Orkansaison von 1780, als innerhalb von zwei Wochen drei heftige Wirbelstürme in der Karibik wüteten und die Streitkräfte Frankreichs, Spaniens und Englands, noch während sie sich in den kriegsgeschüttelten Meeren Amerikas gegenseitig den Garaus machten, unterschiedslos zerstörten.

Der erste Wirbelsturm tobte am 3. Oktober. Er machte die jamaikanische Stadt Savanna-la-Mar dem Erdboden gleich und überraschte dabei Dutzende britischer Kriegsschiffe. Hunderte von Seeleuten verschwanden einfach. »Wer vermöchte zu schildern, welcher Anblick sich einem vom Deck aus bot?« schrieb Leutnant Benjamin Archer, der den Untergang der *Phoenix* überlebte. »Und wenn ich ewig schreiben würde, könnte ich euch keinen Eindruck davon vermitteln – totale Finsternis am Himmel; das Meer in Flammen, aufwallend wie die Alpen oder die Gipfel Teneriffas (Berge sind eine zu gewöhnliche Vorstellung); der Wind lauter brüllend als Donner (wahrlich kein Auswuchs der Phantasie), der Schrecken des Ganzen, wenn das möglich war, noch gesteigert durch eine sehr ungewöhnliche Art blauer Blitze.«

Der zweite, schlicht der Große Hurrikan genannt, fegte am 10. und 11. Oktober über Barbados hinweg und tötete allein auf dieser Insel 4326 Menschen. Auf den Westindischen Inseln insgesamt fielen ihm 22 000 zum Opfer. Der Brite Sir George Rodney beschrieb, zutiefst erschüttert, was von Barbados übriggeblieben war: »Die schönste Insel der Welt hat den Anschein eines durch Feuer und Schwert verwüsteten Landes und mutet einen so schrecklich an, daß mir die Worte fehlen, es auszudrücken.«

Als nächstes erreichte der Sturm französisches Gebiet und versenkte mindestens vierzig Schiffe eines französischen Konvois vor Martinique. Fünftausend Soldaten kamen ums Leben.

Der dritte Hurrikan kam genau zu dem Zeitpunkt, als der spanische Admiral Don José Solano eine Streitmacht von sechs Dutzend Schiffen und viertausend Soldaten zu einem Überraschungsangriff gegen die Briten bei Pensacola führte. Der Sturm beschädigte und verstreute die Flotte derart, daß der Admiral den Angriff abblies. Der damaligen Sitte gemäß, Stürme nach prominenten Opfern zu benennen, ging der Hurrikan als »Solanos Sturm« in die Geschichte ein.

Zusammen fügten die drei Stürme den britischen Streitkräften in der Karibik so viel Schaden zu, daß die Admiralität ihren geheimen Plan, Puerto Rico von den Spaniern zu erobern, aufgab.

Keine Kriegsflotte der Welt hätte mit der militärischen Potenz der Großmächte so kurzen Prozeß machen können. Hurrikans stellten eindeutig eine größere Gefahr dar als die Streitkräfte irgendeiner einzelnen Nation. Aber was konnte man tun? Die Kapitäne verfügten noch nicht einmal über eine wirkungsvolle Methode, von einem fahrenden, sich hebenden und senkenden Schiff aus Windgeschwindigkeiten zu messen. Sir Francis Beaufort versuchte, dieses Problem zu lösen, indem er sich eine Skala ausdachte, die es Seefahrern ermöglichte, die Intensität des Windes vom Erscheinungsbild der Meere und Segel abzulesen. Stärke 0 bedeutete, die Winde waren so schwach, daß das Schiff nicht vorwärtskam. Stärke 12 war ein Orkan, eine Situation, in der kein Segel gesetzt werden konnte. Beaufort beabsichtigte, die Wetterbeobachtungen auf See zu vereinheitlichen und damit vergleichbar zu machen. Seine Skala schloß allerdings die Windgeschwindigkeit nicht ein – dieser Wert wurde erst viel später hinzugefügt. Der erste Kapitän, der die Skala offiziell benutzte, tat dies am 22. Dezember 1831, dem ersten Tag einer Forschungsreise. Der Kapitän hieß Robert Fitzroy; unter den Passagieren seines Schiffes befand sich ein Naturforscher namens Darwin.

Hurrikans, die Kolumbus einst so überrascht hatten, setzten sich im öffentlichen Bewußtsein zusehends als eine von vielen Gefahren fest, die man bei Schiffsreisen über das offene Meer in Kauf nehmen mußte. Sie galten immer noch als Fingerzeige Gottes, gegen die der Mensch machtlos war. Mit tragischer Regelmäßigkeit manövrierten Kapitäne ihre Schiffe mitten in die schlimmsten Stürme hinein, die je auf der Erde getobt hatten. Viele Seeleute fanden sich mit der Unvermeidbarkeit von Hurrikans ab und beteten, daß sie sie nie mit ihrer ganzen Wucht zu spüren bekommen würden. Andere waren nicht gewillt, so ohne weiteres klein beizugeben. Sie begannen sich ernsthaft auf die Suche nach dem flüchtigen »Gesetz der Stürme« zu machen, jener physikalischen Formel, die, wie Wissenschaftler hofften, Seefahrern helfen würde, Stürme und Taifune vorherzusehen und zu umgehen, ja vielleicht sogar von ihnen zu profitieren.

Es war ein Hurrikan, der diese Suche in Gang setzte.

Am 3. September 1821 traf ein Wirbelsturm, der von Cape Fear aus die Küste hinaufraste, unweit von New York City aufs Festland und setzte seinen Weg weit bis nach New England hinein fort. Kurz nach dem Sturm ritt ein zweiunddreißigjähriger Sattler namens William Redfield, Sohn eines längst verstorbenen Seemanns, auf seinem Pferd durch Connecticut, als ihm an der Landschaft um ihn herum etwas Seltsames auffiel. Nahe Canaan im nördlichsten Connecticut waren die Bäume, die der Wind umgepustet hatte, genau in die andere Richtung gefallen als weiter im Süden.

Nach seiner Heimkehr begann Redfield sich eingehend mit dem Hurrikan zu beschäftigen. Er suchte aus Zeitungen, Briefen, Logbüchern und anderen Quellen alle noch so kleinen Details über den Sturm zusammen und war damit der erste Mann, der einen Sturm vom ersten bis zum letzten nachvollziehbaren Moment verfolgte. Danach dehnte sich sein Interesse auch auf andere Hurrikans aus, die er mit ähnlichem Eifer studierte. Sein erster Aufsatz, »Über die an der atlantischen Küste vorherrschenden Stürme«, erschien 1831 im *American Journal of Science* und wurde schnell zu einem Klassiker der Meteorologie. Seine Schlußfolgerung lautete, daß es für das wechselnde Muster der Schäden, das er beobachtet hatte, nur eine Erklärung geben könne: »Dieser Sturm hatte die Gestalt eines großen Wirbelwinds.«

Redfields akribische Studien erregten die Aufmerksamkeit eines britischen Marineoffiziers, Oberstleutnants William Reid, der von König William IV. nach Barbados beordert worden war, um dort die britischen Interessen zu vertreten, nachdem die Insel erneut von einem katastrophalen Hurrikan heimgesucht worden war. Der »Barbados-Louisiana-Hurrikan« von 1831 forderte über fünfzehnhundert Menschenleben. Auch Reid war bald besessen von dem Thema. Zurück in England übernahm er Redfields Forschungsmethoden und entfachte seinerseits die Sturmbeobachtungsleidenschaft seines Landsmanns Henry Piddington, der mit den gleichen Vorgehensweisen die unvorstellbar grausamen Stürme des Golfs von Bengalen unter die Lupe nahm. Piddington war es auch, der den aus dem Griechischen entlehnten Begriff *cyclone* prägte, und seine Studien bereiteten Isaac Cline am Samstag, dem 8. September 1900, das größte Kopfzerbrechen.

Piddington rekonstruierte einen Zyklon, der die Küstenstadt Coringa im Dezember 1789 heimgesucht hatte. »Die unglückseligen Bewohner Coringas sahen mit Schrecken drei gewaltige Wellen, die einander in kurzen Abständen folgten, vom Meer auf sich zukommen. Die erste, die auf ihrem Weg alles mit sich fortriß, setzte die Stadt mehrere Fuß hoch unter Wasser. Die zweite brachte noch schlimmere Verheerungen, indem sie das ganze Tiefland überschwemmte, und die dritte überflutete alles.« Die drei Wellen töteten mindestens zwanzigtausend Menschen, doch die endgültige Zahl der Opfer ließ sich nicht mehr feststellen. »Auf seinem Rückzug hinterließ das Meer Berge von Sand und Schlamm, was die Suche nach Gegenständen und Leichnamen unmöglich machte.«

Isaac hatte Piddingtons Arbeiten gelesen. Jahre später am Strand von Galveston kamen sie ihm wieder in den Sinn. »Ich hatte die spärlichen Informationen über tropische Zyklone genau studiert«, schrieb Isaac. »So hatte ich über den Kalkutta-Zyklon vom 5. Oktober 1864 gelesen, der eine fünf Meter hohe Sturmflut über dem Gangesdelta auslöste, in der 40 000 Menschen ertranken, und über den Backergunge-Zyklon vom 31. Oktober 1876 mit seiner gigantischen Sturmflut, die eine Höhe von drei bis nahezu siebzehn Metern über dem östlichen Rand des Gangesdeltas erreichte und nach den vorsichtigsten Schätzungen 100 000 Menschenleben forderte.« Zu diesem Zeitpunkt dachte er allerdings in erster Linie an die Wellen. Er hatte noch keine Vorstellung davon, wie sehr die Unterwasserlandschaft der Galvestonbucht, oder die Tiefseemessung, derjenigen des Golfs von Bengalen ähnelte. Das wurde ihm erst später klar.

In seinem außerordentlich populären Werk *The Sailor's Horn-Book for the Law of Storms* (»Das Seefahrer-ABC für das Gesetz der Stürme«) erteilte Piddington praktische Ratschläge für den Umgang mit Hurrikans. Es enthielt auch Sturmkarten oder sogenannte »ABC-Karten«, die die Richtung des Windes an verschiedenen Punkten in einem Zyklonenkreis anzeigten. Ein Seefahrer konnte die Winde, die er erlebte, mit den Winden auf der Karte abgleichen. Auf diese Weise bestimmte er, an welcher Stelle innerhalb des Sturms sein Schiff sich befand, um so das »tödliche Zentrum«, wie Piddington es nannte, zu umgehen. Mit diesen Sturmkarten, so Piddington, »hat man den Hurrikan in der Hand«.

Auf dem Papier klang das alles gut und präzise, doch in der Realität kamen die Hurrikans immer noch überraschend und kosteten immer noch Tausende das Leben. Wie ein Kapitän aus dem neunzehnten Jahrhundert es ausdrückte: »Wenn das Zentrum immer acht Punkte von der Windrichtung entfernt läge; wenn der Wind *allmählich* an Stärke zunähme, je näher wir dem Zentrum kämen; wenn der Wind sich in allen Teilen des Sturms *allmählich* drehen würde; wenn das Zentrum eines Sturms seine einzige Gefahrenzone wäre, dann wäre es sehr einfach, einen Hurrikan zu umgehen.«

Worüber Isaac in Fort Myer nicht viel lernte, war die Wettervorhersage, eine schwarze und gefährliche Kunst, die nur ein paar Männer in Washington ausüben durften. Unzutreffende Vorhersagen untergruben das Vertrauen einer Öffentlichkeit, die die Kompetenz und den Wert des nationalen Wetterdienstes ohnehin mit Skepsis betrachtete. Ein paar Zeitungen hatten begonnen, die Wettervorhersagen des Amtes den oft überlegenen Vorhersagen von Astrologen und allerlei Wetterpropheten gegenüberzustellen. Damit garantiert nur hervorragende Leute für ihn arbeiteten, unterzog der Wetterdienst seine Fort Myer-Soldaten einer rigorosen Prüfung. Diejenigen, die am besten abschnitten, sicherten sich eine sofortige Anstellung als Assistenten in den Wetterstationen überall im Land.

In der Prüfung mußte jeder Kandidat unter anderem eine besondere, mit der Meteorologie verknüpfte Aufgabe wählen, die er neben der in einer Wetterstation geforderten Routinearbeit zu verfolgen gedachte. Der Chef wollte seine Leute zwischen den Wetterbeobachtungen nicht untätig herumsitzen sehen – eine kluge Politik angesichts der Sexskandale, schweren Diebstähle und anderen Zwischenfälle, die den Ruf des Wetterdienstes bald weiter beschädigen sollten. Isaac gab die idealistische Antwort, er wolle etwas tun, das »der Menschheit nütze«.

Isaac landete auf Platz sechzehn und wurde unverzüglich

nach Little Rock, Arkansas, geschickt. Wenn er nicht gerade Temperaturen und Luftdruckwerte maß, sollte er untersuchen, wie das Klima das Verhalten der Rocky Mountains-Heuschrecken beeinflußte, von denen es dort auf dem Land angeblich wimmelte. Für Isaac wurde ein Traum wahr. »Ich war einundzwanzig Jahre alt«, schrieb er, »die Welt lag vor mir, und meine Begeisterung war so groß, daß ich glaubte, alles tun zu können, wozu ein Mensch überhaupt imstande ist.«

Der Sturm

Dienstag, 28. August 1900: 16° N, 49,3° W

Der Wirbelwind nahm Gestalt an. Luftströme flossen auf sein Zentrum zu. Die Erdrotation trieb sie nach rechts, aber jeder nach rechts drehende Windstoß gab dem Wirbel einen Linksdrall, so wie ein Stoß an die rechte Seite einer Billiardkugel diese dazu veranlaßt, sich nach links zu drehen. Die ankommenden Winde senkten den Luftdruck (der sogenannte Bernoulli-Effekt). Während dieser fiel, gewann die Luft, die sich auf den Sturm zubewegte, an Geschwindigkeit. Die stärkeren Winde zogen immer mehr Wasserdampf aus dem Meer, der die Wolken um das Zentrum des Wirbelwinds herum verdichtete – woraufhin noch mehr Wärme frei wurde und der Druck weiter sank.

Am Dienstag, dem 28. August, überraschte der Sturm ein Schiff, das sich etwa 555 Kilometer südöstlich des Ortes befand, an dem er am Montag zuerst gesichtet worden war. Das Logbuch verzeichnete Winde aus Süd-Südwest (der rechte untere Rand einer Piddington-ABC-Karte). Der Wind hatte Stärke 6, was eine Geschwindigkeit von 40 bis 50 Stundenkilometer bedeutet. Die Spannschnüre pfiffen.

Galveston

Schmutzwetter

Es war Winter. Isaacs Zug fuhr durch eine rauhe Landschaft in Grau und Braun, die Bäume sahen aus wie auf dem Rücken liegende Spinnen, aber er war von allem hingerissen. »Vor meinen Augen entfaltete sich immer wieder Neues, Interessantes und Wunderschönes.« Er erreichte Little Rock, kurz bevor die staatliche Rechtsprechung ein Gesetz verabschiedete, das eine seit langem gärende Kontroverse beendete. Von nun an, so das neue Gesetz, laute die offizielle Ausspache »Arkansaw«.

Isaacs Vorgesetzter übertrug ihm die Verantwortung für Wetterbeobachtungen um fünf Uhr morgens und elf Uhr nachts. Dazwischen sollte er Tagesberichte für die Kunden der Station zusammenstellen und die Wettertelegramme sammeln, die ihnen jeden Tag von einem Netzwerk von Bahnbeamten zugeschickt wurden.

Heuschrecken sah er nirgends. »Sie hatten offenbar Wind davon bekommen, daß ich ihnen auf der Spur war, und sich aus dem Staub gemacht.« Doch er fand eine andere Möglichkeit, seine Zeit auszufüllen.

Die medizinische Fakultät der Universität von Arkansas lag nur drei Querstraßen von der Wetterstation entfernt. Wenn er Medizin studierte, dachte sich Isaac, hätte er nicht nur einen produktiven Zeitvertreib, sondern würde zugleich der Forderung des Signal Corps gerecht, daß alle Wetterbeobachter ein wissenschaftliches Projekt verfolgen sollten, das mit ihren täglichen Pflichten verknüpft war. Er könnte untersuchen, wie sich Wetter und Klima auf die Menschen auswirkten, ein neues Feld und eines, das sich »nicht verflüchtigen konnte, wie die Rocky Mountains-Heuschrecken es getan hatten«. Er schrieb sich mitten im akademischen Jahr 1882–83 ein und stellte schon bald fest, daß Arbeit und Studium sich hervorragend ergänzten. »Bei dem einen konnte ich mich von dem anderen erholen«, schrieb er, »und so wurde ich nie müde.«

Am 29. März 1885 legte er sein medizinisches Examen ab. Fünf Tage später übertrug General Hazen ihm die Leitung der Wetterstation in Fort Concho, Texas. Der nächste größere Ort war San Angelo, dessen Bewohner ihre Heimat als »Hölle auf Rädern« bezeichneten. Hazen empfahl Isaac, mit dem Zug nach Abilene, Texas, zu fahren und die restlichen 160 Kilometer von dort bis zum Fort mit der Kutsche zurückzulegen. Doch als Isaac in seinem *Rand McNally* nachschlug, konnte er Abilene nicht finden.

Aber es existierte, versicherte ihm der Bahnbeamte. Es sei nur noch zu neu, um auf irgendeiner Karte verzeichnet zu sein. Ein plötzlicher Rinderboom habe die Stadt über Nacht entstehen lassen.

Während der Mann Isaac die Tickets ausstellte, erzählte er ihm eine Geschichte, die erste von vielen beunruhigenden Geschichten, die Isaac in den Tagen vor seiner Abreise über den Westen zu hören bekommen sollte.

Die Eisenbahn habe gerade Sweetwater erreicht, erklärte der Beamte, eine ebenfalls funkelnagelneue Stadt ungefähr fünfzig Kilometer westlich von Abilene. Erst vor ein paar Tagen sei ein halbes Dutzend chinesischer Arbeiter von einer Gruppe betrunkener Cowboys niedergeschossen worden. Der Sheriff habe die Mörder verhaftet und sie Sweetwaters neuem Richter vorgeführt, der zugleich einen Saloon besaß.

Der Richter dachte über den Fall nach, schürzte die Lippen, schlug ein paar Gesetzbücher auf, nur um sicherzugehen, daß sein spontanes, tiefsitzendes Gefühl korrekt war, und verkündete sein Urteil: »Meine Herren«, entschied er, »ich habe die Gesetze der Vereinigten Staaten gewissenhaft studiert und finde keines, aufgrund dessen ein weißer Mann für den Mord an einem Chinesen bestraft werden müßte.«

Und der Richter, er hieß Roy Bean, ließ die Mörder gehen.

Bei einem Ratschlag spitzte Isaac die Ohren. »Man sagte mir, daß gutgekleideten Männern häufig die Hüte vom Kopf geschossen und die guten Kleider vom Leibe gerissen würden.«

In Little Rock war Isaac ein Dandy geworden. Er hatte die neue Mode, die damals unter den Ärzten der Stadt en vogue war, begeistert übernommen. Bei seinen Visiten im Charity Hospital von Little Rock trug er einen braunen Seidengehrock, Seidenzylinder, Glacéhandschuhe und einen Stock.

Er war dreiundzwanzig Jahre alt.

Er war so gut wie tot.

Als Isaac in seinen Zug nach Westen stieg, trug er einen abgewetzten alten Anzug, der noch aus seinen letzten Tagen in Tennessee stammte. Aber er brachte es nicht über sich, seine eleganten Kleider zurückzulassen. Er versteckte sie im doppelten Boden seines Koffers.

Als Isaac ankam, war der Himmel über Abilene bleischwer, die Stadt war voller Schlamm und roch nach Pferdeäpfeln und frisch gesägtem Holz. Er hörte das Quietschen der Spaltsägen und die Hammergeräusche, da überall in der Stadt in neu entstehenden Gebäuden T-Träger errichtet und Deckenbalken eingezogen wurden. Cowboys in hohen Stiefeln und Sporen, so groß wie Osterglocken, schlenderten umher, die Pistolen in den Hosenbund gesteckt. Er war in eine Welt gekommen, die ihm fremder war als alles, was er sich in einem Tagtraum hätte ausmalen können. Vor ihm lag der Westen aus Jules Vernes *In achtzig Tagen um die Welt*, in dem Phileas Fogg, ein Charakter von Isaac-ähnlicher Genauigkeit und Akribie, während des amerikanischen Teils seiner Reise über die Great Plains raste.

Isaac erfuhr, daß die Kutsche nach San Angelo erst am nächsten Morgen in Abilene eintreffen würde. Er bat im einzigen Hotel am Ort um Quartier, aber dort war alles belegt. Ein Bahnbeamter sagte ihm, daß über dem Saloon ein Zimmer zu vermieten sei.

Vor dem Eingang traf Isaac auf einen Mann, der den hölzernen Gehweg wischte. Das Wasser hatte eine leicht rote Färbung. Vielleicht im Scherz sagte Isaac: »Das sieht ja wie Blut aus.«

»Stimmt, Sir«, erwiderte der Mann, ohne seinen Rhythmus zu unterbrechen. Er erzählte Isaac, daß vier Viehzüchter sich hier eine Schießerei geliefert hätten. Keine gewöhnlichen Cowboys, sagte er, sondern wohlhabende Ranchbesitzer mit großen Herden. Jetzt seien alle vier tot.

Isaac ging an ihm vorbei. Er bekam das Zimmer und stieg die Treppe hinauf.

»Mein Kopf«, schrieb er, »fand in dieser Nacht nicht leicht zur Ruhe.«

Am Morgen sah die Welt schon besser aus. Die Sonne schien, die Luft war kühl und roch nach Speck, Kaffee und Sägemehl, der Duft eines brandneuen Landes. Die Landschaft war bernsteinfarben, mit langen schwarzen Schattenpfählen gespickt. Isaac war dreiundzwanzig Jahre alt, in einem neuen Land, in einer Welt, in der alles möglich schien. Er war dabei, während alle anderen, die zu Hause geblieben waren, nur in der Zeitung oder bei Jules Verne oder in den Tausenden von Groschenromanen über Buffalo Bill Cody davon lesen konnten. Isaac war ein Pionier auf einem neuen Wissenschaftsgebiet, ein Prärie-Dampier, und dies zu einer Zeit, als ein gewöhnlicher Sterblicher mit Geduld und einem Hang zur Beobachtung das Bild, das die Welt von sich selber hatte, für immer verändern konnte. Hoch im Norden im Ödland Wyomings spielte ein anderer junger Mann, Teddy Roosevelt aus New York, gemeinsam mit weiteren Ostküstenaristokraten wie Frederic Remington und Owen Wister, dem späterer Autor von *The Virginian*, ebenfalls »Pionier«. Sie hofften allesamt, den Wilden Westen noch zu erleben, bevor es ihn nicht mehr gab. Roosevelt nannte es »das angenehmste, gesündeste und aufregendste Leben, das ein Amerikaner führen konnte«.

Die Postkutsche kam schlammverkrustet an und machte sich voller Energie wieder auf den Weg, von vier Pferden gezogen und auf ihren Federn auf und nieder hüpfend wie eine Barke in schwerer Brandung. Die Kutsche hätte die hundertsechzig Kilometer bis San Angelo, mit einem Pferdewechsel alle fünfzig Kilometer, bis zum späten Nachmittag geschafft haben müssen, doch ein über die Ufer getretener Fluß hinderte sie an der Weiterfahrt. Der Kutscher teilte Isaac und den anderen Passagieren mit, daß sie die Nacht am Fluß verbringen müßten, bis die nächste Kutsche aus der anderen Richtung vorbeikäme. Er würde die Gruppe dann mit einem Boot, das für ebensolche Notfälle an der Überfahrtstelle bereitstünde, über den Fluß befördern, und die andere Kutsche würde nach San Angelo zurückfahren.

Der einzige weibliche Passagier schlief in der Kutsche; die Männer suchten sich geeignete Plätze im Freien. Ungefähr um Mitternacht hörte Isaac eine Klapperschlange. Er erschrak, und zwar, wie er sich erinnerte, »so sehr, daß ich losrannte, auf das Dach der Postkutsche sprang und die Frau in hysterische Angst versetzte«. Sie dachte, der Wagen würde von Indianern überfallen. Isaac verbrachte den Rest der Nacht auf dem Dach.

Die Kutsche nach Abilene erschien, wie erwartet am nächsten Tag, und schon bald glitt Isaac durch ein Meer wilder Blumen. Die damaligen Kartographen nannten dies die

»große amerikanische Wüste«, aber Isaac meinte, sie müßten sich geirrt haben, denn was er sah, war »ein Blumenteppich, wie er sich mit Worten nicht beschreiben läßt. Die Blumen wogten im Wind wie vielfarbige Wellen.« Blumen im Norden, Süden, Osten und Westen – »das schönste Naturschauspiel, das meine Augen je erblickt haben«.

Es sollte nicht so bleiben.

Der Himmel wurde wolkenlos und blau, die Prärie braun. Die Blumen starben. Der Concho River trocknete aus, obwohl unterirdische Strömungen Teile des Flußbetts weiter mit Wasser und Fischen füllten. Das Wetter schien zu Gewaltausbrüchen zu neigen. Auf einer Straße folgte ihm ein Tornado. Ein »blauer Nordwind« überraschte ihn mitten bei einem Jagdausflug und ließ die Temperaturen innerhalb von Minuten von heiß auf eiskalt fallen. Er erlebte eine Hitze, wie er sie vorher noch nicht gekannt hatte. Während einer Attacke der unberechenbaren »Drachenwinde«, die von Zeit zu Zeit die texanischen Prärien heimsuchten, verzeichnete er eine Temperatur von 60 Grad.

Eines Abends Mitte August ging er auf seinem gewohnten Weg zur Stadt gerade über einen Steg, der über einen Fluß hinwegführte, als er von irgendwo weit stromaufwärts ein Dröhnen vernahm. Es war kein Donner. Das Dröhnen war kontinuierlich und wurde lauter. An einer Stelle, wo Wagen und Reiter häufig den Fluß überquerten, sah er eine Kutsche mit einem Mann und zwei Frauen in das Flußbett hinabrollen. Eine Wasserwand, nach Isaacs Schätzung fünf bis sieben Meter hoch, tauchte hinter der Kutsche auf. Isaac begann zu laufen. Das Wasser erfaßte die Kutsche breitseitig und riß sie vom Boden. Isaac erreichte das andere Flußufer in dem Augenblick, als das Wasser an ihm vorbeischoß, während die Kutsche sich wie ein Baumstamm in einer Springflut immer wieder überschlug. Dann war sie fort. An Rettung war nicht zu denken.

Mit wild klopfendem Herzen schaute Isaac stromaufwärts. Dort waren Männer zusammengelaufen und zogen mit bloßen Händen Fische aus dem Wasser. Große Fische. Während Isaac auf die Männer zuging, sah er einen bestimmt siebzig Zentimeter langen Fisch langsam vorbeiziehen. Er ging näher heran. Der Fisch regte sich nicht. Er streckte den Arm nach ihm aus. Keine Reaktion. Isaac tauchte blitzschnell die Hände ins Wasser, und zwei Dinge geschahen: Er fing den Fisch, und seine Hände wurden zu Eis.

Es war August in Texas, aber das Flußbett hatte sich plötzlich mit Wasser gefüllt, und dieses Wasser war kalt wie ein Bach in Tennessee mitten im Januar, so kalt, daß es Fische erstarren ließ.

Doch wo war das Wasser hergekommen? Isaac suchte den Himmel nach den typischen bauschigen schwarzen Wattewolken ab, die »blaue Nordwinde« mit sich brachten, konnte aber nichts entdecken.

Tage später fanden Männer aus der Stadt die Leichen des Kutschers und seiner beiden weiblichen Passagiere.

Eine Woche später war das Rätsel der Eiswasserflut gelöst.

Leute aus der Stadt Ben Ficklin achtzig Kilometer flußaufwärts kamen nach San Angelo und berichteten, daß zehn Tage zuvor, am Tag der Flut, ein gewaltiger Hagelsturm ihre Gegend heimgesucht habe. Es habe regelrecht Steine in der Größe von Straußeneiern gehagelt. Sie hätten Hunderte von Rindern getötet und seien in solchen Mengen niedergegangen, daß sie Erosionsgräben gefüllt und sich auf ebenem Boden bis zu einem Meter hoch aufgeschichtet hätten. Das Eis sei schnell geschmolzen.

Für Isaac reichte das als Erklärung: Die tödliche Flut war flußabwärts strömender, blitzartig geschmolzener Hagel. Er schrieb einen Artikel über das Geschehen für den von Cleveland Abbe herausgegebenen *Monthly Weather Review* des Wetterdienstes. Zu Isaacs »Verwunderung und Kummer« lehnte Abbe den Artikel ab, weil er seine Erklärung für zu weit hergeholt hielt.

Die Ablehnung schmerzte ihn. Isaac war dort gewesen, als die Flut kam. Er hatte die Fische gesehen. Er hatte seine Hände in das eiskalte Wasser getaucht. Der Schock, den er an jenem Augusttag in Texas erlebt hatte, hatte sich in sein Gehirn gegraben.

Isaac mochte sich nicht damit abfinden. Hagel wurde für ihn eine Zeitlang zur Obsession. Er spürte Berichte über ähnlich gewaltige Hagelstürme im ganzen Land auf. Es stimmte, schrieb er, daß bisher keiner dokumentiert worden sei, der einen die Fische lähmenden Eiswasserfluß hervorgebracht habe, aber am 30. Juni 1877 hätten apfelsinengroße Hagelkörner im Yellowstonetal Ponys erschlagen, und am 2. Juni 1881 hätten sich in White Hall, Illinois, Hagelkörner in der Größe von Gänseeiern dreißig Zentimeter hoch aufgeschichtet, und am 12. Juni 1881 seien faustgroße Hagelkörner in drei Landstrichen Iowas niedergegangen und hätten den Boden bis zu einem Meter hoch bedeckt, und am 16. Juni 1882 seien in Dubuque, Iowa, kilogrammschwere Hagelkörner von bis zu 42 Zentimeter Durchmesser vom Himmel gefallen.

Was nichts anderes als Isaacs loyale, respektvolle, versteckte, gut abgesicherte Art war, zum Ausdruck zu bringen, daß der große Cleveland Abbe einen Fehler gemacht hatte, als er seinen Artikel ablehnte. Isaac war alles außer unglaubwürdig, und er mochte seine Glaubwürdigkeit nicht in Frage gestellt sehen.

Isaac verliebte sich.

Das Signal Corps hatte seine Station nach Abilene verlegt, als Isaac regelmäßig zur Baptistenkirche der Stadt zu gehen begann, deren Pfarrer George W. Smith war. Er war gebannt von der Schönheit der Musik, genauer gesagt, von der Schönheit der jungen Organistin, die diese Musik erzeugte. Es war Cora May Bellew, eine Nichte des Pfarrers, die bei ihm im Haus wohnte.

»Sie war ein wunderschönes, kluges und kultiviertes Mädchen«, schrieb Isaac. »Sie übte eine stärkere Anziehungskraft auf mich aus als irgendeine Frau, der ich je begegnet war.«

Er warb um sie, eroberte ihr Herz und heiratete sie am 17. März 1887. Auch in der Folge blieb er seiner Überzeugung treu, daß man seine Zeit effektiv nutzen solle – ein Ethos, das Frederick Winslow Taylor bald in die amerikanische Industrie einbringen sollte; ein ineffektiver Mensch, sagte Taylor, sei wie »ein Vogel, der singen kann, aber nicht singt«.

Isaac konnte singen, und er tat es. Am 10. Dezember 1887, nach nur achteinhalb Monaten Ehe, gebar Cora May eine Tochter. Die Clines nannten sie Allie May.

Der Ruf nach einer Reform des Wetterdienstes wurde immer lauter, die Nachfrage nach besseren und brauchbareren Voraussagen größer. Bevor es den nationalen Wetterdienst gab, hatten sich die Menschen auf ihren eigenen meteorologischen Verstand sowie auf allerlei Almanache, Spinner und Bauernregeln verlassen, um das Wetter vorherzusagen, genauso wie sie auch ihre Seife, ihr Brot und ihre Kleider selber herstellten. Doch Amerika entwickelte sich rasch zu einer Konsumgesellschaft, in der die Dinge, die eine Familie brauchte, in weit entfernten Fabriken produziert wurden. Ein Farmer konnte jetzt tägliche Berichte vom Wetteramt erhalten. »In der Vergangenheit kam zuerst der Mensch«, schrieb Frederick Taylor, »in der Zukunft muß das System zuerst kommen.«

Doch war das System der Aufgabe gewachsen?

Der Wetterdienst bedurfte eines Helden und bekam ihn. Am 16. Januar 1887 übernahm General Adolphus W. Greely das Kommando des Signal Corps. Er gehörte inzwischen zu den berühmtesten Männern Amerikas, wenn auch nur deshalb, weil er das Scheitern seiner Expedition zur Lady Franklin Bay in der Arktis im Jahre 1881 knapp überlebt und auf einer einsamen Insel ausgeharrt hatte, bis Kapitän Winfield Scott Schley von der U. S. Navy ihn 1884 durch eine gewagte Expedition, die ihn seinerseits zu einer Berühmtheit machte, gerettet hatte.

Kapitän Howgate, der Veruntreuer, war noch nicht gefaßt. Der Kongreß ordnete eine förmliche Untersuchung des Wetterdienstes an. Um herauszufinden, wie tief der Dienst gesunken war, schickte General Greely Inspektoren zu den Wetterstationen im ganzen Land. In seinem ersten Jahr entließ Greely einhundert Mitarbeiter wegen aller möglicher Vergehen, darunter einige, die die Vermutung nahelegen, daß die damaligen Meteorologen keineswegs langweilige Bürokraten waren, die ihr Leben damit zubrachten, das Quecksilber steigen und fallen zu sehen. Einen Angestellten in Neuengland zum Beispiel feuerte er, weil er in der Arbeitszeit seiner Leidenschaft für die Photographie gefrönt hatte – der Mann hatte sein Büro in ein Atelier verwandelt, in dem er nackte junge Frauen photographierte.

Eine Vorliebe für ausgedehnte Angelausflüge brachte den Leiter der Station des Rocky Mountains Distrikts auf die Idee, sich in der längerfristigen Vorhersage zu üben. Er schrieb eine Woche lang seine Wetterbeobachtungen auf und deponierte sie dann im Telegrafenamt, wo er dem dortigen Beamten die Anweisung gab, sie im Laufe der folgenden Woche eine nach der anderen zu versenden. Das funktionierte anscheinend gut – ein Zeugnis entweder des beständigen Wetters in den Rocky Mountains oder der tatsächlichen Vorhersagekünste des Mannes –, bis einer von Greelys Inspektoren eines Tages ohne Vorwarnung bei ihm hereinschneite. Als er das Büro leer vorfand, ging er zum Telegrafenamt und entdeckte dort einen sauberen Stapel mit Datum und Uhrzeit versehener, auf ihre Versendung wartender Wetterberichte.

Ein Meteorologe im Mittelwesten entpuppte sich als zwanghafter Pokerspieler. Da er dringend Bargeld brauchte, verpfändete er die Instrumente der Station. So las er die täglichen Werte im Pfandhaus ab.

Am 21. Januar 1888, als Isaac noch in Fort Concho war, tauchte einer von Greelys Inspektoren in Galveston auf. Zur damaligen Zeit war die dortige Wetterstation im dritten Stock eines Hauses untergebracht, das als Polizeiwache und Gerichtsgebäude der Stadt diente. Der Inspektor, Leutnant J. H. Weber, kam um ein Uhr mittags an und wurde von E. D. Chase, dem diensthabenden Soldaten, begrüßt. Leutnant Weber kontrollierte die Barometer mit einer Senkschnur, um zu sehen, ob sie genau senkrecht standen. Er prüfte, ob sie genügend Quecksilber hatten und ob Luft in ihre Vakuumröhren gedrungen war. Er sah sich das Windsignalverzeichnis und die Rechnungsbücher der Station an und bewertete Leistung und Auftreten jedes einzelnen Mitarbeiters der Station.

Was er sah, gefiel ihm nicht. Schon im ersten Augenblick hatte ihm vieles nicht gefallen. Vor allem Soldat Chase nicht.

Die Barometer waren verschmutzt. Leutnant Weber mußte sie säubern, um überhaupt die Werte ablesen zu können. Galvestons Geschäftsleute und Mitarbeiter der Baumwollbörse beschwerten sich lautstark über Vernachlässigung. Weber vermerkte: »Sie bekamen ihre Informationen selten vom örtlichen Amt, sondern entnahmen die Wetternachrichten meist den Zeitungen aus St. Louis oder New Orleans.« Die Station selber, schrieb er, sei in einem »abscheulichen« Zustand. »Ein Gentleman sollte nicht gezwungen werden, Räumlichkeiten zu betreten, in denen man nicht einmal einen wohlerzogenen Hund halten würde.«

Die Schuld an alledem schrieb er Chase zu. »Dieser

Mann sollte wegen der erbärmlichen Arbeit, die er hier geleistet hat, entlassen werden«, schrieb er. »Er ist nicht geeignet, beim Wetterdienst zu bleiben.«

Und dann kam Montag, der 12. März 1888: Das Signal Corps sagte für New York City »kühlere, frische bis kräftige Winde und gutes Wetter« voraus.

Statt dessen ereignete sich ein ungeheurer Schneesturm. Fünfzig Zentimeter Schnee fielen in New York. Zweihundert Menschen starben. Über ein Meter hoher Schnee bedeckte Albany. Der Sturm tötete vierhundert Menschen im Nordosten der Vereinigten Staaten.

Das half nicht gerade. Das half überhaupt nicht.

Isaac Cline war inzwischen siebenundzwanzig Jahre alt. Er hatte ein freundliches Lächeln und angenehme Umgangsformen, zugleich aber ein Rückgrat wie einen Fregattenmast und die Fähigkeit, bis zum Umfallen zu arbeiten. Er war genau der Typ Mann, den das Signal Corps als seine Rettung betrachtete. Im März 1889 beauftragte ihn General Greely, die schlecht geführte Station in Galveston zu übernehmen und überdies für Texas den ersten landesweiten Wetterdienst aufzubauen.

Isaac stieg aus dem Zug und stellte fest, daß er sich an einem ordentlichen, aufgeräumten Ort befand, in dem die Straßen in westlicher und östlicher Richtung mit Buchstaben bezeichnet, die von Norden nach Süden verlaufenden hingegen numeriert waren. Er hatte sich an das eintönige Grün und Grau der Landschaft um Abilene herum gewöhnt. Das plötzliche Blau Galvestons kühlte seinen Kopf. Er war, wie alle Besucher, erstaunt, wie flach die Stadt war, der Meeresoberfläche so gleich, daß man der Täuschung erliegen konnte, die Schiffe im Golf segelten auf den Straßen.

Avenue B wurde, wie er bald lernte, häufiger »The Strand« genannt. Die Wall Street des Westens. Sie durchschnitt den nördlichen Rand der Stadt direkt unterhalb des weiten Bogens aus Holz und Stahl, der den Hafen bildete. Die Straßen der Innenstadt waren mit flachgehämmerten Holzklötzen gepflastert und von kniehohen Kantsteinen gesäumt. Lastkarren, Einspänner, Landauer und Viktorias mit aufgespannten Verdecken zum Schutz gegen die Sonne glitten hinter Pferden her, die sich vorsichtig, mit gesenkten Köpfen, über die Unebenheiten des Bodens vorarbeiteten. Jeder Hufschlag klang wie der dumpfe Aufprall eines Hammers auf Holz, was die Geräuschkulisse einer Baustelle heraufbeschwor und die Aura von Unternehmertum und Fleiß verstärkte.

War Abilene eine ungehobelte neue Stadt gewesen, die noch nach frischgesägtem Holz duftete, hatte Galveston bereits deutliches Format. Die Größe seiner Gebäude und die offensichtliche Sorgfalt, mit der sie errichtet worden waren, verriet, daß es hoch hinaus wollte. Selbst in seiner hedonistischen Infrastruktur bewies Galveston Ambitionen. Die Stadt hatte fünfhundert Saloons, mehr als New Orleans, das nicht gerade dafür bekannt war, seine Feuer mit Asche zu bedecken. Galvestons elegantestes Bordell lag unmittelbar hinter dem reichsten Männerclub, dem Artillerie-Club, in dem Frauen nur beim jährlichen Ball und bei den gelegentlichen Volljährigkeitsfeiern der Töchter von Clubmitgliedern zugelassen waren. Die verrufenste Gegend war Fat Alley, zwischen der 28. und 29. Straße. In Galveston war Alkohol ein Lebensmittel, aber es gab auch das Glücksspiel, die käufliche Liebe und den Opiumrausch.

Die Stadt stellte eine seltene Harmonie des Geistes zur Schau. Schwarze, Weiße, Juden und Immigranten lebten und arbeiteten mit einem erstaunlichen Maß an gegenseitiger Toleranz Seite an Seite. Über die *Negro Longshoremen's Association* hatte Galvestons schwarze Bevölkerung die Hafenarbeit fest in ihrer Hand und genoß einen höheren Lebensstandard als irgendwo sonst im Land. Der Einfluß der Immigranten war offensichtlich. Im Herzen der Stadt fand Isaac den Gartenverein, oder *Garden Club*, mit dem Geld der deutschen Einwanderer gebaut, die ein Drittel der Bevölkerung ausmachten. Hier stand ein großer achteckiger Tanzpavillon mit Säulen, Balustraden und einem Kuppeldach inmitten eines Parks, in dem es einen Bowlingrasen, Tennisplätze und sogar einen kleinen Zoo gab. Frauen durften auf dem Gelände weder rauchen noch Rouge oder Lippenstift auftragen. Aber sie durften tanzen. Überhaupt wurde in dieser grundsoliden, aufrechten Zeit, in der Männer nicht weinten und Frauen nicht rauchten, ununterbrochen getanzt.

Galveston war zu hübsch, zu fortschrittlich, zu reich – in jeder Hinsicht zu vielversprechend –, um wahr zu sein. Reisende, die per Schiff ankamen, sahen die Stadt wie ein silbriges Märchenreich vor sich auftauchen, das ebenso plötzlich wieder aus dem Blickfeld verschwinden mochte – ein vollkommen anderer Eindruck als ihn diejenigen schildern sollten, die in den letzten Wochen des September 1900 auf die Stadt zusegelten und die Scheiterhaufen brennender Leichen noch über Hunderte von Kilometern entfernt riechen konnten.

Isaac reichte es nicht, nur zu tun, was General Greely ihm aufgetragen hatte. Er sah in seiner Versetzung nach Galveston »große Chancen für die Nutzung meiner freien Zeit«. Seine Kollegen mochten sich im stillen gefragt haben: welche freie Zeit?

Am 24. August 1889 wurde seine zweite Tochter geboren. Er und Cora nannten sie Rosemary. Höchstwahrscheinlich stellten sie eine Hilfe ein. Alle taten das. Doch ein Baby blieb ein Baby. Es gab Windeln, aber keine Waschmaschinen. Die Nächte waren hart, die Tage anstrengend. Isaac hatte nicht nur den Auftrag, Galvestons Station in Ordnung zu bringen, sondern auch einen landesweiten

Wetterdienst auf den Weg zu bringen. All dies wäre für die meisten Männer mehr als genug gewesen. Doch Isaac wurde 1893 Mitglied der medizinischen Fakultät der Universität von Texas, die ihren Sitz in Galveston hatte, und hielt im Laufe des Jahres dreißig Vorlesungen in medizinischer Klimatologie, deren Themen vom richtigen Messen des Luftdrucks bis hin zum Einfluß des Klimas auf Lungenentzündung, Malaria und Gelbfieber reichten. Außerdem schrieb er sich am *Add-Ran Male and Female College*, der heutigen *Texas Christian University*, ein und begann, Philosophie und Soziologie zu studieren. In der Sonntagsschule der First Baptist Church gab er Religionsunterricht für junge Männer.

Schnell verwandelte er das Galvestoner Büro in eine Vorzeigestation. Am 13. November 1893 stattete ein gewisser Henry C. Bate ihm einen Besuch ab, um die erste Inspektion vorzunehmen, seit der Wetterdienst 1891 dem Landwirtschaftsministerium zugeordnet worden war. Dieses bezeichnete ihn offiziell als »Wetteramt«. Isaac, schrieb Bate, »war bei allen außerordentlich beliebt ... Der Dienst hat wenige solche Leute auf diesem Feld – und *keinen besseren.*« Die Hervorhebung stammte von Bate.

Inzwischen arbeitete auch Isaacs Bruder Joseph für das Amt. Anders als Isaac war er eher zufällig zum Wetter gekommen. Er hatte zuerst für 25 Dollar im Monat in Mount Vernon, Tennessee, an einer Schule unterrichtet, war dann nach Galveston gezogen, um Handlungsreisender oder Vertreter für eine Druckerei zu werden, und stand schnell in dem Ruf, so ungefähr der einzige Handlungsreisende in der Stadt zu sein, der nicht trank. Er verdiente sechzig Dollar im Monat, aber Galveston war erheblich teurer als Mount Vernon, und so stellte er bald fest, daß er weniger Geld übrig hatte als vorher. Er fand eine Stelle in einer Maschinenhalle bei der Gulf Colorado Railroad, blieb aber nur zwei Monate dort. Die Tatsache, daß Isaac ihm Arbeit gab, spricht dafür, daß die beiden Männer sich damals noch gut verstanden, daß sie noch Freunde waren. Zur Zeit der Bateschen Inspektion war Joseph zweiundzwanzig Jahre alt und verdiente 840 Dollar im Jahr, sein bislang bestes Gehalt. Bate gab ihm eine Gesamtnote von 8,8, bemerkte jedoch, daß seine Schreibkünste »etwas unausgegoren« seien.

In seiner Zusammenfassung schrieb Bate, daß Galvestons Kräfte überbeansprucht seien und das hiesige Amt von der Hauptgeschäftsstelle unzureichend versorgt würde. »Ich glaube, es gibt in den Vereinigten Staaten keine Station, die täglich und wöchentlich annähernd so viele Informationen verbreitet wie diese, und ich bin ziemlich sicher, daß es keine einzige gibt, in der der Wert des Dienstes und diese Informationen höher geschätzt werden als hier.« Und doch, so Bates, seien wenige Stationen »mit Bürokomfort und -technik ähnlich schlecht ausgestattet – ich hoffe, der Chef wird sich um diese Angelegenheit kümmern.«

Das Wetteramt bekam einen neuen Chef, Mark W. Harrington, den früheren Herausgeber einer meteorologischen Zeitschrift. Er setzte Greelys Kampagne fort, die Zweifel der Öffentlichkeit an der Kompetenz des Amtes zu zerstreuen. Zur Zeit des Amtsantritts von Harrington, schrieb Isaac, »war die Wettervorhersage nicht mehr als eine Auflistung von Wahrscheinlichkeiten«. Selbst bei etwas so Einfachem wie der Bestimmung der Temperatur vierundzwanzig Stunden im voraus schätzte man die Wahrscheinlichkeit des Irrtums und damit des Spotts der Öffentlichkeit so hoch ein, daß das Wetteramt anordnete, keine solchen Vorhersagen mehr zu wagen. Dieses Verbot ärgerte Isaac Cline. Er glaubte, das Wetter zu begreifen. Er verstand die Wellenbewegungen der Isobaren über dem flachen Land. Wetter konnte merkwürdig sein, aber nie so merkwürdig, daß es sich der wissenschaftlichen Erklärbarkeit entzog. Isaac hatte Tornados, Hagelstürme, unberechenbare Fluten und

»Drachenwinde« erlebt. Er verstand sie auf ähnliche Weise, wie Eltern ein schwieriges Kind zu verstehen lernen.

Harrington gab ihm die Chance, es zu beweisen. Im September 1893 startete er einen offenen Wettbewerb, um die besten Meteorologen des Wetteramtes zu küren. Der Hauptpreis war eine begehrte Professur in Washington. Der erste Schritt bestand darin, ein höchstens dreitausend Wörter umfassendes Referat zum Thema »Wettervorhersagen und wie man sie verbessern kann« zu schreiben und es bis zum 1. September 1893 einzureichen. Jeder Teilnehmer sollte sein Referat unter falschem Namen vorlegen, um die dreiköpfige Jury nicht zu beeinflussen, und seinen richtigen Namen in einem versiegelten Kuvert beifügen. Harrington erhielt dreißig Einsendungen. Eine stammte von Isaac. Aber auch Joseph, der als Meteorologe noch viel zu lernen hatte und neun Jahre jünger war als Isaac, nahm an dem Wettbewerb teil. Die Konkurrenz zwischen den Brüdern verschärfte sich.

Die drei Jurymitglieder wählten die zehn besten Referate aus und luden ihre Autoren zur nächsten Phase des Wettbewerbs nach Washington ein, wo die Finalisten eine schriftliche Prüfung ablegen und zwei Wochen lang ihre Vorhersagekünste an denen ihrer Mitstreiter messen sollten.

Harrington sandte zwei Briefe nach Galveston. Der erste kam Heiligabend an und teilte Isaac mit, daß er unter den ersten zehn sei; der zweite informierte Joseph, daß er es nicht geschafft habe.

Die *Galveston News* applaudierte Isaac. »Obgleich alle, die an der Arbeit des Wetterdienstes in Texas interessiert sind, ihm Erfolg wünschen, würden sie es doch bedauern, wenn er zu anderen Aufgabenfeldern gerufen würde, denn er wäre hier schwer zu ersetzen.« Joseph erwähnte die *News* mit keinem Wort.

Anfang Januar 1894 fuhr Isaac nach Washington. Er

wurde Fünfter, betonte aber, daß seine Note nur »drei Zehntel Prozent unter denen der Gewinner« gelegen habe. Zwei andere Mitstreiter hatten am Ende gleich viele Punkte, der eine ein glatzköpfiger, schnurrbärtiger Mann namens Willis L. Moore, mit dem Isaac später eine enge Freundschaft verbinden sollte. Moore und sein Gegner traten zur Endausscheidung an. Moore gewann und erhielt die Washingtoner Professur.

Joseph war gekränkt, daß er nicht unter die letzten Zehn gekommen war. Er hielt sich für den besten Meteorologen des Wetteramts und zog als Beweis die Tatsache heran, daß sein Name mit einer einzigen Ausnahme ganz oben auf allen Listen stand, welche die Verifikationsabteilung des Amtes, die jede Vorhersage auf ihre Genauigkeit überprüfte, alle sechs Monate veröffentlichte. In seinen späteren Erinnerungen erwähnte er mit keiner Silbe, daß Isaac sich ebenfalls an dem Wettbewerb beteiligt hatte. Überhaupt erwähnte er Isaac auf den ganzen 251 Seiten kaum, und wenn, dann nur *en passant*.

Da verband beide nur noch der Stammbaum.

Das Jahr 1894 bescherte Isaac eine dritte Tochter, Esther Bellew, sein Baby. Auch für das Wetteramt gab es eine gute Nachricht. Die Polizei hatte endlich Kapitän Howgate, den flüchtigen Veruntreuer, aufgespürt. Das war allerdings schon alles. Ansonsten wurde das Amt weiterhin von Konflikten gebeutelt. Es sah sich einer Nation von Skeptikern gegenüber, von denen einer der hartnäckigsten Landwirtschaftsminister J. Sterling Morton war, Harringtons Vorgesetzter.

Morton wollte sparen und hatte den Eindruck, daß die Wissenschaftler des Amtes ihr Geld nicht wert waren. Er hielt sie, gemessen an ihren geringen Vorhersagequalitäten, für viel zu gut bezahlt. Im Jahr zuvor hatte er einen Angriff auf Cleveland Abbe gestartet. Indem er auf das hellste Licht zielte, zeigte Morton unmißverständlich, daß er das Amt als solches im Visier hatte.

Mortons Attacke begann am 16. Juni 1893, als er Abbe in einem Brief aufforderte, seinen Wert unter Beweis zu stellen. »Mir scheint, die Ausgaben des Wetteramts für die wissenschaftliche Arbeit sind ganz und gar übertrieben.«

Für Abbe war dies ein Schock. In seiner Antwort, die er am nächsten Tag aufsetzte, schrieb er: »Nahezu jeder nennenswerte Fortschritt in der Entwicklung des Wetteramts seit meinem Arbeitsantritt am 3. Januar 1871 ist durch die folgenden drei Phasen zustandegekommen: Zuerst habe ich etwas vorgeschlagen und es betrieben; als nächstes habe ich mit der Arbeit begonnen und gezeigt, wie sie gemacht werden mußte; schließlich habe ich den besten Mann oder ein System gefunden, mit Hilfe dessen die Arbeit dauerhaft so fortgesetzt werden konnte.«

Ungerührt verlangte Morton, daß Abbe ihm einen Beweis für diese Leistungen vorlegte. Abbe schickte ihm einen dicken Stapel Berichte.

Fünf Tage später teilte Morton Harrington mit, daß er Abbes Jahresgehalt um 25 Prozent von viertausend auf dreitausend Dollar zu kürzen gedenke, »mit der Maßgabe, daß Effektivität bei der Wettervorhersage für die Weiterführung seiner Arbeit und die Fortzahlung seines Gehalts notwendig ist«. Der Mann, der diese Effektivität kontrollieren sollte, war Major Dunwoody, Leiter der Verifikationsabteilung und einer jener Zeitgenossen, die sich an polierten Stiefeln ergötzen und die Fehler der anderen als Stolpersteine auf dem eigenen Weg zum Erfolg betrachten. Dunwoody war einer von General Hazens schärfsten Kritikern gewesen und hatte bei jeder Gelegenheit Einwände gegen dessen Investition in die wissenschaftliche Forschung erhoben. Jahre später sollte er in Kuba wieder auftauchen und dort nach Kräften die Bemühungen der kubanischen Meteorologen behindern, Warnungen vor dem Hurrikan des Jahres 1900 durchzugeben, während dieser sich auf seinem Vormarsch durch die Karibik befand.

Dunwoody war eine Schlange, und Harrington wußte es. Schließlich riß Harrington der Geduldsfaden. Am 30. April 1895 schrieb er an Morton: »Dunwoody ist ein selbstsüchtiger Intrigant und eine Quelle der Zwietracht im Wetteramt. Ich ersuche den Präsidenten, ihn abzuberufen.«

Statt dessen entließ Morton Harrington und ersetzte ihn am 1. Juli 1895 durch Isaacs Freund und Mitstreiter Willis L. Moore, mit seinen neununddreißig Jahren bereits ein Veteran, der seit zwei Jahrzehnten Dienst innerhalb des Signal Corps und des Wetteramtes tat. Es war eine Personalentscheidung, die die Fähigkeit des Amtes, auf den Sturm von 1900 zu reagieren, auf fatale Weise beeinflussen sollte.

Moore verstärkte die Kontrolle über das ausgedehnte Reich des Amtes. Er forderte eine noch strengere Verifikation der Vorhersagen. Dunwoodys Abteilung war gut beschäftigt und lieferte Moore alle sechs Monate einen Bericht über jeden Mitarbeiter. Um die Qualität der amtlichen Arbeit zu steigern, ordnete Moore an, daß jeder Wetterbeobachter zur Übung Vorhersagen für einen Ort außerhalb seines eigenen Zuständigkeitsgebiets machen sollte, so daß jeden Tag eine Reihe von Meteorologen das Wetter für ein und dieselbe Stadt vorhersagen würden. Das erzeugte beträchtliche Spannung, aber Moore glaubte, daß Spannung gut sei. Das System, sagte er vor dem Kongreß, helfe zu erklären, warum Mitarbeiter des Wetteramtes häufiger in Irrenanstalten eingeliefert werden müßten als die Angestellten irgendeiner anderen staatlichen Behörde.

Er sagte das voller Stolz.

Moore machte sich auch zum Hüter der Moral des Amtes und beanspruchte in dieser Rolle weitestgehende Zuständigkeit. Anfang 1900, als die Antizigarettenstimmung, die das Rauchen nicht verurteilte, weil es Menschen tötete, sondern weil es sie angeblich dumm machte, sich immer weiter ausbreitete, verbannte Moore Zigaretten aus den Wetterstationen. Die *Christian Endeavour Union* in Washington gratulierte ihm prompt zu diesem Schritt. Moore, auf jedes noch so kleine Lob erpicht, antwortete, er persönlich habe Mitarbeiter seines Amtes »aus dem alleinigen Grund entlassen, daß ihr moralischer Charakter dem Ruf des Wetterdienstes schadet«. Rauchen sei ein moralischer Fluch. »In mehreren Fällen«, triumphierte Moore, »waren wir gezwungen, in Aktion zu treten, um Beobachter dieser oder jener Station zu entfernen, weil sie träge und vergeßlich waren oder ihre Berichte nicht unverzüglich abgeliefert hatten, wobei ich befriedigt feststellen konnte, daß ihre zerstörte körperliche Verfassung oder seelische Beschädigung übermäßigem Zigarettenkonsum zuzuschreiben waren. Der Befehl wird ausgeführt.«

Moore ließ keine Gelegenheit aus, den Ruf des Wetteramtes aufzupolieren oder sich selber politisch zu profilieren. Der Krieg gab ihm dazu eine einmalige Chance. Anfang 1898 war der Blutdurst der Nation groß. Die Explosion des Schlachtschiffs *Maine*, deren wahre Ursache ein Rätsel blieb, hatte das Land unaufhaltsam in den Krieg mit Spanien hineinschlittern lassen. Es war klar, daß Amerikas wichtigste Waffe die Kriegsmarine sein würde. »Ich wußte«, schrieb Moore, »daß viele Streitkräfte vergangener Tage nicht vom Feind, sondern vom Wetter besiegt worden waren und daß wahrscheinlich ebenso viele Schiffe von Stürmen auf den Grund des Meeres befördert worden waren wie vom Feuer feindlicher Flotten.«

Er trug seine Sorgen James Wilson vor, der in der Zwischenzeit Morton als Landwirtschaftsminister abgelöst hatte. Wilson arrangierte ein Treffen, an dem er selbst, Moore und Präsident William McKinley teilnahmen. Moore breitete eine Karte der Karibik aus, auf der die Wege früherer Wirbelstürme eingezeichnet waren. McKinley studierte die

Karte und wandte sich an seinen Minister. »Wilson«, sagte er, »ich habe größere Angst vor einem westindischen Hurrikan als vor der gesamten spanischen Kriegsmarine.«

Moore schlug vor, einen Hurrikan-Warndienst mit Stationen in Mexiko, auf Barbados und an anderen Orten in der Karibik aufzubauen. McKinley war einverstanden. Er sagte zu Moore: »Weihen Sie diesen Dienst so schnell wie möglich ein.«

Zumindest für den Augenblick war Kapitän Howgate vergessen, der Blizzard von 1888 vergeben.

Die Einrichtung dieser Hurrikan-Frühwarnstationen war eine zu gewichtige Aufgabe für die Masse der Bürokraten. Moore wählte dafür nur verdiente Offiziere des Amts aus. Das westindische Netzwerk übertrug er Dunwoody; die mexikanischen Stationen Isaac.

Während dieses mexikanischen Unternehmens machte Isaac Bekanntschaft mit seinem ersten Hurrikan – und das auf See. Für viele wäre dies das entscheidende Ereignis ihres Lebens gewesen, die Geschichte, die sie an jedem Thanksgiving erzählt und noch einmal erzählt hätten, bis die Wellen höher gewesen wären als Pikes Peak und die Winde stark genug, um einen Mann mit einem Schlag bis nach Halifax zu befördern.

Auf Isaac hatte es eine ganz andere Wirkung.

Es war ein heißer und ruhiger Tag, der Golf war glatt wie Glanzpapier, aber hin und wieder schob sich trotz des fehlenden Windes ein großer Wasserhügel leise unter das Schiff und hob es hoch über die durchschnittliche Meeresoberfläche hinaus.

Der Himmel am Horizont färbte sich kupferrot. Isaac hatte noch nie eine solche Färbung der Atmosphäre gesehen. Konnte dies, fragte er sich, jener »Ziegelstaubhimmel« sein, von dem er in Seefahrerberichten von tropischen Zyklonen gelesen hatte?

Die anderen Passagiere waren unbekümmert. Beim Frühstück drängten sich einhundert Männer, Frauen und Kinder im Speisesaal, »alle in bester Laune«.

Schon bald verdunkelte sich der Himmel. Regen trommelte aufs Deck. Der Wind erlangte, nach Isaacs Einschätzung, Orkanstärke. Das Schiff schaukelte und taumelte in schwerer See. Beim Mittagessen fand sich Isaac allein im Speisesaal wieder. Seekrankheit und Angst hatten alle anderen niedergestreckt. Er war stolz auf seine Widerstandskraft und stellte sie wahrscheinlich zur Schau, ganz so wie er es in Fort Myer getan hatte, wo er seinem Pferd derart die Sporen gegeben hatte, daß die Stadtjungen ihre Gäule umklammert und seine Seele verflucht hatten.

Der Sturm hielt den ganzen Tag über an. Am Abend erschien auch Isaac nicht mehr im Speisesaal. »Ich war so krank«, schrieb er, »daß es mir egal war, ob das Schiff auf den Grund der Bucht von Campeche sinken würde.«

Das Schiff überstand den Sturm. Isaac überlebte. Er war dem gefürchtetsten aller meteorologischen Phänomene begegnet und mit einem bloßen Anfall von Seekrankheit davongekommen. Diese Erfahrung muß sich auf seine Einschätzung der »Überlebbarkeit« solcher Hurrikans ausgewirkt haben. Womöglich brachte sie ihn dazu, zu glauben, daß Hurrikans nicht ganz so fürchterlich waren, wie Piddington, Redfield und Dampier sie geschildert hatten. Oder er nahm an, daß die Technik – in diesem Fall das moderne Dampfschiff – Hurrikans die Kraft geraubt hatte, Menschen unvorbereitet zu treffen und zu vernichten. Tatsächlich hatte ein Schiffsbauingenieur aus Pleasantville, New Jersey, in derselben Hurrikansaison von 1898 einen besonders heftigen Wirbelsturm vor der Küste Floridas überlebt, indem er sein Unterwasserboot auf eine Tiefe unterhalb des Einflußbereichs der Wellen manövrierte, genauso wie es Kapitän Nemo dreißig Jahre früher in *Zwanzigtausend Meilen unter den Meeren* getan hatte. »Jules

Vernes«, schrieb Lake, »war der Generaldirektor meines Lebens.«

Was war angesichts der Hybris dieses Zeitalters schon ein einfacher Hurrikan?

Im Laufe der Jahre wurde Galveston immer größer und eleganter. Seine Zukunft als Hafenstadt schien gesichert. Im Mai 1900 veröffentlichte die *Galveston News* einen Plan zur »Verbesserung Galvestons«, den Oberst H. M. Robert, Divisionsingenieur der U.S. Army, entworfen hatte. Robert, durch seine *Ordnungsregeln* berühmt geworden, legte einen ausgefeilten Plan vor, nach dem das Sumpfgebiet um Pelican Island in der Galvestonbucht aufgeschüttet werden sollte, um ein etwa drei Meter über der Meeresoberfläche gelegenes Areal namens Pelican Territory zu schaffen. Zwischen diesem Gebiet und Galveston Island sollte ein Kanal ausgehoben werden, der als Verbindung zu einem neuen Hafenbecken mit einer Ausdehnung von 2800 Hektar dienen würde. Im Wettstreit um die Herrschaft über den Golf versprach der Plan den sicheren Triumph über Houston.

Er sah keinen Schutzwall vor.

Das Wetter schlug seltsame Kapriolen. Ein Ereignis offenbarte eine ungewöhnliche Eigenschaft der Galvestonbucht, dessen tiefere Bedeutung jedoch zwischen den augenfälligeren Phänomenen des Moments verlorenging.

Der Winter 1898–99 war hart. Am 26. November, nur zehn Jahre nach dem schrecklichen Blizzard von 1888, blies ein starker Sturmwind, der später sogenannte Portlandsturm, vom Atlantik her und bescherte New York erneut einen Schneesturm. Er zerstörte 150 Schiffe vor Neuengland und tötete 450 Männer, Frauen und Kinder, darunter alle 200 Passagiere des Dampfschiffs *Portland*. Mit dessen 291 Schaufelradblättern hatte der Kapitän geglaubt, dem Sturm davonfahren zu können. Zwei Monate später fegte ein

Schneesturm über weite Teile des Südens hinweg. Drei Meter hohe Eisberge trieben auf dem Mississippi an New Orleans vorbei. Aufgrund des plötzlichen Kälteeinbruchs starben einige Teilnehmer des Fastnachtsumzugs. Der Sturm traf auch Galveston und bedeckte die Strände hoch mit Schnee. Schneemänner bevölkerten den Gartenverein.

Im Levy-Gebäude sank die Temperatur, nach Isaacs Messung, auf –13 Grad.

Nach Josephs Messung waren es –13,5 Grad.

Der Wind kam von Norden, mit einer Geschwindigkeit von bis zu 130 Stundenkilometern und solcher Kraft, daß er das Wasser regelrecht aus der Galvestonbucht hinaustrieb, bis dort Teile des Grundes freilagen. Joseph, der gerade auf Gänsejagd war, behauptete, er habe durch einen Kanal hindurchwaten können, den normalerweise Ozeandampfer durchquerten.

Niemand schien jedoch die eigentliche Bedeutung des Geschehens zu erfassen: daß ein so immenses Wasservolumen aus seinem Becken geblasen werden konnte. Allerdings gab es auch vieles, was davon ablenkte: Am Strand lag Schnee. An den Dächern der Häuser hingen Eiszapfen. Die Einwohner Galvestons füllten Ruderboote mit benommenen Fischen. Tausende anderer Fische bildeten einen blausilbernen, einen Meter breiten und zwanzig Zentimeter hohen Saum entlang der Küste.

Die Fische starben. Als die Luft sich erwärmte, verbreiteten sie einen überwältigenden Gestank.

Der Sturm

Donnerstag, 30. August 1900: 17° N, 59.3° W

Am Donnerstag, dem 30. August 1900, befand sich der Sturm unmittelbar vor der Ostküste Antiguas, wo Francis Watts, Agrarchemiker im staatlichen Labor in St. Johns, sinkenden Luftdruck und merkwürdig wechselnde Winde beobachtete. Um neun Uhr morgens zeigte das Barometer des Labors einen Luftdruck von 1015 Hektopascal an, was noch im normalen Bereich lag. Am Nachmittag war der Druck auf 1010 Hektopascal gefallen.

»Etwa um zehn Uhr abends«, berichtete Watts, »kam im Südwesten ein Gewittersturm auf und ging übers Land. Am schlimmsten war er anscheinend über der Region südwestlich von St. Johns Harbor und allgemein innerhalb eines Radius von fünf Kilometern um St. Johns herum. Nach Mitternacht flaute er ab. Solange er anhielt, war er heftig; die Blitze waren gleißend und kamen beinahe ohne Unterbrechung, dicht gefolgt von lauten Donnerschlägen.«

Kurz vor der Ankunft des Sturms hatte sich sonderbares Wetter auf der Insel gezeigt. Der Tag war extrem heiß gewesen, der Himmel von rötlich-gelbem Licht gesäumt. Es hatte, wie der *Antigua Standard* schrieb, eine »unheilvolle« Ruhe geherrscht.

Galveston

Ein absurder Irrglaube

Im Januar 1900 veröffentlichte ein selbsternannter Wetterprophet, Professor Andrew Jackson DeVoe aus Chattanooga, Tennessee, in seinem *Ladies' Birthday Almanac* eine langfristige Vorhersage. Er behauptete, daß der September in den gesamten nördlichen Staaten heiß und trocken sein würde. »Am 9.«, schrieb er, »wird sich ein großer Sturm über dem Golf von Mexiko bilden und die Atlantikküste hinaufziehen, was zwischen dem 10. und 12. von Florida bis Maine zu schweren Regenfällen führen wird.«

Das war eine Vorhersage, wie Isaac Cline sie verabscheute. Er war Wissenschaftler. Er glaubte, das Wetter auf präzisere Weise zu verstehen als andere. Er wußte zwar nicht, daß es so etwas wie den Jetstream gab, daß jeden Sommer Wellen von der Küste Westafrikas ostwärts wanderten oder daß eine massive Strömung innerhalb des Atlantiks Wärme um die Erdkugel herum beförderte; noch hatte er je etwas von einem Phänomen namens El Niño gehört. Aber er wußte alles, was man damals wissen konnte. Zumindest glaubte er das.

Am 15. Juli 1891 veröffentlichte die *Galveston News* einen von Isaac verfaßten Artikel über Hurrikans. Es ist ein lästiges Dokument, weil es das Gebäude aus bequemen Wahrheiten untergräbt, die sich über das letzte Jahrhundert angesammelt haben. Wahrheiten, die Isaacs Rolle bei Galvestons Vorbereitung auf den Hurrikan von 1900 betreffen. Es sagt einiges darüber aus, was Isaac an jenem

Samstag morgen gedacht haben muß und wie zutreffend er die Zeichen drohender Gefahr eingeschätzt hatte.

Isaac war erst neunundzwanzig, aber der Artikel liest sich, als stamme er aus der Feder eines wesentlich älteren Mannes. Isaac verstand sich eindeutig als Wetterexperte. Sein Artikel war die Antwort auf einen tropischen Sturm, der zehn Tage zuvor nahe Matagorda ungefähr zweihundert Kilometer südwestlich von Galveston entlang des Abwärtsschwungs der texanischen Golfküste an Land gekommen war. Der Text ist von derselben Hybris durchdrungen wie die ganze damalige Zeit. Er schrieb mit absoluter Gewißheit über ein Phänomen, das keiner wirklich verstand. Er nannte den Sturm »ein ausgezeichnetes Beispiel« für einen Wirbelsturm.

Zuerst erklärte er, wie die Erdrotation, die äquatorialen Passatwinde und die Westwinde der mittleren Breiten zusammenwirkten, um dem Sturm einen parabolischen Kurs zu geben, der nahe dem Äquator begann, einen Bogen in nordwestlicher Richtung beschrieb und dann wieder nach Nordosten zurückkehrte. Diese letzte Wendung ereigne sich »fast immer« zwischen dem 75. und 85. Längengrad, schrieb er. (Der 85. Meridian führt durch Havanna, der 75. durch die Bahamas.) Also, folgerte er, könnten Hurrikans Texas in der Regel nicht treffen. Um diese Beobachtung zu unterstreichen, fügte er hinzu, daß in den beiden letzten Jahrzehnten etwa zwanzig westindische Stürme die Südküste der Vereinigten Staaten heimgesucht, aber nur zwei davon Texas erreicht hätten. »Die texanische Küste ist nach den allgemeinen Gesetzsmäßigkeiten der atmosphärischen Bewegung von westindischen Hurrikans ausgenommen, und die beiden, die Texas erreicht haben, folgten einem abnormen Kurs, der nur auf Ursachen zurückgeführt werden kann, die man in der Meteorologie akzidentell nennt.«

Der Artikel hat einen unmißverständlich werbenden Grundton, der an die Plakate der Eisenbahn erinnert, mit denen Immigranten angelockt werden sollten. Er wußte genau, was bei dem Wettstreit zwischen Galveston und Houston auf dem Spiel stand und daß Galvestons Förderer nicht gerade erfreut wären, zu lesen, daß der Stadt Gefahr drohte. Er behauptete, die Küste sei »viel weniger anfällig« für widriges Wetter. »Hier ist keine größere Beeinträchtigung durch meteorologische Störungen zu erwarten als in anderen Teilen des Landes.« Ja, die »Wahrscheinlichkeit von Schäden«, schrieb er, sei wesentlich geringer.

Wenn Stürme die Gesetzmäßigkeiten durchbrächen, fuhr er fort, seien sie zumeist eher harmloser Natur. »Der Schaden, den der Sturm vom 5. Juli 1891 anrichtete, belief sich auf weniger als zweitausend Dollar, und dies, obwohl er erheblich heftiger war als der Durchschnitt dieser Stürme. Bei keinem Sturm entlang der texanischen Küste hat man nennenswerte Schäden erlebt, außer bei denen von 1875 und 1886, und in beiden Fällen belief sich der materielle Verlust auf weniger als alles, was im Landesinneren oft bei einem einzelnen Tornado herauskommt.«

Bei den beiden genannten Ausnahmen handelte es sich um Wirbelstürme, die die Stadt Indianola heimgesucht hatten, eine florierende Hafenstadt gut 240 Kilometer südwestlich von Galveston an der Matagordabucht. Nach Isaacs Analyse waren sie Zufälle, atmosphärische Launen; ihre wahre Bedeutung aber erfaßte er nicht, oder er ignorierte sie absichtlich. Er konzentrierte sich auf den materiellen Schaden. »Der Tornado, der Louisville, Kentucky, am 27. März 1890 traf, zerstörte Eigentum in einem höheren Wert als die Summe all dessen, was entlang der texanischen Küste in den letzten zwanzig Jahren durch Wind und Wasser vernichtet worden ist.«

Isaac muß eigentlich klar gewesen sein, welchen irreführenden Eindruck er seinen Lesern mit dieser Darstellung vermittelte, es sei denn, er wußte einfach nicht, was während dieser beiden Stürme wirklich in Indianola geschehen war.

Denn er spricht nirgends davon, daß damals auch Menschen ums Leben kamen.

Der erste Hurrikan überraschte Indianola am 16. September 1875. Die Winde, die am Tag zuvor vom Meer her gekommen waren, hatten Sturmstärke und nahmen über Nacht noch an Geschwindigkeit zu. Gegen fünf Uhr nachmittags am 16. blies der Wind mit 140 Stundenkilometern, gegen Mitternacht, so Sergeant C. A. Smith, der diensthabende Beobachter des Signal Corps, »müssen es volle 170 Stundenkilometer gewesen sein«.

Der Sturm warf eine gewaltige Wasserkuppel auf und trieb sie durch Indianola, das Wasser des Golfs und der Matagordabucht ins Landesinnere schiebend, »bis die Prärie des Hinterlands auf dreißig Kilometer hinaus ein offenes Meer war«. Die Bewohner flüchteten sich mit Booten aus ihren Häusern und versammelten sich in den stabilsten Gebäuden der Stadt. Kurz nach Mitternacht, berichtete Smith, änderte sich die Lage. Die Überlebenden glaubten, das Schlimmste überstanden zu haben. »Das offenkundige Nachlassen des Sturmes wurde mit Jubelgeschrei begrüßt und nach ein paar Minuten durch das Verhalten des Windes bestätigt, der sich allmählich nach Norden und Nordwesten zurückzog.«

Die Freude war voreilig. Der Wind begann erneut Wasser zu schaufeln, dieses Mal in Richtung Matagordabucht, und erzeugte eine »Rückflutungswelle«, eine mittelgroße Version dessen, was an jedem Strand geschieht, wenn das von einer Welle an Land gespülte Wasser wieder ins Meer zurückströmt und dabei alles, was auf seinem Weg liegt, untergräbt. »Die Flut schoß nun mit gewaltiger Kraft Richtung Bucht, der Wind hatte nur ein wenig nachgelassen, und dies war die Phase, in der die meisten Menschen starben und das meiste Eigentum vernichtet wurde. Die Gebäude, die noch standen, waren vom Nordostwind und von der Flut derart gelockert und in ihren Grundfesten erschüttert worden, daß in dem Augenblick, als die ungeheure Kraft sich in die Gegenrichtung drehte, Dutzende von ihnen in Trümmer fielen und in die Bucht hinausgerissen wurden.«

Die Flutwelle war über eine Zeitspanne von achtzehn Stunden in die Matagordabucht hineingerollt. Für ihren Rückweg brauchte sie sechs.

Das Ausmaß der Verwüstung war unwahrscheinlich. »Ganze drei Viertel aller Gebäude waren vollkommen von der Bildfläche verschwunden, und von denen, die übriggeblieben waren, lag ein großer Teil in Trümmern«, schrieb Smith. »Viele der verbliebenen Häuser waren von ihren ursprünglichen Fundamenten fortgerissen worden – manche ein paar Meter, andere mehrere Straßen weit.«

Der Sturm tötete 176 Menschen. Verglichen mit der Zahl der Todesopfer, die die großen Taifune im Golf von Bengalen gefordert hatten, mochte dies nicht allzuviel erscheinen. Doch General Adolphus Greely, der Indianola sechs Monate nach dem Sturm einen Besuch abstattete, schätzte, daß sich die Zahl der Toten insgesamt auf ein Fünftel der Stadtbevölkerung belief. Der Sturm ließ einen Schoner acht Kilometer von der Küste entfernt auf dem Trockenen im Landesinneren liegen und tötete 15 000 Schafe und Rinder. Und all dies, bemerkte Greely, obwohl Indianola in einer geschützten Nische der texanischen Küste lag, zwanzig Kilometer vom Golf entfernt und hinter einem Fächer vorgelagerter Inseln, die eigentlich die Kraft jedes hereinkommenden Sturms hätten bremsen müssen. Selbst sechs Monate danach waren die Schäden noch deutlich sichtbar. Der Hurrikan, meinte Greely, hatte nicht nur die von Menschenhand gemachten Strukturen an der Oberfläche zerstört, sondern auch Gottes eigene Topographie. »Die augenfälligsten physischen Veränderungen waren die Entstehung eines großen Sees im hinteren Teil der Stadt sowie zahlreicher Flußarme im Inland, von denen fünf auf einer Höhe von drei bis sechs Metern über der Matagordabucht quer über das Festland, auf dem die Stadt errichtet war, miteinander verbunden waren. Einer dieser Flußarme war zur Zeit meines Besuchs nahezu sechs Meter tief.«

Indianola war stolz auf seinen Hafen und glaubte, ihn zu seiner alten Blüte bringen zu können. Seine Bewohner entschlossen sich zum Wiederaufbau.

Der zweite Hurrikan kam am 20. August 1886. »Das Wasser in der Bucht begann rasch zu steigen«, hieß es im Bericht des Signal Corps. Der Wind zerstörte die Wetterstation, wo herabfallende Holzbalken den Beobachter I. A. Reed bei dem Versuch zu entkommen töteten. »Eine Lampe im Büro setzte das Gebäude in Brand, und trotz schwerer Regengüsse brannte es vollständig nieder, ebenso wie eine ganze Reihe anderer Häuser auf beiden Seiten der Straße.«

Der Wind erzeugte noch verheerendere Flut- und Rückflutungswellen als der Sturm von 1875. »Die Stadt bot nach dem Sturm ein Bild der totalen Verwüstung. Kein einziges Haus war unversehrt geblieben, und die meisten Gebäude, die noch standen, waren in äußerst wackligem Zustand. Viele waren fortgeschwemmt und über die Felder hinter der Stadt verstreut, andere waren von ihren Fundamenten gerissen und so, wie sie waren, über beträchtliche Entfernungen fortgetragen worden.«

Der Sturm richtete so viel Zerstörung an und tötete so viele Menschen, daß die Überlebenden die Stadt für immer verließen.

Zuerst schienen Galvestons führende Männer die Bedeutung der Stürme von Indianola durchaus zu begreifen. Man brauchte nur auf eine Karte zu schauen, um zu sehen, daß Galveston noch stärker gefährdet war. Der Stadt war keine schützende Inselkette vorgelagert, und sie hatte auch keine

Prärie als Puffer im Landesinneren. Die Stadt war dem Golf schutzlos ausgeliefert.

Sechs Wochen nach dem zweiten Sturm von Indianola traf sich eine Gruppe von dreißig führenden Einwohnern Galvestons, die sich die *Progressive Association* nannte, und beschloß, einen Schutzwall zu bauen. Es war dieselbe Gruppe, die sich auch für staatliche Subventionen stark gemacht hatte, um Galveston zu einem Seehafen zu machen. Der Ingenieur der Stadt, E. M. Hartrick, war schon dabei, Pläne zu entwickeln. Er entwarf »einen drei Meter hohen Wall, der ganz um die Insel herumreichen sollte, außer an der Nordseite, wo die Kaimauern erhöht werden sollten, um einen Damm zu bilden.« Die *Evening Tribune* der Stadt hieß den Plan gut. »Wenn Männer wie diese sagen, daß die Arbeit am Deichschutz sofort in Angriff genommen und rasch zu Ende geführt werden sollte, kann die Öffentlichkeit sich darauf verlassen, daß etwas Greifbares geschehen wird – und dies ohne unnötige Verzögerung.«

Der Staat bewilligte schließlich sogar eine Anleihe. »Doch das«, schrieb Hartrick, »war einige Monate nach der Flut, und da sagte man sich bereits, ach was, eine zweite kriegen wir niemals – also wurde nicht gebaut.«

Wenn in Galveston irgendwelche Zweifel bestehengeblieben waren, ob es richtig war, den Wall nicht zu bauen, so dürfte Isaacs Artikel von 1891 diese zerstreut haben. Er tat darin die Ängste vor dem Hurrikan als Auswüchse eines »absurden Irrglaubens« ab. Besonders zuversichtlich äußerte er sich im Hinblick auf Sturmfluten. Galveston könne nichts passieren, argumentierte er, weil das hereinkommende Wasser zuerst das weite Tiefland hinter Galveston auf dem texanischen Festland nördlich der Bucht überschwemmen würde, das dem Meeresspiegel noch näher sei.

»Kein Wirbelsturm«, schrieb er, »könnte eine Flutwelle erzeugen, die imstande wäre, der Stadt substantiellen Schaden zuzufügen.«

Zweiter Teil

Wirbel

Der Sturm

Spinnweben und Eis

Der Sturm erreichte die Karibik am frühen Morgen des 31. August, einem Freitag, in einem Durcheinander aus Blitzen und Donner mit auffrischenden Winden, die auf dem Wasser dichte Schaumkronen und Gischtfontänen erzeugten. Im wolkenverhangenen Morgenlicht war das Meer von einem grünschorfigen, stumpfen Grau. In St. Kitts, einer Insel west-nordwestlich von Antigua, begann es zu regnen. Was diesen Regen ungewöhnlich machte, war die Tatsache, daß er die Wolken nicht leerte. Der Sturm wurde nur noch heftiger.

Während der Dunst durch die Wolken aufstieg und zu kondensieren begann, lagerte er seine Feuchtigkeit auf kleinen, in der Luft schwebenden Aerosolpartikeln ab, angefangen bei submikroskopischen Aitkenteilchen über Pollen, Spinnweben, vulkanische Asche, Schiffsdampf und Staub aus der Sahara bis hin zu pulverisiertem eisenhaltigen Salzen von Meteoren, die sich in der Atmosphäre aufgelöst hatten. Irgendwo über St. Kitts raste eine riesenhafte Wolke aus Wasser, Eis und Aerosolteilchen durch die Troposphäre und wurde dabei kälter und kälter, bis sie in die Stratosphäre eindrang, ein Gebiet neuerlicher, von direkter Sonnenbestrahlung erzeugter Wärme. Hier war die Wolke plötzlich kälter als die Luft um sie herum. Sie verlor an Geschwindigkeit, traf auf das harte Blau der Stratosphäre und fiel zur Erde zurück. Diese sinkende Luft traf nun auf die noch immer von unten aufsteigende. Fallende Tröpfchen begegneten steigenden. Durch diese Kollision bildeten sich größere Tropfen, die um so schneller fielen, je größer sie wurden. Sie überholten andere, kleinere Tropfen und wurden noch größer. Ein Regentropfen mit einem Durchmesser von 63,5 Mikrometer fällt mit 52 Metern pro Sekunde zur Erde; ein sechsmal so großer Tropfen mit 116 Metern pro Sekunde. Milliarden von Tropfen wurden größer und größer, bis sie eine Fallgeschwindigkeit hatten, die ausreichte, um zum Boden zu gelangen.

Unter normalen Bedingungen lösen sich bei Regen die Wolken aufgrund der ausfallenden Niederschläge auf. Das Tempo, mit dem eine Wolke ihr Wasser abgibt, übersteigt das des Feuchtigkeitsnachschubs von unten aus der Luft und dem Meer, so daß die Wolken sich auflösen wie in die Nachwelt entschwindende Geister. Hurrikans durchbrechen diesen Kreislauf. Sie benutzen den Wind, um Feuchtigkeit zu sammeln und sie ihren Zentren zuzuführen. Während der Wind über die Meeresoberfläche fegt, erhöht er die Verdunstungsrate und nimmt Sprühnebel und Gischt auf. Je schneller der Wind bläst, desto mehr Wasserdampf trägt er mit sich fort und gibt ihn in Form von Energie an den Sturm ab. Die daraus resultierende Konzentration von kondensiertem Wasserdampf und Wärme im Zentrum des Sturms führt dazu, daß noch größere Luftvolumina gen Himmel strömen. Der Druck sinkt erneut. Die Windgeschwindigkeit steigt. Der Kreislauf wiederholt sich.

Das Ergebnis kann ein Regenguß sein, der eher einem Schwall aus dem Wasserhahn gleicht.

1979 blies ein tropischer Sturm namens »Claudette« unweit Galvestons vom Golf von Mexiko her und überschwemmte die Stadt Alvin, Texas, mit tausend Millimeter Regen in vierundzwanzig Stunden, was an Intensität bis heute U.S.-amerikanischer Rekord ist. Den Weltrekord hält ein philippinischer Taifun, bei dem innerhalb von vierundzwanzig Stunden fast zweitausend Millimeter Regen fielen. Die höchsten Gesamtniederschlagsmengen liegen allerdings noch darüber. Einmal fielen in Silver Hill, Jamaika, innerhalb von vier Tagen 2500

Millimeter. Im Jahr 1899 gingen während eines Hurrikans geschätzte 2,6 Milliarden Tonnen Wasser auf Puerto Rico nieder. Hurrikan »Camille«, der im August 1969 auf die Golfküste traf, war noch zwei Tage später, als er Virginia erreichte, mit Wasser angefüllt. Ohne Vorwarnung von seiten des Wetteramts ließ er 760 Millimeter Regen in sechs Stunden ab. Hänge weichten auf und wurden zu Schlammflüssen, die mit hoher Geschwindigkeit bergab strömten. Allein in Virginia kamen 109 Menschen ums Leben.

Camilles Regen fiel mit solcher Macht, daß er angeblich die Atemwege der Vögel füllte und sie in den Bäumen ertrinken ließ.

Galveston

Louisa Rollfing

Samstag, der 1. September, war ein großer Tag für August und Louisa Rollfing, ein Tag zum Feiern. August, der Anstreicher, der in Giles geheimem Verzeichnis als Habenichts ausgewiesen war, hatte endlich die letzte Rate des Klaviers bezahlt, das der Familie so am Herzen lag. Die Bedeutung des Augenblicks ging über den eigentlichen Kauf weit hinaus. Das Klavier war, buchstäblich, ein Anker. Es war schwer und groß; allein, es ins Haus zu schaffen, hatte einer großen Anstrengung bedurft – es war durch ein Fenster hereingehievt worden.

Dieses war ihr siebtes Haus in Galveston. Sie hatten es, wie alle anderen auch, gemietet, aber das Klavier verlieh ihm etwas Beständigeres, und Louisa brauchte dieses Gefühl dringend. Sie war es leid umzuziehen. Bei jeder neuen Adresse hatte sie sich in die Aufgabe gestürzt, alte und verwohnte Räume nicht nur neu aussehen zu lassen, sondern so, als lebten darin wohlhabende Leute.

Sie und August hatten viel Aufregung hinter sich, jeder für sich, aber auch gemeinsam. Sie waren beide aus Deutschland nach Amerika ausgewandert, August im Alter von einem Jahr und zu einem denkbar schlechten Zeitpunkt: in dem Augenblick nämlich, als der Bürgerkrieg begann. Sein Vater William war prompt eingezogen worden und ebenso prompt gefallen.

Louisa war viel später, als junge Frau, nach Amerika gekommen. Sie hatte auf einer Nordseeinsel gelebt, bis sie es dort nicht mehr aushielt. Alle redeten von Amerika. Es begann damit, daß ein Mann namens Daniel Goos auf die Insel kam, um Verwandte zu besuchen, und jedem von seiner großen Sägemühle in Lake Charles, Louisiana, erzählte, wo er eine Frau und Kinder und ein großes Haus habe. Er brauchte mehr Arbeiter und bot an, sechzig Personen mit nach Amerika zu nehmen. Er würde ihnen Arbeit geben und das Geld für die Überfahrt vorschießen. Viele Menschen, die Louisa kannte, gingen mit ihm und ließen ihrerseits Brüder, Schwestern und Liebste nachkommen, bis es den Anschein hatte, daß alle Welt unterwegs nach Amerika war. Ein Vetter und seine Frau lebten jetzt in Lake Charles und schrieben ihnen oft. Jeder ihrer Briefe kam in einem gelben Umschlag, den Louisas Vater ins Fenster stellte, ein Leuchtfeuer des Abenteuers, das Louisa und ihre Geschwister magisch anzog. »Das Wort Amerika allein versetzte uns schon in Aufregung.«

Jedes Jahr machten sich mehr Menschen auf den Weg. Die Insel wurde kleiner und kleiner – ihre Arbeit als Haushälterin und Gesellschafterin für eine ältere Dame, Frau Michelson, ließ sie geradezu winzig klein wirken. Es gab Tage, so schien es, an denen Frau Michelson der einzige Mensch war, dem sie begegnete. Louisa war einsam und unzufrieden, und die Idee Amerika nistete sich immer tiefer in ihrem Herzen ein, bis sie eines Tages den Entschluß faßte, selber aufzubrechen.

Ihr Vetter schickte ihr ein Ticket für die Überfahrt. Sie packte ihre Sachen. Ihre Zuversicht hielt bis zur Nacht vor ihrer Abreise an, in der sie wach lag und an Schlaf nicht zu denken war. »Ganz plötzlich wurde mir klar, was es bedeutete, alle, die mir lieb waren, zurückzulassen.« Das einzige, was sie aufrechterhielt, war der Gedanke, daß auf der anderen Seite der Welt ihr Vetter auf sie wartete. »Ich werde nie vergessen, wie ich Mutter am Fenster stehen sah, die großen blauen Augen mit Tränen gefüllt, tapfer lächelnd –

ich mußte ins Haus zurücklaufen, meine Arme um sie legen und sie noch einmal küssen.«

Louisa fuhr auf einem Norddeutschen Liniendampfer, der *Nürnberg*, begleitet von zwei jungen Witwen, die sie in einem Emigrantenhotel kennengelernt hatte, wo alle Passagiere vor der Abreise übernachteten. Louisa war auf das sogenannte Zwischendeck gebucht, aber sie hatte keine Ahnung, was das bedeutete. Niemand hatte ihr gesagt, daß sie eine eigene Decke mitbringen müsse. Auf dem Schiff betraten sie und ihre neuen Freundinnen einen großen Raum »mit nichts als hölzernen Kästen auf kurzen hölzernen Beinen mit je einer dünnen Strohmatratze darauf – das nannten sie Betten! Reihen über Reihen davon. Im Eingang war ein großes Faß, und wir fragten uns, wofür?«

Louisa schätzte, daß zweihundert Menschen hier untergebracht waren, darunter ganze Familien. »Oh, ich dachte, ich müßte sterben. Und weinte bitterlich. Den beiden jungen Witwen war genauso zumute wie mir, und wir gaben uns die Hand darauf, daß wir uns nicht trennen würden.«

Kurz nach Beginn der Reise wurden alle seekrank, und der Zweck des Fasses war nur allzu offensichtlich.

Louisa begehrte auf. Sie und ihre Freundinnen nahmen einen Offizier beiseite und baten um eine privatere Unterbringung. Sie seien schließlich Frauen. Und allein.

Der Offizier hatte von einem solchen Anliegen noch nie gehört, versprach aber, sich um die Sache zu kümmern, und bot ihnen noch am selben Tag einen Raum im Achterschiff an, in dem er sogar eine Trennwand zu errichten bereit war – vorausgesetzt, sie fänden genügend andere alleinreisende Frauen, damit sich die Mühe lohnte. Louisa und ihre Freundinnen trommelten vierunddreißig zusammen.

Die Reise nach New Orleans und von dort nach Lake Charles dauerte zweiundvierzig Tage. Ihre Abenteuer begannen, sobald sie angekommen war. Sie probierte ihre erste Banane und war begeistert. Sie begegnete ihrem ersten schwarzen Mann. Er tauchte plötzlich vor ihr auf, als sie durch einen Pinienwald lief. »Ich erschrak so, daß ich mich einfach hinsetzte, aber er sagte nur ›Guten Tag‹ und ging vorbei. *Er hat mich nicht umgebracht.*«

Dann bekam sie die Masern. »Ich war sehr krank«, sagte sie. »Lange Zeit mußte die ganze Nacht jemand bei mir wachen, und ich merkte es nicht einmal.« Sechs Wochen später konnte sie endlich wieder aufstehen. Als sie in den Spiegel sah, stellte sie fest, daß jemand ihr das ganze Haar abgeschnitten hatte. Sie wog nur noch achtzig Pfund, ein Drittel weniger als zur Zeit ihrer Ankunft. Sie war schön gewesen; jetzt war sie häßlich. Sie war schwach und anfällig für andere Krankheiten. Ein Arzt riet ihr, an einen Ort zu ziehen, in dem das Klima gesünder sei – zum Beispiel nach Galveston.

Ihr Zug hatte eine der Brücken, die sich über die Galvestonbucht spannten, zur Hälfte überquert, als sie erwachte und zu beiden Seiten ihres Abteils nichts als Wasser sah. Sie erschrak fürchterlich. Sie hatte nicht gewußt, daß Galveston auf einer Insel lag, und fragte sich, wie in aller Welt sie auf einem Schiff gelandet war.

Später war sie froh, daß sie die mickrige Brücke nicht vorher gesehen hatte. »Sonst hätte ich noch mehr Angst gehabt.«

In Galveston nahm Louisa eine Stelle als Haushälterin bei einer Familie Voelker an. Bei einem Sonntagsbesuch, den sie Mrs. August Rollfing, der Witwe eines Schiffskapitäns, der in einem Sturm vor der Küste Galvestons ertrunken war, abstatteten, lernte sie deren Neffen kennen, der ebenfalls August hieß. Er war, wie Louisa gestand, »der hübscheste junge Mann, den ich je gesehen hatte.«

Er sah nicht nur gut aus, sondern war auch begabt. Er malte, spielte Gitarre und Klavier und konnte wunderschön singen. »Er hatte eine herrliche Tenorstimme, die ich lieber hörte als irgend etwas sonst auf der Welt.«

Einige Zeit später hielt er um ihre Hand an, wenn auch ein wenig verblümt. »Glaubst du nicht, Louisa, daß wir zusammen glücklich sein könnten und daß wir heiraten sollten?«

Es war ein Segen, daß keiner von ihnen viel auf Omen gab.

Eines Abends im November 1885, eine Woche vor ihrer Hochzeit, arbeitete Louisa an ihrem Hochzeitskleid, einem wunderbaren Stück aus grauem Kaschmir mit Spitzenrand. Gegen Mitternacht hörte sie auf, faltete das Kleid vorsichtig und trug es hinauf in ihr Zimmer. »Ich war noch nicht eingeschlafen, als die Alarmsirene ertönte und wir drüben im Norden ein Feuer sahen.«

Ein kräftiger Nordwind schürte das Feuer rasch und trug Funken und große brennende Kohlestücke mit sich fort. Schon fing ein Haus Feuer. Dann noch eins. Louisa warf sich ein paar Kleider über, wie alle im Haus der Voelkers, und gemeinsam beobachteten sie die Flammen. Niemand kam auf den Gedanken, daß das Haus der Voelkers selbst in Gefahr sein könnte. Die Brände schienen allesamt so weit entfernt.

Flammen schwebten wie Schmetterlinge am Himmel. In einem Moment war die Luft von der Wärme, die das Feuer abstrahlte, heiß, im nächsten vom heftigen Nordwind bitterkalt. Dann geriet ein Nachbarhaus in Brand. Voelker kletterte mit einem Gartenschlauch auf das Dach seines Hauses. Alle anderen begannen, Gegenstände aus dem Haus zu tragen. Louisa legte ihre Aussteuer in einen Koffer und schaffte es, ihn nach draußen zu bringen. Das Haus fing Feuer. Bäume fingen Feuer. Der Koffer fing Feuer. Selbst Louisas Mantel fing Feuer.

In dieser Nacht brannte die halbe Stadt Galveston nieder, und mit ihr Louisas Aussteuer – nur ihr Kleid zum Glück nicht.

August und Louisa heirateten wie geplant. Auch eine solche Katastrophe konnte ihr Glück nicht trüben. »Ich kann mir nicht vorstellen, daß irgend jemand je glücklicher war als wir damals«, erinnerte sie sich. »Es war so wenig nötig, um uns glücklich und zufrieden zu machen.«

Auf einem ihrer vielen Spaziergänge entdeckten sie Ecke 32. Straße und Broadway ein kleines weißes Haus, das zu vermieten war, und unterschrieben gleich am nächsten Tag den Vertrag. Es hatte zwei Veranden, Eßzimmer, Küche, Schlafzimmer und einen Lattenzaun rund um den Garten. Louisa machte sich mit Feuereifer daran, es herzurichten. Sie kaufte ein Bett mit rotem Himmel. Sie hängte cremefarbene Vorhänge mit roten Schleifen auf und nähte eine rotweiße Tagesdecke. Sie kaufte einen großen Teppich, Spitzengardinen und eine Deckenlampe aus Prismen und buntem Glas. Sie nähte einen Vorhang für ein Fenster im Wohnzimmer, das zur Küche ging, und August bemalte eine Wand mit Blumen, Obst und Amoretten. Schon bald war das Haus in leuchtende, mit Blüten und Gold bestäubte Farben getaucht. »Wir fühlten uns, als hätten wir den Himmel auf Erden.«

Louisa nähte, um etwas dazuzuverdienen, und nahm mehr und mehr Arbeit an. Hatte sie zu viel gearbeitet, fragte sie sich immer wieder – zu viel für eine Frau, die ihr erstes Kind erwartete?

Peter August wurde am 8. April 1888 geboren, Monate zu früh. »Er war wie ein kleines Püppchen, und seine kleine Hand lag in der meinen.« Ihr Arzt sagte ihr, daß sie das Baby alle zwei Stunden stillen solle, aber es ging nicht. Sie war krank und schwach, und Peter August wollte nicht trinken. »Ich hatte keine Erfahrung, vielleicht hätte er es geschafft, wenn Mutter bei mir gewesen wäre.«

Ihr Sohn lebte siebzehn Tage lang.

Für die Beerdigung bedeckte Mrs. Voelker Peters Körper mit winzigen weißen Rosenknospen und legte ihm eine Rose in die Hand. Louisa war zu krank, um ihr Baby zum Friedhof zu begleiten. Sie sah zu, als August den Jungen in einen kleinen weißen Sarg legte und ihn zur Kutsche trug, die draußen vor dem Haus wartete. Erst nach einigen Tagen war Louisa imstande, zum Friedhof zu gehen. »Als ich zum ersten Mal dort war, hatten sie mit lauter kleinen weißen Muscheln seinen Namen gelegt und Veilchen gepflanzt, und die Veilchen wuchsen sogar, denn es kam jeden Tag jemand und gab ihnen Wasser.« August ließ ein kleines Holzkreuz anfertigen, das er selbst beschriftete. Mit größter Sorgfalt malte er in goldenen Buchstaben den Namen und die Lebensdaten seines Sohnes darauf.

»Jetzt hatten wir einen Ort, an dem wir trauern konnten«, erinnerte sich Louisa viele Jahre später. »Es war unser erster Kummer.«

Sie konnte sich nicht vorstellen, ihren Mann noch mehr zu lieben.

Fünfzehn Monate später kam ein zweites Kind, »unsere kleine Helen«. Louisa war mächtig stolz und fand, ihr Baby sei das hübscheste Geschöpf auf Erden, dabei war es ziemlich pummelig. »Ich sehe überhaupt keine Nase«, spöttelte August. Louisa war empört. Nachts legte sie Helen in eine Wiege unter ein großes, locker drapiertes Moskitonetz. »Sie sah aus wie ein kleiner feister Engel.«

Zwei Jahre danach gebar Louisa wieder ein Kind, das sie August Otto nannten. Ihre Vermieterin, eine Mrs. Carville, kam, um sich das Kind anzuschauen, und sah zum ersten Mal, was Louisa und August aus dem Haus gemacht hatten. Prompt erhöhte sie die Miete. August war außer sich.

Sie zogen um. Dann zogen sie wieder um, bekamen noch ein Baby – Atlanta Anna oder einfach »Lanta« – und zogen ein drittes Mal um. Ein Umstand nach dem anderen zwang sie, die Häuser zu verlassen, in die Louisa so viel Liebe und Mühe investiert hatte. Doch für das sechste Haus schien sich das alles gelohnt zu haben. »Wir fanden ein sehr schönes kleines zweistöckiges Haus zu einem so vernünftigen Preis, daß ich es kaum glauben konnte.« Wieder richtete sie es mit so viel Geschick her, daß ein älteres Ehepaar, das eines Sonntags bei ihnen zum Abendessen eingeladen war, bei seiner Ankunft ganz verwirrt war, weil es vor dem Haus reicher Leute zu stehen glaubte, bis Louisa, die sie vom Wohnzimmerfenster aus beobachtet hatte, fröhlich die Haustür öffnete und rief: »Es ist das richtige Haus!«

Aber es war nicht das richtige. Irgend etwas stimmte nicht. Es schien, als wohne die Seele eines fremden Menschen darin. Abends, wenn Louisa die Kinder ins Bett gebracht hatte, war sie allein, bis August gegen zehn Uhr von den Proben für seine Laienmusicals, in denen er mitsang (vielleicht mit Isaac Cline zusammen, wie er selbst ein Tenor), nach Hause kam. Sie setzte sich für gewöhnlich ins Wohnzimmer, um zu nähen oder zu lesen, doch jedesmal beschlich sie das gleiche merkwürdige Gefühl. »Mir war, als blicke mir jemand über die Schulter; doch wenn ich mich umdrehte, war nichts zu sehen.«

Eines Abends spürte August es auch. »Ich war allein«, sagte er, »und doch nicht allein; da war irgend etwas Unheimliches um mich herum.«

Sie beschlossen, erneut umzuziehen. »Ich war furchtbar enttäuscht«, sagte Louisa. »Alles war so hübsch, und ich war das ewige Saubermachen und Einrichten leid.«

Sie fanden ein anderes zweistöckiges Haus Ecke 18. Straße und Avenue O$^{1}/_{2}$, ungefähr zehn Blocks von Isaacs Haus und zwei vom Strand entfernt.

In diesem Sommer – dem Sommer 1900 – verschwand der kleine August. Es war an einem Sonntagnachmittag. Die Kinder spielten draußen. Louisa rief sie zum Abendessen herein. Helen und Lanta kamen, August nicht. Als sie gegessen hatten und August immer noch nicht gekommen war, begannen Louisa und ihr Mann sich Sorgen zu machen. Der Strand war Louisa, wie den meisten Eltern in Galveston, die in der Nähe des Wassers wohnten, immer ein Dorn im Auge gewesen. »Ich ging nach Osten und August nach Westen«, schrieb sie. Sie lief durch den Sand, bis sie nicht mehr konnte, aber sie fand den Jungen nicht. Als sie in ihre Straße einbog, sah sie, daß sich eine Gruppe von Kindern auf dem Gehweg vor ihrem Haus versammelt hatte. Sie wußte, daß das Schlimmste geschehen war. Sie wollte zum Haus rennen, aber es gelang ihr nicht. Ihre Beine waren so schwer. Sie konnte sich kaum rühren.

Unten im Haus war niemand. Sie ging in den ersten Stock hinauf und traf auf ihren Mann. Sie sagte nichts, stellte keine Fragen. Dann erzählte ihr Mann ihr die Geschichte – wie der kleine August und ein Freund zum Strand gelaufen und immer weiter gelaufen waren, ohne zu merken, wie weit sie sich von zu Hause entfernten. Der Rückweg hatte eine Ewigkeit gedauert.

Louisa stellte ihrem Sohn sein Abendessen hin. Dann brach der Rest der Familie, einschließlich des kleinen August, zu einem Abendspaziergang auf. Louisa blieb eine Weile im warmen Dämmerlicht zu Hause sitzen. Sie weinte. Als sie sich beruhigt hatte, gesellte sie sich zu ihrer Familie. Es war ein zauberhafter Abend. Das Meer, vom Gold der untergehenden Sonne gesäumt, war ruhig und friedlich, der Dunst ließ alle Blau- und Goldtöne ineinanderlaufen, dazu das Schwarz und Weiß der unzähligen Menschen, die wie sie am Strand entlangschlenderten und nicht ahnten, daß sie an diesem Nachmittag ein paar Augenblicke lang geglaubt hatte, ihr Herz sei für alle Zeit gebrochen.

Am Samstag, dem 1. September, bezahlte August die letzte Rate für das Klavier. Als nächstes, beschloß er, würde er einen Klavierlehrer für Helen suchen.

»Wenn wir gewußt hätten, was die Zukunft bringen würde«, schrieb Louisa, »hätten wir kein Vergnügen an all den Dingen gehabt, die uns so viel Freude bereiteten.«

Das Levy-Gebäude

Isaacs Karte

Am Dienstag, dem 4. September, um drei Uhr morgens schlug ein Blitz in den Dynamo des Brush Elektrizitätswerks in Galveston ein und stürzte die öffentlichen Gebäude der Stadt in tiefe Dunkelheit. Der Stromausfall zeigte, wie schnell die Menschen vom elektrischen Licht abhängig geworden waren, wie bereitwillig sie die schlechte alte Zeit der Gasbrenner, Öl- und Kerosinlampen hinter sich gelassen hatten.

Bei der Polizei suchten die Beamten aufgeregt nach Alternativen, Wache und Zellen zu beleuchten. Ein Augenzeuge erinnerte sich: »Ein Durcheinander der verschiedensten Lampen und Laternen gab ein schwaches Licht, das alles schaurig anmuten ließ.« Die Polizisten hatten zwei Kalziumkarbid-Fahrradlampen aufgetrieben; zwei alte »Bullaugen-Lampen« aus den 1870ern »warfen einen flackernden gelben Lichtkreis mit einem Radius von ungefähr drei Zentimetern«. Drei alte Eisenbahnlaternen brannten zehn Minuten lang hell, dann begannen auch sie zu flackern. Die Kunst, solche Lampen wiederzubeleben, ihnen gut zuzureden, war verlorengegangen. Die Beamten fanden die alten Gasbrenner der Wache, die jedoch in so erbärmlichem Zustand waren, daß sie sie nicht anzuzünden wagten. Kerzen hatten sie nicht.

Das erste Donnergrollen hörte Isaac um 3 Uhr 48 und trug diese Zeit später in das Stationstagebuch ein. Er blieb wach, teils aus beruflichem Pflichtgefühl, teils weil er, wie alle Meteorologen, Gewitterstürme liebte. Er trat auf seinen

Balkon im ersten Stock hinaus, registrierte jede elektrische Entladung und stellte fest, wie sehr sich diese Blitze von denen in Tennessee unterschieden. Im Hügelland seiner Kindheit wanden sie sich, zerrissenen Spinnweben gleich, über den Himmel. Hier kamen sie als blauweiße Strahlen, und jede Zuckung war wie das Aufflammen des Blitzlichtpulvers beim Photographieren. In diesen Augenblicken wurde Galveston zu einer arktischen Stadt aus Silber und Schwarz, zum Traum eines sterbenden Seemanns.

Der lauteste Donner ertönte um 4 Uhr 57, notierte Isaac, der letzte um 5 Uhr 20. Der Sturm war aus dem Südosten gekommen, aus der Richtung Kubas.

Nach dem Frühstück ging Isaac zu Fuß ins Büro. Hoch über den Warenhäusern am Kai sah er ein Dickicht aus Masten und Spieren und den langen Schornsteinen der Dampfschiffe. An manchen Morgen fingen der Lack und das Messing die Sonne ein und ließen dieses Gewirr aus Tauwerk und Holz glänzen, als wäre alles von einer Eisschicht überzogen. Wenn der Wind flau war, zog der Rauch von den kohlebetriebenen Dampfschiffen in fetten blauen Wolken über die Straßen, bis der ganze Hafen zu schwelen schien. Als eines der letzten Schiffe hatte die große britische *Roma*, die am Sonntag aus New York gekommen war, hier angelegt. Ihr Kapitän trug den Namen »Storm«.

Isaacs Spaziergang zum Büro an diesem Dienstagmorgen war besonders angenehm, weil das Gewitter die Temperatur um volle 4 Grad hatte fallen lassen.

Im Büro sah Isaac sich die Acht-Uhr-Wetterkarte an, die Theodore C. Bornkessell, der Drucker der Station, an diesem Morgen anhand der von der Washingtoner Zentrale telegrafierten Einzelheiten angefertigt hatte. Bornkessels graphische Version zeigte verschlungene Isobare, die Bereiche gleichen Luftdrucks, und gepunktete Isothermen, die Zonen gleicher Temperatur miteinander verbanden. Isaac schickte einen seiner Leute zur Baumwollbörse, um ein großformatiges Exemplar dieser Karte herstellen zu lassen. Vielleicht war es sein Bruder Joseph oder Bornkessell oder ein neuer Mitarbeiter namens John D. Blagden. Dieser half ihnen vorübergehend aus, seit Harrison McP. Baldwin, der Fort-Myer-Clown, der ein Jahr zuvor bei Isaac angeheuert und den ausgezeichneten Ruf der Warte schnell beschädigt hatte, ausgeschieden war. Den ganzen Juli über und bis in den August hinein waren fehlerhafte Meldungen von Washington nach Galveston geströmt, die Baldwins Irrtümer auflisteten, und Isaac war verpflichtet gewesen, sie zur Kenntnis zu nehmen und zu korrigieren. Diese Fehler bereiteten Isaac Qualen. Doch Direktor Moore hielt Baldwin weit größerer Sünden für schuldig. Landwirtschaftsminister Wilson gegenüber äußerte er den Verdacht, Baldwin habe Luftdruckwerte »fabriziert« – das schlimmste aller Vergehen. Mitte August ordnete Moore für Baldwin Heimaturlaub ohne Bezahlung an. Baldwin verließ Galveston am Montag, dem 27. August, um halb sechs Uhr abends.

Isaac war gewiß nicht traurig, Baldwin los zu sein. Der Mann hatte einen schlechten Einfluß auf Leistung und Moral der Truppe. Es ist auch wahrscheinlich, daß er sich über Isaac lustig machte. Jedenfalls hatte er Sinn für Ulk und Klamauk, und für einen solchen Mann muß Isaac geradezu eine ideale Zielscheibe abgegeben haben. Doch als Baldwin fort war, merkte Isaac, daß ihm Hilfskräfte fehlten. Moore versprach ihm einen jungen Meteorologen namens Ernst Giers, doch aus Gründen, die Moore sich nicht zu erklären genötigt fühlte, schickte er Giers im letzten Augenblick nach Carson City, Nevada. Dieser plötzliche Sinneswandel veranlaßte Isaac zu einer seltenen, wenn auch verhaltenen Beschwerde. Er telegrafierte Moore: »Angesichts Giers' Nicht-Erscheinens unmöglich, ohne erfahrenen Ersatz für Baldwin zurechtzukommen.«

Moore schickte ihm Blagden.

Der Kartograph des Wetterbüros verwendete farbige Kreide für die Karte der Baumwollbörse. Auf einer großen schwarzen Tafel mit den Umrissen des Landes trug er Luftdruckwerte, Temperaturen, Niederschlag und Windrichtungen ein. An diesem Morgen kam Dr. Samuel O. Young, Geschäftsführer der Börse und Amateurmeteorologe, vorbei, um ihm bei der Arbeit über die Schulter zu sehen.

In der letzten Woche hatte Young die Entwicklung des Wetters genau verfolgt. In den Berichten aus der Zentrale des Wetteramts deutete nichts darauf hin, daß sich in der Karibik ein tropischer Zyklon bilden könnte, doch Young glaubte, es seien entsprechende Anzeichen zu beobachten.

Er stand ruhig daneben, während der andere die Karte vervollständigte. Es ging etwas Beruhigendes von dem klack klack klack der Kreide aus, die die Windgeschwindigkeit in Chicago, die Temperatur in New York, den Luftdruck über den Rockies notierte. Ein R bedeutete Regen, ein S Schnee; ein F stand für fehlt.

Unter Moore galt ein F nur bei Katastrophen oder zusammengebrochenen Telegrafenleitungen als hinnehmbar.

Bald bedeckten kleine Kreise mit Pfeilen, den Symbolen für weiblich und männlich gleich, die Karte. Ein offener Kreis hieß klarer Himmel; ein Kreuz hieß bewölkt. Der Pfeil zeigte die Richtung des Windes an.

Der Kartograph zeichnete seine Isobaren sicher und geschickt, während die Kreide ein Geräusch machte wie Schlittschuhe auf Eis. Die gepunkteten Isothermen malte er besonders schwungvoll und mit solchem Nachdruck, daß seine Knöchel dabei weiß wurden.

Schreibmaschinen klapperten. Ein Telefon klingelte. Kreidestaubwolken drifteten durch das graue Licht wie die Fallstreifen einer Wolke.

Dr. Young achtete insbesondere auf die Einträge, die der Mann entlang der Golf- und Atlantikküsten machte. »Als die Daten für Key West eingezeichnet wurden«, schrieb

Young, »sah ich, daß der Luftdruck niedrig war, der Wind aus Nordost kam und die Karte alles in allem ziemlich deutlich zyklonale Störungen im Süden oder Südosten von Key West zeigte.«

Auf der Karte gab es keinerlei spezifisches Symbol, das für einen tropischen Wirbelsturm stand. Young leitete seine Existenz aus der ungewöhnlichen Luftdruck- und Windkonstellation ab. Er registrierte auch die Hochdruckzonen, die immer noch über dem Mittelwesten und Nordosten lagen. Für ihn deutete das Spiel der Isobaren und des Winds darauf hin, daß irgendwo südlich von Florida, vielleicht auf Kuba, ein Wirbelsturm sein Unwesen auf dem Meer trieb, und er äußerte seine Befürchtung gegenüber dem Kartographen.

»Er stimmte mir zu«, schrieb Young, »sagte aber, sein Büro habe keinerlei Hinweis auf irgend etwas in dieser Art erhalten.«

Kuba

Verdacht

Auf Kuba herrschte schlechtes Wetter – *mal tiempo*. Und es herrschte schlechte Stimmung. Willis Moores leidenschaftlicher Machtwille hatte einen tiefen Graben zwischen kubanischen und nordamerikanischen Meteorologen aufgeworfen.

Moore und Mitarbeiter des westindischen Hurrikan-Dienstes beargwöhnten die Kubaner seit langem, eine Haltung, die allerdings nur die tiefersitzende Angst zu kaschieren schien, daß Kubas Meteorologen in der Vorhersage von Hurrikans besser sein könnten als sie. Im August versuchte Moore, diese Konkurrenz ein für allemal auszuschalten. Seit dem Ende des Spanisch-Amerikanischen Krieges war das Kriegsministerium für Kuba zuständig. Moores Hauptverbindungsmann auf dem Festland war H. H. C. Dunwoody, jener bürokratische Intrigant, der dazu beigetragen hatte, Moores Vorgänger Mark Harrington zu Fall zu bringen. Mit Dunwoodys Hilfe gelang es Moore, das Kriegsministerium zu überreden, mit Ausnahme der Nachrichten des Nationalen Wetteramtes keine Wettertelegramme, wie harmlos sie auch sein mochten, via Kubas regierungseigene Telegrafenleitungen mehr zuzulassen – und dies auf dem Höhepunkt der Hurrikan-Saison.

Es war ein absurder Einfall. Kubas Meteorologen waren Pioniere in der Kunst der Wettervorhersage; ihre besten Wetterexperten wurden von der kubanischen Öffentlichkeit geradezu verehrt. Über die Jahrhunderte hatte ein Sturm nach dem anderen Kuba überrascht, bis Pater Benito Vines 1870 Direktor des Belen-Observatoriums in Havanna wurde. Er widmete sein Leben der Suche nach meteorologischen Zeichen, die das Herannahen eines Hurrikans ankündigten. Er war es, der die Schleier der Zirruswolken hoch oben am Himmel entdeckte – *rabos de gallo* oder »Hahnenschwanz« –, die einem Hurrikan oftmals vorausgingen. Er baute ein Netzwerk aus Hunderten von Spähern, laufenden und berittenen Boten auf, um Wetteränderungen zu beobachten und Warnungen auszugeben. Nach Vines' Tod im Jahr 1893 übernahm Pater Lorenzo Gangoite die Leitung Belens und widmete sein Leben ebenfalls den Stürmen.

Doch das Wetteramt unter Willis Moore wollte die Hurrikans ganz für sich. Nach dem Krieg verlegte Moore die Hauptgeschäftsstelle des Westindien-Netzwerks nach Havanna. Dunwoody wurde zum Senior-Repräsentanten des Amtes auf der Insel, doch der Mann, der die Stationen Tag für Tag beaufsichtigte, war ein Büroleiter namens William B. Stockman, der die Einwohner Kubas und der Westindischen Inseln als naive, primitive Rasse betrachtete, die amerikanischer Führung bedurfte.

»Zuerst war es gar nicht leicht, die verschiedenen Völker für den Warndienst zu interessieren«, schrieb Stockman im Juni in einem umfangreichen Bericht über das erste volle Jahr ihrer Arbeit auf den Westindischen Inseln, »denn die Bewohner der Inseln sind sehr, sehr konservativ, und es ist äußerst schwierig, sie dazu zu bewegen, radikal andere Maßnahmen zu ergreifen als ihre Vorfahren, wie das Herannahen von Stürmen etc. vorauszusagen, Warnsignale aufzustellen oder entsprechende warnende Hinweise zu veröffentlichen. Schließlich waren die Einwohner es bis dahin gewohnt, von diesen Phänomenen erst zu erfahren, wenn sie einem Ort bereits ganz nahe oder an ihrer unmittelbaren Umgebung bereits vorbeigekommen waren.«

Es war, als hätte Pater Vines nie gelebt und als würde das

Belen-Observatorium nicht mehr existieren. Irgendwann las auch Belens Pater Gangoite Stockmans Äußerungen. Doch da hatten die Leichen, die in den heißen Fluten vor Galveston trieben, Stockmans Worte bereits mit einer grausamen, unbeabsichtigten Ironie befrachtet.

Stockman war ein schwerfälliger Bürokrat, der darin aufging, endlose Berichte noch über die kleinsten Dinge zu schreiben. Als er am 31. Juli 1900 seinen zweiten Jahresbericht vorlegte, begehrten sogar die Professoren und Angestellten der Zentrale auf, Männer, die aufgrund ihrer Tätigkeit immerhin ein Maß an Weitschweifigkeit gewöhnt waren, das normale Sterbliche längst zur Verzweiflung getrieben hätte. Interne Memos, in denen höflich empfohlen wurde, Stockman zum Schweigen zu bringen, wanderten von Abteilung zu Abteilung. Am 15. August schrieb Professor E. B. Garriott, ein altgedienter Wissenschaftler des Amtes, an den Bürovorsteher: »Es widerstrebt mir, die Arbeit eines Mannes zu kritisieren, der in der Verfolgung dieser Arbeit beachtlichen Eifer bewiesen hat. Dennoch sehe ich mich gezwungen zu sagen, daß dem Büro in Havanna ebenso wie der Zentrale sehr viel Zeit und Arbeit erspart würde, wenn der Verantwortliche in Havanna dem Hang zur Langatmigkeit widerstehen und die Wiederholungen und nochmaligen Wiederholungen in den ständigen Berichten über Angelegenheiten, die für die Adressaten irrelevant und ohne Belang sind, in Zukunft vermeiden könnte.«

Willis Moores Einlassung war knapper: »Bitten Sie ihn freundlich, sich viel Arbeit zu sparen.«

In manch anderer Hinsicht war Stockman jedoch in Havanna gut zu gebrauchen. Er teilte Moores Streben nach Kontrolle und Ansehen ebenso wie die Männer, denen Stockman die Leitung der Hurrikan-Stationen auf den entlegenen Inseln übertrug. Wie Moore sorgte auch Stockman sich um den Schaden, der dem Amt durch die Veröffentlichung ungerechtfertigter Sturmwarnungen entstehen könnte. Im westindischen Dienst war diese Sorge jedoch unbegründet, denn die armen, ahnungslosen Eingeborenen ließen sich nur allzu leicht in Panik versetzen. Hier war Zurückhaltung geboten. Es sei entscheidend, schrieb Stockman, daß der Dienst keine »unnötige Beunruhigung unter den Eingeborenen« erzeuge.

Er sah überall Verschwörung am Werk. Die Kubaner, so glaubte er, versuchten die Wetterbeobachtungen des Amtes zu stehlen, um ihre eigenen Vorhersagen zu verbessern. Er brachte einen großen Teil des Augusts 1900 damit zu, einen Mann unter die Lupe zu nehmen, der sich Dr. Enrique del Monte nannte und Professor an der Universität von Havanna zu sein vorgab. Im April hatte del Monte im vom Amt herausgegebenen *Monthly Weather Review* einen vielbeachteten Essay mit dem Titel »Die Klimatologie Havannas« veröffentlicht. Für kurze Zeit hatte del Monte sogar für Stockman gearbeitet. Doch jetzt hielt Stockman del Monte auf einmal für einen Schwindler, vielleicht sogar einen Spion des Belen-Observatoriums.

Stockman setzte einen neunseitigen Brief an Willis Moore auf, der das Datum des 10. August trug und ausschließlich del Monte gewidmet war. Er nahm darin del Montes Artikel auseinander. In seinem Essay hatte der Professor sein Observatorium sowie den Raum beschrieben, der seine Instrumente beherbergte, und den Lesern erzählt, daß beides sich an einer bestimmten Bahnstrecke in Havanna befinde. Aha – aber ein solches Observatorium existierte gar nicht! fand Stockman heraus. »Die Beschreibung des Gebäudes, in dem er angeblich seine Thermometer aufstellt, paßt genau auf die für eben diesen Zweck verwendeten Räumlichkeiten des Belen-College-Observatoriums.«

Auch Moore verdächtigte die Kubaner und glaubte, daß zwischen New Orleans und Belen ein geheimer Kanal für gestohlene Wetterinformationen existierte. Am 24. August 1900 schrieb der Leiter des Büros in New Orleans, W. T.

Blythe, Moore einen Brief, der dessen Verdacht erhärtete. Er machte Moore darauf aufmerksam, daß das *College of Immaculate Conception* in New Orleans jeden Tag eine Kopie der nationalen Wetterkarte erhalte – das College schicke einfach einen Boten zu seinem Büro, der sie abhole. Er meinte, nicht das Recht zu haben, dies zu verhindern, vermutete aber, daß das College den Inhalt der Karte über Unterseekabel an Belen weiterleitete. Der eigentliche Zweck, schrieb Blythe, sei, »das Belen-College in Havanna in die Lage zu versetzen, mit diesem Wetterdienst zu konkurrieren.«

Damit war für Moore alles klar. Sonnenklar. Er führte ein Verbot kubanischer Wettertelegramme ein und untersagte die direkte Übermittlung westindischer Sturmmeldungen aus dem Büro in Havanna an die Station in New Orleans. Das Amt bat sogar die Western Union um Hilfe. Am 28. August schrieb Willis Moore, damals agierender Landwirtschaftsminister, an deren Präsidenten, General Thomas T. Eckert: »Das U. S. Wetteramt in Kuba ist äußerst verärgert über unabhängige Observatorien, die verstreute Berichte an sich bringen und daraufhin versuchen, Wettervorhersagen zu machen und Hurrikan-Warnungen auszugeben, womit sie dem Geschäft schaden und die Arbeit des Wetterdiensts der Regierung behindern.« Er legte auch seinen Verdacht hinsichtlich des geheimen Kanals dar. »Ich habe Grund zu glauben, daß man Daten aus unseren täglichen Wetterkarten in New Orleans kopiert oder vorhat, dies zu tun, und dieselben nach Havanna kabelt.«

Moores Brief schloß mit der Erklärung: »Ich nehme an, Sie sind nicht befugt, die Übermittlung solcher Telegramme zu verbieten, aber ich bitte mit allem Respekt darum, daß man ihnen keines der Privilegien einräumt, die den Meldungen dieses Amtes zukommen, und daß man ihnen keinen Vorrang vor anderen kommerziellen Meldungen gibt.«

Für die Kubaner war das Telegrafierverbot eine unerhörte Provokation. »Dieses Benehmen«, schrieb die *Tribuna* in Cienfuegos, »ist unvorstellbar«, vor allem auf dem Höhepunkt der Hurrikan-Saison, »denn gerade jetzt warten alle auf die Meinungen und Beobachtungen« der kubanischen Hurrikan-Experten. Die Zeitung zitierte insbesondere die Berichte eines Meteorologen namens Julio Jover. Das Telegrafierverbot, entrüstete sie sich, drücke »eine außerordentliche Mißachtung der Öffentlichkeit« aus.

Die Empörung überraschte das Amt. Anscheinend hatten Moore, Dunwoody und Stockman erwartet, daß die hinterwäldlerischen Völker Kubas das Verbot so selbstverständlich hinnehmen würden wie den täglichen Sonnenaufgang. Am Mittwoch, dem 5. September, schrieb Dunwoody, während der Sturm sich Havanna näherte, an Stockman: »Dank einiger Verrückter auf den Inseln wird offiziell wie durch die Zeitungen erbittert Opposition gegen den Befehl gemacht, die Übermittlung von Meldungen des Wetterbüros zu verbieten.

Ich bin nicht sicher, ob meine Position von höheren Beamten unterstützt wird, aber ich habe das Verbot auf der Grundlage der guten Leistung des Dienstes ausgesprochen. Um den Standpunkt, den ich eingenommen habe, zu vertreten, wird es allerdings notwendig sein, daß Sie die Presse mit stichhaltigen, zuverlässigen Warnungen versorgen.«

Dunwoody blieb fest und hatte für den Augenblick gewonnen. Das Kriegsministerium gestattete ihm, das Verbot aufrechtzuerhalten.

Stockman und seine Mitarbeiter gaben sich alle Mühe, das Wort »Hurrikan« zu vermeiden, es sei denn, es war unbedingt notwendig oder sie wollten unterstreichen, daß es sich bei einem bestimmten Sturm nicht um einen Hurrikan handelte. Sie nahmen, wenn man so will, eine behavioristische Haltung gegenüber Stürmen ein. Sie trugen Daten über Temperatur, Luftdruck und Wind zusammen und bestimmten allein auf deren Grundlage, ob ein Sturm existierte oder nicht. Ihre Telegramme waren knapp gehalten und in einem Code verfaßt, der keinen Raum für Mutmaßungen oder Äußerungen des Instinkts ließ, in seiner scheinbaren Präzision aber den gleichen Eindruck der Beherrschung des Wetters vermittelte, wie ihn die täglichen Wetterprotokolle auf Männer wie Thomas Jefferson und George Washington gemacht hatten. Für Stockman war der tropische Sturm, der sich zu diesem Zeitpunkt auf dem Weg durch Kuba befand, die exakte Summe seiner Teile, nicht mehr und nicht weniger; und diese Teile stellten keine besondere Gefahr dar. Am Samstag, dem 1. September, veröffentlichte er die amtliche Bewertung des Sturms im *Diario de la Marina* in Havanna. »Ein Sturm mäßiger Intensität (kein Hurrikan) war heute morgen genau ost-südlich von Santo Domingo ... Schnelle Dampfschiffe, die heute von Havanna nach New York fahren, werden dort vor dem Sturm ankommen.«

Die Kubaner hatten einen romantischeren Zugang, eine psychoanalytische Sichtweise, die sich aus ihrer langen Geschichte leidvoller Erfahrungen ergab. Nahezu jeder Kubaner hatte mindestens einen größeren Hurrikan miterlebt. Kubanische Meteorologen verfügten über die gleichen Instrumente wie ihre amerikanischen Kollegen und nahmen die gleichen Messungen vor, lasen an ihnen jedoch ein ungleich größeres Unheilspotential ab. Die Kubaner schrieben von Ahnungen und Befürchtungen, Sonnenuntergängen und bösen Vorzeichen. Wo die Amerikaner Zahlen sahen, sahen die Kubaner Poesie. Schwarze Poesie, gewiß – Poe und Baudelaire –, aber Poesie allemal.

Sie hatten von Anfang an ein ungutes Gefühl. Am 31. August druckte *La Lucha* in Havanna Julio Jovers Einschätzung der Atmosphäre ab. Der Luftdruck habe zu steigen begonnen, notierte er – doch er sah darin keine Beruhigung: »Dies beweist keineswegs, daß die Anzeichen für einen Wirbelsturm sich verflüchtigen, sondern bestätigt vielmehr unsere Meinung, daß ein instabiles Gleichgewicht in der Atmosphäre herrscht und folglich das Zentrum niedrigen (Drucks), das sich über der Karibik befindet, an Energie gewinnt.«

Am nächsten Tag tat Belens Pater Gangoite in *La Lucha* seine Ansicht kund, daß es sich bei dem Sturm, auch wenn er im Augenblick noch klein sei, »um eine zyklonale Störung in ihren Anfängen« handele. »Ein derartiger Sturm verursacht manchmal schwere Regenfälle über dieser Insel und nimmt an Energie zu, wenn er auf den Atlantik hinauszieht.«

Pater Gangoite hatte recht, was den Regen betraf.

Zwischen zwölf Uhr mittags und acht Uhr am Montagmorgen, dem 3. September, fielen in Santiago über 254 Millimeter Regen. Es hörte nicht auf zu regnen. Am Freitag betrug die Gesamtniederschlagsmenge bereits 618 Millimeter.

Aber auch hinsichtlich der Energie hatte Pater Gangoite recht.

New Orleans

Kapitän Halseys Entscheidung

Am Mittwoch um 9 Uhr 20 gab T. P. Halsey, Kapitän des Dampfschiffs *Louisiana*, das zu diesem Zeitpunkt in New Orleans vertäut war, seiner Mannschaft das Kommando, die Leinen loszumachen und in Richtung Golf in See zu stechen. Bei Port Eads, Louisiana, sah er eine rot-schwarze Sturmflagge im Wind flattern, aber er glaubte, er habe nichts zu befürchten. In den Berichten des Wetteramts deutete nichts auf Umstände hin, die einem modernen Dampfschiff gefährlich werden konnten – es war nirgends von Orkanen oder Zyklonen die Rede, und es gab nicht die leiseste Andeutung, daß dieser Sturm ein Hurrikan sein könnte oder auch nur das Potential besäße, einer zu werden.

Und selbst wenn sich ein Zyklon bilden würde – na und? Er hatte schon acht davon lebend überstanden.

Das Widerstreben des Amtes, Wörter wie Hurrikan und Wirbelsturm zu verwenden, leistete der Tollkühnheit von Kapitänen wie Halsey unbeabsichtigt Vorschub. Viele Seefahrer glaubten noch immer, daß es weitgehend vom Zufall abhing, ob man in einen Sturm geriet oder nicht, wozu sollten sie sich also Sorgen machen? Es war ein Ethos der Resignation, geboren aus der Häufigkeit, mit der Hurrikans die Schiffe selbst der besten Kapitäne versenkten. So schrieb Piddington in einer späten Ausgabe seines *Sailor's Horn-Book*: »Wir müssen damit rechnen, viele Leute ›der alten Schule‹ anzutreffen, die ›neumodisches Zeug‹ nicht mögen; viele, ›die nicht behelligt werden möchten‹; viele, die ›finden, daß das alte System gut genug ist‹; und daß ›aufs Geratewohl und aufs Glück‹ zu setzen bei einem stabilen Schiff und einer guten Crew ausreicht.« Die moderne Technologie unterstützte dieses Ethos. Mit Hilfe von Stahl und Dampf wurden immer robustere Schiffe hergestellt. Maschinen verminderten die schlimmsten Sturmgefahren – den Verlust der Kontrolle nach dem Einrollen der Segel etwa oder die Instabilität, die durch Tonnen von Holz, Leinwand, Messing und hoch über dem Schiffsdeck gespannte Taue entstand. Die Technologie wirkte Wunder bei in letzter Minute aufkommenden Zweifeln.

Die *Louisiana* erreichte das Hauptbecken des Golfs um 17 Uhr 22. Halseys Barometer zeigte 1011 Hektopascal an. Der Wind kam aus Ost-Nordost, dem oberen linken Quadranten eines Zyklons. Der Sturm selber zog gen Nordwesten. Hätte Halsey eine von Henry Piddingtons durchsichtigen Sturmkarten auf einer Seekarte über seine Position gelegt, wäre ihm aufgefallen, daß sein Schiff jetzt genau auf der Bahn des Wirbelsturms lag.

Um sich Sorgen zu machen, hätte er aber erst einmal wissen müssen, daß überhaupt ein Wirbelsturm existierte. Alles, was Halsey wußte, war jedoch, daß ein nicht näher definierter tropischer Sturm in diesem Augenblick nördlich auf das amerikanische Festland einbog und bald den Atlantik erreichen würde.

Für Halsey war es ein schöner, frischer Tag, wie geschaffen, um auf See zu sein.

Die Floridastraße

Eine Frage der Weissagerei

Am Mittwochmorgen erreichte der Sturm die Floridastraße unmittelbar nördlich von Kuba und brachte prompt die Meteorologen des Wetteramts durcheinander. Willis Moore und seine Wissenschaftler glaubten, der Sturm würde nun nach Norden abziehen. In ihren Augen schien er eine weite Rückwärtskurve begonnen zu haben, die ihn nach Florida und dann Richtung Nordosten lenken würde, bis er schließlich auf den Atlantik hinaus entschwinden würde. Es gab keinen stichfesten Beweis für diese Vermutung. Sie stützte sich lediglich auf die jüngsten Bekräftigungen des Gesetzes der Stürme und die Erwartungen der Wissenschaftler, die auf den wenigen Erkenntnissen über tropische Zyklone beruhten. Im Zeitalter der Gewißheiten, an der Schwelle zum zwanzigsten Jahrhundert, war das Erwartete so gut wie eine Tatsache: Jeder Sturm mußte irgendwann abdrehen.

Am Mittwoch kurz nach zwölf Uhr telegrafierte die Zentrale New Orleans einen Bericht, demzufolge der Sturm »vermutlich am Donnerstagabend im Norden bis hinauf nach Norfolk zu spüren sein und wahrscheinlich am Freitag auch die mittelatlantischen sowie die südlichen Neuengland-Staaten erreicht haben wird«. Bis jetzt, so der Bericht, »ist der Sturm nur von schweren Regenfällen und mittleren Windstärken begleitet«.

Der Bericht hielt überdies großartige Nachrichten bereit – der Sturm würde »die lange Periode hoher Temperaturen beenden, die östlich des Mississippi vorherrschen«.

In Havanna schickte Julio Jover an diesem Mittwochmorgen um acht Uhr, per Post, einen Bericht an *La Lucha*: »Wir befinden uns heute in der Nähe des Tiefdruckgebiets eines Hurrikans.«

Wieder dieses schreckliche Wort.

Als William Stockman Jovers Bericht las, lachte er höchstwahrscheinlich. Er schnitt ihn aus der Zeitung aus und heftete ihn an ein bestimmtes Formular, das das Wetteramt erstellt hatte, um es den Stationsleitern zu erleichtern, lobende Artikel aus den nationalen Zeitungen zu sammeln und sie an Moore weiterzuleiten. Stockman betrachtete Jovers Bericht als eine weitere Rechtfertigung des Telegrafierverbots – es war erneut ein Beispiel für die Panikmacherei der Kubaner, die sich mehr für Dramatik und Leidenschaft zu interessieren schienen als für die Wissenschaft. Stockman war nicht der Meinung, daß dieser Sturm sehr viel mehr Beachtung verdiente.

Der Sturm und sein sich ausdehnendes zyklonales System beeinflußte inzwischen ein Gebiet von 2,5 Millionen Quadratkilometern des Ozeans und begann, sich auf das Wetter im Süden der Vereinigten Staaten auszuwirken. In Tampa pfiffen die Telegrafendrähte. Der Wind erreichte 45 Stundenkilometer. In Key West fiel das Barometer auf 996 Hektopascal, den niedrigsten Stand, der bis dahin je verzeichnet worden war. Der Wind kam aus Nordost und beschleunigte sich auf 64 Stundenkilometer, ein wahrer Beaufort-Orkan.

Am Mittwochabend um acht Uhr schwächte der Wind sich jedoch urplötzlich ab. Seine Geschwindigkeit sank auf neun Stundenkilometer, so daß er kaum noch als Brise spürbar war. Bald darauf begann er wieder Fahrt aufzunehmen, diesmal aber aus der entgegengesetzten Richtung kommend.

Die Meteorologen des Wetteramts glaubten, die plötzliche Abschwächung des Windes und seine anschließende

Richtungsänderung bedeuteten, daß das Zentrum des Sturms Key West bereits passiert habe, und sahen sich in ihrer Meinung bestätigt, daß der Sturm schon bald die atlantische Küste hinaufziehen würde. Abermals schneiderten sie sich die Fakten so zurecht, daß sie ihren Erwartungen entsprachen. Sie wußten gerade genug, um zu glauben, daß sie nichts zu befürchten hätten.

Doch der Sturm zog nicht gen Norden.

Das Amt hatte die wahre Bedeutung der Geschehnisse in Key West nicht erkannt. Hier lag ein Gebiet der Windstille unmittelbar neben einer Zone orkanstarken Windes, und es herrschte ein Sturm, der gerade den größten Teil Kubas überquert hatte, ohne auch nur das geringste an Umfang oder Energie oder der Fähigkeit, biblische Regenmengen zu erzeugen, einzubüßen. Zu diesem Zeitpunkt ahnte es noch niemand, aber die Bedingungen in Key West lieferten den bis dahin deutlichsten Beweis, daß die Architektur des Sturms sich veränderte.

Im Zentrum des Sturms hatte die Zentrifugalkraft zu wirken begonnen – jene Kraft, die Kinder auf dem Spielplatz zuweilen vom Rand eines Karussells schleudert. Die Winde, die sich in Spiralen zum Zentrum des Sturms hinbewegten, hatten bereits eine so hohe Geschwindigkeit, daß sie zentrifugale Kraft erzeugten, die sie wieder hinauszudrücken versuchte. Wo die ein- und ausströmenden Kräfte im Gleichgewicht waren, begannen die Winde einen Kreis zu bilden: ein gigantisches Karussell über dem Meer.

Dieser Sturm war im Begriff, sein Auge zu öffnen.

Am nächsten Morgen, Donnerstag, um sechs Uhr meldete William Stockman, der Sturm befinde sich 250 Kilometer nördlich, im Osten von Key West.

Das war ein schwerwiegender Fehler, denn er beeinflußte die Erwartungen und Wahrnehmungen der Zentrale zu einem kritischen Zeitpunkt. Stockmans Vermutung – und mehr als eine Vermutung, im für die damalige Zeit typischen Tonfall der Gewißheit, war es nicht – lieferte einen Rahmen, in den Moores Meteorologen andere hereinkommende Beobachtungen eifrig einpaßten.

Zwei Stunden später brachte die Zentrale ihre nationale Acht-Uhr-Wetterkarte für Donnerstag heraus, zusammen mit der Vorhersage, daß »der Sturm vermutlich langsam in nördlicher Richtung weiterziehen und bis zum Freitagabend auch in den unteren Teilen der mittelatlantischen Küste spürbar sein wird«.

Das Wetteramt verbreitete die Karte und ihre Anmerkungen über ein unvorstellbar kompliziertes Netz von Telegrafendrähten, die an jeder öffentlichen Eisenbahnstrecke entlangliefen. Der Bericht drang auch zu einigen Fischern in Long Branch, New Jersey, vor, die an Washington telegrafierten: »Schnelle Aufklärung über Sturm; unklar ob ratsam Netze auszuwerfen.«

Moore freute sich über Botschaften wie diese. Sie zeigten, daß seine Bemühungen, die Glaubwürdigkeit des Amtes zu steigern, sich auszuzahlen begannen. Die Wissenschaftler des Amtes hatten immer geglaubt, daß sie eines Tages in der Lage sein würden, langfristige Voraussagen zu wagen; die enthusiastischsten unter ihnen hofften gar, daß sie lernen würden, Regen zu machen und Hagel zu bezwingen. Es war die Öffentlichkeit, die die Kompetenz des Amtes stets bezweifelt hatte. Endlich begann diese Skepsis abzunehmen. Viele Spediteure, Eisenbahngesellschaften und Baumwollhändler waren von dem Amt so abhängig geworden wie die Polizei Galvestons von der Elektrizität.

Um 14 Uhr 15 am Donnerstag schickte Moore den Fischern in Long Branch seine Antwort: »Nicht ratsam, Netze nach heute abend draußen zu lassen. Wahrscheinlich von morgen früh an aus Nordosten auffrischender Wind.«

Moores Telegramm zeigte, daß das Amt noch immer überzeugt war, der Sturm rase gen Norden und steuere auf den Atlantik zu. Das Amt verfügte über wenige harte Fakten über den Sturm, doch die Telegramme dieses Tages zeichnen sich durch eine bemerkenswerte Abwesenheit jeden Zweifels und jeder Bewertung der Lage aus.

Eine Woche später, als Galveston in Schutt und Asche lag, stattete Julio Jover Oberst Dunwoody einen Besuch ab. Durch die Katastrophe mutig geworden, versuchte Jover Dunwoody wegen des Telegrafierverbots umzustimmen, und schließlich weitete sich die Unterredung auf die Wirksamkeit von Hurrikan-Vorhersagen im allgemeinen aus.

Je hitziger das Gespräch wurde, um so ungehaltener zeigte sich Dunwoody. Er sagte zu Jover: »Sie sollten lieber ins Belen-Observatorium gehen und dort ein von mir verfaßtes Werk über die Meteorologie lesen – sehen Sie selbst, ob die Vorhersage von Zyklonen, wie ich dort gesagt habe, nicht eine Frage der Weissagerei ist, nachdem wir in Galveston gerade einen Sturm erlebt haben, den kein Meteorologe vorausgesagt hat.«

Jover hielt einen Augenblick ungläubig inne. Langsam, so wie man mit einem geistig verwirrten Menschen reden mochte, sagte er: »Dieser Wirbelsturm ist derselbe, der über Kuba hinweggefegt ist.«

»Nein, Sir«, gab Dunwoody scharf zurück. »Das ist nicht möglich; kein Wirbelsturm kann von Florida aus nach Galveston gelangen.«

Key West

F steht für fehlt

Am Donnerstag, dem 6. September, um 7 Uhr morgens Galvestoner Zeit nahm Joseph Cline die morgendlichen Messungen in seiner Station vor, kodierte sie und schickte einen Boten zum Büro der Western Union an der »Strand«. Dort wurden sie in die große Masse der Wetterdetails aufgenommen, die an diesem wie an jedem anderen Morgen die nationalen Telegrafendrähte heißlaufen ließen. Joseph meldete einen normalen Luftdruck von 1015 Hektopascal und eine Temperatur von 26 Grad, deutlich niedriger als am Abend zuvor. Der Himmel war klar und blau. Dieses schöne Wetter muß für Joseph und Isaac etwas Beruhigendes gehabt haben – der beste Beweis bislang, daß der tropische Sturm in diesem Augenblick auf den Atlantik zuraste. Erst viel später, als Meteorologen die seltsame Physik von Hurrikans zu begreifen begannen, sollten solche Schönwetterintervalle auf der Wegstrecke eines tropischen Zyklons als bedrohlich wahrgenommen werden.

In Washington verarbeiteten Heerscharen von Angestellten die Flut hereinkommender Wetterdaten und erstellten daraus in Windeseile die nationale Wetterkarte, die sofort an alle Stationen im Land zurücktelegrafiert wurde. Jede einzelne Warte fügte dann eine örtliche und regionale Vorhersage hinzu, die die Zentrale vorbereitet hatte, ließ die Karte setzen und druckte Exemplare zur Verteilung an Zeitungen, Postämter, Handelskammern, Seemannskneipen und andere öffentliche Einrichtungen aus.

Die Karte, die am Donnerstagmorgen in Erie, Pennsylvania, ankam, zeigte ein riesiges Tiefdruckgebiet über der pazifischen Küste. Die Tiefdruckrinne reichte von Los Angeles bis El Paso. Von dort dehnte es sich gen Norden bis nach Spokane, Washington, und zur kanadischen Grenze aus. Aber noch hielten zwei Hochdruckzonen den Rest des Wetters im Land unter Kontrolle. In Cincinnati, Davenport, Green Bay, Louisville, Washington und Chattanooga stiegen die Thermometer abermals auf über 32 Grad. Selbst im kühlen, grünen La Crosse, Wisconsin, erreichte die Temperatur 34 Grad. Eine kurze Anmerkung auf der Karte lautete: »Der tropische Sturm ist von Key West nach Tampa, Florida, weitergezogen.«

In Wirklichkeit hatte der Sturm den Süden Floridas nie direkt berührt. Von einem der Hochdruckgebiete blockiert, führte er eine abnorme Linksdrehung durch, die ihn geradewegs in Richtung Galveston umlenkte, 1288 Kilometer über den extrem aufgeheizten Golf entfernt. Aufgrund des Hochdrucks hatte sich das jahreszeitliche Muster der Winde, die vom Atlantik her kamen, verändert. Anstatt wie üblich in nordwestlicher Richtung zu wehen, bliesen sie nun hauptsächlich nach Westen und trugen den Sturm zur texanischen Küste.

Nur die Ausläufer des Sturms kamen nach Florida. Zwar erreichte der Wind in Key West, Tampa und Jupiter Orkanstärke, richtete aber abgesehen von der Unterbrechung der fragilen Telegrafenverbindung zwischen Key West und Orten im Norden nur geringfügigen Schaden an.

Wo die Wetterkarte vom Donnerstagmorgen Temperaturen für Key West hätte angeben müssen, setzte die Zentrale nur den Buchstaben F für fehlt ein.

Golf von Mexiko

Die Stimme des Teufels

Was die dreißig Passagiere der *Louisiana* am Mittwoch wohl dachten, als das Dampfschiff an der rot-schwarzen Flagge in Port Eads, Louisiana, vorbeifuhr, läßt sich nur vermuten. Für einige von ihnen war die Aussicht auf einen Sturm zweifellos spannend, genau das Richtige, um den Freunden und Verwandten, die sie nächste Woche in New York abholen würden, eine gute Geschichte erzählen zu können. Andere mochte Kapitän Halseys offenkundige Zuversicht in Sicherheit wiegen. Wenn das Wohl des Schiffes ernsthaft in Gefähr wäre, würde der Kapitän doch bestimmt nicht weiterfahren. Ein paar Passagiere hatten die Sturmflagge auch gar nicht gesehen. Sie waren seekrank und betrachteten den Tod bereits als eine attraktive Option.

Nachdem sie die Barre vor Port Eads hinter sich gelassen hatte, nahm die *Louisiana* Fahrt auf. Das gedämpfte Stampfen der Maschine wurde zu einem regelmäßigen Trommeln. Aus dem Schornstein wehte der Rauch in einem langen schwarzen Schmierstreifen, der Asche auf dem Meer verteilte, über die Steuerbordreling *nach vorne*.

Kapitän Halsey ließ alle Decks räumen und die Luken schließen, aber ans Umkehren dachte er nicht. Er hielt die *Louisiana* die ganze Nacht trotz auffrischender Winde und unruhiger See auf ihrem südöstlichen Kurs.

Als er am Donnerstagmorgen um sechs Uhr das Schiffsbarometer prüfte, sah er, daß das Quecksilber 1002 Hektopascal, fast drei Zehntel unter normal, anzeigte. Der Wind blies noch immer aus Nord-Nordost, drehte aber in Abständen, bis er direkt von Norden kam.

Der Sturm war ein Hurrikan, und es ist anzunehmen, daß Kapitän Halsey, Veteran so vieler tropischer Stürme, dies inzwischen begriffen hatte.

Um zehn Uhr war der Sturm bereits erheblich schlimmer geworden. Das Barometer fiel um ein weiteres Drittel auf 990 Hektopascal. Dies war an sich schon beunruhigend genug, doch noch mehr Kopfzerbrechen bereitete Kapitän Halsey die wachsende Geschwindigkeit, mit der der Luftdruck abnahm. Es hatte die ganze Nacht gedauert, bis er auf 1002 Hektopascal gesunken war; seitdem aber waren nur vier Stunden vergangen.

Horizontaler Regen prasselte gegen die Brücke wie Gewehrkugeln auf Metall. Wo der Wind sich Einlaß verschaffte, schien er zu sprechen; in den Kabinen und Korridoren hörte man ihn stöhnen wie Marleys Geist. Der Rumpf bog sich, Masten verdrehten sich. Die Passagiere meinten, das Schiff sei kurz vor dem Auseinanderbrechen.

Gegen Mittag ordnete Halsey eine deutliche Drosselung der Geschwindigkeit an. Er brauchte nur genügend Fahrt, um manövrieren und den Schiffsbug geradeaus in den von vorne kommenden Wind und die Wellen steuern zu können.

Das Barometer sank weiter. Um ein Uhr prüfte Halsey das Glas und sah, daß das Quecksilber »auf den bemerkenswerten Stand von 973 Hektopascal gefallen war«. Einen niedrigeren Wert hatte er noch nie erlebt. Er glaubte, die *Louisiana* sei im Herzen des Sturms angekommen, denn der Wind wechselte jetzt jäh von einer in die andere Richtung. »Ich rede nicht gern über etwas, das nicht im Logbuch verzeichnet ist«, sagte Halsey, »aber ich glaube, der Wind blies jetzt mit einer Geschwindigkeit von mehr als 160 Stundenkilometern.«

Eine Welle nach der anderen überschwemmte das Schiffsdeck und klatschte gegen die Kabinentüren. Mittlerweile waren alle dreißig Passagiere so seekrank, daß sie keine Angst mehr verspürten. Einmal erfaßte eine Riesenwelle das Schiff von hinten, als es gerade in ein Tal zwischen zwei Wasserbergen hineinglitt. Augenblicklich war das Schiff von Steuer- bis Backbord unter Tonnen grüner See und Gischt verschwunden.

Die *Louisiana* tauchte wieder auf; ihr Deck glich dem Rand der Niagarafälle. Eine weitere Welle erwischte das Schiff an der Breitseite und spülte Meerwasser durch die Ventilationsschächte in den Maschinenraum hinein.

In diesem Moment schätzte Halsey die Windgeschwindigkeit auf 240 Stundenkilometer.

Die Verwandlung war verblüffend: Was als unspezifischer tropischer Sturm begonnen hatte, wuchs sich im nächsten Augenblick zu einem derart gewaltigen Hurrikan aus, wie ihn kein Amerikaner der damaligen Zeit je erlebt hatte. Der Sturm wuchs nicht allmählich an, sondern explodierte wie etwas, das lange zurückgehalten worden war. Das Wetteramt hatte damals für Windgeschwindigkeiten von 250 Stundenkilometern ein Codewort – *extrem* –, doch keiner glaubte ernsthaft, es je benutzen zu müssen.

Der Sturm hatte eine Intensivierung erfahren, die Hurrikan-Experten des späten zwanzigsten Jahrhunderts als explosive Vertiefung des Drucks bekannt ist, doch das Wetteramt der damaligen Zeit hatte keine Ahnung, daß eine so dramatische Änderung je eintreten könnte. Was eine solche Entwicklung letztlich verursacht, weiß man jedoch auch am Ausgang des zwanzigsten Jahrhunderts noch nicht. Es gab allerdings Theorien. Damit sich ein Sturm so schnell entfalten konnte, meinten einige Forscher, mußte er auf eine zusätzliche atmosphärische Kraft treffen – einen Wirbel zum Beispiel oder einen schnellen Luftstrom, der den Sturm irgendwie dazu veranlaßte, sich stärker und rascher zu drehen. Hugh Willoughby, Direktor der Hurrikan-Forschungsabteilung der *National Oceanic and Atmospheric Administration* (NOAA), glaubte, eine explosive Vertiefung könne eintreten, wenn ein Sturm über den Loop Current hinwegrase, einen Arm des Golfstroms, der warmes Wasser in die Floridastraße treibt.

Der Loop mag im Sommer 1900 tatsächlich eine Rolle gespielt haben. Da die Temperaturen bleibend hoch waren und keine anderen Hurrikans das Wasser aufgewühlt und abgekühlt hatten, war der Golf ohnehin aufgeheizt. Der Loop erzeugte einen Wärmekanal, den Wind und rauhe See nicht hätten abkühlen können. Wenn er im Sommer 1900 wirksam war, hätte er genau auf der Bahn des Sturms gelegen, als dieser Kuba verließ. »Wenn ein Sturm über den Loop hinweggezogen ist«, sagte Willoughby, »trägt er eine unerschöpfliche Hitzequelle in sich.«

Niemand weiß, ob das enorm schnelle Anwachsen des Sturms wirklich mit dem Loop zu erklären ist. Um jedoch solche Windgeschwindigkeiten zu erzeugen, wie Kapitän Halsey sie meldete, muß der Sturm einen offenen, kreisförmigen Kern extrem niedrigen Luftdrucks gebildet haben. Isaac und seine Kollegen im Wetteramt zogen es vor, diesen als Fokus oder Zentrum zu bezeichnen. Sie scheuten den Ausdruck »Auge«, den die Spanier geprägt hatten und den spanische Kapitäne so leichtfertig verwendeten. Er erschien ihnen zu romantisch, zu anthropomorph. Im Zeitalter der wissenschaftlichen Genauigkeit konnte man nicht zulassen, daß das eigene Urteil poetisch verbrämt wurde.

Genau im Zentrum des Auges ist die Luft oft extrem ruhig. Zu allen Zeiten haben Seefahrer berichtet, daß sie in der Nacht Sterne und am Tag blauen Himmel gesehen hätten. Oft ist das Auge eines Sturms jedoch weder klar noch wolkig, sondern mit einem flüssigen Licht gefüllt, das die Ruhe noch zu steigern scheint, so als wäre die Welt auf einmal in

Wachs gegossen. Das Meer dagegen ist alles andere als ruhig. Urplötzlich vom Wind befreit, laufen Wellen aus allen Randgebieten des Auges in der Mitte zusammen, wo sie kollidieren und sich zu jähen Gebirgen ungerichteter Energie auftürmen.

Im Auge der Zyklonen spielendes Sonnenlicht kann Farben hervorbringen, die das Herz des rauhsten Seemanns erweichen. Manche Kapitäne haben von olivgrünen Wolken und einem gespenstischen blauen Licht berichtet, das die Segel und die Gesichter der Männer tönte, bis alles zu Eis geworden zu sein schien. 1912 sah Pfarrer J. J. Williams aus Black River, Jamaika, den Himmel bluten. »Um den gesamten Horizont hatte sich ein Ring aus blutrotem Feuer gebildet, der sich am Zenith zu einem leuchtenden Bernsteinton verfärbte. Der Himmel selbst (es war kurz vor Sonnenuntergang) bildete eine große Kuppel rötlichen Lichts, das durch den strömenden Regen hindurchschien.«

Der Rand des Auges ist eine außerordentlich ungastliche Zone, in der die Luft, die zum Zentrum hinströmt, ihre höchste Geschwindigkeit erreicht. Dadurch entsteht rings um das Auge ein geschlossener mauerartiger Wall hochreichender Wolken. Beobachter, die im Auge eines Wirbelsturms gefangen waren, berichteten, daß sie ein lautes Brüllen gehört hätten, als die Ruhe vorbei war und die gegenüberliegende Wolkenwand des Augenrandes näher kam. Die verängstigte malaysische Mannschaft eines Schiffes vor Sumatra nannte diesen Chor die »Stimme des Teufels«. Für Gilbert McQueen, Kapitän eines Schiffes, das nach London unterwegs war, kündigte die Wolkenwand ihre Ankunft mit einem Gesang »zahlloser Stimmen an, die sich bis zum allerhöchsten Kreischton erhoben«.

Eine der seltsamsten Begegnungen mit dem Auge hatte Kapitän William Seymours aus Cork in Irland, mit seiner Brigantine *Judith and Esther* auf der Reise nach Jamaika im Sommer 1837. Seymour geriet in einen von vier Hurrikans hinein, die in jenem Sommer innerhalb weniger Tage die Karibik heimsuchten.

Der Sturm stieß das Schiff dreimal auf die Seite, beim dritten Mal genau in dem Moment, als das Schiff das Auge verließ. Erneut richtete das Schiff sich auf, aber diesmal geschah etwas außerordentlich Merkwürdiges, das unter allen, die nach dem Gesetz der Stürme forschten, große Aufregung auslöste. Oberstleutnant William Reid bat auf der Stelle um mehr Einzelheiten.

Kapitän Seymour antwortete: »Fast eine Stunde lang konnten wir einander nicht sehen und auch sonst nichts außer dem Licht; und das Erstaunlichste war, daß jeder einzelne unserer Fingernägel ganz schwarz wurde und fast fünf Wochen lang schwarz blieb.« Er hatte keine Erklärung dafür. »Ob es daher kam, daß wir die Takelage oder die Reling so fest umklammert hatten, kann ich nicht sagen, aber ich denke eher, das Ganze wurde von irgendeiner elektrischen Substanz in der Atmosphäre ausgelöst. Jedenfalls waren alle auf dieselbe Weise betroffen.«

Solche Phänomene waren jedoch nur Nebeneffekte der wichtigsten Eigenschaft des Auges: seines rasanten Druckabfalls. Am Meeresspiegel beträgt der Druck normalerweise 1013 Hektopascal. In der Wand des Auges heben die sich spiralenförmig drehenden und aufsteigenden Winde die Luft mit fast einer Million Tonnen pro Sekunde an. Während die Luft emporschießt, sinkt der Druck an der Oberfläche. Die Luft innerhalb der Augenwand steigt mit solcher Kraft, daß sie den Meeresspiegel buchstäblich anhebt, dreißig Zentimeter pro 3,3 Hektopascal Druckabfall. Der niedrigste je verzeichnete barometrische Wert wurde während des Hurrikans »Gilbert« im Jahre 1988 gemessen und betrug 887 Hektopascal. Gilbert hob den Meeresspiegel um über einen Meter an.

Ärzte erleben seit langem immer wieder, daß ein jähes, starkes Absinken des Luftdrucks vorzeitige Wehen auslösen und bereits erweiterte Adern zum Platzen bringen kann. Seismologen haben sich gefragt, ob ein solcher Druckabfall eine schon brüchige Erdverwerfung endgültig aufreißen könne. Frühe Hurrikan-Beobachter behaupteten oft, Erdbeben würden von den schlimmsten Stürmen begleitet, doch William Redfield und Oberstleutnant Reid entlarvten ihre Berichte, indem sie das vermeintliche Zittern der Erde dem Zusammenspiel von Donner, Wind und Einbildung zuschrieben. Ein späterer Vorfall läßt sich jedoch bis heute nicht erklären. Am 1. September 1932 wurde Japan von einem Taifun heimgesucht, der in Yokohama an Land kam und nach Tokio weiterzog. Während der Sturm tobte, ereignete sich ein gewaltiges Erdbeben, das Gebäude einstürzen ließ und Brände entfachte. Der Taifun wiederum peitschte das Feuer zu einem Feuersturm hoch. Ein Meteorologe des Wetteramts, C. F. Brooks, war der Ansicht, daß das Zusammenwirken von niedrigem Luftdruck und Hochwasser das Erdbeben ausgelöst haben könnte. Er rechnete aus, daß ein Druckabfall von 76 Hektopascal das auf zweieinhalb Quadratkilometern Land lastende Gewicht um ungefähr zwei Millionen Tonnen verringere. Ein Anstieg des Meeresspiegels um drei Meter hingegen, verursacht von dem Wind, der das Wasser an Land drücke, erhöhe dieses Gewicht gleichzeitig um ungefähr acht Millionen Tonnen. Die plötzliche Differenz, meinte er, könne ausgereicht haben, um einen Riß in der Erde, der bereits unter Hochspannung stand, aufbrechen zu lassen.

Sturm und Erdbeben zusammengenommen töteten 99 330 Menschen. Weitere 43 500 verschwanden spurlos.

Zu Isaacs Zeit hätte niemand geglaubt, daß so niedrige Luftdruckwerte überhaupt möglich seien. Bis zum September 1900 wurde jede Messung unterhalb von 982 Hektopascal als Irrtum betrachtet, bis der Gegenbeweis erbracht war.

In Galveston vermerkte Isaac Cline am Donnerstag im Tagesbericht der Station vereinzelte Wolken und frische nördliche Winde. Er notierte überdies, daß er um 14 Uhr 59 am 75. Meridian – 13 Uhr 59 Galvestoner Zeit – eine Mitteilung aus Washington erhalten habe, nach der der tropische Sturm sich jetzt »direkt über Südflorida« befinde. Er sah keinen Grund zur Beunruhigung.

An diesem Abend stieg er auf das Dach des Levy-Gebäudes und registrierte eine Temperatur von 32 Grad, die höchste, die in dieser Woche bis dahin gemessen worden war. Der Wind kam, wie er sah, mit 20 bis 24 Stundenkilometern von Norden. Das Barometer zeigte 1009 Hektopascal, nur geringfügig weniger als am Abend zuvor. Er sah vereinzelte Wolken am Himmel. Das Amt verwendete für die Bewölkung eine Zehn-Punkte-Skala, auf der zehn der Höchstwert war. Er trug den Wert vier ein.

Danach überprüfte er alle Instrumente, ging hinunter ins Büro, setzte ein verschlüsseltes Telegramm an Washington auf und übergab es einem Boten. Dann ging Isaac nach Hause.

Geschwader fetter blauer Libellen flogen ihm im Zickzack über den Weg. Er nickte Freunden und Bekannten zu, lächelte über die eine oder andere geistreiche Bemerkung zur Hitze. Vor allem die Pferde schienen sich langsamer zu bewegen als sonst.

Vielleicht empfand er eine Mischung aus Erleichterung und Enttäuschung. Der tropische Sturm befand sich mitten über Florida – das bedeutete, daß er bald auf den Atlantik hinausziehen würde, wo er anderen Beobachtern in Savannah, Charleston und Baltimore Kopfzerbrechen bereiten würde. Er war froh, daß er fort war. Stürme sorgten für Schäden und zusätzliche Arbeit, und zusätzliche Arbeit konnte er im Augenblick nicht unbedingt gebrauchen.

Andererseits waren Stürme aufregend und gaben dem Amt die Chance, seinen Wert unter Beweis zu stellen. Der

Anblick der rot-schwarzen Sturmflagge, die hoch über dem Levy-Gebäude aufragte, ließ sein Herz immer wieder höher schlagen.

Niemand erinnerte sich später an einen schönen Tag. Aber keiner vergaß jemals den Anblick erstarrter Fische, das dumpfe Aufschlagen walnußgroßer Hagelkörner auf die Flanken eines Pferdes oder die Art, wie ein überheizter Wind einem die Augen ganz ledrig machen konnte.

Der Sturm

Dünung

Der Sturm wirkte sich von dem Augenblick an auf die Wassermassen des Golfs aus, als er Kuba verließ, und nun schickte er eine Sturmdünung in Richtung Galveston.

Wellen bilden sich, indem sie Energie aus dem Wind absorbieren. Je länger die »Strecke« oder Fläche des Meeres, über die der Wind ungehindert wehen kann, um so höher die Wellen. Und je höher sie werden, um so wirkungsvoller absorbieren sie zusätzliche Energie. Ein Wind von 240 Stundenkilometern kann bis zu 22 Meter hohe Wellen erzeugen. Andere Umstände, etwa die Überlagerung von zwei oder mehr Wellen, können dazu führen, daß sich das Wasser noch höher auftürmt. Die höchste je dokumentierte Welle maß 33,6 Meter, doch sie entstand bei stetigen Windgeschwindigkeiten von nur 120 Stundenkilometern.

In einem zyklonalen System dreht sich der Wind nach links, während die Wellen mit einem Tempo, das erheblich größer ist als die Gesamtgeschwindigkeit des Sturms, auf ihrem ursprünglichen Kurs weiter vorwärtsrollen. Die Geschwindigkeit, mit der der Sturm von 1900 vorankam, betrug wahrscheinlich nicht mehr als 16 Kilometer pro Stunde, aber er produzierte Dünungen, die sich mit achtzig Kilometern pro Stunde vorwärtsbewegten und fünfzehn Stunden, nachdem sie sich gebildet hatten, die texanische Küste erreichten.

Kurz nachdem die Wellen den Wirbelsturm verlassen hatten, änderten sie ihre Gestalt. Sie behielten ihre Energie bei, verloren aber beträchtlich an Höhe und büßten ihre gezackten

Kämme ein. Sie wurden zu langen, geschmeidigen Hügeln, jener ölglatten Dünung ähnlich, die Kolumbus auf seiner ersten Reise sah.

Sobald sie jedoch an der texanischen Küste angekommen war, änderte sie erneut ihre Form. Wenn eine Tiefseedünung seichtes Wasser erreicht, verlangsamt sich ihr vorderer Saum. Hinter ihr türmt sich Wasser auf; die Welle wächst wieder. Dieser Effekt ist es, der von Erdbeben erzeugte Tsunamis so heimtückisch und tödlich macht. Ein Tsunami rollt als kleiner Wasserhügel über den Ozean, erreicht aber eine Geschwindigkeit von bis zu 800 Stundenkilometer. Wenn er auf Land trifft, explodiert er.

Galveston

Hitze

Kapitän J. W. Simmons, Kommandant des Dampfschiffes *Pensacola*, hatte genausowenig Respekt vor dem Wetter wie der Kapitän der *Louisiana* Halsey. Er hatte achthundert Reisen über den Golf hinter sich und befehligte ein seetüchtiges und robustes Frachtschiff, einen 970-Tonnen-Schraubendampfer mit Stahlrumpf, der zwölf Jahre zuvor im englischen West Hartlepool gebaut worden war und jetzt der Louisville und Nashville Railroad Company gehörte. Am Freitagmorgen lag das Schiff am nördlichen Ende der 34. Straße zusammen mit Dutzenden anderer Schiffe vor Anker, darunter der große Mallory-Dampfer *Alamo* mit seinen 2028 Tonnen, das wie üblich beträchtliche Kontingent britischer Schiffe, an diesem Freitag die *Comino*, die *Hilarius*, die *Kendal Castle*, die *Mexican*, die *Norna*, die *Red Cross* und die *Taunton*, sowie die stattliche *Roma* aus Boston mit ihrem Kapitän Storm. Während die Mannschaft der *Pensacola* das Schiff für die Reise nach Pensacola an der Golfküste Floridas klarmachte, gingen zwei Männer als Kapitän Simmons persönliche Gäste an Bord: ein Hafenlotse namens R. T. Caroll und Galvestons Cheflotse J. M. O. Menard, der aus einer der ältesten Familien der Stadt stammte.

Um sieben Uhr früh befahl Kapitän Simmons seiner Mannschaft, Dampf aufzumachen und die Bolivar-Roads anzusteuern, den Kanal am östlichen Ende von Galveston Island, der die Bucht mit dem Golf verband. Eine Wendung nach links hätte ihn nach Houston geführt; er drehte jedoch nach rechts ab und fuhr in den Golf hinein.

Der Himmel war klar, aber es war heiß. Extrem heiß, vor allem für diese frühe Stunde. Simmons zog ein Taschentuch heraus und wischte sich den Schweiß vom Gesicht. Aus Gewohnheit prüfte er, ob am Wetterturm im Osten der Insel eine Sturmflagge wehte. Er sah nichts.

Doch was ihm auffiel, war, daß die *Pensacola* allein in den Roads war.

Um 9 Uhr 35 Galvestoner Zeit, zweieinhalb Stunden nachdem die *Pensacola* abgelegt hatte, telegrafierte Willis Moore Isaac die Anweisung, eine Sturmflagge zu hissen. Das Telegramm erreichte Isaac um 10 Uhr 30. Fünf Minuten später war der Befehl ausgeführt.

Die Meteorologen der Zentrale des Wetteramts in Washington hatten ihre Meinung geändert und glaubten nun, der Sturm würde doch nicht auf den Atlantik hinausziehen. Sie hielten ihn zwar weiterhin für einen Sturm mäßiger Energie, schienen aber inzwischen davon auszugehen, daß er sich immer noch im Golf befand und gen Nordwesten zog.

Die Atlantik-Theorie war allerdings so bezwingend, daß ein Rest von ihr trotz Isaacs Beobachtungen am Strand bis zum Samstagmorgen in der Galvestoner Station Bestand hatte. Kurz nach neun Uhr am Samstagmorgen kam Kapitän George B. Hix, Kommandant der *Alamo*, ins Levy-Gebäude, um sich persönlich nach der Wetterlage zu erkundigen, so wie Kapitäne es oft taten, wenn die Atmosphäre instabil erschien. Seit der Dämmerung hatte Hix die Quecksilbersäule seines Barometers kürzer und kürzer werden sehen.

In der Wetterwarte versicherte ihm ein Mitarbeiter, es gebe »keinen Grund zur Beunruhigung«. Es sei zwar ein Sturm im Anmarsch, aber es handele sich nur um den

»Ausläufer« eines Sturms, der die Küste Floridas vor ein paar Tagen heimgesucht habe.

»Nun, junger Mann«, schnaubte Hix, »dann wird es der verfluchteste Ausläufer sein, den Sie je gesehen haben.«

Junger Mann.

Isaac kann es nicht gewesen sein. Er war achtunddreißig Jahre alt, was im Jahre 1900 als mittelalt galt. Eher schon war es Joseph Cline oder der Neue, John Blagden.

Wie dem auch sei, es war eine aufschlußreiche Begegnung. Sie legt die Vermutung nahe, daß Isaac seinen Mitarbeitern nichts von seinen frühmorgendlichen Beobachtungen am Strand erzählt oder ihnen zumindest nicht das Ausmaß seiner Besorgnis mitgeteilt hatte. Vielleicht war er aber auch gar nicht so besorgt, wie er später behauptete.

Hix dagegen eilte zurück zum Hafen und bereitete die *Alamo* auf einen Sturm vor.

Am Freitagnachmittag waren ein paar Seekapitäne und ihre Mannschaften noch immer die einzigen, die das wahre Geheimnis des Sturms kannten: die Tatsache, daß er sich zu einem Ungeheuer entwickelt hatte. Manche von ihnen lebten noch, andere nicht. In Tampa waren einige Zeit vorher Sturmflaggen gehißt worden, doch der Schoner *Olive* setzte trotzdem die Segel, um sich auf den Weg nach Biloxi, Mississippi, zu machen. Jetzt war er verschollen. Zwei Schiffe gingen vor Florida auf Grund; man befürchtete, daß ihre Mannschaften verloren waren. Der Sturm erwischte auch andere Schiffe – die *El Dorado*, die aus New Orleans kam, sowie die *Concho* und die *Hyades*, beide aus Galveston. Kapitän Halsey kämpfte mit den Wellen, deren Rücken von dem heftigen Wind nahezu vollkommen glatt waren, um die *Louisiana* aufrecht zu halten.

Gegen Mittag war die *Pensacola* bereits ein gutes Stück weit in den Golf vorgedrungen. Kapitän Simmons schaute auf sein Barometer und sah, daß das Quecksilber bei 1012

Hektopascal stand. Während der nächsten zwei Stunden fiel der Luftdruck um beinahe 33 Hektopascal. Der Wind erreichte Orkanstärke.

Kapitän Simmons blieb auf Kurs, den Schiffsbug ungefähr auf das Mississippi-Delta gerichtet, wo der Staat Louisiana in den Golf hineinragte.

Warum er nicht kehrtmachte, wird man nie erfahren, aber es hatte vermutlich mit seinen achthundert früheren Reisen zu tun, mit seinem störrischen Charakter und der technologischen Arroganz seiner Zeit – verflucht, die *Pensacola* war schließlich aus Stahl und wog fast tausend Tonnen.

Überdies hatte er Publikum. Einmal rief Simmons, um seine Tapferkeit zur Schau zu stellen, seine Gäste ans Barometer. »Menard«, sagte er, »schauen Sie auf das Glas. 967 Hektopascal. Ich habe das Quecksilber noch nie so niedrig stehen sehen. Sie auch nicht, und aller Wahrscheinlichkeit nach werden Sie es auch nie wieder so niedrig sehen.«

Simmons befahl, alle Luken zu schließen. Die Wellen wuchsen, der Wind wurde schneller. Simmons schätzte die Windgeschwindigkeit auf 160 Stundenkilometer.

Schaum bedeckte das Meer. Die Gischt bildete lange, leuchtende Tentakel, die nach der Brücke zu greifen schienen. Simmons ließ die Maschinen stoppen. Er befahl, den Anker an einhundert Faden beziehungsweise 180 Meter langen Ketten hinunterzulassen.

Als der Anker griff, schwang das Schiff herum, so daß der Bug wie ein am Handgelenk eines Kindes befestigter Drachen genau in den Wind zeigte. Es »hatte schwer zu kämpfen«, sagte Menard, »mit einer gewaltigen Woge hob es sich, um mit der nächsten wieder zu fallen, die das ganze Schiff durchrüttelte und erbeben ließ«. Stahlfugen kreischten. Steingut und Lampen gingen zu Bruch, Scherbenhaufen rutschten geräuschvoll auf dem Deck hin und her. Der Hund des Kapitäns wurde seekrank.

»Es sah aus, als könne das gute Schiff ein solches Gestampfe nicht aushalten«, erinnerte sich Menard, »man befürchtete, die Platten würden sich verziehen oder einige Bolzen könnten kaputtgehen, wenn nicht das gesamte Schiff entzweibrechen würde.«

Dieses gut tausend Tonnen schwere stählerne, schraubengetriebene Wunder der Marinetechnologie war in Bedrängnis – auf einmal keinen Deut besser dran als eine vollgetakelte Schonerbark. In gewisser Hinsicht sogar schlechter. Dampfschiffe konnten sich nicht so in den Wind legen wie die alten Holzsegelschiffe; wenn sie auf die Seite gekippt wäre, wäre die *Pensacola* sofort gesunken. Die größte Sorge war die andauernde Erschütterung; eine gerissene Fuge, schätzte Menard, und das Schiff würde innerhalb von fünf Minuten untergehen.

Doch das war es nicht, was passieren sollte. Ob das Schiff unversehrt blieb, war nur noch eine Frage des Glücks.

Glück brauchten sie und vielleicht ein kleines stilles Gebet.

Am Freitagabend ging der Direktor der Baumwollbörse, Dr. Samuel O. Young, von seinem Haus zum Strand hinunter. Er wohnte Ecke Avenue P 1/2 und 25. Straße, einen Block in nördlicher Richtung von Isaac entfernt, in einem großen zweistöckigen Haus, das auf ein Meter dreißig hohen Backsteinsäulen stand. In stürmischen Nächten, wenn es blitzte, konnte Young Dr. Cline auf seinem Balkon im ersten Stock stehen und das Wetter beobachten sehen. Höchstwahrscheinlich sah Dr. Cline ihn auch.

Als Young am Haus des Meteorologen vorbeiging, sah er die Kinder draußen herumspringen; sie kümmerten sich nicht um die Mücken, die allmählich aus den Gräben und den vom Gewitter am Dienstag noch feuchten Verstecken herauszukommen begannen.

Seine eigenen Kinder und seine Frau lagen in diesem Augenblick im Schlafwagen einer Eisenbahn, die aus dem Westen kam, wo sie fern der Hitze und Mücken den Sommer verbracht hatten, und sich auf dem Weg nach Texas befand.

Murdoch's Pier war hell erleuchtet. Die Wellenkämme der Brandung schienen beinahe die über dem Wasser aufgehängten Lampen zu berühren. Heute würde niemand nackt baden wie an anderen Abenden, wenn bis zu zweihundert Männer sich außerhalb der Lichtkegel versammelten und splitternackt im warmen Wasser schwammen. Dann und wann hatte Young die Neigung verspürt, es ihnen gleichzutun, aber solche Anwandlungen unterdrückte er schnell wieder. Er sah sie schon vor sich, die Meldung in der *News* am nächsten Morgen über den Direktor der Baumwollbörse, der sich nackt in den Wellen tummelte.

Der Golf war seit Mittwoch noch ungestümer geworden, als Young zum ersten Mal die ungewöhnlich hohen Wellen und die Abwesenheit von Wind, der ihr Anwachsen hätte erklären können, bemerkt hatte. »Am Donnerstagnachmittag«, schrieb er, »stand das Wasser wieder hoch und war sehr rauh, während die Atmosphäre jene eigentümlich dunstige Anmutung hatte, die einem Sturm für gewöhnlich vorausgeht.« Inzwischen war es Freitagabend. Ein kräftiger Wind fegte an Young vorbei in Richtung Golf, ohne die Hitze spürbar zu mindern. Die Brandung war heftig, der Wasserstand ungewöhnlich hoch, »obwohl das Wasser bei Nordwind in der Regel niedrig steht und der Golf so glatt ist wie die Bucht«.

Für Young war dies ein zusätzliches Indiz: »Jetzt war ich sicher, daß ein Hurrikan nahte, der auch den hohen Wasserstand erklärte; ich nahm an, daß der Sturm gen Nordwesten oder zum Golfstrom zog und dabei immer mehr Wasser in den Golf hineindrückte.«

Wo sich der Hurrikan genau befand, ließ sich nur vermuten. Das Wetteramt war keine Hilfe. Alles, was man seinen Verlautbarungen entnehmen konnte, war, daß ein wie auch immer gearteter Sturm existierte. Über einen tropischen Wirbelsturm hatte das Amt bisher nichts gesagt. Aber nach Youngs Meinung mußte es einer sein.

»Zu meiner eigenen Befriedigung und auf die Bitte einiger Freunde hin zeichnete ich eine Karte, auf der ich Herkunft, Entwicklung und wahrscheinlichen Kurs des Sturms graphisch darstellen konnte.«

Er gründete seine Einschätzung des Verlaufs, den der Sturm nehmen würde, auf die Wetterkarte vom Dienstagmorgen und andere Karten und Warnungen, die die Zentrale des Wetteramts seitdem veröffentlicht hatte und von denen die Baumwollbörse aufgrund ihres offensichtlichen Interesses an der Wetterlage Kopien bekam. Den Ursprung des Sturms vermutete er irgendwo südlich von Kuba, nahm jedoch an, daß er sich wie die meisten tropischen Stürme verhalten würde – nämlich, daß er sich eine Zeitlang »wie alle Zyklonen« in nordwestlicher Richtung bewegen und dann nach Nordosten abschwenken würde, um auf den Atlantik hinauszuziehen. Er schätzte, der Sturm würde das nordamerikanische Festland irgendwo in der Nähe der Mississippimündung erreichen.

»Mein Fehler«, schrieb er, »lag darin, daß ich die Bahn des Sturms zu weit östlich vermutete.«

Am selben Abend um 18 Uhr 41 Galvestoner Zeit nahm Joseph Cline die Werte für die nationale Wetterbeobachtung um 20 Uhr auf, die nach der Zeitzone des 75. Längengrades ausgerichtet ist.

Über weite Strecken des Tages war es heiß und die Luft klar gewesen, doch jetzt füllten Wolken den Himmel von Horizont zu Horizont. Joseph notierte für die Bewölkung den Höchstwert zehn. Trotzdem war es unverändert heiß: Um 16 Uhr hatte er 32 Grad gemessen; jetzt, fast drei Stunden später, zeigte das Thermometer noch genauso viel an.

Das Barometer stand bei 1003 Hektopascal und stieg weiter. Gegen Mitternacht, als Joseph auf das Dach des Levy-Gebäudes hinaufging, um ein letztes Mal die Werte zu überprüfen, betrug der Luftdruck 1006 Hektopascal.

Kuba

»Wer hat recht?«

Am Freitagnachmittag in Havanna trocknete William Stockman sich die Finger an einem Handtuch ab, das er neben seinem Schreibtisch liegen hatte. Er legte ein weiteres Blatt Papier in seine Schreibmaschine ein. Ein Ventilator hing von der hohen Decke herab. Die Luft schien an ihm zu kleben wie ein feuchter Pullover.

Er tippte eine Seitennummer oben auf das Blatt. Siebzehn.

Es war die letzte Seite einer Antwort an Oberst H. H. C. Dunwoodys Brief vom Mittwoch, dem 5. September, in dem dieser, für ihn ganz untypisch, seiner Sorge darüber Ausdruck verliehen hatte, daß die Kubaner so lächerlich empört auf das Telegrafierverbot des Amtes reagierten. Er hatte geschrieben: »Ich denke, es wäre gut, wenn Sie mir eine Kopie des Papiers zukommen ließen, in dem die Fehler aufgelistet sind, die Jover sich letztes Jahr geleistet hat, und auf das Sie mich seinerzeit aufmerksam gemacht haben ... Ich werde es möglicherweise brauchen, um meine Position zu verteidigen.«

Stockman meinte, dem Anliegen des Oberst mehr als entsprochen zu haben. Auf den siebzehn Seiten seines Briefes hatte er Dunwoody ein Beispiel nach dem anderen aufgezählt, in denen die Kubaner alarmierende Vorhersagen gemacht hatten, die sich später als haltlos herausstellten. Niemand konnte Stockman vorwerfen, er habe die Fakten manipuliert. Er hatte die kubanischen Wettervorhersagen und die entsprechenden US-amerikanischen Warnungen wortwörtlich abgeschrieben, mit Daten und Zeiten, so daß Dunwoody und seine Kritiker sich selber ein Bild machen konnten.

Stockman tippte den letzten Absatz, setzte eine Schlußformel darunter – »hochachtungsvoll« – und zog das Blatt aus der Schreibmaschine.

Seine Manschetten waren feucht. Zufrieden legte er die Blätter seines Briefes zu einem ordentlichen Stapel aufeinander. Siebzehn Seiten. Achtzehn, nachdem er eine Regen- und Windtabelle hinzugefügt hatte. Er klopfte mit der Unterseite des Stapels gegen die grüne Filzunterlage seines Schreibtischs. Dunwoody brauchte eine Grundlage für seine Verteidigung: Hier hatte er sie.

Es gab nichts Besseres als einen schönen dicken Brief, um einem das Gefühl zu geben, für den Tag genug geleistet zu haben. Aus Vorsicht und Stolz begann Stockman, seinen Brief noch einmal zu lesen.

»Herr Oberst«, lautete die Anrede.

War das respektvoll genug? Hätte er besser »Lieber Herr Oberst« schreiben oder das formellere »Sehr geehrter« benutzen sollen, das in allen Briefen an Seine Hoheit Willis Moore obligatorisch war?

Nein, »Herr Oberst« war in Ordnung. Ein bißchen vertraulicher vielleicht als »Sehr geehrter Herr Oberst«, aber schließlich waren er und Dunwoody Verbündete. Partner. Beinahe Freunde. Dunwoody hatte seinen Brief mit »Mein lieber Stockman« begonnen.

Beispiele kubanischer Irrtümer machten den Hauptteil des Briefes aus. Die Kubaner fanden Gefallen daran, mit alarmierenden Vorhersagen um sich zu werfen. Stockman hatte den Eindruck, daß ein großer Teil seiner Arbeit darin bestand, der Panik entgegenzuwirken, die ihre Vorhersagen auslösten.

Stockman widmete die Hälfte seines Briefes dem Sturm,

der Anfang der Woche über Kuba hinweggefegt war. Ein perfektes Beispiel.

Letztlich war es kein großartiger Sturm gewesen, doch die Kubaner hatten ihn von dem Augenblick an, als er in den letzten Augusttagen erstmalig gesichtet worden war, als Wirbelsturm bezeichnet. Am Mittwoch, dem 5. September, hatte Jover ihn sogar einen Hurrikan genannt.

Jovers Vorhersage hatte Stockman dazu bewogen, seiner eigenen Meldung ein paar beruhigende Worte hinzuzufügen: »Keine Anzeichen für gefährliche Winde.«

Jeder Vergleich US-amerikanischer und kubanischer Vorhersagen hinsichtlich dieses jüngsten Sturms, versicherte Stockman Dunwoody, »wird zeigen, daß die Vorhersagen dieses Amts sich in jedem Punkt bewahrheitet haben; und daß die tatsächlich vorherrschenden Bedingungen die Veröffentlichung einer Vorhersage, die irgendeine Besorgnis zu erregen geeignet war, in keiner Weise rechtfertigten.«

Alles in allem, fand Stockman, war es ein ausgezeichneter Brief: kraftvoll, gemäßigt und detailreich. Achtzehn Seiten, gewiß, aber jedes Wort auf diesen achtzehn Seiten hatte seinen Wert. Stockman klebte den Umschlag zu.

Es war Freitag, der 7. September, und nach den letzten Werten aus St. Kitts, Barbados, und den anderen Stationen der Westindischen Inseln zu urteilen, würde es ein ruhiges Wochenende werden. Die gesamte Saison war ruhig gewesen. Kein einziger Hurrikan, außer diesem und jenem, der Jovers und Gangoites Phantasie entsprungen war. Jedem vernünftigen Menschen leuchtete die Notwendigkeit ein, den Telegrammfluß aus Kuba zu begrenzen.

Diese Männer sahen Hurrikans im Traum.

Pater Gangoites Beunruhigung hielt an, denn die atmosphärischen Zeichen deuteten darauf hin, daß der Sturm, wenn er auch für Kuba keine Bedrohung mehr darstellte, inzwischen eine dramatische Wandlung durchgemacht hatte.

Er sah einen großen, dauerhaften Ring um den Mond herum, der von der Existenz jener hohen, dünnen Wolken kündete, die Pater Vines als Vorboten eines Hurrikans identifiziert hatte. Gangoite stand am nächsten Morgen vor Tagesanbruch auf, um einen Bericht für *La Lucha* aufzusetzen.

Bedauerlicherweise würde er seine Vorhersage persönlich abliefern müssen.

»Bei Tagesanbruch«, schrieb er, »war der Himmel tiefrot, Zirruswolken kamen von W bis N und NW bis N und konzentrierten sich an ebendiesen Punkten; dies sind deutliche Anzeichen dafür, daß der Sturm heftiger war und klarere Konturen hatte als zuvor über der Insel. Sein Zentrum liegt, wie wir meinen, über Texas, wahrscheinlich im WSW von San Antonio und nördlich der Stadt Porfirio Diaz.«

Er konnte es sich nicht verkneifen, die Amerikaner mit ihrem fälschlichen Glauben, daß der Sturm auf den Atlantik hinausziehen würde – als könnten Stürme sich nur so und nicht anders verhalten –, aufs Korn zu nehmen.

»Es sind einige Artikel erschienen, in denen es heißt, die Störung aus dem SO habe sich über den ersten Quadranten auf den Atlantik hinaus bewegt; wir glauben hingegen, daß wir ihn auf seinem Weg durch den Golf noch in Sichtweite haben und er sich im Augenblick im vierten Quadranten befindet, zwischen Abilene und Palestine.

Wer hat recht?«

Dritter Teil

Schauspiel

Beobachtung

Samstag, 8. September: Buford T. Morris, ein Grundstücksmakler, der in Houston wohnte, die Wochenenden aber in seinem Haus in Galveston verbrachte, das nur wenige Straßen vom Kai entfernt lag, sah zufällig bei Sonnenaufgang aus seinem Schlafzimmerfenster. »Der Himmel schien aus Perlmutt zu sein: leuchtend rosa, aber mit einem Fischschuppen-Effekt, der alle Regenbogenfarben reflektierte. Noch nie hatte ich einen so wunderschönen Himmel gesehen.«

Golf von Mexiko

Die Pensacola

Am frühen Samstagmorgen schaukelte die *Pensacola* an ihrem Anker hoch und nieder, in einem Meer, das unter Blitzen und explodierendem Regen leuchtete. Jede Woge schien das Schiff dem Untergang näherzubringen. Kapitän Simmons und seine zwei Gäste, Menard und Carroll, hielten sich an Geländern und Bollwerk fest, ganz im Geist der Zeit bemüht, sich ihre Angst nicht anmerken zu lassen. Die Stahlfugen des Schiffes heulten die ganze Nacht lang wie die Wölfe. Der Wind klagte zwischen den Relings und Takelagen. Dem Ersten Offizier kam es vor, als sei das Schiff zwischen zwei Stürmen gefangen, einem Orkan aus dem Norden und einem Hurrikan aus dem Osten, die zusammen einen Tornado produzierten. Menard stimmte ihm zu. Nur das Zusammenwirken von Stürmen konnte eine solche Intensität hervorrufen.

Die Morgendämmerung brachte wenig Erleichterung. Grüne Wellenberge umgaben das Schiff wie Mauern. Bisweilen war die Sicht gleich null. Es war unmöglich, in dem horizontalen Regen überhaupt die Augen offenzuhalten.

Um 10 Uhr 30 brach der Anker entzwei. Der Schiffsbug drehte sich von den Wellen weg wie ein Pferd, das in vollem Galopp herumgerissen wird.

Kapitän Simmons befahl seiner Mannschaft, zweihundert Faden eines zweiundzwanzig Zentimeter starken Kabeltaus vom Bug herunterzulassen, das zusammen mit der noch vom Bug herabhängenden Ankerkette das Leewärts-Driften des

Schiffes verlangsamen und seine Bewegung stabilisieren sollte. Das Poltern hörte auf, aber jetzt fuhr das Schiff parallel zu den Kämmen und glitt tief in die Wellentäler hinein – ein lebensgefährlicher Ort.

Simmons ließ die Wassertiefe ausloten und erfuhr, daß das Schiff sich in zwanzig Faden beziehungsweise 36 Meter tiefem Wasser befand. Er schätzte seine Position auf ungefähr 185 Kilometer südlich von Galveston.

Wenn Simmons recht hatte, lag die Stadt genau auf dem Kurs dieses großen Sturms. Er würde, das wußte Simmons, ohne Vorwarnung dort ankommen, und es gab nichts, was er tun konnte, um Alarm zu schlagen.

Der Strand

Begeisterung

Bei Sonnenaufgang am Samstagmorgen standen zwei Männer am Strand, anscheinend ohne einander sehen zu können. Der eine, der zwischen der Uhr in seiner Hand und dem Meer hin und her schaute, war Isaac Cline, der andere sein Nachbar, Dr. Young. Beide waren im wesentlichen aus dem gleichen Grund gekommen.

Dr. Young beobachtete, wie die Wellen das Eisenbahnviadukt attackierten, das in einem Akt beispielloser Hybris über den Golf gebaut worden war. Die Wellen krachten auf die Schienen und explodierten in vertikalen Geysiren arktisch-weißer Gischt an den Pfeilern.

Dr. Young blieb nur kurz. Was er sah, war ihm Bestätigung genug. »Ich war jetzt sicher, daß uns ein Wirbelsturm bevorstand.« Er ging ins Büro der Western Union an der »Strand« und setzte ein Telegramm an seine Frau auf, die noch im Zug saß.

Es war charakteristisch für die damalige Zeit, daß Dr. Young so vollständiges Vertrauen in die Fähigkeit der Western Union hatte, seine Frau während des kurzen Aufenthalts ihres Zuges in San Antonio ausfindig zu machen.

Er bat sie, in San Antonio zu bleiben, bis er ihr grünes Licht gab, nach Galveston weiterzureisen. »Ich schrieb ihr, daß uns ein großer Sturm drohe.«

Es heißt, der Anblick des Meeres habe Isaac zu derselben Überzeugung gebracht; er sei zum Büro zurückgeeilt, habe in der Station fieberhafte Aktivität ausgelöst, um dann zum

Strand zurückzulaufen und jedem, dem er begegnete, dringend zu raten, aus der Stadt zu flüchten oder sich ins Stadtzentrum zurückzuziehen. Später behauptete er, persönlich dafür gesorgt zu haben, daß sechstausend Menschen den Strand und die angrenzenden Viertel verließen. Wenn er nicht gewesen wäre, sagte er, wäre die Zahl der Opfer noch viel höher gewesen. Vielleicht sogar doppelt so hoch.

Doch in Wirklichkeit war Isaacs Reaktion, ebenso wie die seiner Warte, ambivalent. Ein paar Stunden nach Isaacs Strandgang war Kapitän Hix von der *Alamo* in der Station erschienen und hatte dort erfahren, daß der nahende Sturm ein harmloser »Ausläufer« desjenigen sei, der Florida heimgesucht habe. Gegen neun Uhr am selbem Morgen verließ Theodore C. Bornkessell, Isaacs Drucker, die Arbeit, um nach Hause zu gehen. Er wohnte in einem Cottage im Westen der Stadt. Auf seinem Weg kam er am Haus eines Bekannten namens E. F. Gerloff vorbei, der ihn nach dem Sturm befragte. Bornkessell antwortete, es bestehe kein Grund zur Sorge.

John Blagden, jener Mitarbeiter, der vorübergehend Dienst in der Galvestoner Station tat, berichtete, er habe einen Großteil des Samstags damit verbracht, Anrufe besorgter Einwohner entgegenzunehmen, aber es ist keineswegs sicher, daß er diesen Menschen den Eindruck vermittelte, es drohe ihnen Gefahr. Später räumte er ein: »Der Sturm war schlimmer, als wir gedacht hatten.«

Am Vormittag ging Isaac selbst zur »Strand« und sagte mehreren Händlern, er erwarte eine kleine Überschwemmung und sie sollten ihre Waren hochstellen, am besten einen Meter über dem Boden.

Viele Einwohner behaupteten hinterher, der Sturm sei ohne jede Vorwarnung gekommen. Keiner von ihnen habe die leiseste Ahnung gehabt, daß es sich um einen Hurrikan handelte. Eine Frau, Sarah Davis Hawley, sagte, noch am Samstagnachmittag seien sie trotz Wind und ungewöhnlich dunklem Himmel »nicht gewarnt worden«. Ein anderer Überlebender, R. Wilbur Goodman, verbrachte den Samstagmorgen mit Freunden im Schwimmbad des YMCA und fuhr vermutlich mit der letzten Straßenbahn des Tages nach Hause. Der Wagen war überfüllt, aber »von einem Sturm war keine Rede«.

Zum Teil war daran das Wetteramt schuld, denn dessen Meteorologen hatten es versäumt, den Sturm als Hurrikan einzustufen und zu erkennen, daß er sich nicht der Norm entsprechend verhielt. Der Westindien-Dienst des Amts war vollauf damit beschäftigt, die Gefahr herunterzuspielen und die Kubaner in die Schranken zu weisen, weswegen er offenbar alles übersah, was letztere davon überzeugte, daß der Sturm auf einmal bedrohlicher geworden war. Moores Kontrollzwang und die Wichtigkeit, die er dem öffentlichen Image des Amts beimaß, sorgten überdies dafür, daß niemand im Galvestoner Büro das Wort »Hurrikan« auch nur geflüstert hätte, solange Moore nicht offiziell die Erlaubnis dazu erteilt hatte.

Aber auch die Zeitungen und journalistischen Gepflogenheiten der Zeit traf ein Teil der Schuld. Jedem, der an jenem Morgen die *Galveston News* gelesen hatte, wird man nachsehen, daß er den Sturm nicht ernst nahm.

Zur Zeit der Jahrhundertwende erwarteten die Zeitungsverleger, daß die Leser alles lasen, und stopften ihre Seiten mit Meldungen und Artikeln voll, deren Umfang von einem Satz bis zu mehreren Spalten reichte. Mit einer für heutige Begriffe hemmungslosen Unbekümmertheit verstreuten sie die Nachrichten über die Seiten ihres Blattes. Spät eintreffende Meldungen wurden irgendwo hineingezwängt, wo zufällig noch Platz war, weil die Setzer weder Zeit noch Lust hatten, die fertigen Druckplatten wieder auseinanderzunehmen. Am Sonntag, dem 2. September, berichtete zum Beispiel ein Reporter in bemerkenswerter Ausführlichkeit von einem gutgekleideten jungen Mann, der bei einem

Unfall am Galvestoner Kai von einer Verschiebelokomotive geköpft worden war, wobei der Kopf verschwunden sei, so daß niemand den Mann identifizieren könne. Der Reporter klärte die Leser sogar darüber auf, welche Farbe die Unterwäsche des Mannes hatte. Später, ungefähr um drei Uhr nachts, hatte die Polizei den Kopf des Mannes gefunden (er lag – mit Hut – auf einem Achslager), und kurz darauf war das Opfer als Ingenieur des Dampfers *Michigan* identifiziert worden, der unter ungeklärten Umständen unter die Lokomotive geraten war. Die Zeitung brachte beide Geschichten mit vierseitigem Abstand voneinander in derselben Ausgabe.

Die Samstagsausgabe der *News* war eine regelrechte Goldgrube an Informationen über das Wetter: die einzelnen Versatzstücke waren wie Nuggets auf einem verlassenen Claim über die ganze Zeitung verteilt. Die erste Wettergeschichte – ein Bericht über einen Sturm, der die Küste Floridas heimgesucht hatte – stand auf Seite zwei. Die zweite war nur einen Satz lang und erschien auf Seite drei; sie lautete, derselbe Sturm »tobe« seit Samstag, 12 Uhr 45, an den Küsten Louisianas und Mississippis.

Auf einer anderen Seite veröffentlichte die Zeitung die obligatorische tägliche Wettervorhersage aus Washington:

»Für den Westen von Texas, New Mexico, Oklahoma und indianisches Gebiet: am Samstag und Sonntag örtlich Regen; Wind aus verschiedenen Richtungen.

Für den Osten von Texas: Am Samstag Regen mit starken nördlichen Winden; Sonntag Regen, später Aufheiterung.«

Der substantiellste Artikel erschien auf Seite zehn und berichtete, das Wetteramt glaube nunmehr, der tropische Sturm im Golf »bewege sich nicht gen Norden, sondern habe seinen Kurs geändert« und ziehe in nordwestlicher Richtung weiter. »Die ersten Anzeichen deuteten darauf hin, daß der Sturm vermutlich irgendwo östlich von Texas ans Ufer kommen und westwärts über das Land ziehen wird.« Der Bericht spielte den Sturm herunter. »Die Mitarbeiter des Wetteramts erwarten keinerlei gefährliche Störung, allerdings können sie noch nicht beurteilen, welches Ausmaß der Sturm haben oder wie er sich entwickeln wird, wenn er Texas erreicht.«

Am frühen Samstagmorgen, offenbar kurz vor Drucklegung, hatte irgend jemand diesem Artikel noch einen Absatz hinzugefügt, um die Zeitung mit den allerneuesten Nachrichten zu spicken. »Um Mitternacht schien der Mond hell, und der Himmel sah nicht so bedrohlich aus wie früher am Abend. Das Wetteramt hatte keine neuen Informationen über die Bewegungen des Sturms, und es ist möglich, daß die tropische Störung ihren Kurs bereits geändert oder sich verausgabt hat, bevor sie Texas erreicht.«

Es gab natürlich noch andere Nachrichten. Wie die meisten damaligen Zeitungen berichtete die *Galveston News* ausführlich über Ereignisse im Ausland. Am Samstag beherrschte der Boxeraufstand in China die erste Seite. Aber die *News* widmete sich auch allen möglichen Belanglosigkeiten. Sie informierte darüber, wer im Hotel Grand und im Tremont Hotel abgestiegen war und hielt die Leserschaft über das allgemeine Kommen und Gehen Galvestoner Bürger auf dem laufenden. Am Samstag zum Beispiel konnte man erfahren, daß ein Junge namens Louis Becker die Stadt am Freitag verlassen hatte, um von nun an in Carthage, Missouri, zur Schule zu gehen. Pfarrer W. N. Scott von der First Presbyterian Church war am Freitag nach einem im kühleren Virginia verbrachten Sommer zurückgekehrt. Und W. L. Norwood war am Freitagabend nach Buffalo aufgebrochen, wo er an einer Konferenz der »Nationalen Vereinigung der Beerdigungsunternehmer und Balsamierer« teilnehmen wollte, die am 11. September begann. Seine Frau und seine kleine Tochter begleiteten ihn.

In wenigen Stunden würden diese Berichte eine vollkommen andere Bedeutung erlangen und als Geschichten wunderbarer Rettung und tragisch schlechten Timings betrachtet werden.

Wenn es einen Pulitzerpreis für schwarzen Humor gäbe, ginge er an die *News* für deren Samstagmorgen-Bericht über eines der wichtigsten Lokalereignisse des Jahres – die soeben veröffentlichten Galvestoner Zahlen der U. S.-amerikanischen Volkszählung für das Jahr 1900. Es waren ausgezeichnete Neuigkeiten: In der letzten Dekade des neunzehnten Jahrhunderts war die Stadtbevölkerung um 29,93 Prozent gewachsen, was im Vergleich aller bisher erfaßten Städte des amerikanischen Südens die höchste Wachstumsrate darstellte. »Galveston hat allen Grund, stolz zu sein«, schrieb die *News*. »Das ist eine gute Ausgangsbasis, um in ein neues Jahrzehnt aufzubrechen, zumal die Aussichten, sie noch zu verbessern, hervorragend sind.«

Clarence Ousley, Herausgeber des Konkurrenzblatts *Tribune*, verbrachte den Samstagmorgen mit dem Verfassen seiner Leitartikel für die Sonntagsausgabe. Durch das Fenster schaute er in den rauhen Himmel. Noch zeigten sich hier und da blaue Stellen, doch in erster Linie sah er Wolken, die so schwarz und niedrig waren wie noch nie. Der Sturm schien ihm ein gutes Thema für einen Kommentar zu sein. Er hatte in unregelmäßigen Abständen bei seiner Familie angerufen, um sich die Brandung beschreiben zu lassen, die seine Frau und seine Kinder vom Fenster im ersten Stock aus beobachten konnten. Er fand Stürme immer wieder aufregend, aber er glaubte nicht, daß dieser sich von allen anderen grundlegend unterscheiden würde.

»Wir haben schon früher Hochwasser gehabt, und der Haupteffekt war, daß man sich unbehaglich fühlte und ein paar Zäune zerstört wurden«, tippte er. Keine Flut könne die Hochwassermarkierungen übersteigen, die an verschiedenen Stellen der Stadt angebracht seien, argumentierte er. »Physikalische Geographen« – allen voran Kommodore

Mathew Fontaine Maury – »erklären, auf ihre Erfahrungen gestützt, sehr plausibel, daß der bisherige Hochwasserrekord das Maximum des Möglichen darstellt, weil der Strand von Galveston so sanft zu den Tiefen des Ozeans abfällt, daß alle zerstörerischen Wellen sich brechen und ihre Kraft sich verbraucht, bevor sie das Ufer erreichen.«

Dann schlug er einen aufmunternden Ton an: »Eine Überschwemmung kann gewiß Unheil und Schaden anrichten, aber eine ernsthafte Gefahr für Leib und Leben besteht nicht.«

Der Artikel gelangte nie zur Veröffentlichung – der Sturm überflutete die Druckerpressen. Viele Jahrzehnte später beschrieb Ousleys Tochter Angie die Flut als ein Ereignis, »das viel dazu beitrug, den Ruf des journalistischen Scharfsinns, den mein Vater genoß, zu bewahren«.

Die Kinder erlebten den Sturm mit ungeteilter Begeisterung. Henry C. Cortes aus Houston war acht Jahre alt, als er am Samstag, dem 8. September, nach Galveston kam. Am Morgen hatte sein Vater in aller Frühe den spontanen Entschluß gefaßt, mit seiner Familie Großmutter Cortes zu besuchen, die Geburtstag hatte. Zur Feier des Tages zog Henry hochgeschnürte schwarze Stiefel an, schwarze Baumwollsocken mit elastischen Strumpfbändern, weiße gestärkte Leinenhosen, die knapp unterhalb der Knie endeten, und ein Matrosenhemd; dazu setzte er sich einen steifen Strohhut auf. Die Fahrt dauerte neunzig Minuten. Als Henry und seine Familie den Bahnhof verließen, schlug ihnen ein kräftiger Wind entgegen, der Henry den Hut vom Kopf riß; er verschwand auf Nimmerwiedersehen. Als sie beim Haus seiner Großmutter ankamen, sah er, daß der Garten ungefähr 75 Zentimeter hoch unter Wasser stand. »Trotzdem«, sagte er, »waren die Nachbarskinder draußen und spielten mit Waschzubern oder selbstgemachten Flößen.«

Überall in der Stadt tanzten die Kinder im Wasser umher,

bauten Flöße und versuchten ihre Haustiere von den Veranden herunterzulocken. Sie liefen in Scharen am Strand zusammen. Die Brandung, die sich an der Eisenbahnbrücke brach und in den Himmel schoß, war mindestens so gut wie ein Feuerwerk. An diesem Morgen erhielt Mrs. Charles Vidor einen Anruf von ihrer Kusine, die ihr aufgeregt von dem fabelhaften Naturschauspiel erzählte und sie beschwor, ihren Sohn zu ihr zu schicken, damit er es sich ansehen könne. Der Junge hörte auf den stolzen Namen King. Später, nachdem er einer der bedeutendsten Regisseure Hollywoods geworden war, schrieb King Vidor auf der Grundlage seiner Erlebnisse in Galveston einen Bericht über einen Hurrikan für den *Esquire*. »Ich erinnere mich, daß es schien, als befänden wir uns in einem Becken und schauten zur Wasseroberfläche hinauf. Als wir auf der sandigen Straße standen, meine Mutter und ich, wollte ich sie an der Hand nehmen und mit mir fortziehen. Ich hatte das Gefühl, das Meer würde über den Rand des Beckens hereinbrechen und auf uns niederströmen.«

Louise Hopkins war gerade sieben geworden und freute sich doppelt über diesen Samstagmorgen. Es war eine anstrengende Woche gewesen. Die Schule hatte angefangen. Sie war in die erste Klasse gekommen, was für sie mit unendlicher Spannung und Vorfreude, aber auch mit Alpträumen verbunden gewesen war, so daß sie kaum hatte schlafen können. Bei der Hitze und den riesigen Mücken, die in Schwärmen durch die offenen Fenster hereingeweht wurden, konnte allerdings ohnehin niemand gut schlafen. Der erste Schultag war der schlimmste gewesen. »Ich ging von zu Hause los, mit der einen Hand nervös die Hand meiner großen Schwester umklammernd, in der anderen meine nagelneue Brotbüchse und ein gebrauchtes Erstkläßler-Lesebuch.« Doch dieser spezielle Alptraum lag nun hinter ihr. Es war Samstag. Keine Schule. Wochenende – und was für ein Wochenende es zu werden versprach! Da war die herrliche Gefahr eines Sturms. Es war windig, und das beste war: der Wind war kühl – beinahe kalt. Was für eine Erleichterung nach dem langen, mörderisch heißen Sommer. Sie hatte ihre Mutter und die Medizinstudenten, die bei ihnen zur Untermiete wohnten, sogar davon sprechen hören, daß an anderen Orten Kinder wegen der Hitze gestorben waren.

Es sah nach Regen aus. Sie rannte zu ihrem Kleiderschrank und streifte sich rasch ihr »Samstagskleid« über – jenes, das ruhig schmutzig werden durfte, ohne daß sie haufenweise Ärger bekam. Von der Veranda aus brüllte sie den Namen ihrer allerbesten Freundin Martha über die Straße, die gegenüber wohnte und kurze Zeit später, ebenfalls in ihrem Samstagskleid, wie herbeigezaubert auftauchte. Louises Mutter erschien ebenfalls und ermahnte sie, mit ihrem Geschrei nicht die jungen Ärzte zu wecken, die zu Beginn des neuen Semesters bei ihnen eingezogen waren.

Louise wußte nicht, was sie von den Ärzten halten sollte. Es waren so viele. Manchmal ließen sie das Eßzimmer so überfüllt erscheinen wie den Bahnhof an einem Sonntagmorgen. Bisweilen saßen zwanzig von ihnen am Frühstückstisch, einschließlich der Studenten, die nur zu den Mahlzeiten kamen. Sie sprachen über seltsame Dinge und schauten einen an, als würde man, wenn man etwas falsch machte, in einem ihrer komisch riechenden Gläser enden, die sie in ihren Zimmern stehen hatten und in denen weiche, rote und rosa Dinge schwammen, die wie tote Frösche aussahen, nur ohne Haut. An manchen Tagen rochen die Ärzte genau wie diese Gläser.

Louises Vater war gestorben, als sie noch ein Baby war, und ihre Mutter hatte nicht wieder geheiratet. Louise hatte zwei Brüder, John und Mason, und eine Schwester, Lois, die ein Jahr älter war als sie. Ihre Mutter hatte ihrem Haus ein zweites Stockwerk hinzugefügt, damit sie Zimmer vermieten und ihren Lebensunterhalt verdienen konnte, ohne die Kinder allein zu lassen. Das Haus war ideal gelegen, unweit der medizinischen Fakultät der *University of Texas* und zweier Krankenhäuser. Mrs. Hopkins kaufte riesige Säcke mit grünem Kaffee, den sie selber röstete und mahlte. In großen Fässern lagerte sie Schweineschmalz. »Unser Zuhause war nicht nur ein Zuhause«, sagte Louise, »sondern ein Lebenswerk.«

Es war nicht versichert.

»Martha freute sich genauso wie ich über den kühlen windigen Tag«, sagte Louise. »Es kümmerte uns nicht, daß der Wind stärker wehte und die Wolken dunkler waren als sonst, und soviel ich weiß, machte sich auch meine Mutter, die wie immer im Haus beschäftigt war, keine Sorgen.«

Sie spielten im Garten, solange der Regen es zuließ. Er kam stoßweise, und mit jedem neuen Schwall hüpften sie lachend auf die Veranda. Wenn der Regen aufhörte, sprangen sie wieder in den Garten. Matsch klebte an ihren Schuhen, ihre Kleider waren durchnäßt. Es war himmlisch.

Die hohen Kantsteine entlang den Straßen bildeten einen flachen Canyon, durch den das Wasser strömte wie ein breiter brauner Fluß, angefüllt mit den interessantesten Dingen: schartigen Holzstücken, Brettern, Krimskrams, einem Schild mit Aufschrift, hier und da sogar einer Schlange. Und überall waren Kröten, die in die Gärten kletterten, um dem Wasser zu entkommen.

»Wir sahen von der Veranda aus zu, staunend und begeistert, das Wasser vom Golf die Straße hinunterfließen zu sehen. ›Wie gut‹, dachten wir, ›dann brauchen wir nicht erst zum Strand zu laufen, er wird direkt vor unserem Gartentor sein.‹«

Die aufgebrachte See lockte auch die Erwachsenen zu Hunderten an. Eine große Menschenmenge versammelte sich am Midway, einer sich über zehn Häuserblocks erstreckenden Strandpromenade mit billigen Restaurants, in denen man Bier und gekochte Krabben kaufen konnte, und baufälligen Läden, die Souvenirs, Süßigkeiten, Muscheln und stereoskopische Postkarten feilboten. Die Erwachsenen kamen, in der Hoffnung, vielleicht über die Wellen hinwegfahren zu können, mit der Straßenbahn, die jedoch schon weit vor dem Strand anhalten mußte. Den Rest der Strecke legten sie, durch Pfützen watend, zu Fuß zurück. Viele beschrieben das Schauspiel als »grandios« und »wunderschön«. Es war, als regnete es Kieselsteine. Der Wind peitschte die Regenschirme an ihre Metallgerippe. Wer zum Meer gewandt stand, war hinten klitschnaß und vorne weitgehend trocken. Ein Augenzeuge berichtete, ein paar Menschen seien »in weiser Voraussicht mit Badeanzügen auf der Bildfläche erschienen«.

Walter W. Davis aus Scranton, Pennsylvania, der geschäftlich in Galveston zu tun hatte, war am Samstagmorgen um elf Uhr in seinem Hotel, als er die Leute erzählen hörte, die Wellen im Golf seien inzwischen so gewaltig, daß sie die kleinen Läden am Midway zu zerstören begännen.

Davis bekam in Scranton nicht viel vom Meer mit. Was sich hier abspielte, mußte er selber sehen.

Er nahm eine der Straßenbahnen. Die Schienen führten, wie er sah, mitten über die tosende Brandung hinweg, doch dort fuhren jetzt keine Bahnen mehr. Die Wellen krachten gegen das Geländer. Große Brecher überschwemmten den Midway. »Der Anblick war da noch phantastisch. Ich beobachtete, wie die Wellen die ganzen Buden, Kinos und Gaststätten überfluteten und zerstörten, bis sie so nah herankamen, daß es mir selber ungemütlich wurde.«

Er machte kehrt, um sich in sein Hotel zurückzuziehen. Es war 12 Uhr 30, und er stellte fest, daß die Straßenbahnen inzwischen gar nicht mehr fuhren. Er mußte zu Fuß zurückgehen und watete manchmal durch knietiefes Wasser. Der Regen fühlte sich auf seinem Gesicht wie Hagel an.

Doch der Sturm übte immer noch eine starke Faszination auf ihn aus. Im Hotel angekommen, wechselte er nicht erst die Kleider. Er aß etwas zu Mittag und machte sich auf den Weg zur Buchtseite der Insel.

Auch hier strömte das Wasser durch die Straßen der Stadt, aber es kam aus der Bucht und stieg über die Kaimauern hinauf zur »Strand«. Das Wasser des Golfs wurde vom Meer an Land getrieben, das Wasser der Bucht vom starken Nordwind. Es schien, als wäre Galveston ein gigantisches Schiff, das im Meer versank.

Davis stand auf einem hochgelegenen Gehweg. Das Wasser strömte so schnell herein, daß er regelrecht zusehen konnte, wie es stieg. Es schoß dahin wie ein Quellfluß und ließ hinter den Hufen der Pferde durchscheinende Kielflossen entstehen. Pferdeäpfel klatschten in den Strom und strudelten die Straße hinunter. Die von der extremen Flut angehobenen Schiffsrümpfe überragten jetzt die Lagerhäuser am Hafen. Alle Schiffe waren fest vertäut, viele hatten den Anker ausgeworfen und mit Ketten die dicken Kabeltaue verstärkt, mit denen sie am Kai festgemacht waren. Alle schienen ihre Kessel angeworfen zu haben. Gezackte schwarze Rauchwolken stiegen aus ihren Schornsteinen auf und jagten in südlicher Richtung über die »Strand«.

Eine Apfelsinenkiste schwamm vorbei. Die hölzernen Bodenplanken begannen sich abzulösen und davonzutreiben. Ein Mann fiel lachend hin und ließ sich von der Strömung einen halben Häuserblock mitreißen.

Davis sah fasziniert zu, bis er merkte, daß das Wasser den Gehweg selbst erreicht hatte und jetzt seine Schuhsohlen berührte. Das war, wie er in seiner ungeschulten Weise schrieb, »der Moment, in dem sich bei mir Nervosität breitmachte«.

In der Innenstadt herrschte normaler Betrieb. Die Frauen schienen zu begreifen, daß etwas Ungewöhnliches im Gang war, aber die Männer gaben sich alle Mühe, die eigenartige

Atmosphäre des Tages zu leugnen. Sie kleideten sich wie immer, setzten sich wie gewohnt an den Frühstückstisch, tranken ihre ein, zwei Tassen Kaffee, lasen die Morgenzeitung und brachen zur Arbeit auf, mit dem einzigen Unterschied, daß sie wegen des starken Nordwinds gezwungen waren, ihre Hüte festzuhalten. Auf ihrem Weg sahen sie nichts Außergewöhnliches – vorausgesetzt, sie zogen es vor, zu übersehen, daß das Wasser in allen Straßen vier Zentimeter hoch stand und ihnen gelegentlich ein Junge auf einem selbstgebauten Floß entgegenkam. Droschken und Lastkarren fuhren durch die Straßen, als wäre eine solche Überschwemmung etwas vollkommen Alltägliches. Wie jeden Morgen brach die große fünfzehnsitzige Kutsche des Tremont Hotel zum Bahnhof Santa Fe auf, um die ersten Gäste des Tages abzuholen. Sie sollte auch dort stehen, als der letzte Zug vom Festland endlich am Bahnhof ankam, obwohl das Wasser den Pferden da bereits bis zu den Bäuchen reichte.

»Meine Familie beschwor mich, zu Hause zu bleiben«, sagte A. R. Wolfram, der einen Laden in Galveston besaß, »aber ich war entschlossen, in die Stadt zu gehen. Ich versuchte, sie zu beruhigen, und versprach, sofort heimzukommen, wenn die Zeichen für das Herannahen des Sturms sich mehrten.« Zum Mittagessen kam er tatsächlich wieder, brach dann jedoch, »trotz der tränenreichen Bitten meiner Frau und meiner Kinder«, erneut auf.

Ike Kempner, einer von Galvestons reichsten Männern, ging in die Stadt, weil er sich mit zwei Geschäftsleuten von außerhalb, Joseph A. Kemp und Henry Sayles, treffen wollte, um ein Bewässerungsvorhaben zu besprechen. Joseph Kemp war wegen des Wetters sichtbar in Sorge. Ike versuchte ihn zu beruhigen. »Wir haben schon öfter Stürme erlebt«, sagte er. »Die meisten unserer Häuser sind auf hohen Pfählen erbaut, und das Wasser ist noch nie darüber hinausgestiegen. Außerdem hat der berühmte Ozeanograph

Kommodore Maury neulich gesagt, daß Galveston nicht auf dem natürlichen Kurs der aus Westindien kommenden Stürme liegt.«

Die Besprechung wurde fortgeführt.

Judson Palmer, Geschäftsführer des YMCA in Galveston, eines Herzstücks des gesellschaftlichen Lebens der Stadt, machte sich ebenfalls zur gewohnten Zeit auf den Weg zur Arbeit. Er und Isaac Cline kannten sich. Palmer beteiligte sich wie Isaac rege am Gemeindeleben der First Baptist Church und wohnte in der Avenue P 1/2 Nummer 2320, nur drei Querstraßen von Isaac entfernt.

Am Samstagmorgen war Palmers Frau Mae damit beschäftigt, für Sonntag zu backen, während ihr sechsjähriger Sohn Lee mit seinem geliebten Hund Youno spielte.

An den meisten Tagen kam Palmer zum Mittagessen nach Hause, doch heute goß es gegen zwölf Uhr in Strömen. Palmer beschloß, in der Stadt zu bleiben.

Um ein Uhr rief Mae ihn an, um ihm zu erzählen, daß ihr Garten inzwischen unter Wasser stehe – und nicht nur das, sie habe ihren Finger ins Wasser gesteckt und daran geleckt, es sei Salzwasser. Sie habe versucht, ihn von ihrem Telefon aus anzurufen, aber es funktioniere nicht mehr. Jetzt telefoniere sie vom Nachbarn aus. Bitte komm nach Hause, sagte sie. Sie bekam es allmählich mit der Angst zu tun.

Palmer blieb vorerst im Büro. Er witzelte mit seinen Mitarbeitern, den »Jungs«, über »die ängstlichen Frauen«. Nach einer Weile machte er sich dennoch auf den Heimweg und verstand schon bald, warum seine Frau so besorgt geklungen hatte. Dies war nicht mit den anderen Stürmen zu vergleichen, die er in Galveston bisher miterlebt hatte. Der Wind blies nach seiner Schätzung mit ungefähr 80 Stundenkilometern. Alle Straßen standen unter Wasser. Zum Glück fand er einen Lieferwagen, der ihn mitfahren ließ.

Mae fiel ihm in die Arme. Sie wolle nicht im Haus bleiben, es sei zu gefährlich, sagte sie. Sie sollten alle in die

Stadt fahren und im YMCA Unterschlupf suchen, bis der Sturm vorüber sei. Das Gebäude sei robust, vermutlich robuster als ihr eigenes Haus – drei Stockwerke aus Stein und Zement.

Judson war einverstanden. Das Gebäude stelle in der Tat einen sicheren Hafen dar – für Mae und Lee. Er dagegen würde beim Haus bleiben und während des Sturms nach dem Rechten sehen.

Mae widersprach. Er müsse mit ihnen kommen. Es sei gefährlich, sich so nah am Strand aufzuhalten. Starke Windstöße schienen ihre Worte zu unterstreichen. Der Regen prasselte gegen die breiten Holzläden, die sie zum Schutz der Fenster geschlossen hatte. Er müsse einfach mitkommen.

Judson war unerbittlich.

Sie sah ihn verzweifelt an. Aber verlassen würde sie ihn nicht. Wenn er blieb, blieben sie alle.

Louisa Rollfing teilte Mae Palmers Furcht und hatte die gleiche Mühe, ihren Mann von der Gefahr zu überzeugen.

August senior hatte das Haus am Morgen wie üblich gegen 7 Uhr 30 verlassen und war zu Fuß in die Stadt gegangen, wo seine Leute letzte Hand an die Fertigstellung des Trust Buildings legten.

Bisher hatte Louisa sich wegen des Sturms keine Sorgen gemacht. Wie ihre Kinder fand sie ihn zunächst aufregend und freute sich über die Kühle des Morgens. Alle Welt schien draußen zu sein, um die frische Brise zu genießen und das Wasser zu beobachten, das zwischen den hohen Kantsteinen die Straßen entlangströmte. »Eine Zeitlang wateten sogar Damen durchs Wasser und fanden es *lustig*«, sagte sie. »Den Kindern machte es einen Heidenspaß, Holzstücke und andere Dinge, die vorbeischwammen, aus dem Wasser zu fischen.«

Nach dem Frühstück gingen die beiden älteren Kinder

der Rollfings, Helen und August, zum Strand, um die Sache aus der Nähe zu betrachten. Als sie zurückkamen, konnten sie den anderen berichten, die Brandung sei inzwischen so gewaltig geworden, daß sie im Begriff stehe, die großen Badehäuser zu zerstören.

Ein kalter Schauer lief Louisa über den Rücken. Sie war viele Male bei den Badehäusern gewesen, war über ihre Holzstege hoch über dem Golf gelaufen. Es waren eindrucksvolle Konstruktionen auf hohen, dicken Holzpfählen. Sie standen seit Ewigkeiten dort. Niemand hätte gewagt, etwas Vergleichbares in der Nordsee vor der Küste ihrer Heimatinsel zu errichten. Aber der Golf war ja auch viel friedlicher. Eigentlich ähnelte er eher einem sehr großen See als einem gewaltigen Ozean.

Ihre Kinder nahmen sie bestimmt auf den Arm. Dies war genau die Art von Geschichte, wie ihr Vater sie erzählen würde, bis sein Gesicht sich zu jenem wundervollen Lächeln öffnete.

Doch Helen und der kleine August beharrten darauf, daß es stimmte, was sie ihr erzählt hatten. Sie hatten es selbst gesehen – große Bretter flogen durch die Luft, ganze Teile der Badehäuser fielen einfach ins Meer.

Jetzt begann Louisa ihnen zu glauben. »Von da an fand ich das Ganze nicht mehr lustig.«

Sie schickte ihren Sohn mit der Straßenbahn zum Trust Building, damit er seinen Vater suchte und ihn nach Hause holte. Sie sah, daß das Wasser rasch anstieg und bald die Haustür erreicht haben würde. Es schien ihr besser, sich ins Zentrum der Stadt zurückziehen, aber vorher sollte ihr Mann nach Hause kommen. Sie hatte jetzt Angst, wollte die ganze Familie um sich haben.

August fand seinen Vater. »Mama möchte, daß du nach Hause kommst«, sagte er. »Sie will, daß wir umziehen.«

Sein Vater lachte und gab dem Jungen eine Nachricht für seine Mutter mit.

August junior kehrte heim. Seine Mutter sah ihn durch den Vordergarten waten – allein.

Louisa war fassungslos.

Der Junge räusperte sich, schabte vielleicht mit der Hacke über den Boden. »Papa sagt, du mußt verrückt sein, er kommt zum Abendbrot nach Hause.«

Das Wasser stieg weiter. Louisa sah, daß die Nachbarn ihre Häuser zu verlassen begannen.

Schließlich erschien ihr Mann – »und war erstaunt, daß das Abendessen nicht auf dem Tisch stand«.

Sie brachte ihn nicht um, aber der Gedanke wird sie zumindest gestreift haben.

Sie war wütend.

Er war wütend.

Was war sie bloß für ein Angsthase. Wovor fürchtete sie sich denn? Dies war nichts Besonderes. Ein bißchen Wind, ein bißchen Wasser. Na und? Er brüllte sie an, sie solle mit den Kindern nach oben gehen, er werde sich jetzt wieder in die Stadt begeben, seine Arbeiter bezahlen und dann – frühestens dann – zurückkommen.

»Das war zuviel für mich«, sagte Louisa. »Ich stampfte mit dem Fuß auf und sagte etwas Schreckliches: Ich sagte ihm, wenn er jetzt nicht sofort losgehen würde, um uns eine Kutsche zu besorgen, und wir in der Zwischenzeit ertränken, wäre es seine Schuld, und er würde in seinem Leben keine Ruhe mehr finden.«

Was ihn nur noch wütender machte.

August ging zurück in die Stadt.

Ritter's Café

»Sie können mir keine angst machen«

Rabbi Henry Cohen verabschiedete sich von den letzten Besuchern seines Gottesdienstes und eilte zu Fuß nach Hause. An den meisten Tagen nahm er das Fahrrad – ein neues »Cleveland«-Modell –, am Sabbath jedoch nie. Als er in den Broadway einbog, hielt er erschrocken inne; beinahe erwartete er, in der Ferne das Geräusch von Kanonen zu hören.

Rabbi Cohen, seine Frau Mollie und ihre Kinder wohnten etwa eineinhalb Kilometer vom Golf entfernt in einem gemütlichen grauen Haus, das auf drei Meter hohen Pfählen stand. Es hatte Gipswände und in der Mitte einen langen Korridor, der das Haus in zwei Hälften teilte. Auf der linken Seite befanden sich die Schlafzimmer und das Bad, auf der rechten Eßzimmer, Wohnzimmer und Cohens mit Bücherregalen gesäumtes Arbeitszimmer. An der Vorderseite des Hauses, zum Broadway hin, lief ein schmaler Balkon entlang.

Cohen galt in ganz Galveston als eine Art Psychotherapeut, obgleich dieser Begriff und auch der Beruf damals noch nicht bekannt waren. Menschen aller Religionen und beider Geschlechter kamen zu ihm, um Sorgen mit ihm zu besprechen, die sie glaubten, nur ihm anvertrauen zu können, was auch ihre sexuellen Probleme einschloß. Jeder kannte den Rabbi und die Geschichten, die ihm einen beinahe legendären Ruf eingebracht hatten – die Narben an seinem Kopf, die von einem Zulu-Aufstand in Afrika herrührten, wo er unter unklaren Umständen mit einem Gewehrkolben verletzt worden war, oder die Geschichte, wie er – allein – in eines der unangenehmsten Bordelle der Stadt hereingeplatzt war, um eine dort gefangengehaltene junge Frau zu retten, indem er sie sich über die Schulter warf und wieder in die Nacht hinausstürmte.

Jetzt stand er auf dem Broadway, während eine lange Menschenschlange sich an ihm vorbei in Richtung Stadt wand. Er sah, daß ganze Familien dabei waren und viele von ihnen Körbe mit Kleidung und Essen, Gaslaternen und gerahmte Photographien bei sich hatten, wie Flüchtlinge, nur daß die Kinder allesamt begeistert aussahen. Und sehr schmutzig.

Der Broadway hatte auf dem Mittelstreifen eine üppig mit Oleander und Immergrüner Eiche bepflanzte Promenade, die die schweren Regenfälle der letzten Monate und der erneute Guß dieses Morgens in eine herrliche Schlammrutschbahn verwandelt hatte, auf der die Kinder trotz strenger Zurufe ihrer Eltern, die den angrenzenden Gehweg benutzten, begeistert entlangstampften und -schlitterten.

Während Cohen dies alles beobachtete, schnappte er Bruchstücke der Geschichte auf: Das Meer war gestiegen; es hatte den Midway zerstört; die Badehäuser waren kurz davor, in den Golf zu stürzen; die Straßenbahnüberführung war so gründlich unterspült, daß sie nicht viel länger halten konnte.

Cohen begriff, daß diese Menschen tatsächlich Flüchtlinge waren. Sie hatten ihre Häuser verlassen, um sich in Sicherheit zu bringen.

Es war ein Schock. Überschwemmungen hatte es schon öfter gegeben, doch niemand schien sich sonderlich darüber aufzuregen. Deshalb, so folgerte er, standen also die meisten Häuser auf Pfählen, waren die Kantsteine an manchen Stellen einen Meter hoch.

Er lief, drei Stufen auf einmal nehmend, die Treppen zu seiner Haustür hinauf, suchte alle Decken und Schirme zusammen, die er finden konnte, und trug sie hinaus auf die Straße, wo er sie an diejenigen verteilte, die am bedürftigsten wirkten – Mütter mit Babys und Kleinkindern, ältere Menschen, die bei dem Wind nur ganz langsam vorankamen.

Mollie fand eine Tüte Äpfel und brachte sie ihm. Er gab sie den Kindern, die ihm fröhlich dankten. Schlamm klebte an ihren Wangen und Schuhen. Viele waren barfuß, die Jungen mit bis zu den Knien aufgerollten Hosenbeinen. Cohen mußte lächeln.

Er war klitschnaß. Außerdem fror er, was im September in Galveston sonst nicht vorkam. Er hatte jetzt keine Schirme und keine Äpfel mehr, aber er blieb auf seinem Posten, aus reinem Mitgefühl mit all den umherirrenden Familien, bis Mollie ihn hineinrief.

Der Strom war unterbrochen. Da sie die Sturmfensterläden geschlossen hatten, war es im Haus stockfinster. Sie aßen bei Kerzenlicht.

»Im Jahr '86 hatten wir schon einmal einen solchen Sturm«, sagte Mollie. Sie meinte das, was Galveston an Wind und Regen von dem letzten der großen Indianola-Hurrikans abbekommen hatte. »Damals wurde das Geschäft meines Vaters an der Market Street überschwemmt«, sagte sie leichthin. Aber sie wußte genau, daß bisher keine Flut je bis zum Broadway vorgedrungen war.

Mit geradezu filmreifem Timing traf eine heftige Bö das Haus mit solcher Kraft, daß hier und da der Putz von den Wänden bröckelte.

»Es ist nur ein kleiner Windstoß«, beruhigte Mrs. Cohen die Kinder.

Sie fegte den Putz zu einem kleinen Häufchen zusammen. Der Wind wurde lauter. Die Stöße kamen in immer kleineren Abständen mit immer größerer Kraft. Jedesmal fiel Putz von den Wänden.

Als Cohen die Haustür öffnete, um sich ein Bild von der Entwicklung des Sturms zu machen, sah er, daß das Wasser dieses Mal den Broadway erreicht hatte. Noch ziemlich flach, strömte es zwischen den Beinen der Flüchtlinge hindurch die Straße entlang. Aber es stieg zusehends.

Immer mehr Menschen drängten sich auf der Straße. Es war wie eine Parodie der jährlichen Faschingsfeiern der Stadt: Im Sturmlicht sahen alle grau und erschöpft und tieftraurig aus. Die Straßenbahnen, bemerkte Cohen, fuhren nicht mehr.

Als er ein paar Minuten später wieder hinausschaute, sah er, daß das Wasser jetzt die erste Stufe der Treppe bedeckte, die zu seinem Balkon hinaufführte. Er hörte hinter sich seine Kinder kommen, schloß rasch die Tür und wandte sich mit einem breiten Lächeln um. »Komm ins Wohnzimmer, Mollie«, rief er. »Wir wollen ein bißchen Musik hören!«

Sie sah ihn an, als wäre gerade ein großer Brocken Mörtel von der Wand auf ihren Kopf gefallen. Sie hatte zu tun. Sie mußte den Tisch abräumen, Putz lag auf dem Boden herum, und ein Staubfilm bedeckte die sonst glänzenden Tische im ganzen Haus. *Musik*, Henry?

Noch immer lächelnd, nickte er kaum merklich in Richtung der Kinder.

Mollie sah das Lächeln; einen Herzschlag später verstand sie, daß es seine Augen nicht einschloß.

Er flüsterte: »Ich möchte nicht, daß sie das Wasser steigen sehen.«

Sie ging zum Klavier, griff nach den erstbesten Noten, einer Sammlung von *Gilbert and Sullivan-Songs*. Sie schlug *Patience* – »Geduld« – auf, eines der Lieblingslieder des Rabbis. Ihre Finger zitterten.

In der Stadt schenkte kaum jemand dem Sturm besondere Beachtung. Als die Mittagszeit nahte, machten sich die Männer auf den Weg in ihre Stammlokale. Eines der beliebtesten war das »Ritter's Café and Saloon« an der Mechanic Street, mitten im pulsierendsten Geschäftsviertel der Stadt.

Es war ein großer, hoher Saal im Erdgeschoß eines Gebäudes, das im ersten Stockwerk eine Druckerei mit mehreren schweren Maschinen beherbergte. Das Café war auch bei Geschäftsleuten von außerhalb beliebt, die sich mit ihren Kunden und Partnern gern an den hellen, großzügigen Tischen zusammensetzten.

Am Samstagmorgen hatte sich Stanley G. Spencer, ein Schiffsmakler, der die Elder-Dempster und den Norddeutschen Lloyd vertrat, dort mit Richard Lord, Betriebsdirektor des Baumwollexporteurs George H. McFadden & Bro., zum Mittagessen verabredet. Die beiden Männer trafen sich, begrüßten einander und ließen sich an einem der Tische nieder.

Es war eine Wohltat, in dem warmen, trockenen Restaurant zu sitzen. Kellner in weißen Jacken und schwarzen Hosen eilten von Tisch zu Tisch und brachten Cocktails, gewaltige Bierkrüge und riesige Platten mit Austern, Shrimps und Steaks, so groß wie Ziegelsteine. Der Raum bot einen Querschnitt durch die Geschäftswelt Galvestons; dazu gehörte auch Charles Kellner, ein Baumwollimporteur aus England, Henry Dreckschmidt, Vertreter der Germania Lebensversicherung, und ein junger Mann namens Walter M. Dailey, der bei Mildenberg's Wholesale Notions angestellt war.

Dann und wann rüttelte ein Windstoß an den Fenstern, der stark genug war, die Aufmerksamkeit der Speisenden auf sich zu lenken. Jedesmal, wenn ein neuer Gast zur Tür hereinkam, fegte der Wind an ihm vorbei und drohte, die Tischtücher unter den Gedecken wegzureißen. Zwischen den Böen setzten die Männer ihre geschäftlichen Gespräche mit einer Gelassenheit fort, die nur gespielt sein konnte. Sie waren sich des Sturms durchaus bewußt, und sie wußten auch, daß er stärker wurde.

»Hey, Spencer!« rief ein Mann quer durch den Saal. »Ich habe gerade gezählt: Es sind dreizehn Männer in diesem Raum.«

Spencer lachte. Andere Gäste stimmten ein, froh über die Erleichterung, die das Gelächter ihnen verschaffte. »Sie können mir keine angst machen«, rief Spencer, »ich bin nicht abergläubisch.«

Sekunden später riß ein starker Windstoß das Dach vom Haus. Der vom jähen Einbruch des Windes in den geschlossenen Raum des zweiten Stockwerks erzeugte »Explosionseffekt« bog die Wände offenbar mit einer solchen Wucht auseinander, daß die Balken, die die Decke des Ritter's trugen, aus ihren Verankerungen rutschten. Die Decke stürzte zusammen mit Schreibtischen, Stühlen und den fürchterlich schweren Druckerpressen in den Speisesaal hinab.

Es muß Warnzeichen gegeben haben – ein Quietschen von Stahl vielleicht oder das Knacken eines Holzpfeilers. Einige Männer hatten noch Zeit, unter die große Eichenbar an einer Wand des Raums zu hechten.

Spencer und Lord waren sofort tot. Drei andere starben mit ihnen – Kellner, Dreckschmidt und der junge Dailey. Fünf weitere wurden schwer verletzt. Ritter schickte einen Kellner los, um einen Arzt zu holen.

Der Kellner ertrank.

Die Nachricht vom Einsturz des Gebäudes sprach sich schnell herum. Niemand mochte ihr Glauben schenken. Die Geschäftsleute strömten zur Mechanic Street, um mit eigenen Augen zu sehen, was geschehen war. Isaac war sicherlich auch dabei – sein Büro lag nur eineinhalb Querstraßen vom Ritter's entfernt. Augenzeugen erzählten in ihren Büros, was sie gesehen hatten, Laufburschen der Western Union verbreiteten die Neuigkeit auf ihren Runden. Das Ritter's Café war eingestürzt. Menschen waren zu Tode gekommen.

Es war dieses Ereignis, das schließlich die Angst in Galveston Einzug halten ließ.

Bolivar Point

Der verlorene Zug

Gegen zwölf Uhr am Samstagmittag trafen sich zwei Züge in Galveston, der eine von Norden, der andere von Osten kommend.

Der erste Zug gehörte zur Galveston, Houston and Henderson-Eisenbahngesellschaft und hatte Houston früher am Morgen mit der üblichen Mischung aus Touristen, Geschäftsleuten und heimkehrenden Galvestoner Bürgern verlassen. Er kam zwar mehr oder weniger pünktlich an einer der drei die Bucht überspannenden Eisenbahnbrücken an, aber die Überfahrt bescherte den Passagieren einige angstvolle Augenblicke.

»Als wir die Brücke über die Galvestonbucht in Richtung Galveston überquerten, stand das Wasser auf der Höhe der unteren Stützpfeilerwinkel oder 75 Zentimeter unterhalb der Gleise«, sagte der Tiefbauingenieur A. V. Kellogg.

Schon bei bestem Wetter sahen die Brücken zerbrechlich aus. In einem Sturm aber, bei dem das Wasser beinahe über die Schienen gespült wurde und Windstöße die Waggons schüttelten, wirkten sie furchteinflößend.

Der Zug fuhr langsam. Den Passagieren waren fünf Kilometer noch nie so lang vorgekommen, und die Erleichterung, als der Zug die andere Seite erreicht hatte und wieder über festen Boden ratterte, war groß, wenngleich sie von der Tatsache getrübt wurde, daß jetzt auch schon das an die Gleise angrenzende flache Land unter Wasser stand.

Der Zug fuhr noch dreieinhalb Kilometer weiter, bis ein

Bahnwärter aus dem Dunkel heraustrat und den Zug zum Halten brachte. Die Flut hatte einen Teil der Strecke überschwemmt.

Kelloggs Zug stand quer zum Wind. Ab und zu rammte ihn ein Windstoß mit solcher Wucht, daß er auf seinen Federn auf und nieder hüpfte. Regen strömte an der Nordseite des Zuges die Fenster herunter; die Südfenster waren so gut wie trocken und boten den Passagieren einen ungetrübten, wenn auch beängstigenden Blick auf die gewaltigen Sturmwellen, die auf den nicht weit entfernten Strand krachten.

Der Zugführer machte eine Durchsage: Die Bahngesellschaft hatte Houston telegrafisch um einen Ersatzzug gebeten, der auf einem anderen, der Gulf, Colorado and Santa Fe Railroad gehörenden Gleis ankommen würde – allerdings frühestens in einer Stunde.

Es war eine angespannte, unbehagliche Wartezeit. In den Waggons war es heiß und stickig. Einige Passagiere öffneten die Fenster zur Südseite, um ein bißchen zu lüften. Der Regen prasselte so laut auf das Dach des Zuges und an die Nordseite, daß die Reisenden ihre Stimmen erheben mußten, um sich zu unterhalten. Die ganze Zeit lang beobachteten sie, wie das Wasser stieg.

Als der Ersatzzug kam, sagte Kellogg, bedeckte das Wasser schon die Schienen.

Der neue Zug hielt in etwa einem Kilometer Entfernung, wo die Gleise noch nicht überschwemmt waren. Kelloggs Zug setzte zurück, so daß er und die anderen Passagiere über den aufgeweichten Boden laufen und in den anderen Zug klettern konnten. Die Ersatzwaggons waren jetzt mit so vielen klitschnassen Körpern angefüllt, daß sich dort ein noch tropischeres Klima ausbreitete als im ersten Zug. Doch wenigsten setzte diese Bahn sich jetzt in Bewegung.

Nach Kelloggs Schätzung bedeckten inzwischen etwa zwanzig bis fünfundzwanzig Zentimeter Wasser die Schienen. Aber dieses Wasser war nicht still wie etwa die Fluten, die mit schweren Regenfällen einhergehen.

Dieses Wasser glich vielmehr einem Sturzbach. Dort, wo es über die Schienenstränge strömte, entstanden solche Turbulenzen, daß sich die Wasseroberfläche wie der Rücken einer vorwärtsschnellenden Schlange bewegte. Das Wasser, so Kellogg, floß »mit sagenhafter Geschwindigkeit in westlicher Richtung«.

Der Ersatzzug fuhr vorsichtig ins Wasser hinein. Einige Bahnangestellte zogen sich schwere Stiefel an und liefen voraus, um zu prüfen, ob die Schienen unterspült waren und um Treibholzstücke aus dem Weg zu räumen. Die Männer sahen aus wie Krabbenfänger, die den Schlamm nach ihrem Abendessen absuchten.

Bald tauchten links und rechts der Gleise Häuser auf, die jetzt allerdings eher wie Hausboote aussahen. Fast alle standen auf Pfählen oder Steinsäulen und befanden sich noch ein gutes Stück über dem Wasser, aber Kellogg registrierte, daß das Wasser seit der Ankunft des Ersatzzuges schon wieder tiefer geworden war.

Schließlich überschwemmte es den Feuerungsraum der Lokomotive. Ein Geysir aus Dampf und Rauch zischte in die Kabine, aber der Lokomotivführer, völlig durchnäßt und windumtost, zog seine Schutzbrille vor die Augen und hielt den Zug in Bewegung, indem er ihm den Rest des Dampfes aus dem Kessel zuführte.

Kurz vor dem Santa Fe Union-Bahnhof blieb die Lokomotive, ein Koloß aus kaltem Eisen, stehen. Die männlichen Passagiere stiegen zuerst aus und bildeten eine Menschenkette im hüfthohen Wasser, um den Kindern und Frauen zu helfen, durch die schnelle Strömung auf den Bahnsteig zu gelangen.

Kellogg sah auf die Uhr. Es war 13 Uhr 15. Der Wind, schätzte er, blies mit beständigen 60 Stundenkilometern.

Er hatte telegrafisch ein Zimmer im Tremont Hotel reserviert und wappnete sich für einen langen, nassen Spaziergang – bis er sah, daß die Pferdedroschke des Tremont vor dem Bahnhof wartete und fünfzehn Menschen bereits darin saßen. Er watete an Bord. Die Droschke bahnte sich, das Wasser durchpflügend, ihren Weg zum Hotel.

Einige der Reisenden beschlossen, das Ende des Sturms im Bahnhof abzuwarten, der weit und breit das stabilste Gebäude zu sein schien. Da das Erdgeschoß unter Wasser stand, gingen sie in den ersten Stock hinauf, vorsichtig die Stufen erklimmend, die nur von dem »gespenstischen« Licht einiger Bahnhofslaternen erleuchtet waren. Ein älterer Mann, der sich für eine Art Wissenschaftler hielt, hatte ein Barometer im Gepäck, das er nun auf den Boden stellte. »Alle paar Minuten«, heißt es in einem Bericht, »schaute er im flackernden Licht der Laternen darauf und teilte den anderen mit, daß der Luftdruck weiter sinke und das Schlimmste ihnen noch bevorstehe.«

Damit machte er sich bei den anderen Passagieren nicht gerade beliebt. Später sollten einige von ihnen deutliches Interesse daran bekunden, das Barometer zu zertrümmern.

Ein anderer Fahrgast des Zuges aus Houston, David Benjamin von der Restaurantkette Fred Harvey, machte sich vom Bahnhof aus auf den Weg zu einem Geschäftstreffen, das nur zwei Straßen weiter stattfinden sollte.

Der Mann, mit dem er sich verabredet hatte, war nicht mehr da. Benjamin, der vermutlich glaubte, der Sturm würde sich bald legen, hinterlegte die Nachricht, daß er um drei Uhr wiederkommen würde.

»Ich wußte nichts anderes zu tun, als zum Bahnhof zurückzugehen«, sagte er. »Unnötig zu sagen, daß ich die Verabredung nicht einhielt.«

Dennoch machte er sich wegen des Sturms keine allzu großen Sorgen. Und auch die anderen schienen nicht besonders beunruhigt zu sein. Galveston bewältigte solche Situationen offenbar spielend.

Die erste »Ahnung« des wahren Ausmaßes der Katastrophe, erinnerte sich Benjamin, befiel ihn, »als die Leiche eines Kindes in den Bahnhof trieb.«

Der zweite Zug, der zur Gulf and Interstate-Gesellschaft gehörte, kam aus Beaumont, Texas; viele seiner Passagiere stammten allerdings aus New Orleans und anderen Orten Louisianas. Gegen zwölf Uhr mittags rollte er langsam über die überfluteten Schienen auf der Bolivar Halbinsel, einem schlanken Finger des Festlands östlich Galvestons, der durch den Schiffskanal von der Stadt getrennt war. Die Gleise endeten in Bolivar Point in der Nähe eines hohen Leuchtturms, dessen Wärter H. C. Claiborne und sein Assistent in zwei hübschen Häusern auf dem Leuchtturmgelände wohnten. Der Zug bestand aus einer Lokomotive und zwei Waggons, in denen sich fünfundneunzig Passagiere drängten, darunter auch John H. Poe, Mitglied des Erziehungsministeriums von Louisiana. Poe wohnte in Lake Charles, Louisiana, jener Stadt, in der Louisa ihre ersten Eindrücke von Amerika gesammelt hatte. Am Freitagabend hatte er sich in New Orleans in den Zug gesetzt, weil er wegen einer geschäftlichen Besprechung nach Galveston fahren wollte. Am frühen Samstagmorgen war er in Beaumont umgestiegen, um den letzten Teil seiner Reise anzutreten.

In Bolivar Point sollte der Zug auf eine große Fähre, die *Charlotte M. Allen*, fahren, um den Schiffskanal nach Galveston zu überqueren.

Poe sah zu, wie die Fähre von Galveston nach Bolivar sich durch Wellen kämpfte, die so hoch waren, daß sie über ihrem Bug zusammenschlugen. Schwarzer Rauch aus dem Schornstein des Schiffes sauste mit dem Wind nach Süden. Dann und wann verschwand das Schiff hinter Regenwänden.

Der Kapitän hielt die Fähre auf einem Kurs sehr weit nördlich der Anlegestelle in Bolivar, um den Effekt des Windes auszugleichen, doch offensichtlich hatte er dessen Kraft unterschätzt. Wieder und wieder versuchte er, das Schiff zum Kai zu manövrieren. Seine Männer standen nebeneinander an der Reling und klammerten sich daran fest, um nicht vom Wind und dem Schaukeln des Schiffes hinausgeschleudert zu werden.

Der Kapitän gab auf.

Für Poe und seine Mitreisenden, denen die Mühelosigkeit und Präzision des Verkehrs zur Zeit der Jahrhundertwende selbstverständlich erschien, war der Anblick eines Kapitäns, der aufgab und kehrtmachte, erstaunlich. Und beunruhigend.

Der Zug verharrte einen Moment lang, wo er war, wie von diesem Akt des technologischen Verrats überrumpelt. Der Dampf, der seinen Zylindergehäusen entwich, furchte das Wasser, das die Schienen bedeckte. Dann ließ der Zugführer die Lok nach Beaumont zurückfahren. Als die Maschine die Wagen langsam rückwärts trieb, begann Wasser in die Waggons hineinzulaufen.

Poe hatte den Leuchtturm beobachtet. Die Wellen schlugen hoch gegen seinen Sockel, so daß die Gischt zuweilen bis zur Spitze hinaufspritzte, aber er schien dennoch das stabilste Objekt weit und breit zu sein. Abgesehen von dem Leuchtturm, seinen beiden Häusern und der Krone der einen oder anderen Immergrünen Eiche sah er überall, wohin er schaute, Wasser. Der Regen klang, als hätten sich einhundert Männer mit Vorschlaghämmern an der Nordseite des Zuges aufgestellt.

Der Zug hielt.

Der Leuchtturm war etwa vierhundert Meter entfernt.

Fünfundachtzig Passagiere beschlossen, im Zug zu bleiben, weil sie ihn für schwer genug erachteten, um dem Sturm standzuhalten. Eine Eisenbahn war immerhin das Größte und Stärkste, was die meisten Menschen kannten.

Poe vertraute ihr nicht. Ihm gefiel es ganz und gar nicht,

wie sein Waggon im Wind hin und her tanzte. Ihm gefiel auch nicht, wie das Wasser von den nördlichen und südlichen Ufern der Halbinsel zusammenzulaufen schien und mit welcher Geschwindigkeit es stieg. Kleine Wellen schwappten inzwischen über die offenen Plattformen an beiden Waggonenden.

Poe und neun weitere Fahrgäste verließen den Zug. Dicht beieinander bleibend, bewegten sie sich langsam über das überflutete Stück Land auf den Leuchtturm zu. Die anderen fünfundachtzig blieben im Zug.

Zahlreiche weitere Sturmflüchtlinge hatten bereits im Innern des Leuchtturms Schutz gesucht. Sie hatten sich zunächst im Haus des Wärters Claiborne versammelt, das auf einem flachen Plateau stand, dem einzigen Flecken im Umkreis mehrerer Kilometer, der noch aus dem Wasser herausragte. Aber das Wasser war zu schnell gestiegen, und so hatte Claiborne ein Rettungsseil von seinem Haus zum Leuchtturm gespannt. Die Männer hatten das Seil mit einer Hand festgehalten und Frauen und Kinder auf dem Rücken hinübergetragen.

Als Poe dort ankam, befanden sich fast zweihundert Menschen im Leuchtturm. Die Dunkelheit des Schafts wurde nur von dem grauen Licht durchbrochen, das durch die Tür und ein Fenster ganz oben im Leuchtturmschaft hereindrang. Als er durch das Zwielicht nach oben blickte, sah er zweihundert Menschen auf der Wendeltreppe sitzen, die sich in der Mitte des Leuchtturms über gut dreißig Meter hinaufwand. Er und die anderen Flüchtlinge aus dem Zug waren die letzten, die hereinkamen, bevor das Meer die Tür blockierte.

Kurz bevor er hineinging, blickte Poe sich noch einmal nach dem Zug um. Sintflutartiger Regen behinderte seine Sicht, aber er meinte zu erkennen, daß der Zug sich wieder in Bewegung gesetzt hatte. Rauch stieg aus seinem Schornstein auf und wälzte sich übers Meer.

Dann blockierten Regen und Gischt ihm vollends die Sicht. Als er hineinging, fragte er sich, ob er das Richtige getan hatte.

Nach kurzer Fahrt hielt der Zug erneut. Vielleicht hatte das Wasser das Feuer gelöscht oder ihm ein Hindernis in den Weg geschoben. Vielleicht wehte auch einfach ein jäher Windstoß den Zug vom Gleis.

Am Sonntagmorgen waren alle fünfundachtzig Passagiere tot.

Durch den Lärm des Sturms hindurch hörten Poe und die anderen etwas, das wie Artilleriefeuer klang. Bald begriffen sie, daß die Soldaten in Fort San Jacinto auf Galveston Island, gleich auf der gegenüberliegenden Seite des Kanals, angefangen hatten, mit den schweren Geschützen des Forts zu schießen. Die Schüsse waren bis tief in die Nacht hinein zu hören. Marie Berryman Lang, Tochter eines der Assistenten des Leuchtturmwärters, erinnerte sich nur allzu deutlich an alles: die Wellen, die gegen den Leuchtturm schlugen, während das Wasser drinnen stetig stieg und die zweihundert Flüchtlinge immer höher den Schaft hinauftrieb; die Hitze und entsetzliche Luftfeuchtigkeit, die die Kinder nach Wasser schreien ließ; und die ganze Zeit, jenseits des Chaos, jenes einsame Donnern der Kanonen, wie die Marschtrommel eines Militärzugs.

»Es waren die armen Soldaten«, erfuhr sie am nächsten Morgen, »die um Hilfe riefen.«

25. Straße und Avenue Q

Ein Haufen Kröten

Im Laufe des Tages wurde Isaac Cline immer unruhiger. Er brauchte nur aus dem Fenster seines Büros zu schauen, um zu sehen, daß der starke Nordwind das Wasser der Galvestonbucht über den Kai in die Straßen der Stadt hineingedrückt hatte. Am Nachmittag schienen Golf und Bucht kurz davor, miteinander zu verschmelzen. Es war offensichtlich etwas Außergewöhnliches im Gange – und dabei hatte es so wenig eindeutige Vorwarnungen gegeben. Am Freitagabend war das Barometer sogar gestiegen, und er hatte nichts von dem ziegelroten Himmel sehen können, der angeblich einen Hurrikan ankündigte. Das einzige sichtbare Zeichen der Gefahr war die enorme Brandung, die innerhalb der wenigen Stunden, die seit seinem Gang zum Strand am frühen Morgen verstrichen waren, immer noch heftiger geworden war.

Jetzt klingelte in der Station unaufhörlich das Telefon. Er hörte die Angst in den Stimmen der Männer und Frauen am anderen Ende der Leitung. Sie erzählten ihm phantastische Geschichten vom Wasser, das ihnen buchstäblich bis zum Hals stehe, von Wellen, die sich an ihrer Haustür brächen, vom Einsturz der großen Badehäuser am Strand und von einer seltsamen Flut Tausender winziger Frösche. Und er hatte mit eigenen Augen die Überreste des Ritter's gesehen.

»Die Wellen nahmen an Größe und Anzahl zu und entwickelten sich zu einer Sturmflut, die mir mit der Deutlichkeit einer geschriebenen Botschaft sagte, daß große Gefahr im Verzug war«, schrieb er später. Er sei, behauptete er, von einem Ende des Strandes zum anderen gefahren und habe jedem, dem er begegnete, eine Warnung zugerufen. »Ich warnte die Menschen, daß ihnen große Gefahr drohe, und beschwor ungefähr sechstausend Personen aus dem Binnenland, die am Strand ihre Sommerferien genossen, sofort nach Hause zu fahren. Menschen, die in der Nähe des Strandes wohnten, riet ich, in den höhergelegenen Regionen der Stadt Zuflucht zu suchen, weil ihre Häuser über kurz oder lang von der abwechselnd anschwellenden und abebbenden Sturmflut unterspült und fortgeschwemmt werden würden. Auf meinen Rat hin reisten Sommergäste ab, und Anwohner zogen um. Um die sechstausend Menschenleben wurden dank meiner Ratschläge und Warnungen gerettet.«

Seine Geschichte verträgt sich allerdings nicht sonderlich gut mit den Berichten anderer Zeitzeugen. In den Hunderten von Schilderungen dieses Tages, die in der Rosenberg-Bibliothek in Galveston aufbewahrt sind, ist kein einziges Mal davon die Rede, daß Isaac Cline in seinem Einspänner Alarm geschlagen hätte. Im übrigen gab es gar nicht genug Lokomotiven oder Kutschen für die Menge der Flüchtlinge, die, wenn seine Angaben korrekt wären, den ganzen Morgen über versucht hätten, aus der Stadt herauszukommen. Die letzte Bahn, Kelloggs Zug aus Houston, kam um 13 Uhr 15 in Galveston an. Die Rückfahrt zum Festland hätte sie nicht mehr heil überstanden. R. Wilbur Goodman nahm die letzte Straßenbahn zum Strand und hörte von den anderen Passagieren kein Wort über den Sturm. Viele Menschen verließen zwar in der Tat ihre Häuser, aber erst, als das Wasser bereits über die Holzplanken ihrer Veranden lief und unter ihren Haustüren hindurchdrang. Gegen 14 Uhr 30 Galvestoner Zeit – als Isaac nach eigenem Bekunden erkannte, »daß sich eine entsetzliche Katastrophe anbahnte« –, waren die Straßen, die bis zu drei Häuserblocks vom Strand entfernt lagen, bereits nahezu unpassierbar.

Isaacs und Josephs Berichte wichen auf eine subtile Weise voneinander ab, in der sich schon ihre spätere Entfremdung abzuzeichnen beginnt.

Isaac berichtete, daß er um 14 Uhr 30 ein dringliches Telegramm an Willis Moore aufgesetzt habe, »um ihn von der schrecklichen Lage zu unterrichten und deutlich zu machen, daß die Stadt kurz davor sei, im Wasser zu versinken, daß erhebliche Verluste von Menschenleben zu erwarten seien und Hilfe dringend benötigt werde«. Er gab das Telegramm »meinem Assistenten« Joseph L. Cline, der es zum Telegrafenamt bringen sollte. »Da ich seit fünf Uhr morgens (vier Uhr Galvestoner Zeit) im Dienst war, ging ich, nachdem ich diese Nachricht an meinen Mitarbeiter weitergegeben hatte, nach Hause, um etwas zu essen.«

Joseph gab sich eine weniger passive Rolle. »Um 15 Uhr 30 (14 Uhr 30 Galvestoner Zeit) führte ich eine gesonderte Wetterbeobachtung durch, um sie an den Direktor in Washington zu telegrafieren. Die Botschaft besagte, daß der Hurrikan heftiger sei als zunächst angenommen. Ungefähr um diese Zeit unterbrach mein Bruder seine Warnungen, um mich vom Strand aus anzurufen und folgende Information durchzugeben, die ich dem Telegramm hinzufügte: ›Golf steigt rapide; halbe Stadt unter Wasser.‹ Hätte ich das ganze Bild vor Augen gehabt, wäre es nötig gewesen, die Nachricht zur Zeit ihrer Niederschrift abzuwandeln in: ›Ganze Stadt unter Wasser.‹«

Joseph verschlüsselte die Nachricht und kämpfte sich zur »Strand« durch. »Im gesamten Geschäftsviertel trieben die Holzblöcke des Straßenbelags auf dem Niveau der erhöhten Bürgersteige und hüpften auf und nieder wie ein Korkteppich.« An manchen Stellen, sagte er, war das Wasser knietief. Er ging zuerst zum Büro der Western Union, wo er erfuhr, daß die Leitungen seit zwei Stunden unterbrochen waren. Als er im benachbarten Postamt nachfragte, bekam er die gleiche Auskunft. »Daraufhin kämpfte ich mich durch die oberste Schicht von Holzblöcken zur Wetterstation zurück.«

Auf einmal fiel ihm ein, daß er ja das Telefon benutzen könnte. Er rief die Telefongesellschaft an und bat um ein Ferngespräch mit dem Büro der Western Union in Houston, »und zwar so schnell wie irgend möglich«.

Die Dame von der Vermittlung wies ihn ab. Sie habe viertausend Anrufe vor seinem zu berücksichtigen, sagte sie. Er versuchte, ihr klarzumachen, daß es sich um eine Regierungsangelegenheit handele, die keinen Aufschub dulde, aber sie ließ nicht mit sich reden.

Joseph bat darum, den Geschäftsführer Tom Powell zu sprechen, den er kannte. Joseph erläuterte ihm die Situation und die Wichtigkeit der Sache. Aber wenn Isaac überall Alarm geschlagen hatte, warum mußte Joseph dann überhaupt etwas erläutern? Und warum wurde sein Ferngespräch nicht vordringlich behandelt?

Powell setzte sich für ihn ein, und Joseph bekam seine Verbindung. Er diktierte das Telegramm. Es war wahrhaftig ein Moment des Übergangs: wie er da stand, an der Schwelle zum zwanzigsten Jahrhundert, und das Telefon benutzte, um ein Telegramm aufzugeben.

Er bat die Western Union, die Nachricht absolut vertraulich zu behandeln. »Die beiden Städte«, erklärte Joseph, »waren ja traditionell Konkurrenten.« Noch sollte Houston nicht erfahren, daß sein Erzrivale im Rennen um die Vorherrschaft in der Region derzeit unter den ineinanderströmenden Wassermassen des Golfs und der Bucht zu verschwinden drohte. »Ich erklärte, daß die in der Nachricht enthaltenen Tatsachen Eigentum des Wetteramts und der Regierung seien und nur von Washington zur Veröffentlichung freigegeben werden dürften.«

Auf seinem Heimweg traf Isaac Anthony Credo, der mit seiner Frau und neun Kindern in einem großen zweistöckigen Haus unweit des Strandes wohnte.

Credo hatte eigentlich elf Kinder, aber zwei seiner Töchter hatten bereits eigene Familien und lebten woanders. Keine von beiden befand sich am Samstag bei ihm im Haus. Ein Sohn, William, war ebenfalls abwesend; er verbrachte den Tag bei der Familie seiner Verlobten.

Credo war auf dem Weg nach Hause und lief eine Zeitlang neben Isaac her.

Isaac schien besorgt. Er gestand Credo, daß er befürchte, den Sturm unterschätzt zu haben. »Dr. Cline erzählte Papa, dieser Sturm sei gefährlicher als alle anderen, die wir bisher erlebt hatten«, sagte Credos Tochter Ruby später. »Dr. Cline beobachtete voll Sorge, wie das Wasser stieg; die Winde aus dem Nordosten waren innerhalb von Minuten stärker geworden.«

Credo eilte nach Hause und trommelte seine Familie zusammen. Sein Gespräch mit Isaac hatte ihn zutiefst beunruhigt. Er bat seine Frau und seine Kinder, sich so schnell wie möglich fertig zu machen, damit sie das Haus verlassen könnten. Dann taten er und seine Frau etwas, das in Rubys jungen Augen vollkommen außergewöhnlich war: Sie begannen, Löcher in den Wohnzimmerboden zu hacken.

Wenig später führte Isaacs Weg ihn am Haus des YMCA-Geschäftsführers Judson Palmer vorbei, der just in diesem Augenblick zur Tür herausschaute, um zu sehen, wie hoch das Wasser inzwischen gestiegen war.

Palmer grüßte Isaac, der auf ihn zugewatet kam. Offenbar waren Palmer Zweifel gekommen, ob es richtig war, im Haus zu bleiben. Er fragte Isaac nach seiner Meinung – war es sicherer, in die Innenstadt zu ziehen oder an Ort und Stelle zu bleiben?

Bleiben Sie, sagte Isaac. Sein Haus wirke gut gebaut und stabil, und seine Familie sei darin besser aufgehoben als irgendwo sonst. Isaac sagte, er sei unterwegs zu seinem eigenen Haus und beabsichtige, dort zu bleiben, bis der Sturm sich gelegt habe.

Diese Auskunft muß für Palmer besonders beruhigend gewesen sein.

Mit düsterer Klarheit schrieb Isaac später in seinem offiziellen Bericht: »Diejenigen, die in den großen, robusten Gebäuden nicht weit vom Strand entfernt wohnten, darunter der Autor dieses Berichts, glaubten, sie könnten dem Wind und der Flut trotzen.«

Doch Isaac war nicht der einzige, der sein Haus als eine Festung betrachtete. Offenbar galt das Haus der Clines allgemein als eines der stabilsten der Gegend. »Viele suchten Schutz in seinem Haus, das in diesem Teil der Stadt das sicherste war«, sagte John Blagden.

Als Isaac zu Hause ankam, stand das Wasser in seinem Garten hüfthoch. Und wo immer ein Gegenstand aus dem Wasser herausragte, sah man Kröten. Winzige Kröten. Unzählige. »Auf jedem noch so kleinen Brett, auf jedem kleinen Splitter, saßen zwanzig oder fünfzig Kröten«, erinnerte sich ein Augenzeuge. »Ich hatte noch nie in meinem ganzen Leben so viele Kröten gesehen.«

Joseph machte sich etwa eine Stunde später als Isaac auf den Weg nach Hause und kam gegen 17 Uhr 30 dort an. Zu diesem Zeitpunkt reichte ihnen das Wasser bis zur Hüfte, sagte Joseph.

Bis zum Hals, sagte Isaac.

Joseph war erstaunt zu sehen, daß fünfzig Menschen aus der Nachbarschaft Zuflucht in ihrem Haus gesucht hatten, darunter ganze Familien sowie der Mann, der das Haus gebaut hatte. »Er wußte besser als alle anderen«, sagte Joseph, »aus welch hochwertigem und robustem Material es bestand, denn mein Bruder hatte ihm gesagt, daß es auch dem schlimmsten aller möglichen Stürme widerstehen müsse.«

Dennoch traute Joseph ihm nicht. Dieser Sturm war schlimmer als alles, was Galveston je erlebt hatte.

Das Haus räumen, meinte Joseph.

Bleiben, sagte Isaac.

Vierter Teil

Kataklysmus

Telegramm

Houston, Texas
19 Uhr 37
9. Sept. 1900
An: Willis Moore, Direktor, Nationales Wetteramt,
Washington D. C.

Wir haben seit gestern nachmittag, 16 Uhr, absolut keine Nachrichten aus Galveston mehr bekommen können …

G. L. Vaughan, Geschäftsführer, Western Union, Houston

Die Eastside

Louisa Rollfing

August Rollfing kämpfte sich in die Stadt zurück. Mit jedem Schritt schienen seine Beine tiefer im Wasser zu versinken, aber das war doch unmöglich – nichts konnte das Meer so schnell steigen lassen. Der Sturm war jetzt erheblich schlimmer als auf seinem Heimweg. Ab und zu fegten heftige Windstöße Dachziegel von nahen Häusern herunter und trugen sie durch die Luft wie Herbstblätter. Er sah ganze Familien, gegen den Wind gelehnt, langsam Richtung Stadtmitte ziehen. Der Broadway war ein einziger Flüchtlingsstrom. Plötzlich erschien ihm Louisas Wunsch, dem Strand zu entfliehen, nicht mehr ganz so abwegig.

Rollfing mietete bei Mallory's einen Einspänner mit Kutscher und gab ihm den Auftrag, Louisa und die Kinder abzuholen und in das Haus seiner Mutter im Westend zu bringen. Er hielt das Westend für ein wesentlich sichereres Viertel, vielleicht weil es weit von den Meeresstränden an den Ost- und Südrändern der Stadt entfernt war. Was er offenbar nicht bedachte, war die Tatsache, daß die Bucht nur zehn Querstraßen nördlich des Hauses seiner Mutter lag. Der Wind aus dem Norden und Nordosten blies noch immer quer über die Galvestonbucht, und je schneller er wurde, desto mehr Wasser schob er in die Stadt. Rollfing ging in sein Geschäft.

Um 13 Uhr fuhr der Einspänner vor dem Haus Ecke 18. Straße und Avenue O $^{1}/_{2}$ vor. Louisa fiel ein Stein vom Herzen. Sie rannte durchs Haus, um für jeden Schuhe und

Kleidung zum Wechseln zusammenzusuchen, und packte alles in einen großen Korb, doch als der Fahrer, ihre Kinder und sie in den Wagen geklettert waren, sah sie, daß nirgendwo mehr Platz war. Sie mußte den Korb zu Hause lassen.

Sie hielt Atlanta Anna in den Armen. Der Kutscher fuhr los, vermutlich erst in nördlicher Richtung auf das etwas höher gelegene Stadtzentrum zu, dann gen Westen. »Es war eine furchtbare Fahrt«, sagte Louisa. »Wir kamen nur langsam voran, weil überall die Leitungsdrähte herunterhingen, was sehr gefährlich war ... Der Regen war eiskalt und schnitt uns in die Gesichter, und die kleine ›Lanta‹ brüllte die ganze Zeit. Ich drückte ihr kleines Gesicht fest an meine Brust, damit der Regen ihr nicht so weh tat. August und Helen weinten nicht und sagten kein einziges Wort.«

Der Kutscher wich anderen Sturmflüchtlingen und Haufen von Trümmern und Treibgut aus; der schieren Menge nach zu urteilen, mußten ganze Häuser eingestürzt sein. Der Himmel war so dunkel, daß es schien, als sei die Dämmerung einen halben Tag zu früh hereingebrochen.

»Wir kamen bis zur 40. Straße und Avenue H, nur einen Häuserblock von Grandma entfernt«, sagte Louisa. »Das Wasser war so hoch, daß wir regelrecht darin saßen, und dem Pferd reichte es bis zum Hals.«

Der Kutscher bog in die 40. Straße ein. Irgend jemand brüllte ihm zu, er solle anhalten. »Fahren Sie nicht weiter! Sie kommen da nicht durch!« Das Wasser sei zu tief, rief der Mann – weiter vorne sei ein großer, voll Wasser gelaufener Graben.

Der Kutscher wendete den Einspänner und fragte Louisa: »Wo soll ich jetzt hinfahren?«

Louisa, mit drei kleinen Kindern in einer praktisch im Wasser versinkenden Kutsche sitzend, war ratlos. »Ich weiß es nicht«, sagte sie.

Dann fiel ihr ein, daß Augusts Schwester Julia und ihr Mann Jim Ecke 36. Straße und Broadway wohnten, nur sechs Querstraßen von hier entfernt in Richtung Stadtmitte. Der Kutscher lenkte das Pferd vorsichtig über die Avenue H zurück, gegen den Strom des Wassers und der Flüchtlinge.

Als Julia Louisa und die drei Kinder sah, triefend naß und windzerzaust, war sie entsetzt. »Mein Gott, Louisa, was ist los?«

Offenbar wußte Julia nichts von den Schäden am Strand. Louisa schilderte ihr rasch die Lage im Eastend und berichtete ihr, daß auch das Westend unter Wasser stehe. Sie gab dem Kutscher einen Dollar und bat ihn, seinem Chef, Mr. Mallory, mitzuteilen, wo sie sich jetzt aufhielten, damit dieser August informieren konnte.

»Ich war so sicher, daß August dorthin gehen würde«, sagte sie, »aber er tat es nicht.«

Ungefähr um 14 Uhr Galvestoner Zeit, während Louisas Fahrt durch die Stadt, drehte der Wind. Bis dahin hatte er konstant aus nördlicher Richtung geweht, von der schwächeren linken Flanke des Hurrikans aus. Jetzt verlagerte er sich nach Nordosten und nahm an Stärke zu. Isaac registrierte die Veränderung, aber die meisten Leute, einschließlich Louisa, merkten nichts davon. Sie waren zu sehr damit beschäftigt, Schutz zu suchen oder sich in ihren Häusern zu verschanzen. Was Louisa ihren Gastgebern von ihren Beobachtungen auf der Fahrt zu ihnen erzählte, jagte ihnen Angst ein. Mit Louisas Hilfe begannen sie, die Fenster und Türen zu verstärken. Vor eines der Fenster nagelten sie ein Bügelbrett. Eine Nachbarin kam mit ihren beiden Kindern herüber, um Zuflucht oder Trost bei ihnen zu suchen, so daß jetzt insgesamt zehn Personen im Haus waren. Sie schlossen alle Türen im ersten Stock und versammelten sich auf der Treppe. Sie hatten einen Krug Wasser und eine Laterne dabei. Bald hörten sie, wie hinter den Türen, die sie gerade geschlossen hatten, Scheiben zersprangen und Fensterläden barsten. »Es klang«, sagte Louisa, »als hüpften

Tausende von kreischenden und pfeifenden kleinen Teufeln in den Zimmern herum.«

Sie sah schweigend zu, wie Julias und Jims Klavier von einer Wand im Erdgeschoß zur anderen rutschte.

Avenue P $^1/_2$

Eltern und ihre Entscheidungen

Sam Young

Um zwei Uhr nachmittags machte sich Dr. Young wieder auf den Weg zu seinem Haus an der nordöstlichen Ecke von Bath und P $^1/_2$ Avenue, einen Häuserblock nördlich von Isaac Clines Haus und unmittelbar neben der Grundschule Bath Avenue. Seine Familie in San Antonio in Sicherheit wähnend, bereitete er sich selber auf den Sturm vor – das heißt, er bereitete sich darauf vor, ihn zu genießen und sich an jedem destruktiven Schub zu ergötzen. Young gehörte zu jenem überwiegend im Binnenland beheimateten Menschenschlag, der glaubte, Gott sende Stürme eigens zu seiner Unterhaltung auf die Erde.

Youngs Garten lag auf einem Plateau eineinhalb Meter über dem Meeresspiegel, doch jetzt stand er mehr als einen halben Meter unter Wasser, was Young allerdings nicht weiter beunruhigte, weil er schon öfter Hochwasser erlebt hatte. Er trug einen Stuhl auf den Balkon hinaus und beobachtete den Sturm. Das Wasser stieg allmählich und begann bald die Treppen zu ihm hinaufzuklettern. Aber auch da machte er sich noch keine Sorgen. »Mein Haus, ein großes zweistöckiges Gebäude, stand auf etwa ein Meter dreißig hohen Steinsäulen«, sagte er, »deshalb hatte ich keine Angst, daß das Wasser hineinlaufen könnte.«

Young schickte den schwarzen Jungen, der als Diener für ihn arbeitete, nach Hause. Dann begann er, die Fensterläden zu schließen und die Türen zu sichern, darauf bedacht, diese Dinge vor Einbruch der Dunkelheit erledigt zu haben.

Gegen vier Uhr wurde ihm klar, daß er sich hinsichtlich des Wassers getäuscht hatte. Im Erdgeschoß stand es jetzt etwa siebzig Zentimeter hoch, und der Pegel stieg weiter – und zwar nicht mehr allmählich, sondern schnell. Sichtbar. Wie wenn man sich ein Bad einlaufen ließ.

Young hatte die Änderung der Windrichtung bemerkt. »Der Wind hatte nach Westen gedreht und blies mit ungeheurer Geschwindigkeit.« Das erklärte das schnellere Ansteigen des Wasserpegels, so viel wußte Young. Galveston lag quer auf einem Stück der texanischen Küste, das sich in einem Winkel von 45 Grad nach Nordosten neigte. Den ganzen Morgen über hatte der Wind die hereinkommende Sturmflut gebremst, so daß das Wasser sich vor der Küste regelrecht aufgetürmt hatte. Jetzt, da der Wind von Nordosten kam, begann ein Teil dieser angestauten Flut – wenn auch keineswegs die Hauptmasse – an Land zu strömen. Der Wind, der in südwestlicher Richtung die texanische Küste entlangfegte, drückte das Meer in Galvestons Eastside.

Eher fasziniert als entsetzt, rückte Young sich einen Stuhl an ein Fenster im zweiten Stock und beobachtete, wie das Wasser die Avenue P ½ entlangfloß. (Er erwähnt nicht, daß er Isaac oder Joseph Cline gesehen hätte, obwohl der letzte Teil ihres Heimweges in seinem Blickfeld lag.) Am schnellsten bewegte sich das Wasser in der Mitte der Straße, wo die hohen Kantsteine es kanalisierten, jenen engen Rohren gleich, die die städtischen Wasserwerke benutzten, um den Wasserdruck zu erhöhen. Die Straße war zu einem Trümmerfluß geworden – Young sah Kisten, Fässer, Kutschen, Zisternen, Toilettenhäuschen und kleine Hütten vorbeitreiben. Er beobachtete ein Faß, das die ganze Zeit auf ein und demselben Kurs blieb. »Die Strömung«, sagte er, »verlief fast genau von Osten nach Westen.«

Was er offenbar nicht bemerkte, war, daß mittlerweile auch Leichen darin schwammen.

Höchstwahrscheinlich hatte er sich vor ein Fenster gesetzt, das nach Westen oder Süden hinausging, denn sonst hätte er gesehen, welch enormer Schaden inzwischen in den strandnahen Vierteln hinter seinem Haus entstanden war, wo gewaltige Sturmwellen über die Hochwasseroberfläche rollten und gegen die Fenster im zweiten Stock schlugen.

Es wurde langsam dunkel. Er fand eine Kerze und zündete sie an, besann sich dann eines Besseren – vielleicht würde er sie später dringender brauchen. Er pustete sie wieder aus. Es blieb ihm nichts anderes übrig, sagte er sich, als das Ende des Sturms abzuwarten. Er verspürte noch immer keine Angst. »Ich setzte mich in einen bequemen Lehnstuhl und machte es mir so gemütlich wie möglich.« Er war allerdings froh, daß seine Familie bald wohlbehalten und trokken am Bahnhof von San Antonio eintreffen würde. »Ganz auf mich allein gestellt, ohne irgendeine Aufgabe oder Verantwortung, war ich ruhig und zufrieden, denn ich war dumm genug, mich nicht im mindesten vor dem Wind oder dem Wasser zu fürchten.«

Für andere Väter in anderen Häusern nicht weit von dem seinen hatte dieser Nachmittag ein vollkommen anderes Gesicht. Die Vorstellung, die eigenen Kinder sterben zu sehen, war für sie auf einmal sehr real geworden.

Wen sollte man retten? Sollte man versuchen, nur ein Kind zu retten oder alle – mit dem Risiko, daß schließlich keines überlebte? Sollte man eine Tochter oder einen Sohn retten? Das kleinste oder das erstgeborene Kind? Sollte man den Sonnenschein retten, der einem am frühen Morgen schon das Herz erwärmte, oder den pubertierenden Sohn, der einem jeden Tag zur Hölle machte – sollte man vielleicht gerade ihn retten, weil alles in einem danach schrie, das andere, das liebe Kind zu retten?

Und wenn man keines retten konnte, was dann?

Wie lebte man dann weiter?

Mrs. Hopkins

Während Louise Hopkins und ihre Freundin Martha im Garten spielten, sahen sie ein merkwürdiges Sortiment von Gegenständen auf der Straße vorbeischwimmen. Da waren Kisten und Bretter, Kleidungsstücke und Kinderspielsachen, ja sogar die eine oder andere verstörte Schlange. Martha ging nach Hause, weil sie befürchtete, daß das Wasser bald zu tief sein würde, um die Straße zu überqueren, und in der Tat stieg der Pegel kurze Zeit später so hoch, daß das Wasser über Louises Rasen und den geliebten Ziergarten ihrer Mutter floß. Der Anblick all des braunen Wassers, das die schönen Blumen ihrer Mutter zerstörte, bescherte Louise den ersten Kummer dieses Tages.

Als sie hineinging, sah sie zum ersten Mal, daß der Sturm ihre Mutter beunruhigte. Mrs. Hopkins war dabei, ihren großen Vorrat an Kochzutaten – ihre Zucker-, Kaffee- und Mehlsäcke (eine der damals beliebtesten Mehlmarken hieß »Flutkatastrophenmehl«) – in den ersten Stock hinaufzutragen. Zwischendurch ging Mrs. Hopkins zum Fenster und hielt Ausschau nach Louises beiden Brüdern, die am Morgen mit den Fahrrädern zur Arbeit gefahren waren. »Sie wußte jetzt, daß sie, so schnell, wie das Wasser stieg, unmöglich auf die gleiche Weise nach Hause kommen konnten«, erinnerte sich Louise.

Ihr fiel auf, daß ihr Kätzchen sich sonderbar benahm. Das kleine Ding »war unruhig und folgte mir auf Schritt und Tritt. Ich glaube, es spürte die Gefahr stärker als ich.«

Ihr Bruder John kam wohlbehalten nach Hause und machte sich schnell daran, seiner Mutter dabei zu helfen, die Vorräte in den ersten Stock zu schaffen. Louise trug die kleineren Dinge. Ihr Bruder Mason, vierzehn Jahre alt, war immer noch nicht zurück.

Als sie alle schweren Säcke nach oben befördert hatten, holte Louises Mutter die Axt heraus und tat etwas so Merkwürdiges, daß Louise beinahe für alle Zeiten die Luft weggeblieben wäre. Ihre Mutter hatte sich immer mit so viel Hingabe um das Haus gekümmert, es war alles für sie: ihr Zuhause, ihr Lebensunterhalt. Sie hielt es makellos sauber, polierte und wienerte die Böden, bis sie funkelten wie der Lichtstrahl des Bolivar Leuchtturms, und wer Matsch auf diese Böden trug, mußte wissen, daß er es sich für den Rest seines Lebens mit ihr verscherzen würde.

Und nun hob ihre Mutter, dort wo sie stand, ohne Vorwarnung, die Axt über ihre Schulter, hieb sie in den Boden und hackte darauf ein, bis die Löcher groß genug waren, um hindurchzuschauen.

»Ich war sprachlos, als ich sah, wie schnell das Wasser unter der Haustür und durch die Löcher, die meine Mutter in den Boden gehackt hatte, hereinströmte«, sagte Louise. »Wie schnell sich das Haus mit Wasser füllte und wie schwierig es für meine Mutter war, ihren Kopf aus dem Wasser herauszuhalten, wenn sie sich bückte, um die letzten Vorräte aus den unteren Schränken zu holen, damit wir sie hinaufbrachten.«

Louise blickte aus einem Fenster im ersten Stock und sah, daß das Wasser jetzt das Verandageländer des Nachbarhauses bedeckte. Bis dahin hatte sie die Ereignisse in erster Linie aufregend gefunden. Der Morgen war voller Wunder gewesen: Wasser schoß die Straße hinunter, überall waren Kröten, ihre Mutter schlug Löcher in den Boden, und selbst im Haus stand das Wasser. Doch als sie jetzt sah, wie hoch das Wasser um das Haus ihrer Nachbarn herum geworden war, wurde ihr angst und bange. »Ich dachte an all die Dinge, die wir zurücklassen mußten, und war traurig und beklommen.«

Ihre Mutter hielt nach Mason Ausschau.

Genau um 14 Uhr 30 Galvestoner Zeit fegte eine Bö den Regenmesser des Wetteramts vom Dach des Levy-Gebäudes und trug ihn gen Südwesten. Er hatte 32 Millimeter Regen aufgefangen.

Um 17 Uhr 15 zerstörte der Wind das amtliche Anemometer. Das Gerät hatte bis dahin eine Höchstgeschwindigkeit von 160 Stundenkilometern aufgezeichnet.

Der Wind wurde immer stärker.

Ein Mann näherte sich dem Haus, gegen den Strom ankämpfend. Das Wasser reichte ihm bis zu den Unterarmen. Er wich Holzstücken, Kisten und Telegrafenmasten aus. Dann und wann schlug ein Dachziegel neben ihm auf dem Wasser auf. Leichtere Gegenstände stießen an seine Beine und schwammen dann mit der Strömung weiter. Mit Masons Rückkehr erfüllte eine Leichtigkeit das Hopkinsche Haus, fast so, als hätte es selbst den Atem angehalten, bis er wieder da war. Er hatte blaue Flecken und war völlig durchnäßt, aber er lächelte, und Mrs. Hopkins drückte ihn an sich, wie sie noch nie jemanden an sich gedrückt hatte. Der Sturm tobte, Wasser drang gurgelnd durch die Löcher im Boden und schob sich flächig unter der Haustür hindurch, aber alle waren daheim, und die stumme Angst, die von ihnen Besitz ergriffen hatte, war plötzlich verschwunden. »Wir hatten ein gutes, warmes Gefühl, weil wir alle beieinander und, wie wir glaubten, in Sicherheit waren. Wir gingen hinauf, ... um das Ende des Sturms abzuwarten.«

Überall in Galveston wurde Licht gebraucht. Dringend. Die Menschen brauchten es nicht nur, um ihre Angst zu lindern, sondern auch, um anderen zu signalisieren, daß sie in ihren Häusern waren und noch lebten. In ganz Galveston brannten hinter Tausenden von Fenstern im ersten Stock Lampen. Wir sind hier, sagten sie. Kommt und holt uns. Bitte.

Louises Mutter hatte die gleiche Idee. Sie wollte allerdings keine Lampe dafür benutzen, weil das Haus zu sehr wackelte; sie befürchtete, eine Lampe würde umfallen und das ganze Haus in Brand setzen, und dann wären sie wirklich alle verloren.

Sie zog eines der großen Schmalzfässer in die Mitte des Raums. Dann tauchte sie ein Stück Stoff in den Schmalz ein, wickelte es um den Stock einer Faschingsfahne, die sie gefunden hatte, und steckte den Stock als Docht in das Schmalzfaß hinein. »Als wir ihn anzündeten, verbreitete er ein schummriges, unheimliches Licht«, sagte Louise. »Wir saßen da, beobachteten, wie es flackerte, und lauschten dem Poltern und Heulen des Sturms draußen.«

Es war auf eine seltsame Weise behaglich in dem Zimmer. Beinahe gemütlich.

Bis ihre Schwester Lois zu schreien begann.

Judson Palmer

In den Straßen hinter Dr. Youngs Haus hatten offenbar mehrere Familien beschlossen, bei Judson Palmer in der Avenue P 1/2 Nummer 2320 Unterschlupf zu suchen. Jeder konnte sehen, daß es eines der stabilsten Häuser in der Gegend war. Isaac Cline selbst hatte es einmal als Fels in der Brandung bezeichnet. Zuerst kamen Mr. und Mrs. Boecker mit ihren zwei Kindern, dann Garry Burnett mit seiner Frau und ebenfalls zwei Kindern. Kurz darauf erschien ein anderer Burnett, George, mit seiner Frau, einem Kind und seiner Mutter, und als letztes klopften ein unbekannter schwarzer Mann und seine Frau an die Tür und fragten, ob sie hereinkommen dürften, bis der Sturm sich gelegt habe. Palmer zählte, daß jetzt siebzehn Menschen in seinem Haus waren, seine eigene Frau und ihr Sohn Lee eingeschlossen. Der Hund des Jungen, Youno, tollte wild im Haus herum, offensichtlich begeistert über die Aufmerksamkeit so vieler großer und kleiner menschlicher Wesen.

Um 18 Uhr rollten Palmer und die anderen Männer die Teppiche im Erdgeschoß auf und trugen sie in den ersten

Stock. Danach schleppten sie die Möbel hinauf, eine schweißtreibende Arbeit. Da alle Türen und Fenster geschlossen und so viele schwitzende Menschen auf engem Raum versammelt waren, wurde es im Haus bald heiß, stikkig und schwül. Als die Möbel oben waren, zogen alle in den ersten Stock um, wo es vier Schlafzimmer und ein großes Badezimmer mit einer riesigen Badewanne und einer Dusche gab.

Wäre ein Zug über das Dach gefahren, das Getöse hätte nicht größer sein können. Da fast keine Schindeln mehr übrig waren, traf der Regen auf blankes Holz. Vom Wind getrieben, drang er tief in den Putz ein. Er ließ die Tapeten Blasen werfen, die explosionsartig platzten. Um 19 Uhr wurde durch einen heftigen Windstoß die gesamte Haustür mit einem ohrenbetäubendem Knall aus dem Rahmen geschleudert.

Palmer schätzte, daß das Wasser im Garten jetzt gut zwei Meter und im Wohnzimmer sechzig Zentimeter hoch stand. Er sah gerade noch einmal im Erdgeschoß nach dem Rechten, als das große Spiegelglasfenster an der Vorderseite des Hauses, inklusive Rahmen, zersprang.

Palmer zündete eine Petroleumlampe an und stellte sie ans Fensters eines der nach vorne hinausgehenden Schlafzimmer. Das Fenster zerbrach; die Jalousien wurden zerfetzt. Alle zogen sich in den hinteren Teil des Hauses zurück. Palmer nahm die Lampe mit. Auch hier gingen die Fenster zu Bruch. Ein Stück Putz fiel von der Decke und zerstörte die Lampe. Palmer zog die großen Schiebetüren zu. Er schlug vor, zu beten und Kirchenlieder zu singen. Sein Sohn sagte: »Ich kann nicht beten«, aber dann besann er sich eines Besseren. »Lieber Jesus«, sagte er, »lass' das Wasser sinken und gib, daß morgen ein schöner Tag zum Spielen ist, und rette meinen kleinen Hund Youno, und rette Claire Ousley.«

Regen strömte ins Zimmer. Wieder fiel Putz von der Decke.

Garry Burnett schlug vor, daß sie sich alle im Badezimmer verschanzen sollten, weil es der sicherste Ort im ganzen Haus sei. George Burnett meinte, kein Raum sei sicher genug, wenn das Haus ins Meer stürze. Er kletterte aus dem Badezimmerfenster hinaus auf ein umgedrehtes Dach, das angeschwemmt worden war, und hieß seine Mutter, seine Frau und sein Kind, ihm zu folgen. Sie trieben hinaus in den Sturm. Die Palmers gingen mit Garry Burnett ins Badezimmer, Familie Boecker blieb in einem der Schlafzimmer; was das schwarze Paar tat, ist nicht überliefert.

Das Wasser stieg hinauf bis in den ersten Stock. Böen mit Geschwindigkeiten von vermutlich bis zu 240 Stundenkilometern – wenn nicht mehr – fegten mitten durchs Haus. Palmer hielt seinen Sohn fest und stemmte sich mit dem Rücken gegen die Badezimmertür. Seine Frau Mae klammerte sich mit all ihrer Kraft an seinem Hals fest.

Pfosten barsten, Glas zerbrach. Holzteile flogen durch die Luft und prallten von den Wänden des Flurs vor dem Badezimmer ab. Die Vorderseite des Hauses wurde fortgerissen. Die Boeckers standen eng umschlungen im Schlafzimmer, während der Wind das Haus auseinandernahm. Bald war das Schlafzimmer verschwunden.

Das Wasser stieg. Die Palmers kletterten auf den Rand der Badewanne. Judson ergriff mit der linken Hand die Duschstange und drückte mit seinem rechten Arm Lee an sich. Youno war nicht mehr da. Mrs. Palmer hielt sich mit der rechten Hand an der Duschstange und mit der linken an ihrem Mann und ihrem Sohn fest.

Das Haus bebte und löste sich von seinem erhöhten Fundament. Es sank in tieferem Wasser, das Palmer jetzt bis zum Hals reichte, auf Grund. Palmer bemühte sich nach Kräften, Lees Kopf aus dem Wasser zu halten.

Und Lee fragte: »Papa, sind wir gerettet?«

Judson konnte seinen Sohn noch nicht einmal sehen, so dunkel war es. Er spürte, wie seine kleinen Hände sich an ihm festhielten; sie waren kalt. Vielleicht hatte Judson noch Zeit, seinen Sohn mit irgendeiner Lüge zu beruhigen; wahrscheinlicher ist, daß die große Welle von Traurigkeit, die bei der Frage seines Sohnes in ihm aufstieg, es ihm unmöglich machte, etwas zu sagen. Er drückte ihn an sich, aber er konnte ihn nicht fest genug halten.

Das Dach bäumte sich auf und stürzte auf die Familie herab. Sie gingen gemeinsam unter. Palmer kam allein wieder hoch. Er hatte große Mengen Wasser geschluckt, hustete und übergab sich. Von Lee und Mae keine Spur. Nirgends war Licht, alles war in Bewegung. Er konnte nicht denken, verlor halb das Bewußtsein, kam wieder zu sich.

Er war draußen, außerhalb des Hauses, mitten im Wasser. Er spürte so etwas wie Grund unter den Füßen, fand aber keinen Halt. Eine Welle warf ihn auf einen Haufen im Wasser treibender Trümmerteile. Fensterläden – lauter aneinandergebundene Fensterläden. Irgend jemandes Floß, doch jetzt war es leer.

Er rief nach seinem Sohn und seiner Frau.

25. Straße und Avenue Q

Isaac Cline

Sie stritten. Joseph wollte, daß sie sich alle sofort auf den Weg ins Stadtzentrum machten. Isaac hingegen hatte Vertrauen in sein Haus und hielt überdies die Lage draußen inzwischen für zu gefährlich, insbesondere für seine Frau, die schwanger war und krank im Bett lag. »Zu diesem Zeitpunkt … flogen bereits Hausdächer und Holzbalken durch die Straßen, als wären sie aus Papier«, sagte Isaac, »und es erschien selbstmörderisch, auch nur den Versuch zu unternehmen, irgendwo hinzugehen.« Im Erdgeschoß stand das Wasser jetzt etwa zwanzig Zentimeter hoch.

Um 18 Uhr 30 ging Isaac, Meteorologe durch und durch, zur Haustür, um einen Blick hinauszuwerfen. Als er die Tür öffnete, bot sich ihm ein phantastisches Bild. Wo einst von Häusern gesäumte Straßen gewesen waren, sah er jetzt offenes Meer, hier und da von Telegrafenmasten, oberen Stockwerken und Dachfirsten durchbrochen. Aber er sah keine Wellen. Das Meer war seltsam flach, die Oberfläche vom Wind geglättet. Das Haus der Nevilles auf der anderen Straßenseite sah so merkwürdig aus. Es war besonders schön gewesen: drei Stockwerke, die mit einem raffinierten Fischschuppen-Muster aus Schindeln und sich überlappenden Brettern verkleidet und mit vier verschiedenen Farben gestrichen waren. Jetzt ragten nur die oberen zwei Drittel des Hauses aus dem Wasser. Keine einzige Schindel war mehr auf dem Dach.

Es war ein schlechtes Zeichen, daß er keine Wellen sah, aber das wußte er nicht. Hinter seinem Haus, näher am

Strand, hatte das Meer einen drei Stockwerke hohen und mehrere Kilometer langen Trümmerwall aufgeschichtet. Er bestand aus Häusern, Häuserteilen und Dachfirsten, die wie die Rümpfe entmasteter Schiffe auf dem Wasser trieben; außerdem fanden sich darin Landauer, Einspänner, Klaviere, Toilettenhäuschen, rote Samtvorhänge, Prismen, Photographien, Korbstuhlteile und natürlich Leichen – Hunderte. Vielleicht Tausende. Der Wall war so hoch, so massiv, daß er wie eine Art Kaimauer den direkten Anprall der vom Golf hereinrollenden, riesigen Wellen abfing. Diese schoben den Trümmerwall gen Norden und Westen. Er bewegte sich langsam, aber unaufhaltsam vorwärts, und wo er entlangkam, verschlang er alle Gebäude und alles Leben. Wenn der Wind nicht gewesen wäre, hätte Isaac den Wall als eine entsetzliche Mischung aus Schreien und berstendem Holz kommen hören. Er schob immense Teile der Straßenbahnbrücke vor sich her, die sich einst über den Golf hinwegwölbte.

Und noch etwas anderes erregte Isaacs Aufmerksamkeit so wie die nahezu aller anderen Seelen in Galveston.

»Ich stand an meiner Haustür, die halb offen war, und beobachtete das Wasser, das mit großer Geschwindigkeit von Ost nach West strömte«, sagte er. Auf einmal stieg das Wasser innerhalb von vier Sekunden auf über einen Meter an. Dies war keine Welle, sondern das Meer selbst. »Plötzlich reichte mir das Wasser bis zur Hüfte, bevor ich auch nur einen Schritt tun konnte.«

Für die Menschen im Haus war dies ein Moment tiefen Erschreckens. (Joseph behauptet allerdings, er sei vollkommen ruhig geblieben. Er sagt, der jähe Anstieg des Wasserpegels habe sich ereignet, kurz nachdem er seinen Bruder nach draußen gerufen habe, um ihn unter vier Augen davon zu überzeugen, daß es das beste wäre, zum Stadtzentrum aufzubrechen.) Kaum eines der Kinder im Haus maß über einen Meter. Überall in der Stadt eilten Eltern zu ihren Kindern, hoben sie aus dem Wasser und setzten sie auf Tische,

Kommoden und Klaviere. Wer in einstöckigen Häusern wohnte, wußte nicht wohin. In Isaacs Haus liefen alle in den ersten Stock hinauf. Die Brüder lotsten die Flüchtlinge in ein Schlafzimmer auf der windwärts gelegenen Seite, denn wenn das Haus umstürzte, argumentierten sie, wären sie alle zuoberst und würden nicht unter den Trümmern begraben.

Isaac schätzte den Wasserstand anhand des Pegels in seinem Haus ab. Er wußte, daß sein Grundstück eineinhalb Meter über dem Meeresspiegel lag. Das Wasser war normalerweise drei Meter tief. Das bedeutete, daß die Flut in diesem Teil der Stadt jetzt viereinhalb Meter hoch war – und sie stieg weiter. »Diese Beobachtungen«, notierte er später eigens für die Skeptiker, »wurden mit aller Sorgfalt vorgenommen und entsprechen auf einige Zehntel Zentimeter genau den Tatsachen.« Es sei, wie er selbst zugab, unglaublich. »Niemand hätte für möglich gehalten, daß das Wasser je eine Höhe erreichen würde, wie wir sie in diesem Fall beobachteten.«

Einen Häuserblock weiter nördlich beobachtete Dr. Young denselben unwahrscheinlichen Anstieg. Seit fünf Uhr nachmittags hatte er bemerkt, daß der Wind zu drehen begann, und zwar in östlicher Richtung, und daß er schneller geworden war, genau wie die Strömung. »Der Schutt flog regelrecht an einem vorüber, so schnell war die Flut geworden«, sagte er. Um 17 Uhr 40 stellte er eine plötzliche Beschleunigung des Windes fest. Er erinnerte sich später genau an die Zeit, weil seine Wanduhr stehengeblieben war und er sie gerade mit Hilfe seiner Armbanduhr neu gestellt hatte. (In ganz Galveston blieben die Wanduhren stehen, als der Wind in die Häuser hineinfegte und an den Pendeln rüttelte.) Er blickte aus einem Westfenster auf einen Zaun, den er benutzte, um die ungefähre Wassertiefe zu bestimmen. »Und während ich dort hinschaute, sah ich, daß die Flut mit einem Schlag um einen Meter zwanzig anstieg.«

Augenblicke später sah er Häuser an der Südseite der Avenue P 1/2 zwischen der 25. und der 26. Straße – einen halben Häuserblock nördlich von Isaacs Haus – ins Wasser stürzen, darunter auch der hübsche Bungalow eines Mannes namens Alexander Coddou, Vater von fünf Kindern, dessen Frau gerade nicht auf der Insel war. Zuerst sah es beinahe anmutig aus, wie die Häuser versanken. Ein Augenzeuge, der den gleichen Vorgang in seiner Nachbarschaft beobachtete, erzählte, die Häuser seien ganz langsam in den Golf gefallen, »so sanft, wie eine Mutter ihren Säugling in seine Wiege bettet«. Erst als die Strömung sie erfaßte und mit sich fortriß, kam Gewalt ins Spiel – Schlafzimmer explodierten in einem Durcheinander von umherfliegendem Glas und Holz, Dachfirste schossen durch die Luft wie überdimensionale Drachen.

Young sah, daß Dr. Clines Haus noch stand, obwohl auf dem Wasser treibende Trümmerteile bereits die Veranda und die Balkone im ersten Stock zerstört hatten.

Bald war das Wasser im Erdgeschoß von Isaacs Haus über zweieinhalb Meter hoch. Der Trümmerwall kam immer näher, zerstörte Gebäude im Süden und Osten von Isaacs Haus und warf sie gegen dessen Mauern. Isaacs Haus schwankte und bebte, aber es blieb fest auf seinen Säulen stehen. Zu diesem Zeitpunkt glaubte Isaac noch immer, daß es stark genug sei, um den Angriff zu überstehen. Er wußte allerdings nicht, daß der Trümmerwall inzwischen ein vierhundert Meter langes Segment der Straßenbahnüberführung vor sich hertrieb, das aus Tonnen von Schwellen und Holzbalken bestand, die durch Schienen miteinander verbunden waren.

Auch Joseph wußte davon nichts; er glaubte, das Haus würde einstürzen, weil der Sturm einfach zu gewaltig war.

»Seltsamerweise«, schrieb Joseph, »war ich trotz des ungeheuren Aufruhrs nicht übermäßig erregt, ja sogar fast ruhig. Ich war überzeugt, daß ich irgendwie lebend aus dieser Situation herauskommen würde. Ich dachte die ganze Zeit an einen Onkel von uns, der als einziger den Untergang eines Schiffes überlebt hatte, indem er sich auf eine Planke hievte und sich auf dieser wackligen Unterlage acht Kilometer weit an Land treiben ließ.«

Joseph mag selber ruhig gewesen sein, aber er trug nicht gerade dazu bei, auch die anderen zu beruhigen. »So nachdrücklich ich konnte, warnte ich meine Verwandten und Freunde erneut, daß das Haus kurz davor sei einzustürzen.«

Man muß sich die Atmosphäre im Haus einmal vorstellen: fünfzig verängstigte Männer, Frauen und Kinder in einem Zimmer zusammengedrängt, Isaacs Frau im Bett, seine drei völlig verstörten Töchter Trost bei ihr suchend. Es ist unerträglich heiß und feucht. Kondenswasser läuft an den Wänden herunter. Ab und zu spritzt Regen durch die Decke; eine Blase in der Tapete zerplatzt. Neben dem Bett steht Dr. Isaac Monroe Cline, achtunddreißig Jahre alt, bärtig, sicher, daß das Haus allem, was die Natur aufzubieten vermag, gewachsen ist, vor allem aber, daß sich hinauszuwagen etwa so wäre, als werfe man sich vor eine Lokomotive in voller Fahrt. In seiner Nähe, vielleicht auf der anderen Seite des Bettes, steht Joseph, der ernste jüngere Bruder und ewige Lehrling, dem Isaacs Pose stets ein Dorn im Auge war – daß er, nicht Joseph, derjenige sei, der das Wetter kenne, daß er wisse, wann es Regen gebe, daß er wisse, wann ernsthaft Gefahr drohe. Die Unterhaltung beginnt leise, aber schon bald werden beide lauter, zum Teil aus Erregung, zum Teil, um Wind, Regen und das Sperrfeuer der Trümmerteile zu übertönen. »Bist du taub, Isaac?« schreit Joseph vielleicht. »Wofür hältst du dies – für eine Abendbrise? Dieses Haus wird nicht stehenbleiben. Da draußen haben wir wenigstens eine Chance.«

Isaac setzte sich durch. Resigniert begann Joseph, Ratschläge zu erteilen, wie man den Einsturz am besten überlebte. »Ich sagte ihnen, sie sollten versuchen, möglichst ganz oben auf die Strömung zu gelangen und sich mit ihr treiben zu lassen, wenn der gefährliche Moment kam. Je näher die Gefahr rückte, desto größer wurde die allgemeine Aufregung. Die meisten begannen zu singen; manche weinten oder brachen in lautes Klagen aus; wieder andere knieten, in Todesangst, zum Gebet nieder. Viele rannten ziellos umher, um irgendeinen Platz zu finden, der ihnen in ihrer Angst günstig erschien.«

Das Bombardement dauerte an. Inzwischen waren alle vier Balkone bzw. Veranden von Isaacs Haus abgebrochen, alle Schindeln vom Dach gerissen.

Die Eisenbahnbrücke war einen Meter entfernt.

In Dallas, fünfhundert Kilometer weiter nördlich, stellte ein Mitarbeiter der *Dallas News*, Schwester der *Galveston News*, fest, daß der stetige Strom von Telegrammen aus Galveston versiegt war. Die beiden Zeitungen unterhielten eine telegrafische Verbindung, die direkt zwischen ihren beiden Redaktionen verlief. Der Telegrafist in Dallas kabelte eine Nachfrage nach Galveston, bekam aber keine Antwort. Er versuchte es noch einmal. Wieder nichts. Als nächstes probierte er, Galveston über Relaisstationen via Beaumont zu erreichen, und schließlich sandte er eine Nachricht nach Vera Cruz in Mexiko, um über die Mexikanische Telegrafengesellschaft (deren Galvestoner Vertreter nur noch wenige Stunden zu leben hatte) mit Galveston verbunden zu werden.

Er scheiterte erneut.

Währenddessen war Lokalredakteur William O'Leary bei G. B. Dealey, dem Herausgeber der *Dallas News*, und zeigte ihm eine Passage aus Matthew Fontaine Maurys Bestseller *Physical Geography of the Sea*, die zu beweisen schien, »daß eine Zerstörung Galvestons durch einen tropischen Sturm nicht denkbar sei«.

Die Leitungen blieben tot.

Das Levy-Gebäude

Lebenszeichen

Am Samstagabend befand sich John Blagden, der neue Mann, der dem Galvestoner Amt vorübergehend zugewiesen worden war, als einziger im Dienst. Er war gerade mal seit zwei Wochen in der Stadt und schon ganz auf sich allein gestellt, noch dazu im Angesicht eines Sturms, dessen Heftigkeit ans Übernatürliche grenzte.

Das Levy-Gebäude war vier Stockwerke hoch und aus Stein, aber bei manchen Windstößen, so Blagden, »schwankte es fürchterlich«. Bornkessell, der Drucker der Station, war gleich am Morgen nach Hause gegangen. Isaac war der nächste gewesen, gefolgt von Joseph. Und Ernest Kuhnel, ein weiterer Mitarbeiter, der eigentlich im Büro hätte sein sollen, war in Panik aus dem Gebäude geflüchtet.

Die Sturmflagge war fort, ebenso wie das Anemometer, der Regen- und der Sonnenscheinmesser. Das Telefon klingelte nicht mehr. Blagden hatte nichts zu tun, als das Barometer zu beobachten und bei Verstand zu bleiben. Er schätzte die Windgeschwindigkeit auf 180 Stundenkilometer.

Der Hurrikan hatte kurz hinter Kuba Kurs auf Galveston genommen und war seitdem auf diesem Kurs geblieben, fast so, als hätte er Galveston als Zielscheibe im Visier. Aber er hatte etwas anderes im Visier. Das große Tiefdruckgebiet, das einige Tage zuvor über der pazifischen Küste entstanden war, hatte sich mittlerweile so weit ausgedehnt, daß es sich nun über ein riesiges Stück Land von Texas bis Kanada erstreckte. Der Hurrikan betrachtete dieses Tiefdruckgebiet als ein gigantisches offenes Tor, durch das er endlich seine Reise gen Norden antreten konnte.

Die Route des Sturms kreuzte Galvestons Küste in einem 90°-Winkel, wobei das Auge ungefähr siebzig Kilometer westlich der Stadt irgendwo zwischen Galveston und dem Brazos River entlangraste. Meteorologen fanden dies später heraus, als Offiziere an Bord eines Militärschleppers, der an der Mündung des Brazos stationiert war, ein Windverhalten schilderten, aus dem hervorging, daß das Auge irgendwo östlich von ihnen vorbeigekommen sein mußte, während das Verhalten des Windes in Galveston darauf hindeutete, daß das Auge westlich der Stadt vorbeigerast war. Das war der denkbar ungünstigste Winkel, weil damit die stärkste rechte Flanke des Hurrikans direkt durch die Stadt kam.

Blagden wußte nichts von der Route des Sturms. Er wußte nur, daß der Wind sich bei seiner ersten Richtungsänderung, von Nord nach Nordost, plötzlich beschleunigt hatte. Und jetzt spürte er, daß der Wind wieder zu drehen begann, diesmal nach Osten, und dabei, er mochte es kaum glauben, abermals an Geschwindigkeit zunahm. Böen trafen das Gebäude wie Kanonenkugeln.

Der Luftdruck war schon den ganzen Tag über gesunken, aber um fünf Uhr nachmittags Galvestoner Zeit begann er regelrecht abzustürzen, so als hätte jemand ein Loch in das Quecksilberreservoir gebohrt. Um fünf Uhr verzeichnete das Barometer 983 Hektopascal.

Neunzehn Minuten später waren es 980 Hektopascal.

Um 18 Uhr 40 972 Hektopascal.

Acht Minuten später 971.

Eine Stunde später stand das Barometer auf 966 Hektopascal und fiel weiter bis auf 964.

Blagden hatte noch nie einen so niedrigen Luftdruck erlebt – es war der niedrigste Wert, der bis dahin jemals von irgendeiner Station des nationalen Wetteramts gemessen worden war.

Der Sturm drückte das Barometer sogar noch weiter hinunter; wie weit genau, wird allerdings für immer im dunkeln bleiben. Die amtlichen Instrumente im Levy-Gebäude zeichneten Luftdruckwerte auf, die ein gutes Stück vom Mittelpunkt des Auges entfernt waren, wo der Druck am niedrigsten gewesen sein dürfte.

Die Barometer an anderen Stellen der Stadt registrierten höchst verschiedene Werte. Im Hafen notierte der erste Matrose des englischen Dampfers *Comino*, der an Kai 17 vertäut war, im Logbuch einen Druck von 958 Hektopascal und schrieb: »Sagenhafter Wind, Dampfer wird mit Holzstücken, Scherben und allen möglichen fliegenden Trümmern aus den umliegenden Gebäuden bombardiert.« Einmal hob der Wind ein ein Meter mal fünfzehn Zentimeter großes Brett vom Boden auf und schleuderte es mit solcher Wucht gegen die *Comino*, daß es deren Rumpf durchbohrte – der Rumpf bestand aus zentimeterdicken Eisenplatten. Im Bahnhof rief der Wissenschaftler mit dem Barometer – offenbar ohne zu merken, wie schnell seine Popularität schwand – einen Luftdruck von 931 Hektopascal aus und verkündete, daß bei so unwahrscheinlich niedrigen Werten »nichts stehenbleiben könne«.

Jahre später veranschlagten Wissenschaftler der *NOAA* den geringsten Luftdruckwert des Sturms mit 930 Hektopascal noch ein bißchen niedriger.

1900 aber schienen selbst Blagdens 964 Hektopascal die Vorstellungskraft zu übersteigen. »Wenn man davon ausging, daß der am Abend des Achten in Galveston gemessene Luftdruck ungefähr korrekt war«, schrieb einer von Moores Professoren, vorsichtig nach Fehlern tastend, »war der Hurrikan zu diesem Zeitpunkt von nahezu beispielloser Heftigkeit.«

Die höchste Windgeschwindigkeit, die das Anemometer aufzeichnete, bevor es fortgeweht wurde, betrug 160 Stundenkilometer. Das Wetteramt schätzte später, daß der Wind zwischen 17 Uhr 15 und 19 Uhr Galvestoner Zeit eine konstante Geschwindigkeit von »mindestens« 190 Stundenkilometern erreichte.

Höchstwahrscheinlich war die Geschwindigkeit in Wirklichkeit noch viel größer, insbesondere im Auge selbst. Möglicherweise durchpflügten Böen von bis zu 320 Stundenkilometern die Stadt. Jede einzelne davon hätte einen Druck von 7277 Pascal erzeugt, das sind mehr als 27 000 Kilogramm Druck auf eine Hauswand. Fast dreißig Tonnen.

Während John Blagden in seinem Büro saß, trennten heftige Windstöße die vierte Etage eines Nachbargebäudes, der Moody Bank an der Ecke »Strand« und 22. Straße, ab – so säuberlich, wie man mit der Wurstschneidemaschine eine Scheibe Salami absäbelt. Der Kapitän der *Roma*, Storm, hatte sein Schiff regelrecht am Kai verschraubt, aber der Wind riß das Schiff los und schickte es auf eine wilde Reise durch den Galvestoner Hafen, auf der es alle drei Eisenbahndämme, die über die Bucht hinwegführten, zerstörte. Der Wind schleuderte erwachsene Männer über die Straßen und warf Pferde um, als wären es Schießbudenfiguren. Dachschindeln wurden zu durch die Luft sausenden Krummsäbeln, die Männer und Pferde niederstreckten. Es kam sogar zu Enthauptungen. Lange Holzsplitter durchbohrten Gliedmaßen und Augen. Ein Mann band sich seine Schuhe als eine Art Helm an den Kopf. Der Wind ließ Ziegelsteine parallel zum Boden durch die Luft sausen. Ein Überlebender, von dem nur der Name Charlie bekannt ist, sah Steine vom Tremont Hotel »wie kleine Federn« herumfliegen. Doch all dies war nichts im Vergleich dazu, was der Wind im Golf von Mexiko angerichtet hatte. Seit Kuba hinter ihm lag, hatte der Sturm unablässig Wasser vor sich hergeschoben, so daß eine Wasserkuppel entstanden war, die Meteorologen des zwanzigsten Jahrhunderts als Flutwelle bezeichnen würden.

Die Wissenschaftler glaubten früher, daß verminderter

Druck allein Sturmfluten erklären könnte. Mitte des neunzehnten Jahrhunderts stellten sie jedoch fest, daß eine Abnahme des Drucks um 34 Hektopascal das Meer nur um 30 Zentimeter steigen ließ; selbst bei einem so niedrigen Luftdruck wie 930 Hektopascal wäre das Meer also nur um 140 Zentimeter gestiegen. Der Galvestoner Sturm aber schob eine Flutwelle vor sich her, die über vier Meter hoch war.

Die wichtigste Kraft, die wirksam sein muß, um eine Flutwelle zu erzeugen, ist der Wind. Ein starker Wind wird auf jeder beliebigen Wasserfläche eine Welle entstehen lassen. Wenn man mit einem Fön über ein Wasserbecken bläst, schwillt das Wasser auf der dem Wind abgekehrten Seite an. Starke Winde, die über manche der größten nördlichen Seen Minnesotas wehen, stapeln das Eis bis zur Höhe einer Plakatwand auf. Eine der tödlichsten Flutwellen der amerikanischen Geschichte ereignete sich 1928 auf einem See, dem Lake Okeechobee, in Florida, nachdem heftige Orkanwinde darüber hinweggefegt waren. Damals kamen 1835 Menschen ums Leben.

Ein weiterer wesentlicher Faktor ist die Geographie. 1876 erläuterte Henry Blanford, ein Meteorologe in Indien, daß die geographische Beschaffenheit der Bucht von Bengalen erheblich zu den gewaltigen Sturmfluten beitrüge, die bei Taifunen die Küsten überschwemmten. Blanford stellte sich diese Fluten wie riesenhafte Wellen vor, die jeder Zyklon hervorbringe, »aber nur, wenn eine derartige Welle eine tiefliegende Küste erreicht, mit einem flachen, sanft abfallenden Vorland, so wie die Küsten Bengalens und Orissas, wird sie gebremst und türmt sich so hoch auf, daß sie die Untiefen der Meerenge, über die sie unaufhaltsam hinwegstürmt, vollständig zu überfluten imstande ist«.

Trotz solcher Berichte waren Isaac und seine Kollegen im Wetteramt überzeugt, daß die tödlichste Waffe eines Hurrikans der Wind sei. Sie sahen die Parallelen nicht. Isaac glaubte wie der berühmte Kommodore Maury, das sanft abfallende Küstenvorland Galvestons würde die Wucht der hereinkommenden See abfedern, bevor sie die Stadt treffen könne, und hatte 1891 in seinem *News*-Artikel geschrieben, daß die Festlandgebiete nördlich der Galvestonbucht als Auffangbecken für alles Flutwasser dienen würden, das ein Sturm trotz alledem noch an Land zu treiben vermöge.

Der Hurrikan von 1900 führte zu einer eiligen Neubewertung der Lage. Im Oktober stellte eine der Koryphäen des Wetteramts, Professor E. B. Garriott, im amtlichen *Monthly Weather Review* nachträglich fest, daß Galveston aufgrund seiner Geographie und Topographie in der Tat »bei schwerwiegenden Stürmen besonders anfällig für Überschwemmungen« sei.

Auch die Route eines Sturms kann die Zerstörungskraft einer Flutwelle steigern. Wenn ein Hurrikan in einem schrägen Winkel an Land kommt, dehnt sich seine Flutwelle auf ein breiteres Stück der Küste aus, so daß sie insgesamt niedriger bleibt und ihre Energie sich verteilt. Der Galvestoner Hurrikan traf in einem nahezu vollkommenen 90°-Winkel frontal auf die texanische Küste, nachdem er über eine lange Strecke von etwa 1400 Kilometern ungehindert vorangekommen war. Die Richtung, die er nahm, lenkte die auflandige Strömung direkt in die Stadt hinein.

Aber er hatte noch einen anderen tödlichen Effekt: Er brachte, vierundzwanzig Stunden bevor er das Land erreicht hatte, Nordwinde in die Galvestonbucht. Unmittelbar nördlich von Galveston Island bietet die Bucht eine weite offene Fläche von etwa sechzig Quadratkilometern dar (ungefähr genauso groß wie die Fläche des Lake Okeechobee). Und genau wie bei dem fürchterlichen Blizzard vom Februar 1899 blies der Wind das Wasser aus der Galvestonbucht – nur diesmal in die Stadt hinein.

Im Endeffekt machte die Route des Sturms Galveston zum Opfer zweier Flutwellen: einer ersten, die aus der Bucht, und einer zweiten, die aus dem Golf kam, wobei sie dafür sorgte, daß letztere verheerende Formen annahm. Den ganzen Morgen über hielten die Nordwinde die Golfflutwelle draußen auf dem Meer, wo sich das Wasser ansammelte und den Golf in eine zusammengepreßte Sprungfeder verwandelte, die sich in dem Augenblick lösen würde, in dem der Wind drehte.

Die erste Änderung der Windrichtung, von Nord nach Ost, setzte am Samstagnachmittag gegen zwei Uhr Galvestoner Zeit ein. Dadurch gelangte ein Teil der Golfflutwelle an Land. Das Wasser strömte über die Bolivar Halbinsel und begann im Schacht des Leuchtturms zu steigen. Es überschwemmte auch Fort San Jacinto und Galvestons Eastside, wo es sich mit dem Flutwasser vermischte, das bereits von der Bucht aus in die Stadt geflossen war. Der Grund, aus dem so viele Männer und Frauen in Galveston wie wild Löcher in ihre Wohnzimmerböden zu hacken begannen, war, daß sie das Wasser einlassen wollten und hofften, dadurch ihre Häuser an Ort und Stelle zu verankern.

Um 19 Uhr 30 drehte der Wind erneut, diesmal von Ost nach Süd. Und er beschleunigte sich noch einmal. Er raste durch die Stadt wie ein Postbote, der Dynamit auszutragen hat. Stetige Winde müssen eine Geschwindigkeit von etwa 240 Stundenkilometern erreicht haben, Böen vermutlich 300 Stundenkilometer und mehr.

Das Meer kam hinterher.

Galveston verwandelte sich in Atlantis.

Avenue P 1/2

Der Wind und Dr. Young

Gegen sieben Uhr abends hörte Dr. Young ein lautes Poltern, das aus dem Schlafzimmer im Erdgeschoß an der Ostseite des Hauses zu kommen schien. Er zündete eine Kerze an, die er noch in Reserve hatte, und ging zur Treppe. Windstöße drangen wie Pistolenschüsse tief ins Haus ein und brachten die Flamme zum Flackern, ohne die Zimmer abzukühlen. Im Levy-Gebäude las John Blagden um diese Zeit eine Temperatur von 29 Grad ab. Die Erschütterung, die mit jedem Poltern einherging, ließ den Boden vibrieren. Es war, als stünde jemand unten im Schlafzimmer und schlüge mit einem Hammer auf die Decke ein.

Die Treppe sah wie ein großes schwarzes, aus dem Boden gestampftes Rechteck aus, und je näher Young heranging, um so weiter wanderte das Kerzenlicht hinunter. Es hätte ihm Stufen und die hölzernen Stäbe des Geländers zeigen sollen, aber er sah weder das eine noch das andere, sondern nur ein orangenes Leuchten, das von der gegenüberliegenden Wand reflektiert wurde wie Sonnenlicht von einem Teich.

Wasser. Das Meer war in seinem Haus fast bis zur obersten Treppenstufe gestiegen. Das Poltern im Schlafzimmer mußte von den Möbeln herrühren. Ein Schreibtisch vielleicht, der an die Decke stieß, während das Wasser sich hob und senkte.

Young stellte die Kerze auf dem Boden ab und ging zur Balkontür. Er öffnete sie. »Augenblicklich wurde ich in den Flur zurückgeweht.«

Der Wind blies die Kerze aus, dann schleuderte er sie mitsamt ihrem Halter in den hintersten Winkel des Hauses. In der Dunkelheit des Flurs sah der Türrahmen aus wie ein Rechteck aus grauer Luft. Die Wucht des Windes erschreckte Young, aber sie entfachte auch seine Neugier. Ein anderer Mann hätte vermutlich in einem der Schlafzimmer des ersten Stocks Schutz gesucht, aber Young, von der schieren Kraft des Sturms angezogen, kämpfte sich zur Tür zurück.

Er hielt sich dicht an der Wand, zog sich von Türklinke zu Türklinke vorwärts. Bei der Tür angekommen, umklammerte er mit beiden Händen den Rahmen und schwang sich hinaus. »Die Szene da draußen«, sagte er, »war das Grandioseste, was ich je gesehen hatte.«

Es war wie auf einem Schiff mitten im Sturm. Wellen überall. Ein Augenzeuge sagte, sie hätten ausgesehen wie die »Körper riesiger Elefanten«. Jede einzelne von ihnen barg eine nahezu grenzenlose Zerstörungskraft. Ein einziger Kubikmeter Wasser ist 1000 Kilogramm schwer. Eine fünfzehn Meter lange und drei Meter hohe Welle hat ein statisches Gewicht von über 3,6 Tonnen. Wenn sie sich mit einer Geschwindigkeit von 50 Stundenkilometern vorwärtsbewegt, bekommt sie eine Stoßkraft von über 1900 Tonnen, genug, um, wie es nun geschah, die brandneuen Artillerie-Geschützstellungen in Fort Crockett zu zerstören, die darauf ausgelegt waren, spanischer Bombardierung standzuhalten. Der Schutt machte die Wellen besonders gefährlich. Jede Woge führte gewaltige Trümmerteile mit sich, die mit den Häusern machten, was der verstärkte Bug von Kapitän Nemos *Nautilus* mit großen Kriegsschiffen anstellte. Ein Mann erzählte, er habe einem großen Flügel ausweichen müssen, der auf dem Kamm einer Welle schwamm »mit in der Dunkelheit leuchtenden Tasten«.

Das einzige andere Gebäude, das noch stand, gehörte einer Familie namens Youens, Mutter, Vater, Sohn und Tochter, die wie er ihr Haus nicht verlassen hatten. Zwei Minuten später sah Young ihr Haus eine langsame Pirouette vollführen. »Es drehte sich halb herum und schien dann in der Luft hängenzubleiben.«

Ungefähr zur selben Zeit drehte der Wind von Ost nach Südost und wurde erneut stärker. Young spürte, wie er gegen die Wand seines Balkons gepreßt wurde. »Mr. Youens' Haus hob sich wie ein großes Dampfschiff, wurde zurückgeschleudert und verschwand«, sagte Young. Er dachte an die Familie, die sich darin befand. »Meine Gefühle waren unbeschreiblich, als ich sie untergehen sah.«

Jetzt war er allein, sein Haus ein Atoll inmitten eines Taifuns. Das Wasser stieg weiter. »Mit einem Schlag erreichte es die erste Etage und strömte durch die Tür herein, die genau elf Meter über der Straße lag. Der Wind wurde noch stärker. Er kam nicht in Böen, sondern war – ein besserer Vergleich fällt mir nicht ein – wie das stetige Herabprasseln der Niagarafälle.«

Der Wind riß einen der Pfosten um, der das Balkondach stützte. Der Pfosten traf Young, verletzte ihn am Kopf und machte ihn benommen, aber er fiel nicht hin; der Wind hielt ihn aufrecht. Die Tür schien im Begriff, aus dem Rahmen zu brechen. Wenn das Haus einstürzte, beschloß er, würde er sie mit beiden Händen ergreifen, sie losreißen und als Floß benutzen.

Einige Stäbe des Balkongeländers flogen durch die Luft »wie Strohhalme«, andere landeten, sich mehrmals überschlagend, im Wasser. Das Balkondach hob sich und flog über das Dach des Hauses. Ein Kreischen von Holz und Eisen, und der Balkon löste sich mit einem Ruck und schwamm gen Westen davon.

Young blieb an die Wand gepreßt stehen, einen Fuß im Türrahmen. Er konnte sich nicht bewegen. »Es war ein leichtes, dort zu bleiben, denn der Wind hielt mich so fest, als wäre ich ans Haus geschraubt.«

Der Wind wurde noch stärker. Young schätzte, daß er jetzt 200 Stundenkilometer erreicht hatte. »Ein derartiger Wind ist etwas Furchtbares«, sagte er. »Ich konnte weder hören noch sehen.«

Er wandte sein Gesicht vom Regen ab, so daß er ins Haus hineinschauen konnte. Der Regen trommelte mit solcher Kraft gegen die Innenwände, daß er in lauter winzige Lichtpunkte zersprang. »Die Regentropfen begannen zu leuchten«, sagte er. Es sah aus »wie ein Miniaturfeuerwerk«.

Der Wind wurde so stark, daß er das Meer ebnete. »Die Wasseroberfläche war beinahe glatt. Der Wind hämmerte auf sie ein, so daß nirgends auch nur der Anschein einer Welle zu sehen war.«

Er konnte die Augen nicht mehr öffnen. Ein Löwe brüllte in seinen Ohren. Daß sein Haus noch immer stand, schien unvorstellbar. »Ich begann zu glauben, daß es nie untergehen würde.«

Er hielt sich an der Türverkleidung fest. Dann wartete er. Er wollte sein Floß beim ersten Anzeichen des Zusammenbruchs vom Haus lostreten. Er brauchte nicht lange zu warten.

Überall in Galveston geschahen entsetzliche Dinge. Dachziegel zertrümmerten Schädel und trennten Gliedmaßen ab. Giftschlangen krochen an Bäumen hinauf, in denen Menschen saßen. Ein Holzgeschoß tötete ein Pferd im vollen Galopp.

Im teuren Lucas Terrace Apartmenthaus ging Edward Quayle aus Liverpool, der drei Tage zuvor mit seiner Frau in Galveston angekommen war, zufällig in dem Augenblick an einem Fenster vorbei, als sich ein so katastrophaler Druckabfall ereignete, daß zuerst das Fenster und dann er selbst in den Sturm hinausgesogen wurde. Wie eine Rakete schoß er, die Schreie seiner Frau hinter sich herziehend, seinem Tod entgegen.

In einem anderen Haus sah Mrs. William Henry Heideman, im achten Monat schwanger, wie ihr Haus einstürzte und allem Anschein nach ihren Mann und ihren dreijährigen Sohn tötete. Sie kletterte auf ein vorbeischwimmendes Dach. Als das Dach mit etwas anderem zusammenstieß, rutschte sie in einen auf dem Wasser treibenden Koffer, der geradewegs in die oberen Fenster des städtischen Ursulinenklosters hineinsegelte. Die Nonnen zerrten sie herein, zogen ihr warme Kleider an und legten sie in einer der Klosterzellen ins Bett. Dann setzten die Wehen ein. Währenddessen hörte ein in einem Baum gestrandeter Mann das Schreien eines kleinen Kindes und zog es aus dem Wasser. Einen Herzschlag später erkannte er, daß das Kind sein eigener Neffe war – Mrs. Heidemans dreijähriger Sohn.

Mrs. Heideman brachte ihr Baby zur Welt. Sie bekam ihren Sohn zurück. Ihren Mann sah sie nie wieder.

Das Haus zitterte, ruckte, begann zu schwimmen. Einige unangenehme Augenblicke lang hatte Dr. Young das Gefühl, von der Erdanziehungskraft losgelöst zu sein. Die Zeit war gekommen. Er riß die Balkontür aus den Angeln und warf sich damit in die Fluten. Wie ein Überlebender eines sinkenden Schiffes trat er wie wild mit den Füßen, um sich von dem Haus zu entfernen. »Das Haus stieg ein, zwei Meter aus dem Wasser auf, wurde vom Wind erfaßt und zischte wie eine Eisenbahn davon, während ich in vollkommener Sicherheit, von allem Holz oder Geröll unbehelligt, zurückblieb und langsam hinterhertrieb.«

Die Strömung trug ihn durch die Stadt. Er sah zuerst wenige Geländepunkte, meinte aber, nach kurzer Zeit den Gartenverein zu erkennen. Einige Augenblicke später trieb auch er auf das Ursulinenkloster zu, aber seine Tür geriet in einen Strudel aus Wasser und Trümmerteilen. »Ich wurde immer im Kreis herumgedreht, bis ich die Orientierung vollends verlor.«

Als der Strudel sich auflöste, erfaßte die nachströmende See sein Floß erneut. Sie riß ihn in nordwestlicher Richtung fünfzehn Häuserblocks weit mit sich, bis seine Tür an einem Trümmerhaufen hängenblieb. »Es war sehr dunkel, aber ich konnte die Giebel einiger Häuser knapp aus dem Wasser herausragen sehen; andere waren völlig zerstört, wieder andere halb untergegangen.« Er sah jedoch keine Lichter. Und keine Menschen. »Ich schloß daraus, daß dieser Teil der Stadt komplett verwüstet und ich der einzige Überlebende war.«

Er blieb die nächsten acht Stunden dort, wo er war, an Bord seiner Tür. Der Wind fegte über seine Kleider. Der Regen stach ihm wie Nadeln in Kopfhaut und Hände. Blut sickerte aus der Wunde an seinem Kopf. Und in der ganzen Zeit hörte er nur eine einzige menschliche Stimme, die einer um Hilfe rufenden Frau irgendwo in der Ferne. Noch nie im Leben war ihm so kalt gewesen.

25. Straße und Avenue Q

Was Joseph sah

Irgend etwas traf das Haus mit ungeheurer Wucht. Es bewegte sich, rutschte von seinem Fundament und bekam Schlagseite. Joseph stand neben Isaacs ältesten Kindern Allie May und Rosemary in der Nähe eines Fensters. »Als das Haus kenterte, ergriff ich die Hände der beiden ältesten Kinder meines Bruders, drehte den Rücken zum Fenster und krachte, mit einem Satz rückwärts springend, durch das Glas und die hölzernen Fensterläden, die Hände der beiden Kinder fest umklammernd. Der Schwung schleuderte uns alle drei durch das Fenster, als das Gebäude sich mit scheinbarer Bedächtigkeit weit zur Seite neigte. Es ruckte ein bißchen, dann stieg es fast waagerecht an die Oberfläche der Flut.«

Joseph und die beiden Mädchen fanden sich auf einer Außenwand wieder. Sonst sahen sie niemanden. »All die anderen, die in dem Haus gewesen waren, an die fünfzig Männer, Frauen und Kinder, schienen darin gefangen zu sein, denn das Haus war noch nicht auseinandergebrochen.«

Der einzige Ausgang war das Fenster, aus dem Joseph und die Kinder sich ins Freie gerettet hatten. Joseph bückte sich, streckte den Oberkörper durch das Fenster und rief: »Kommt her! Kommt her!«

Niemand kam. Niemand antwortete. Unterhalb des Fensters war tiefe Dunkelheit. Ab und zu hob sich das Haus mit der Strömung und sank wieder, so daß das Wasser im

Innern bis auf die Höhe des Fensterbretts stieg. Wer noch im Haus war, mußte untergegangen sein.

Joseph hatte gehört, daß ertrinkende Männer sich an alles klammerten, was in ihre Reichweite kam. Er setzte sich in den Fensterrahmen und begann seine Beine im Wasser hin- und herzuschwenken. »Ich hoffte, daß einige der im Zimmer Gefangenen meine Füße ergreifen und so herausgezogen werden könnten«, sagte er. »Doch meine Bemühungen waren umsonst, und schließlich gab ich auf. Mir fehlen die Worte, die Qualen zu beschreiben, die ich in diesem Augenblick litt.«

Der Strand

Ruby Credo

Sobald Ruby Credos Eltern genug Löcher in den Boden ihres Wohnzimmers gehackt hatten, begannen sie mit den Vorbereitungen, das Haus zu verlassen. Wenn Dr. Cline beabsichtigte, den Sturm in seinem eigenen Haus auszusitzen, war das seine Sache. Anthony Credo hatte nicht die Absicht, es ihm gleichzutun. Er und seine Familie waren gerade im Aufbruch, als Mrs. Theodore Goldman mit ihrem Sohn auftauchte und um Unterschlupf bat. Ihrem eigenen Haus traue sie nicht, sagte Mrs. Goldman; im Gegensatz zu ihrem Mann, der dort geblieben sei. Er weigere sich, das Haus zu verlassen.

Die Credos setzten Kaffee auf und gaben Mrs. Goldman und ihrem Sohn trockene Kleider. In dieser kurzen Zeit stieg das Wasser so hoch, daß es Credo gefährlicher erschien, fortzugehen als zu bleiben.

Er hatte hinter dem Haus einen Sturmschutzraum auf zwei Meter hohen Pfählen errichtet. Zunächst glaubte er, seine Kinder seien dort am sichersten, und brachte sie schwimmend alle einzeln hinüber. Als er jedoch einige Häuser in der Nachbarschaft einstürzen sah, änderte er seinen Plan. Er holte die Kinder zurück. Wenn etwas Schreckliches geschah, sollte die Familie vereint sein. Seine beiden erwachsenen Töchter waren bei ihren Ehemännern, und, wie er annahm, in Sicherheit. Sein Sohn William, der sich bei seiner Verlobten aufhielt, war ein erwachsener Mann, der selbst auf sich aufpassen konnte. Es waren die Jüngsten, um die er sich die größten Sorgen machte – die kleine Ruby, ihre Schwestern und sein Sohn Raymond. Das Hin- und Herschwimmen zwischen dem Schutzraum und seinem Haus machte ihn nervös. Er konnte jeweils nur ein Kind mitnehmen.

»Das Wasser stieg schnell bis zum ersten Stockwerk hoch«, sagte Ruby, »deshalb half Papa uns, von außen durch die Gauben in die Dachbodenschlafzimmer zu klettern, wo Mr. Goldman und seine Mutter sich aufhielten. Das Wasser war so schnell gestiegen, daß Mama nicht einmal Zeit blieb, ihr geliebtes schwarzes Satinkorsett mit hinaufzunehmen.« Die Familie konnte nicht viel tun außer zusehen, wie der Sturm heftiger wurde. »Wir standen an den Fenstern und beobachteten, wie die Häuser um uns herum einstürzten, fortgeschwemmt wurden und sich in Rammböcke verwandelten, die, während sie herumgewirbelt und -geschleudert wurden, andere Häuser trafen und zertrümmerten. Das Wasser stieg und stieg; die Geräusche des Sturms waren furchterregend; das Haus ächzte und stöhnte, als stünde es Höllenqualen aus.«

Die Nacht war hereingebrochen. Ruby saß auf der Kante eines Bettes gegenüber von Mrs. Goldman und ihrem Sohn. Der Wind beschleunigte sich. Eine Straßenbahnschiene bohrte sich durch das Dach und drang in den Boden zwischen Ruby und den Goldmans ein. Niemand wurde verletzt.

Dann begann das Haus sich zu bewegen. Der Wind hob das Dach, ließ es wieder fallen. Trümmer begruben Rubys Mutter unter sich, aber Anthony Credo konnte sie wieder befreien. Sie hatte sich am Kopf verletzt und blutete stark. Credo riß Stoffstreifen von ihrer Kleidung ab, um sie zu verbinden.

All dies geschah in der Dunkelheit.

Das Haus löste sich von seinem Fundament und begann zu schwimmen. Credo rief seine Familie zusammen und forderte alle auf, aus den Gauben zu klettern. Die Goldmans weigerten sich mitzukommen.

»Als unser Haus sich vom Boden löste, griffen wir nach allem, was vorbeischwamm, so wie Papa es uns gesagt hatte, aber es war schon schwer genug, sich überhaupt auf einem Stück Holz zu halten«, sagte Ruby.

Die Wellen schlugen über der Familie zusammen und verstreuten sie. Credo trieb sie wieder zusammen. Das Ganze wiederholte sich mehrmals.

In völliger Dunkelheit.

Das Meer trieb die Familie nach Norden, alle am Leben, alle mehr oder weniger unversehrt, obwohl Rubys Mutter wie ein im Spanisch-Amerikanischen Krieg verwundeter Soldat aussah.

Credo rief den anderen zu, was sie tun sollten. Zwischen den Wellen stemmte er sich so hoch, wie er konnte, aus dem Wasser, um sie zu zählen und beisammenzuhalten. Eine Welle schleuderte einen Telegrafenmast gegen Raymonds Hinterkopf und verletzte ihn schwer. Er war bewußtlos. Selbst in der Dunkelheit konnte Anthony Credo erkennen, daß am Kopf seines Sohnes Blut herabströmte. Credo hielt Raymond mit einem Arm fest, versuchte, seinen Kopf aus dem Wasser herauszuhalten und gleichzeitig den Rest seiner Familie nicht aus den Augen zu verlieren.

Credo war müde. Er glaubte, sein Sohn sei tot oder so gut wie tot. Mehrmals war er drauf und dran, Raymond loszulassen, aber Mrs. Credo hinderte ihn daran. Sie war noch nicht soweit. Sie hatte noch Hoffnung.

Der Sturm war heftiger denn je, aber eine Zeitlang sahen die Credos den Vollmond hinter dünnen Wolken scheinen. Ein umgekipptes Dach schwamm vorbei. Credo forderte alle auf, darauf zu klettern. Eine seiner Töchter, Florence, half ihm, Raymond in das Dach hineinzuziehen. Credo selbst blieb im Wasser – er wollte nicht riskieren, daß das Floß kenterte. Mrs. Credo drückte Raymond an sich.

Zuerst erwies sich das Dach als taugliches Rettungsboot, aber schon bald begann es auseinanderzubrechen. Credo schaute sich nach etwas Geeigneterem um. Ein Balkon trieb hochkant in ihre Nähe; er sah robuster aus als das Dach. Credo rief allen zu, sie sollten vom Dach auf den Balkon hinüberklettern.

Rubys ältere Schwestern Queeny, Vivian und Ethel saßen beisammen und hielten einander an den Kleidern fest. Der Balkon war so stabil, daß einige der Kinder einschliefen. »Wir konnten uns hinlegen«, sagte Ruby. »Die Konstruktion war so gut, daß wir, während wir hin- und hergeworfen wurden, nicht von Nägeln und Splittern verletzt werden konnten.«

Alle entspannten sich. Raymond rührte sich noch immer nicht, aber jetzt keimte die Hoffnung wieder auf. Die Familie war vereint. Sie würden einen Arzt für Raymond finden. Alles würde gut werden. »So trieben wir eine Stunde lang auf dem Wasser«, sagte Ruby. »Dann versetzte ein von einer Welle hochgeworfenes Stück Holz meinen drei Schwestern einen ungeheuren Schlag und warf Vivian ins Wasser, unter schwere Trümmer.«

Vivian tauchte nicht wieder auf. Der Balkon segelte weiter. Der Mond verschwand, Blitze zuckten, die ersten Blitze, die sie in diesem Sturm sahen. Donner grollte, als rumpelten schwere Fässer zwischen den Wellen, und ließ die Nacht noch unheimlicher erscheinen. Für Ruby war der Regen eine besondere Tortur. Er »fühlte sich wie Gewehrkugeln an«.

Rubys Schwester Pearl saß friedlich auf dem Floß, als ein spitzer, gezackter Holzstab direkt unter ihrem Ellbogen ihren Arm durchbohrte. Sie schrie. Ihre Mutter hielt Pearl fest, während Anthony Credo den Stab aus ihrem Arm zog. Pearl wand sich vor Schmerzen. Credo drückte fest auf die Wunde, bis die Blutung aufhörte, dann verband er sie, so gut es ging.

Der Balkon strandete an einem vier Meter hohen Riff aus Trümmern unweit eines intakten Hauses. Ruby und ihre Familie suchten sich einen Weg über die Trümmer und kletterten hinein. Anthony Credo trug Raymond auf dem Rücken.

Credo zog Bilanz: Vivian tot, Raymond eindeutig im Begriff zu sterben, Pearl verletzt und von Infektion, Fieber, Amputation, ja vom Tod bedroht.

Eine unerträgliche Liste, und doch sagte sie nichts über das wahre Ausmaß dessen aus, was die Familie verloren hatte.

25. Straße und Avenue Q

Was Isaac tat

Als die Eisenbahnbrücke das Haus traf, befand sich Isaac mit seiner Frau und seiner sechsjährigen Tochter Esther Bellew, seinem Baby, mitten im Zimmer. Eine Wand kam auf ihn zu. Sie katapultierte ihn rückwärts in einen großen Schornstein hinein. Alles war in Bewegung. Er konnte nichts sehen, aber er spürte es. Dinge fielen vom Himmel – Möbel, Bücher, Laternen, Pfähle und Bretter. Menschen. Kinder. Dann glitt er ins Wasser. Etwas Großes erfaßte ihn und drückte ihn zu Boden. Holzbalken hielten ihn unten. Er schlug die Augen auf. Er fühlte das Wasser, sah jedoch nichts. Es war ruhig. Er konnte sich nicht bewegen. Er wußte, daß er sterben würde. Das gab ihm Frieden. Und Zeit zum Nachdenken. Er überlegte. Die einzige Möglichkeit war, das Meer in seinen Körper einzulassen. Das tat er. Er verschwand.

Als er aufwachte, hörte er Löwen brüllen. Der Regen fiel wie Granatsplitter. Er trieb auf dem Wasser, seine Brust zwischen zwei großen Holzbalken eingeklemmt. Er hustete und spuckte Wasser. Etwas lastete auf ihm. Er mußte etwas tun. Es war, wie in der Nacht aufzuwachen, weil ein Kind weinte. Er spürte die Leere um sich herum.

Jäh wurde ihm bewußt, daß er jetzt allein war.

Der Strand

Ein Licht im Fenster

Der Schrei war schon entsetzlich genug gewesen. Was Louise Hopkins als nächstes sah, ließ ihr beinahe das Herz aus dem Leib springen.

Ihre Schwester Lois, von der großen Energie, die sie in ihren Schrei gesteckt hatte, ganz rot im Gesicht, zeigte mit wilder Gebärde auf die Stelle, an der die östliche Wand auf die Zimmerdecke traf. Zuerst begriff Louise nicht, was sie meinte, doch dann sah sie, wie die Wand zu atmen begann. Mit jedem Windstoß wölbte sie sich nach außen, bis Louise den Himmel sehen konnte, und kam wieder zurück. Draußen schien der Mond. Louise sah Wolken über den Himmel rasen.

Sie schaute ihre Mutter an. Mrs. Hopkins schien als einzige nicht überrascht. Offenbar hatte sie die Wand schon die ganze Zeit beobachtet, ihren Kindern aber nicht noch mehr Angst einjagen wollen.

Es war Zeit aufzubrechen, beschloß Mrs. Hopkins. Das Haus der Daus auf der anderen Straßenseite sah stabil aus, und es leuchtete ein Licht darin. Dort würden sie hingehen. Mrs. Hopkins entwickelte einen Plan. Sie würden eine Matratze als Floß benutzen. Die Jungen, beide gute Schwimmer, würden es mit Mrs. Hopkins, Lois und Louise darauf hinüberziehen. Mrs. Hopkins zog das Laken vom Bett ab und riß es in Streifen, die sie sich und den Mädchen um die Taille band.

Sie versammelten sich hinter der großen doppelflügeligen

Haustür, bereit zum Aufbruch. Jedesmal, wenn die Ostwand sich von der Decke wegbog, rief Mrs. Hopkins: »Los!« Doch im nächsten Augenblick stand die Wand wieder gerade, und Lois rief: »Wartet!«

Sie brachten nicht den Mut auf überzusetzen. Das Wasser strömte tosend die Straße hinunter. Gewaltige Gischtfontänen spritzten hoch, wenn Ziegel- und Holzraketen zur Erde zurückgezischt kamen.

Das Licht auf der anderen Seite hatte eine unwiderstehliche Anziehungskraft. Es versprach Wärme, Geborgenheit und Gesellschaft. »Heute ist es vielleicht nicht mehr vorstellbar«, sagte Louise, »aber damals ging etwas so Tröstliches davon aus, zu wissen, daß noch jemand am Leben war.«

Doch dann begann dieses Licht, dieses Leuchtfeuer des Trosts, sich zu bewegen. Es tanzte von Zimmer zu Zimmer und näherte sich der Haustür. Sie sahen Mr. Dau mit der Laterne herauskommen und die Treppen hinuntersteigen.

Er ging fort – *der Mann verließ sein Haus*. Wie ein Schiffskapitän, der das Rettungsboot ignorierte.

Louise und ihrer Familie schien es, als wäre soeben die Hoffnung selbst fortgegangen.

Fünf Kilometer weiter den Strand hinunter wurde dem St. Mary's Waisenhaus mit seinen dreiundneunzig Kindern heftig zugesetzt. Es war eine Festung aus Stein, die sich unmittelbar nördlich der Flutgrenze aus dem Gras erhob, ein einsames Gibraltar, das an den meisten Abenden in blauen Dunst gehüllt war. Jetzt krachten Wellen gegen sein erstes Stockwerk. Von draußen hätte man die Lichter der Kerzen und Laternen von Zimmer zu Zimmer auf die Rückseite des Waisenhauses wandern sehen können, während die vorderen Teile des Gebäudes wie von einem Gletscher abgestoßene Eisberge ins Meer fielen.

Die zehn Nonnen, die das Waisenhaus führten, trieben

alle dreiundneunzig Kinder in der Kapelle zusammen. Schwester M. Camillus Tracy, neununddreißig Jahre alt und Mutter Oberin, befahl den anderen Nonnen, Wäscheleinen um die kleinsten Kinder zu binden und sich das andere Ende selbst fest um die Hüfte zu schlingen. So bildeten sie Ketten von jeweils sechs bis acht Kindern, die wie kleine Bergsteigergruppen aneinandergebunden waren. Einige der älteren Kinder, darunter Will Murney, Albert Campbell und Francis Bulnavic, blieben frei. Schwester Camillus sang mit den Kindern Kirchenlieder, unter anderem »Queen of the Waves«, das die Kinder am liebsten mochten. Das Wasser stieg. Die Kinder spürten die Erschütterung jeder Sturmwelle, die die Vorderseite des Hauses traf.

Die Ordensschwestern führten die Kinder in den Mädchenschlafsaal auf der dem Strand abgewandten Rückseite des Hauses. Sie hörten das Krachen von Holz und Stein hinter sich, als der Jungenschlafsaal in den Golf stürzte. Der Sturm bewegte sich schnell und systematisch durch das Haus, als mache er Jagd auf die Kinder. Die Kapelle verschwand. Fenster zersprangen. Korridore hoben und senkten sich wie Zugbrücken. Die Kinder sangen.

Das Meer und der Wind schossen durch den Schlafsaal. Innerhalb von Sekunden stürzte das Gebäude in sich zusammen. Neunzig Kinder und alle zehn Nonnen starben. Nur Will, Albert und Francis überlebten, indem sie sich an ein und demselben schwimmenden Baumstamm festklammerten.

Später fand ein Retter die Leiche eines Kleinkindes am Strand. Er versuchte das Kind hochzuheben. Ein langes Stück Wäscheleine sprang aus dem Sand hoch und wurde straff. Er zog an der Leine. Ein zweites Kind kam zum Vorschein. Die Leine führte weiter in den Sand hinein. Alles in allem entdeckte er so acht Kinder und eine Nonne.

Schwester Camillus hatte gehofft, die Wäscheleine würde die Kinder retten, doch gerade sie, das sahen die Retter, war

Schuld daran, daß so viele sterben mußten, weil sie sich mit ihr zwischen den Trümmern unter Wasser verheddert hatten.

August Rollfing saß allein in seinem Laden in der 24. Straße und wartete darauf, daß seine Leute sich ihren Lohn abholten. Als der Sturm sich verschlimmerte, wurde er unruhig. Wasser begann in sein Geschäft zu laufen. Der Wind wurde stärker. Er rollte die Blechdächer auf der anderen Straßenseite auf und schleuderte sie wie Patronenhülsen auf den Boden. Bretter und Glas nahmen die Straße unter Beschuß. August hatte Geld für achtzehn Arbeiter da. Niemand kam.

Er schloß seinen Laden ab und machte sich auf den Weg zu seiner Familie, absolut sicher, daß der Fahrer von Mallory's sie wie verabredet bei seiner Mutter abgesetzt hatte. Er kämpfte sich in westlicher Richtung vorwärts. Als er bei den städtischen Wasserwerken an der 30. Straße zwischen Avenue G und H angekommen war, hob der Wind ihn »wie ein Stück Papier« aus dem Wasser und wehte ihn auf einen Bürgersteig. Er hielt sich an einem Telefonmast fest. In einer Flaute zwischen zwei Böen kroch er in das Gebäude der Wasserwerke hinein, dessen Eingangshalle voller Sturmflüchtlinge war.

Das Gebäude selbst schien einigermaßen stabil. Was die Leute beunruhigte, war der hohe Schornstein, der sich wie eine riesige schwarze Kobra am Himmel hin- und herwiegte. Wenn er umfiel – was nur eine Frage der Zeit war –, würden höchstwahrscheinlich alle, die sich im Gebäude befanden, unter ihm begraben werden. Jedesmal, wenn der Wind nachließ, stürzten daher einige Flüchtlinge hinaus auf den Bürgersteig.

Rollfing verließ das Gebäude zusammen mit zwei schwarzen Männern. Zuerst stellten sie sich in einem Lebensmittelgeschäft unter, wo es ihnen jedoch bald zu gefährlich wurde. Dann gingen sie in ein Privathaus. Eine Säule fiel um und tötete einen Mann. Sie zogen weiter, bis sie im Fenster eines anderen Geschäfts ein Licht brennen sahen.

August und seine Begleiter hämmerten an die Tür. Zuerst weigerten sich die Bewohner, sie einzulassen, doch schließlich gaben sie nach.

Es war jetzt beinahe dunkel. Im schummrigen Licht der Laternen und Kerzen sah August, daß sich etwa achtzig Männer, Frauen und Kinder in dem Raum drängten, die allesamt auf die Ladentheken geklettert waren, um nicht im Wasser zu stehen, aber das Wasser stieg rasch. August fand noch Platz auf einem Tresen. Bald reichte ihm das Wasser bis zu den Knöcheln, dann bis zur Brust. August hob ein Kind auf seine Schultern, als das Wasser bis zu seinem Hals gestiegen war.

So verbrachte er mehrere Stunden, bis ein Mann rief: »Das Wasser sinkt! Schaut zur Tür!«

In der Tat hatte die Strömung gedreht. Der Ladenbesitzer holte einen großen Krug Whiskey hervor und reichte ihn herum. Männer wie Frauen nahmen große Schlucke davon.

August verspürte den verzweifelten Wunsch, zum Haus seiner Mutter zu gehen und sich davon zu überzeugen, daß seine Frau und seine Kinder in Sicherheit waren. Das Wasser floß schnell ab, aber es schien eine Ewigkeit zu dauern, bis es niedrig genug war, damit er den Laden verlassen konnte. Es regnete noch immer in Strömen; der Wind hatte kaum nachgelassen.

Als er endlich draußen war, sah er, daß ganze Häuser zertrümmert und umgekippt waren. Er stolperte durch tiefe Löcher, die die Strömung ausgewaschen hatte, und über allen möglichen im Wasser verborgenen Schutt. Es herrschte tiefe Dunkelheit, nirgends brannte Licht. Er fiel, stand wieder auf, fiel erneut. Die Schäden wurden immer schlimmer. Ganze Häuserblocks waren zertrümmert, andere dem Erdboden gleichgemacht. Er wußte, daß er in Richtung Westen unterwegs war, wahrscheinlich auf der Avenue H, aber

Dunkelheit und Zerstörung hatten alle Orientierungspunkte ausgelöscht.

Ab und zu kam der Mond durch. Wie bei all dem Wind und Regen der Mond scheinen konnte, war ihm ein Rätsel, aber da war er, hinter einer dünnen Wolkenschicht deutlich sichtbar. Vollmond sogar. Er gab ihm Licht, machte ihm aber zugleich angst, weil er ihm zeigte, wie groß das Ausmaß der Verwüstung wirklich war. Spitze Schuttdünen versperrten ihm den Weg. Wenn er hinaufkletterte, konnte er jedesmal sehen, daß nur noch wenige Häuser standen. Im Süden sah er einen seltsamen schwarzen Schatten, der sich, zwei bis drei Stockwerke hoch, über einige Kilometer erstreckte wie eine gerade erst durch die Erdkruste gebrochene Bergkette.

Um drei Uhr am Sonntagmorgen erreichte er das Viertel, in dem seine Mutter wohnte. Ihr Haus schien als einziges unversehrt. Alles andere war zerstört, umgestürzt oder zur Bucht geschwemmt worden. Erleichterung durchflutete sein Herz. Er stürzte ins Haus hinein, fand jedoch nur seine Mutter vor.

»Wo sind Louisa und die Kinder? Ich sehe sie nicht.«

Die Frage überraschte seine Mutter. »August, ich weiß es nicht«, sagte sie. »Sie sind nicht hier.« Als sie merkte, daß August erwartet hatte, sie bei ihr zu finden, wurde auch ihr angst und bange. »Wann sind sie aufgebrochen?« fragte sie. »Und wie?«

Er erzählte ihr von der Kutsche, die er um ein Uhr losgeschickt hatte, und von den Anweisungen, die er dem Kutscher gegeben hatte.

»Niemand hätte um ein Uhr hierherkommen können«, sagte seine Mutter. August wandte sich zur Tür. »Warte«, flehte sie ihn an. »Warte, bis es Tag wird.«

August machte sich auf den Weg zum Haus seiner Schwester. Er sah Leichen. Für die kurze Strecke – nur sechs Häuserblocks – brauchte er eine Stunde. Was er bei seiner

Ankunft sah, ließ ihn halb wahnsinnig werden vor Angst. Das Haus war in einem 45°-Winkel zur Seite geneigt. Dort, wo Julias Küche gewesen war, sah er nichts als ein gezacktes schwarzes Loch. Alle Läden waren zerborsten, die Fenster zerbrochen.

Aber drinnen schien Licht zu brennen. Er schlug mit den Fäusten an die Haustür. Die Tür ging auf. Er sah Julia und ihren Mann. Dann Louisa. Und Helen, August und Klein-Lanta. »Gott sei Dank«, sagte er.

Und sank ohnmächtig auf der Treppe zusammen.

25. Straße und Avenue Q

Isaacs Reise

Er war allein im Wasser. Seine Familie war verschwunden. Er ruderte mit den Armen, griff so tief wie möglich ins Wasser und trat mit den Füßen, um nach etwas Weichem, nach Kleidung, nach jemand Lebendem zu tasten. Doch er spürte nur viereckige Formen, Planken oder gezackte Ränder. Eben war er noch im Haus gewesen, jetzt war er draußen in der Dunkelheit, bei einem Wind, der so stark war, daß er die Wasseroberfläche glättete. Es blitzte. Er sah überall Trümmer aus dem Meer herausragen. Dann sah er ein Kind. Er wand sich aus den Holzbalken heraus und schwamm, so schnell er konnte. Der Regen stach ihm ins Gesicht; er konnte seine Augen immer nur wenige Sekunden lang offenhalten. Schließlich hatte er es geschafft, spürte, wie sein Arm sich aus dem Wasser hob, sich um das Mädchen legte, und wußte augenblicklich, daß es Esther war, seine Sechsjährige. Sein Baby. Er sprach in ihr Ohr. Sie weinte und klammerte sich so stark an ihn, daß er immer wieder unterging, aber er war überglücklich. Sie fragte nach ihrer Mutter. Er hatte keine Antwort. Das Haus begann auseinanderzubrechen. Er schwamm mit ihr fort.

Er war selig und tief bekümmert zugleich. Er hatte eine Tochter wiedergefunden, aber alle anderen verloren. Seine Erinnerung an sie würde immer in den gelblichen Ton des Laternenlichts getaucht sein. Er versuchte, sich zu entsinnen, an welcher Stelle im Raum sie gewesen waren, um sich vorzustellen, wo sie jetzt sein konnten. Seine Frau war mit ihm und Esther in der Mitte des Zimmers gewesen, seine beiden älteren Töchter hatten beim Fenster gestanden, neben Joseph. Warum waren sie nicht ebenfalls wieder aufgetaucht?

Isaac und sein Baby trieben auf dem Wasser. Es blitzte immer noch. Er hustete, Wasser lief ihm aus Nase und Mund. Beim nächsten Blitz sah er drei Gestalten, die sich an Trümmerteilen festhielten. Isaac schwamm, immer gegen den Wind, mit Esther zu ihnen hin.

Er hörte einen Aufschrei.

Joseph Cline sagte: »Mein Herz begann plötzlich in unbändiger Freude Sprünge zu vollführen. In zwei Gestalten, die sich ungefähr dreißig Meter leewärts in der Strömung über Wasser zu halten versuchten, erkannte ich meinen Bruder und sein jüngstes Kind.«

Isaac: »Wir schoben die Kinder vor uns, drehten uns mit dem Rücken zum Wind und hielten uns Bretter, die wir aus dem Wasser fischten, hinter den Rücken, um die Schläge zu verteilen und abzufangen, die durch die vom Wind getriebenen Trümmerteile unablässig auf uns niederprasselten.«

Joseph: »Unsere kleine Truppe zählte jetzt fünf Personen. Wir blieben dicht beieinander und krochen von einem Trümmerteil zum nächsten, wobei diese unter unserem Gewicht sanken. Einmal schien es, als wären wir endgültig verloren. Ein sturmgepeitschter Koloß, der einst ein Haus gewesen war und dessen eine Seite in einem Winkel von 45° in die Luft ragte, kam aus einer Höhe von etwa zwei bis zwei Meter fünfzig auf uns herab. Ich registrierte zwar, daß ich zu Tode erschrocken war, blieb jedoch geistesgegenwärtig genug, um zu springen, als das Monster uns erreichte, und mit meinen Händen den höchsten Rand des Wracks zu umklammern. Mein Gewicht reichte aus, um es merklich tiefer ins Wasser zu drücken, und ich rief meinen Bruder, damit er sein Gewicht dem meinen hinzufügte.«

Isaac: »Manchmal waren die Schläge, die uns verpaßt

wurden, so stark, daß wir tief unter das aufgewühlte Wasser gedrückt wurden und uns mühsam hocharbeiten mußten, um wieder bei den Kindern zu sein und weiter um unser Überleben zu kämpfen.«

Joseph: »Einmal gesellten sich zwei weitere Flüchtlinge, ein Mann und eine Frau, zu uns auf unseren Trümmerhaufen, der uns zu dem Zeitpunkt als Rettungsboot diente. Die Fremden blieben eine Weile bei uns, bis der Mann dorthin gekrochen kam, wo ich saß, die beiden Kinder wegzog und versuchte, hinter meinem Rücken Schutz zu suchen. Ich stieß ihn empört beiseite und zog die Kinder wieder zu mir. Er wiederholte sein unglaubliches Benehmen. Dieses Mal zog ich ein Messer aus der Tasche, das ich bei mir trug, und bedrohte ihn damit.«

Sie trieben stundenlang auf einem großen Floß aus Trümmern dahin, zuerst weit aufs Meer hinaus, dann, als der Wind drehte und aus südöstlicher und südlicher Richtung kam, wieder zurück in die Stadt. Aus einem großen zweistöckigen Haus, das direkt auf ihrem Weg lag, hörten sie zum erstenmal Hilferufe. Ihr Floß schob das Haus wie ein Bulldozer ins Meer. Die Rufe verstummten.

Ein Holzgeschoß traf Isaac und warf ihn um, aber er war nur ein wenig benommen. Joseph sah ein kleines Mädchen im Meer mit den Armen rudern und nahm an, daß Esther Isaac auf irgendeine Weise entglitten war. Er zog sie aus dem Wasser und setzte sie dicht neben die anderen Mädchen. Allie May, die Älteste, schrie: »Papa! Papa! Onkel Joe kümmert sich um ein fremdes Kind statt um uns!«

Erstaunt betrachtete Joseph das Mädchen genauer. Es war gar nicht Esther. Er blickte über die Schulter und sah, wie Isaac sich über sein Baby beugte, um sie vor den umherfliegenden Trümmern zu schützen. Dieses Mädchen war eine Fremde.

Ihr Floß lief Ecke 28. Straße und Avenue P auf Grund,

vier Häuserblocks von der Stelle entfernt, wo sie einst gewohnt hatten. Sie sahen ein Haus, in dessen Fenster Licht brannte, und kletterten hinein. Gerettet – obwohl eine seiner Töchter Verletzungen hatte, die Isaac für lebensbedrohlich erachtete.

Ein Wunder war geschehen, das wußte Isaac. Eine andere Erklärung gab es nicht dafür, daß er und seine drei Töchter noch am Leben waren. Doch zugleich wurde ihm jetzt auch klar, welch gewaltigen Verlust er erlitten hatte. Seine Kinder weinten um ihre Mutter, aber bald schliefen sie aus schierer Erschöpfung ein. Isaac lag noch eine Zeitlang wach. Er hoffte, daß seine Frau irgendwie überlebt hatte, aber tief in seinem Herzen wußte er, daß er vergebens hoffte.

Sie hätte es beinahe geschafft. Später erschien es Isaac, als hätte sie während der ganzen Reise durch die Nacht über ihre Familie gewacht und sie geleitet, bis sie heil zu Hause angekommen waren.

Und noch etwas geschah: Mitten auf ihrer Fahrt kletterte ein wunderschöner Golden Retriever zu ihnen aufs Floß. Es war Josephs Hund. Irgendwie hatte er trotz des Sturms ihre Witterung aufgenommen und war hinter ihnen hergeschwommen. Der Hund war glücklich, Joseph und Isaac und die Kinder wiederzusehen, aber er spürte auch, daß jemand fehlte. Er ging von einem zum andern, als hake er sie auf einer Liste ab. Ein Geruch fehlte. Der Hund lief zum Rand des Floßes und spähte ins Wasser. Joseph rief ihn zurück. Der Hund blieb aufgeregt am Rand stehen, offensichtlich zwischen widerstreitenden Bedürfnissen hin- und hergerissen. Aber es war deutlich, wo es ihn hinzog. Der Hund ignorierte Joseph und setzte zum Sprung an. Joseph warf sich nach vorn, aber der Hund tauchte ins Meer ein, und bald war auch er verschwunden.

Fünfter Teil

Seltsame Nachrichten

Telegramm

Houston, Texas
23 Uhr 25
9. Sept. 1900
An: Willis Moore, Direktor, Nationales Wetteramt

Soeben erste Nachrichten aus Galveston erhalten, von einem Zug, der nur bis auf zehn Kilometer an die Küste der Bucht herankam, wo das Flachland mit Trümmern und Leichen übersät war. Vom Zug aus etwa zweihundert Leichname gezählt. Grosses Dampfschiff ungefähr vier Kilometer landeinwärts gestrandet. Von Galveston nichts zu sehen. Zahl der Todesopfer und Sachschaden zweifellos überwältigend. Hiesiges Wetter klar und sonnig mit schwachem Wind aus südöstlicher Richtung.

G. L. Vaughan
Geschäftsführer,
Western Union, Houston

Golf von Mexiko

Erster Eindruck

Die *Pensacola* trieb den ganzen Samstag bis in die frühen Sonntagmorgenstunden hinein auf der stürmischen See. Als es dämmerte, verfing sich der Anker irgendwo am Meeresboden, das Schiff schwang erneut herum, und seine Masten und Planken begannen sich zu biegen. Doch das Barometer zeigte stetig steigenden Druck an: Der Sturm war vorüber.

Kapitän Simmons befahl seiner Mannschaft, Hecktrosse und Ankerkette einzuholen und die Maschinen zu starten. Er ließ noch einmal die Wassertiefe ausloten und stellte fest, daß das Schiff sich in nur 24 Meter tiefem Wasser befand. Angesichts der Neigung des Meeresbodens schätzte er, daß Galveston jetzt etwa neunzig Kilometer in nordwestlicher Richtung entfernt lag – das Schiff war mehr als achtzig Kilometer weit abgetrieben. Er nahm Kurs auf die Stadt.

Gegen Sonntagmittag sah Simmons die Küste und folgte ihr gen Westen. Er versuchte, Geländepunkte auszumachen, aber seine Sicht wurde von heftigen, mit schwarzem Gewölk einhergehenden Böen behindert.

Am Nachmittag brach die Wolkendecke allmählich auf, und das Meer leuchtete in tiefem Königsblau. Simmons entdeckte Galvestons Getreideheber und steuerte ihn an, doch als das Schiff in den Bolivarkanal einfuhr, verstummten er und seine Gäste.

Sie kamen in eine fremde Welt. Nichts war mehr, wie es gewesen war, als sie die Stadt verlassen hatten. »Wo die Anlegestellen hätten sein müssen, sahen wir eine lange

Wellenspur, und alles war fortgeschwemmt, Leuchtfeuer, Lampen, Feuerschiffe, die Bojen hier und dort verstreut«, sagte Menard. »Wir entdeckten Dampfschiffe an Land, alle Forts, Baracken und Torpedo-Kasematten waren fort, und als wir hineinfuhren, sahen wir die entsetzliche Verwüstung der Stadt und wußten nicht, was uns nach unserer Landung bei unseren Lieben zu Hause erwartete.«

Wo einst Gebäude gestanden hatten, sahen sie eine einzige Holzwüste. Ganze Viertel schienen dem Erdboden gleichgemacht worden zu sein, und die großen Badehäuser waren einfach verschwunden. Ab und zu wehte ein seltsamer Geruch aus der Stadt zum Schiff herüber, und manche erkannten sofort, worum es sich handelte: Verwesung. Aber daß dieser Geruch aus solcher Entfernung bis zu ihnen drang – was hatte das zu bedeuten?

Niemand habe sich besonders um die materiellenVerluste gesorgt, sagte Menard, »aber wir machten uns entsetzliche Sorgen um die Menschen«.

Es war ungefähr fünf Uhr, ein lauer, bernsteinfarbener Sommerabend, als Simmons das Schiff am Fuß der 23. Straße eindockte. Menard und Carroll dankten dem Kapitän für das große Geschick, mit dem er sie heil durch den Sturm manövriert hatte, und machten sich auf die Suche nach ihren Verwandten und Freunden.

Der Verwesungsgeruch war überwältigend.

Galveston

Stille

Der Zug verließ Houston bei Tagesanbruch und kam die ersten Kilometer gut voran. Auf dem Flachland war das Gras völlig heruntergeweht, die wenigen Bäume schienen aller Blätter beraubt, aber ansonsten fiel Oberst William Sterett nichts Besonderes auf. Der Himmel war ein hübsches Gemisch aus Wolken und strahlendem, frischgewaschenem Blau, wie man es nach einem Sturm häufig erlebte. Große Libellen durchstreiften das Gras.

Sterett, der für die *Dallas News* schrieb, war am Samstag gerade in der Redaktion gewesen, als deren Telegrafist meldete, daß er jede Verbindung zu Galveston verloren habe. Das war an sich noch nichts Besonderes. Telegrafenleitungen brachen ständig zusammen, aber die Telegrafengesellschaften waren geübt darin, sie schnell zu reparieren und Telegramme über andere Verbindungen umzuleiten. Schon kleinere Stürme zogen das Fernmeldewesen häufig in Mitleidenschaft. Was das Schweigen in Galveston diesmal alarmierend erscheinen ließ, war seine Dauer. Das letzte Telegramm war am Samstagnachmittag von dort abgeschickt worden. Jetzt war es Dienstagmorgen, und die Leitungen waren immer noch unterbrochen.

Wilde Gerüchte kursierten. Es hieß – was als eine eindeutige Übertreibung gewertet wurde –, daß der Sturm die ganze Stadt vierzig Meter hoch überflutet und eintausend Menschenleben gefordert habe. Am Samstagabend gelang es jemandem in Galveston, via Mexiko einem Bewohner

San Antonios telegrafisch mitzuteilen, daß sein Bruder in dem Sturm ertrunken sei. Am Sonntag war eine kleine Gruppe erschöpfter Männer aus Galveston in Houston angekommen und hatte von fünfhundert Toten gesprochen, was gewiß ebenfalls eine Übertreibung war. In einem wesentlichen Punkt stimmten jedoch alle Gerüchte und Berichte überein: Ein heftiger Sturm hatte Galveston ohne Vorwarnung heimgesucht und der Stadt großen Schaden zugefügt.

Bald würde Sterett sich selber ein Bild machen können. Er saß in einem überfüllten Abteil eines Entlastungszugs der Great Northern Gesellschaft nach Virginia Point, dem letzten Bahnhof auf dem Festland. Als einer der bekanntesten Zeitungsjournalisten der Region und Veteran des Bürgerkriegs hatte Sterett keine Schwierigkeiten gehabt, einen Platz im Zug zu ergattern. Ebensowenig wie sein Freund Tom L. Monagan, der von einer Versicherung beauftragt war, den Schaden zu begutachten, der ihren Interessen entstanden war. In Houston hatte Monagan geholfen, den Zug für die Abfahrt bereitzumachen; ihm war die Aufgabe zugefallen, zu prüfen, ob alle Mitreisenden im Besitz einer offiziellen Reiseerlaubnis waren, denn die Verantwortlichen wollten sichergehen, daß sich keine Schaulustigen einschlichen. Der Zug beförderte hauptsächlich Soldaten und dazu zwei Kommandeure: Brigadegeneral Thomas Scurry, Generaladjutant der Texanischen Freiwilligen Garde, und General Chambers McKibben, Kommandeur der Texanischen Abteilung der U.S. Army. Aber es waren auch einige Zivilisten dabei, und Sterett brauchte sie nur anzusehen, um zu wissen, daß sie Familie in Galveston hatten.

Zuerst hatten Sterett und die anderen Fahrgäste noch gescherzt und über Belanglosigkeiten geredet, aber schon bald machte sich Angst im Zug breit. Die Wunden, die die Landschaft davongetragen hatte, wurden immer offensichtlicher. Hier und dort ragte ein Haus in schiefem Winkel aus dem Gras auf, und die Vorhänge flatterten aus dem Rachen der zersprungenen Fensterscheiben heraus. Die geschwollenen Leiber ertrunkener Rinder lagen wie große schwarze Ballons im Gras. Je mehr Trümmer am Wegesrand in Sicht kamen, desto stiller wurde es im Zug. An manchen Stellen bedeckte Wasser die Gleise. Der Zug verminderte sein Tempo, bis er überhaupt kein Geräusch mehr zu machen schien. Seine Langsamkeit verstärkte die Angst noch. Sterett fühlte sich an einen Leichenzug erinnert.

Entlang den Schienen tauchten Berge von Gerümpel auf. Sterett sah Teile von Häusern, Spitzengardinen, Lehnstühle, Bettpfosten, Laken und Decken. Er sah Boote und in der Ferne, mitten in der Prärie, ein großes Schiff. An einem kleinen Abhang stand ein Schaukelpferd allein auf weiter Flur, kein Haus in der Nähe. »Und ich kann mir nicht helfen«, sagte Sterett, »aber lieber hätte ich alle Schiffe der Welt auf dem Trockenen liegen sehen als dieses Kinderspielzeug, wie es da so herrenlos mitten auf der Wiese stand.«

Geröll und Flutwasser zwangen den Lokführer, den Zug unmittelbar nördlich von Texas City, weit vor Virginia Point, anzuhalten. Die Reisenden gingen zu Fuß weiter. Sterett und Monagan zogen sich die Schuhe aus und krempelten ihre Hosenbeine hoch; ihre Beine waren so blaß, daß sie nahezu durchsichtig wirkten.

Jetzt sahen sie, was ihnen vom Zug aus entgangen war. Intime Gegenstände. Strümpfe, Briefe und Photographien. Die ersten Leichen. Was an den Toten besonders auffiel, war ihr geschundener Zustand. Die meisten waren vollkommen entkleidet.

In Texas City übernahmen die Generäle ein Rettungsboot der *Kendal Castle*, eines britischen Schiffs, das siebzehn Kilometer vom Galvestoner Hafen abgetrieben war. Sie beschickten es mit Soldaten und Vorräten und begannen augenblicklich, über die Bucht zu rudern, während Sterett und die anderen zurückblieben.

Sterett und Monagan entdeckten ein Segelschiff, das wegen der Flaute, dank deren die Bucht »glatt war wie ein Gartenteich«, langsam auf die Stadt zukam. Während sie warteten, ließ Sterett seine Blicke über die Küste der Bucht schweifen. Wo das Wasser auf die Prärie traf, sah er aufgequollene Pferde und Kühe, Hühner, Katzen, Hunde und Ratten. »Alles, was atmete, so schien es, war da, tot und angeschwollen, und verpestete die Luft. Und dazwischen lagen Menschen.«

Gruppen von Männern zerrten Leichen aus dem Wasser und begruben sie in flachen Gräbern – an diesem Tag allein fünfundachtzig. Sterett fand einen Brief und las die erste Zeile: »Meine geliebte kleine Frau«, faltete ihn und ließ ihn wieder fallen.

Das Segelboot erwies sich als ein großer Schoner. Monagan machte sich seine Autorität als Verantwortlicher des Entlastungszugs zunutze und übernahm das Kommando. Er ließ einhundert Passagiere an Bord, viele davon Galvestoner Bürger, die versuchen wollten, nach Hause zu kommen. Der Schoner setzte am späten Dienstagnachmittag die Segel. Aufgrund der Windstille war es eine langsame, heiße Fahrt, auf der das Schiff sich seinen makabren Weg durch das Treibeis aus Trümmern bahnte. Leichen stießen gegen den Rumpf. »Wir müssen vier bis viereinhalb Stunden gebraucht haben, um bis auf einen Kilometer an die Küste heranzukommen«, sagte Monagan. »Da war es bereits dunkel, stockdunkel.« Sie sahen nur ein einziges Licht am Ufer.

Für die Generäle im Rettungsboot der *Kendal Castle* war das Fortkommen genauso langsam, genauso düster. »Ich bin ein alter Soldat«, sagte General McKibben später, »der viele Schlachtfelder gesehen hat, aber ich sage Ihnen, seit ich neulich nacht durch die Bucht gefahren bin und dem Mann am Ruder geholfen habe, auf dem Wasser treibenden Körpern toter Frauen und Kinder auszuweichen, habe ich keine Minute mehr geschlafen.«

Als der Schoner sich Galveston näherte, wurde der Geruch des Todes überwältigend. Einmal blickte Sterett über den Rand und sah eine tote Frau, die ihn anstarrte, das Gesicht vom Mond beschienen. Manche Passagiere kletterten an Land, die übrigen, darunter Sterett und Monagan, beschlossen, die Nacht auf dem Schoner zu verbringen. Der Kapitän segelte hundertfünfzig Meter zurück in die Bucht und ging dort vor Anker. Es war, wie Monagan sich erinnerte, eine Nacht »voll entsetzlicher Geräusche«.

Bei Tagesanbruch segelte der Schoner bis zum Fuß der 23. Straße, drei Häuserblocks nördlich von Isaac Clines Büro. Sterett und Monagan glaubten, zu den ersten Menschen von außerhalb zu gehören, die die Stadt nach dem Sturm betraten. Sie hielten einen Mann an, der ihnen erzählte, Tausende von Menschen seien getötet worden, so viele, daß Bergungsmannschaften, Leichentrupps genannt, dazu übergegangen seien, die Toten gleich dort zu verbrennen, wo sie sie fanden.

Sterett glaubte ihm nicht. »Der Mann täuscht sich bestimmt«, sagte er zu Monagan. »Die Menschen neigen bei solchen Unglücksfällen immer zum Übertreiben, und er wiederholt sicher nur, was er von jemand anderem gehört hat.«

Die beiden Männer machten sich auf den Weg in die Stadt.

28. Straße und Avenue P

Auf der Suche

Isaac trat hinaus in einen zauberhaften Morgen. Der Himmel sah aus wie zerbrochenes Porzellan. Eine steife Brise blies die Wolken nach Norden und wehte ihm den Geruch des Meeres in die Nase. Es war kühl und sonnig, der Himmel im Osten kürbisfarben – kurz, »ein wunderschöner Tag«.

Jetzt sah er, daß das Haus, in dem er und seine Töchter Zuflucht gefunden hatten, zu den wenigen gehörte, die noch standen. Ein Meer von Trümmern erstreckte sich in alle Richtungen. Er suchte nach Orientierungspunkten und fand zuerst keine, doch als seine Sinne sich ein wenig an die neue Landschaft gewöhnt hatten, machte er allmählich hier und da die Überreste bekannter Strukturen aus. Drei Querstraßen weiter östlich etwa stand die große Grundschule Bath Avenue, die seine Kinder besucht hatten. Ein Flügel war zertrümmert und gab den Blick auf ein Klassenzimmer frei, dessen Boden in einem 45°-Winkel über der Straße hing; die achtunddreißig festverschraubten Pulte waren alle noch an ihrem Platz.

Er vermutete, daß das Haus auf der Höhe von 28. Straße und Avenue P lag, also etwa drei Querstraßen nordwestlich von seinem eigenen Haus entfernt. Als er in die Richtung seines Viertels schaute, sah er nichts. Das hübsche Haus der Nevilles war verschwunden, ebenso das von Dr. Young. Sein eigenes Grundstück war leergefegt. Und dahinter, wo das Murdoch's und das Pagoda Badehaus gestanden hatten, war nichts als blauer Himmel.

Hinter ihm läuteten die Glocken des Ursulinenklosters zur Messe. Er kletterte auf einen Schutthügel. Das Kloster, drei Querstraßen weiter nördlich, stand noch, aber es wirkte riesenhaft und fremd, wie ein Palast über einem Ödland aus zerborstenem Holz. Die Glocken hatten etwas Tröstliches. Jetzt, da so wenige Häuser ihren Klang absorbieren konnten, schallten sie mit ungewohnter Klarheit zu ihm herüber.

Zwischen den Trümmern sah er gestreifte Kleider, schwarze Anzüge, schwarze Hüte und Strohhüte. Er schaute genauer hin. Manche der Kleidungsstücke bedeckten zerschmetterte Gliedmaßen. Die Toten waren unter Schlamm und zerfetztem Stoff verborgen, aber nachdem er eine Leiche entdeckt hatte, sah er auf einmal ganz viele.

Überall in Galveston traten Männer und Frauen aus ihren Häusern und fanden Leichen vor ihrer Tür. Eltern befahlen ihren Kindern, drinnen zu bleiben. Einhundert Leichen fand man in den Bäumen eines Zedernwäldchens an der Heard's Lane; manche hatten Bißwunden von Giftschlangen am Körper. Dreiundvierzig Leichen hingen in den Querverstrebungen einer Eisenbahnbrücke. »Es waren so viele Tote«, sagte Phillip Gordie Tipp, damals achtzehn Jahre alt, »daß man in dem Schlamm bei jedem zweiten Schritt auf einen Leichnam trat.« Er war am Sonntagmorgen in einem kleinen Segelboot nach Galveston gekommen. »Ich mußte nach vorne gehen und die Toten mit einer Stange aus dem Weg räumen. Etwas Ähnliches hatte noch keiner von uns je gesehen. Männer, Frauen, Kinder, Babys, alle trieben sie auf dem Wasser. Hunderte von Leichen stießen an unser Boot.«

Isaac besorgte jemanden, der auf seine Kinder aufpaßte – vielleicht half ihm ein Freund dabei oder die Kirche –, und machte sich auf den Weg zum Levy-Gebäude. Blagden war verschwunden. Isaac begutachtete den Schaden. Alle Fenster waren aus dem Rahmen gebrochen. Überall im Büro lagen Trümmer und Schutt herum. Der Regen hatte die Holzplanken des Bodens aufgeweicht. Er stieg aufs Dach hinauf und sah, daß alle Instrumente fort waren. Dann ließ er seine Blicke über die Stadt schweifen. Pflastersteine häuften sich auf den Straßen. Der Hafen war ein Gewirr aus Masten und Takelage, aber der große Getreideheber schien kaum beschädigt zu sein. Dampfschiffe, die fest am Kai vertäut gewesen waren, hatten sich in Luft aufgelöst. Weiter unten an der Küste, wo Isaac zumindest die Umrisse des St. Marys Waisenhauses hätte erkennen müssen, war nur noch ein langer weißer Bogen Strand zu sehen.

Auf der Straße fuhren, in nördlicher Richtung, Wagen vorbei; unter den Planen schauten Gliedmaßen hervor.

Isaac ging zu den Krankenhäusern der Stadt, weil er wissen wollte, ob sie noch in Betrieb waren und ob irgend jemand seine Frau gesehen hatte. Die Krankenhäuser hatten den Sturm allesamt gut überstanden. Er würde seine verletzte Tochter ohne weiteres dorthin bringen können. Jemand erzählte ihm, daß an der Nordseite der »Strand«, zwischen 21. und 22. Straße, eine Art improvisiertes Leichenschauhaus eingerichtet worden sei. Er machte sich auf den Weg dorthin.

Der Verwesungsgeruch war ekelerregend und herzzerreißend zugleich. Er ließ seinen Verlust endgültiger erscheinen und erfüllte ihn mit tiefem Schmerz. Die Toten lagen in einem Lagerhaus, einem großen Saal mit einer von fünf Meter hohen Eisensäulen gestützten Decke. Männer und Frauen gingen konzentriert durch die Reihen. Viele Leichen waren unbedeckt, andere lagen unter Laken und Decken, die die Überlebenden zurückschlugen, um in die Gesichter zu schauen. J. H. Hawley, ein Mitarbeiter der Great Northern Eisenbahngesellschaft, sah die Gesichter vieler Freunde. Unter einer Decke fand er den Leichnam einer Mrs. Wakelee, »mit dem Hauch eines Lächelns auf den Lippen ... ihr graues Haar war ganz verfilzt und hing in einem ungeordneten Wirrwarr über ihre Schultern.« Er sah seine Freunde

Walter Fisher und Richard Swain. Schnittwunden, Prellungen und aufgequollene, verzerrte Gesichtszüge machten es schwer, die Menschen auseinanderzuhalten, ja überhaupt nur zu erkennen, ob einer schwarz oder weiß war. Die Sonne erwärmte den Raum und beschleunigte die Verwesung. »Es steigen Gerüche auf«, sagte Hawley, »die unerträglich sind.«

Es gibt ein Photo, das mindestens fünfzig Leichen zeigt. In einer Reihe liegen zwei Jungen nebeneinander, die Zwillinge sein könnten. Sie tragen die gleichen Hemden. Der eine liegt in der embryonalen Haltung da, die kleine Kinder im Schlaf oft einnehmen, aber sein Hals scheint gebrochen zu sein – er blickt in einem eigentlich unmöglichen Winkel über seine rechte Schulter nach oben. Sein Bruder hat die Stirn in Falten gelegt. Niemand hat Schuhe an; niemand sieht friedvoll aus. Viele der Toten haben den gleichen Gesichtsausdruck, als träumten sie den gleichen furchtbaren Traum: Ihre Brauen sind zusammengezogen, ihre Münder kreisrund. Man könnte meinen, sie hielten vor Entsetzen die Luft an.

Während Isaac systematisch von Leichnam zu Leichnam ging, sah er Männer und Frauen, die er kannte oder zumindest erkannte – vielleicht sogar einige von denen, die sich in sein Haus geflüchtet hatten (von den fünfzig hatten, wie er später erfuhr, nur achtzehn überlebt). Er suchte seine Frau und Bornkessell und die Nevilles und vielleicht auch Dr. Young. Er fand keinen von ihnen.

Es gab immer noch Hoffnung, sicher, aber Isaac war Wissenschaftler. Am Sonntag meldete er Cora bei der *Galveston News* als eines der Opfer. Die Zeitung erschien später am Tag als ein einseitiger Handzettel von der Größe eines Briefs und bestand ausschließlich aus einer Liste totgeglaubter Menschen. Ihr Name war auch dabei.

Selbst Isaac hatte noch nicht ansatzweise begriffen, wie verheerend der Sturm tatsächlich gewesen war. Soweit er wußte, bildeten die fünfzig Leichen im Lagerhaus den Großteil der Opfer. Am gleichen Morgen ging Pater James Kirwin, Priester an der St. Mary's Kirche, durch die Stadt, um sich ein genaues Bild von der Zahl der Todesopfer zu machen, und dann zum Hafen hinunter, wo eine Gruppe von Männern sich anschickten, in Oberst William Moodys Dampfschiff, der *Pherabe*, in See zu stechen, um Hilfe von außerhalb zu holen. Kirwin gab den Männern folgenden Rat mit auf den Weg: »Übertreiben Sie nicht; es ist besser, die Zahl der Todesopfer zu unterschätzen, als sie zu hoch zu veranschlagen und hinterher gezwungen zu sein, sie für geringer zu erklären. Wenn ich an Ihrer Stelle wäre, würde ich von nicht mehr als fünfhundert ausgehen.«

Die Familien zählten ihre Toten. Anthony Credo mußte feststellen, daß er neun Angehörige verloren hatte. Er fand Vivians Leichnam in der Nähe der Stelle, wo das Floß seiner Familie gelandet war, und begrub sie. Aber er erfuhr auch, daß seine Tochter Irene zusammen mit ihrem neugeborenen Baby und ihrem zweijährigen Sohn gestorben war. Seine Tochter Minnie war mit ihrem Mann und ihren beiden Söhnen verschwunden. Auch sein ältester Sohn William, der den Tag bei seiner Verlobten verbracht hatte, war unauffindbar. Raymond war schwer verletzt. Kurz nachdem Ruby Credo am Sonntagmorgen hinaustrat, sah sie ihre erste Leiche: Mrs. Goldman. Die Frau trug noch die Kleider, die Rubys Mutter ihr gegeben hatte, als sie und ihr Sohn völlig durchnäßt zu ihnen ins Haus gekommen waren.

Judson Palmer lag in einer Zelle im Ursulinenkloster, bekleidet mit einem Hemd und einem Rock, die er von den Nonnen bekommen hatte. Sie gaben den Flüchtlingen, was sie an trockener Kleidung finden konnten. Die ganze Nacht hindurch hatten sich Überlebende immer wieder dankbar an eine besonders hilfsbereite und großgewachsene Ordensschwester gewandt, um dann festzustellen, daß sie in das unrasierte Gesicht eines Mannes in Nonnentracht blickten.

Palmer schwebte zwischen Hoffen und Bangen. Später schrieb sein Kollege, Wilber M. Lewis, Sekretär des YMCA, an Palmers Freunde, um ihnen die tragische Nachricht zu übermitteln: »Mrs. Palmers Leichnam wurde am nächsten Tag gefunden und identifiziert ... Wenn Lees Leiche je gefunden wurde, war es zu spät, sie zu identifizieren.«

Und was Palmer selbst betraf: »Er hatte arge Prellungen von umhertreibenden Trümmern, aber soweit man sehen konnte, keine inneren Verletzungen. Seine Kleider waren ihm ganz vom Leib gerissen. Sein seelischer Zustand ist im Augenblick schlimm, aber wir hoffen das Beste.«

Eine unheimliche Ruhe breitete sich in der Stadt aus. Die Menschen trugen ihre Verluste in aller Stille. John W. Harris war damals erst sieben, aber er erinnerte sich später noch lebhaft, wie der Bürgermeister persönlich seinem Vater, John Junior, am Sonntagmorgen in ihrem Haus in der Tremont Street einen Besuch abstattete. Als eines der besten Häuser der Stadt hatte es den Sturm so gut überstanden, daß die Harrises keine Vorstellung davon hatten, welche Verwüstung der Sturm in anderen Teilen der Stadt angerichtet hatte. Sie waren gerade beim Frühstück, als der Bürgermeister kam. »John«, sagte er zu dem älteren Harris, »Ihre ganze Familie ist ausgelöscht.«

Harris hatte seine Schwestern und deren Familien verloren: elf Männer, Frauen und Kinder. Sein Sohn sah ihn zum ersten Mal in seinem Leben weinen.

Als Clara Barton in der folgenden Woche nach Galveston kam, fiel auch ihr die Stille auf. Die Menschen seien wie benommen, sagte sie; es herrsche »eine unnatürliche Ruhe, die jeden erstaunen würde, der nicht wüßte, woher sie kommt«. Die Menschen trauerten, aber sie zeigten ihre Trauer nicht. »Man hört die Leute ohne Emotion vom Verlust derer sprechen, die ihnen am nächsten standen«, sagte Pater Kirwin. »Wir sind in einer Verfassung, in der wir nichts empfinden können.«

Jeder in Galveston hatte irgend jemanden oder etwas verloren; die Glücklicheren hatten nur materielle Verluste erlitten. Dr. Young hatte sein Haus verloren, aber seine Familie hatte seine Nachricht bekommen und war in San Antonio in Sicherheit. Familie Hopkins hatte überlebt, aber Mrs. Hopkins wußte ihr Glück zunächst nicht zu schätzen. Als die Sonne herauskam, sah sie, daß ihr Haus, die Lebensgrundlage ihrer Familie, zerstört war. Küche, Eßzimmer und zwei Schlafzimmer des ersten Stocks waren in den Nachbargarten gestürzt. Louise Hopkins sollte nie mehr die Verzweiflung in der Stimme ihrer Mutter vergessen, als diese sagte: »O Gott, warum sind wir nicht alle mit untergegangen.«

Die *Louisiana* überstand den Sturm mit völlig durcheinandergeworfener Ladung. Kapitän Halsey legte kurz in Key West an, damit seine Mannschaft unter Deck Ordnung schaffen konnte, und setzte dann seine Reise nach New York fort, wo das Schiff von aufgeregten Reportern empfangen wurde, die alles über seine Begegnung mit dem Hurrikan erfahren wollten. Der Sturm, erzählte Halsey der *New York Times*, entzöge sich jeder Beschreibung.

Isaac suchte seine Frau. Es gibt eine Photographie, auf der man sieht, was von Isaacs Wohngegend übriggeblieben war. Ungefähr vom Ursulinenkloster aus aufgenommen, zeigt sie ziemlich genau, welcher Anblick sich Isaac geboten haben muß, als er am Sonntagmorgen aus dem Haus Ecke 28. Straße und Avenue P heraustrat: Zur Linken erkennt man die Ruinen der Grundschule Bath Avenue; wo sein Haus sein sollte, nichts als einen Schuttberg.

Auf den ersten Blick scheint die Trümmerlandschaft im Vordergrund eine homogene Masse aus Holz zu bilden, die sich bis zum Horizont erstreckt, wo eine blasse Linie den Golf von Mexiko andeutet. Bei genauerer Betrachtung mit der Lupe entdeckt man jedoch das Unterteil eines Holzschaukelstuhls, die Sitzfläche eines Korbstuhls, einen Koffer und eine Überraschung: Rechter Hand, etwa dort, wo Isaac und seine Familie strandeten, stehen vier Männer zwischen den Trümmern. Drei sind in Hemdsärmeln und scheinen zu graben; der vierte steht daneben und schaut aufmerksam zu. Dieser Mann sieht aus wie Isaac. Unmöglich, natürlich. Aber er hat Isaacs Größe, Isaacs kleinen Bart. Trotz der Hitze trägt er ein Jackett und einen Hut.

Auf seiner Suche traf Isaac andere Männer und Frauen, die ebenfalls nach Verwandten und Freunden fahndeten. Sie tauschten Informationen aus: eine Frau, die man hier, ein Mann, den man dort gefunden hatte, eine große Zahl von Leichen unten am Strand. Es ist möglich, daß Isaac dabei auch einem Mann aus Houston namens Thomas Muat begegnete, der in Isaacs Viertel gekommen war, um seine achtzehnjährige Tochter Anna zu suchen. Sie war eine Woche zuvor nach Galveston gereist, um Freunde zu besuchen, und hatte bei David McGill, 26. Straße und Avenue Q, einen Block westlich von Isaacs Haus gewohnt. McGill war ein Freund der Muats.

Die Muats hatten Anna am Sonntagabend zurückerwartet, am Nachmittag jedoch erfahren, daß keine Züge Galveston mehr verlassen konnten. Nach einer langen durchwachten Nacht ohne Nachricht von seiner Tochter beschloß Muat, sich gleich am Montagmorgen nach Galveston aufzumachen. Zusammen mit seinem Schwager und zwei weiteren Männern bestieg er einen der ersten Züge, die Galveston zu erreichen versuchten, aber sie kamen nur bis La Marque in der Nähe von Texas City. Von dort gingen sie zu Fuß weiter bis Virginia Point, wo sie zutiefst verstörende Nachrichten hörten: Allein an diesem Tag hatten die Männer von Virginia Point zweihundert Leichen geborgen, die über die Galvestonbucht getrieben waren.

Mit Kupferdraht banden Muat und seine drei Begleiter

drei umgestürzte Telegrafenmasten zusammen und nagelten ein Brett darauf. Das so entstandene Floß ließen sie neben einem der Eisenbahnübergänge zu Wasser und zogen sich von Brückenpfeiler zu Brückenpfeiler vorwärts. Dreimal kenterte das Floß, dreimal richteten sie es wieder auf und fuhren weiter, bis sie schließlich bei Anbruch der Abenddämmerung den Kai erreichten. »Was wir dort erlebten, läßt sich nicht mit Worten beschreiben«, sagte Muat. »Wir mußten über menschliche Körper, Rinder, kaputte Güterwagen und Stacheldraht steigen; gegen 20 Uhr kamen wir in der Stadt an.«

Zu erschöpft, um sich gleich auf die Suche zu machen, übernachteten sie in einer Pension, die noch in Betrieb war. Früh am nächsten Morgen gingen sie zur 26. Straße, Ecke Avenue Q, und stellten fest, daß McGills Haus »wie vom Erdboden verschluckt« war.

Sie suchten weiter und fanden schließlich in einem Haus einige Querstraßen weiter McGills Frau. Sie habe Anna zum letztenmal gesehen, erzählte sie Thomas, nachdem das Haus eingestürzt war. Ihr Mann und Anna seien auf einem Teil des Daches gelandet, sie selbst auf einem anderen. Anna habe um Hilfe gerufen, aber Mrs. McGill habe nichts tun können. Seitdem habe sie sie nicht mehr gesehen.

»Die einzige Hoffnung, die uns bleibt«, sagte Muat damals, »ist, daß meine Tochter von irgend jemandem aufgelesen wurde und noch nicht in der Verfassung ist, sich zu melden.«

Solange keine Leiche da war, gab es immer noch Hoffnung. Isaac setzte seine Suche fort. Doch je schlechter die Bedingungen wurden – das heißt, je mehr die Angst vor Seuchen wuchs und je mehr Leichen auftauchten (darunter auch die von Anna Muat) –, um so schwieriger wurde die Jagd nach Wundern und Leichnamen. Die Hoffnung schwand; an ihre Stelle trat nichts als Leere.

Tagebuch

Dienstag, 11. September

I. M. Cline, zuständig für die örtliche Wettervorhersage, weiterhin arbeitsunfähig.

Galveston

»Nicht tot«

Jeden Tag strichen die Herausgeber der *Galveston News* einige Namen von der Liste der Toten und setzten sie auf die erheblich kürzere Liste mit dem Titel: »Nicht tot«. Falschmeldungen waren zu einem Problem geworden. Die *Tribune* veröffentlichte unter der Überschrift »Seien Sie vorsichtig« eine kurze Warnung, die jeden beschwor, bevor er den Tod eines Menschen meldete, vollkommen sicherzugehen, daß das Opfer wirklich gestorben sei. »Mehrere Personen wurden uns als tot gemeldet, aber die Herrschaften erwiesen sich als quicklebendig.«

Die Liste der Toten wurde länger und länger. Es gab jetzt so viele Leichen, daß deren Entsorgung das Hauptanliegen des städtischen Hilfskomitees war, das die Stadt mittlerweile regierte und Unterausschüsse gebildet hatte, die sich um Begräbnisse, Finanzen, Krankenhäuser und andere Aufgaben kümmerten. Am Montag wurde beschlossen, die Leichen nunmehr auf See zu bestatten. Den ganzen Tag über transportierten Feuerwehr-, Leichen- und Lastwagen große Mengen von Toten zum Kai, wo Mannschaften bereitstanden, die sie auf einen offenen Schleppkahn luden. Die Harmonie, die bisher zwischen Weißen und Schwarzen geherrscht hatte, geriet ins Wanken. Soldaten trieben fünfzig schwarze Männer mit vorgehaltener Waffe zusammen, zwangen sie, auf den Schlepper zu steigen, und versprachen ihnen Whiskey, um die Arbeit des Ladens, Beschwerens und Überbordwerfens der Leichen erträglicher zu machen.

Es war ein heißer Tag. Der Schleppkahn war unweit der *Pensacola* vertäut, deren Männer an der Reling standen und trotz des grotesken Schauspiels und Geruchs aufmerksam zuschauten. Arbeiter warfen die Toten ohne viel Zartgefühl in den Laderaum, bis sie ein Knäuel aus aufgequollenen Hinterteilen und starren Gliedmaßen bildeten. Ein Leichnam fiel auf. Er war lang und schlank und mit größter Sorgfalt in weißes Leinen gehüllt. Irgend jemand hatte ihn auf einen erhöhten Teil des Decks gelegt, so daß er ein wenig über den anderen Toten in der hellen Sonne leuchtete wie eine weiße Marmorstatue.

Am späten Nachmittag befanden sich siebenhundert Leichen auf dem Kahn. Ein Dampfschiff schleppte ihn zum vorgesehenen Ort dreißig Kilometer vor der Golfküste, kam aber erst weit nach Einbruch der Dunkelheit dort an, so daß die Männer nicht mehr mit ihrer Arbeit beginnen konnten. Sie verbrachten die Nacht zwischen Armen und Beinen, die das sanfte Schaukeln des Meeres wieder zum Leben zu erwecken schien. Tote Hände griffen nach dem Mond.

Bei Sonnenaufgang begannen die Männer, die Leichen mit Gewichten zu beschweren – mit allem, was sie sinken ließ: Relingteilen, Fensterrahmen. Sie arbeiteten rasch. Zu rasch, wie es schien, denn gegen Ende des Tages wurden Dutzende von Leichen wieder an den Stränden der Stadt angeschwemmt. Manche waren noch mit Gewichten beschwert, andere nicht.

Das Bestattungskomitee hatte keinen großen Entscheidungsspielraum. Die Leichenhallen waren überfüllt, die Bestattung auf See hatte offenbar nicht funktioniert, und die Verwesung machte den Umgang mit den Leichen immer schwieriger. Allein der Umstand, daß die Toten durch die Straßen der Stadt gekarrt werden mußten, wurde zusehends untragbarer. »Bald wurde klar«, schrieb Clarence Ousley von der *Tribune*, »daß sich im Hinblick auf die körperliche, aber auch die geistige Gesundheit der Menschen auf den

Straßen die gespenstische Parade der Leichenzüge zum Kai verbot, und die einzige Lösung bestand darin, sie an Ort und Stelle zu begraben oder zu verbrennen.«

Es wurde beinahe augenblicklich mit den Verbrennungen begonnen, so daß für Isaac und Tausende andere Überlebende die Suche nach den sterblichen Überresten ihrer Liebsten so gut wie unmöglich wurde. Der Geruch von brennendem Haar und Fleisch, letzterer wie gebrannter Zucker, erfüllte die Luft. Phillip Gordie Tipps Mannschaft, die Ecke 25. Straße und Avenue Q 1/2 einen Scheiterhaufen errichtete, verbrannte fünfhundert Leichen. Der Rettungstrupp der Stadt unter der Leitung von Kapitän William A. Hutchings vom Achten Bezirk der U. S. Lebensrettungsgesellschaft fand und begrub 181 Tote. Sie stießen auch auf einen Sarg samt Leiche, der am Tag des Sturms von New Orleans aus zum Bestattungsinstitut Levy geschickt worden war; er wurde ebenfalls begraben.

Die Leichentrupps arbeiteten in Dreißig-Minuten-Schichten und durften zwischendurch so viel Whiskey trinken, wie sie brauchten, um weiterzumachen. »Der Gestank, der von den toten Menschen und Tieren ausging, war so entsetzlich, daß sie nicht länger arbeiten konnten«, sagte ein Zeuge. Sie arbeiteten in langen Ärmeln, Jacken und Mohairhosen, ließen sich aber ihr Unbehagen nicht anmerken. Ihre Nasen blieben unbedeckt.

Das Verbrennen schien gegenüber der Parade der mit Leichen gefüllten Wagen keine große Verbesserung zu sein. Die bloße Vorstellung, Männer, Frauen und Kinder – vor allem Kinder – zu verbrennen, war erschütternd – ein Sakrileg. Die Einäscherung als Bestattungsmethode war in Amerika noch eine ganz neue Idee. Jetzt brannten überall in Galveston Feuer. Emma Beal, damals zehn Jahre alt, beobachtete, wie einige Männer direkt neben ihrem Haus, 37. Straße und Avenue P, Leichen verbrannten. Als ein Toter ins Feuer gelegt wurde, schoß sein Arm hoch, als deute er in den Himmel. Emma schrie, schaute aber unverwandt hin und bezahlte dafür mit Alpträumen, die sie des Nachts sich in ihrem Bett hin- und herwerfen ließen.

Isaac Cline ging, wie es ihm zunehmend vorkam, durch die Hölle. Er konnte den Scheiterhaufen nicht entfliehen. Da war Phillip Gordie Tipps Feuer Ecke 25. Straße und Avenue Q 1/2, ein anderes am Fuß der Tremont Street gegenüber vom Kai, wo mehrere Hundert Leichen, eineinhalb bis zwei Meter hoch aufgeschichtet, verbrannt wurden. Am Strand war alle hundert Meter ein Feuer entzündet worden. In der Nacht erleuchteten die Scheiterhaufen in allen Himmelsrichtungen den Horizont, als gingen vier Sonnen gleichzeitig auf. Die Männer, die sich um die Feuer kümmerten, verloren schon bald jedes Gefühl dafür, daß sie etwas Außergewöhnliches taten. Ein Überlebender sagte, die Brände seien nach einer Weile »zu einem so gewohnten Anblick geworden, daß sie keine Kommentare mehr hervorriefen«.

In der Nacht verdichteten sich Gerüchte und Falschmeldungen. Es hieß, ein zweiter Sturm sei im Anmarsch. Isaacs Amt dementierte. In der Nacht vom Sonntag, dem 16. September, zerstörte ein gewaltiges Feuer die Merchants and Planters Cotton Oil Mill in Houston und ließ den Himmel im Norden leuchten. In Galveston, wo schon die Flammen der Scheiterhaufen die Nacht erhellten, schien es, als sei das Ende der Welt gekommen. Und für William Marsh Rice, jenen älteren New Yorker Millionär, dem das Werk gehörte, war es in der Tat das Ende. Der Hurrikan und das Feuer veranlaßten ihn, Vorkehrungen zu treffen, um eine große Summe Bargeldes für den Wiederaufbau nach Houston zu transferieren, was seinen Diener und einen skrupellosen Rechtsanwalt ihrerseits dazu bewog, ihren länger gehegten Plan, Rice zu vergiften, schleunigst in die Tat umzusetzen.

Man erzählte sich, schwarze Männer hätten begonnen, Leichen auszuplündern. Sie bissen ihnen angeblich Finger ab, um an die Diamantringe heranzukommen, und steckten sich die Finger dann in die Taschen. Die nationale Presse nahm diese Geschichten für bare Münze und schmückte sie mit noch schauerlicheren Details aus. Am Donnerstag, dem 13. September, meldete der *Daily Register* aus Mobile, Alabama, in Galveston seien fünfzig Schwarze erschossen worden. »Die Ghule«, schrieb die Zeitung, »veranstalteten eine Orgie mit den Toten.«

Nichts von alledem war wahr, obwohl es unter Weißen wie Schwarzen durchaus zu Diebstählen gekommen sein mag. Ein Reporter der *Galveston News* berichtete, daß angeblich fünfundsiebzig Plünderer in den Rücken geschossen worden seien, aber er war skeptisch. »Sorgfältige Recherchen ergaben, daß dieser Bericht falsch ist.« Dennoch mochte er sich nicht festlegen. Wenn irgend jemand zu Tode gekommen sei, schrieb er, könne die Zahl ein halbes Dutzend kaum überstiegen haben. John Blagden, der den Sturm unverletzt überlebte, hörte, daß am 10. September vier Männer erschossen worden seien. »Ich weiß nicht, was daran ist«, sagte er, »denn es kursieren alle möglichen Gerüchte, und viele sind unwahr.«

Eine Wolke aus Verwesungsgeruch und menschlicher Asche hing über der Stadt. Der Dampfer *Comal* legte am Montag zunächst an Pier 26 an, aber seinen Kapitän widerte der Gestank dermaßen an, daß er das Schiff weiter unten am Kai festmachte. Es war sonnig und klar – und heiß. »Fürchterlich heiß«, wie ein Mann sagte. Er schätzte die Temperaturen auf nahezu 38 Grad. »Jeden Tag wurde der Gestank verwesender Körper schlimmer«, sagte Ruby Credo. »Ich mußte mich immer wieder fast übergeben, so schlimm war er.«

Isaac las die *News* genau. Alle taten das. In den Tagen nach dem Sturm wurde sie zur Hauptinformationsquelle für alle, die etwas über Freunde und Verwandte in Erfahrung bringen wollten. Am Donnerstag sah sie wieder wie eine richtige Zeitung aus. Sie hatte den gewohnten Umfang und bot den Lesern den ersten großen Bericht über den Sturm sowie einige Anekdoten – etwa die Geschichte eines zahmen Präriehundes, der den Sturm in einer Kommodenschublade verbracht hatte und lebend geborgen worden war. Die Zeitung veröffentlichte zudem eine Liste von Telegrammen, die sich im Büro der Western Union an der »Strand« angesammelt hatten und nicht zugestellt werden konnten, weil so viele Empfänger und Botenjungen tot und 3600 Häuser verschwunden waren. Auf der Liste standen fünfhundert Namen.

Am Freitag wurde in der *News* erstmals wieder Werbung gemacht. Die Firmen versicherten ihren Kunden, daß sie nicht beabsichtigten, die Preise anzuheben, um Profit aus der Katastrophe zu schlagen. Ein Geschäft namens »The Peoples« bot Waren zum Einkaufspreis an. Die Liste der Toten rankte sich um eine Anzeige der Collier Packet Company, die für Kaffeekannen, Becher, Wäscheleine, Besen, Harken, Schaufeln, Nägel, Laternen, Lampen und Seife warb und versprach: »Garantiert kein Preisanstieg.« Die H. Mosle & Company hatte das berühmte »Flutkatastrophenmehl« für einen Dollar pro Sack im Angebot.

Die Liste der Toten füllte eine ganze Seite sowie einen Teil der nächsten und enthielt bruchstückhafte Informationen, die den Lesern im Telegrammstil größere Wahrheiten über den Sturm vermittelten. Schwarze Opfer wurden als farbig bezeichnet. Die Liste lieferte den schlagenden Beweis, daß der Sturm alle Grenzen von Rasse, Beruf und Klassenzugehörigkeit ignoriert hatte. Er hatte Schiffsmakler, Postboten, Hafenarbeiter, einen Preisboxer, einen Vollzugsbeamten und dreizehn nicht identifizierte Bewohner des Obdachlosenheims auf dem Gewissen. Er hatte zweiundzwanzig Menschen im Haus von »François, einem bekannten Kellner«, getötet und den Stammbaum des Rattiseau-Clans zu einem Bäumchen zurückgestutzt: Mrs. J. C. Rattiseau und ihre drei Kinder, J. B. Rattiseau, seine Frau und ihre vier Kinder sowie C. A. Rattiseau, seine Frau und sieben Kinder waren ihm zum Opfer gefallen. Mr. und Mrs. A. Popular und die vier Kinder Agnes, Marnie, Clarence und Tony waren in seinen Fluten ertrunken. Er hatte Sanders Costly und Clara Sudden, Herman Tix und H. J. Tickle, John Grief und dessen gesamte Familie getötet.

Auf der Liste stand auch ein Mann namens Pilford von der Mexikanischen Telegrafengesellschaft mit seinen vier Kindern. Als Todesort war »25. Straße und Avenue Q« angegeben. Isaacs Ecke. Vielleicht sogar sein Haus.

Am Freitag erschien die gewohnte Rubrik »Kontaktanzeigen«, die jetzt jedoch einen völlig anderen Charakter hatte.

W. M. R. Clay hatte eine Nachricht an Jetta Clay: »Ich bin hier«, stand dort, »2002 L. Komm sofort.«

Charles Kennedy suchte Fred Heidenreich. »Wenn du lebst, komm zur 24. und Church Street. Dein Bruder Ben ist hier.«

Eine Suchanzeige am folgenden Dienstag lautete: »RYALS – wenn Myrtle, Wesley, Harry oder Mabel noch leben, bitte bei ihrer Mutter, Mrs. Ryals, melden, 2024 N.«

Allmählich traf Hilfe ein. Die Armee schickte Soldaten, Zelte und Lebensmittel. Die Eisenbahnfähre *Charlotte Allen* brachte eintausend Brotlaibe aus Houston, der Dampfer *Lawrence* viertausend Liter Trinkwasser. Der »Große Diktator der Knights of Honor« erschien, um nach seinen Galvestoner Brüdern zu sehen. Clara Barton reiste an, um zu helfen, und telegrafierte umgehend nach Hause: »Situation nicht übertrieben.« Sie hatte viele Waisen erwartet, fand aber nur wenige – der Sturm hatte die Kleinsten am schlimmsten getroffen. Sie kam mit einer Zugladung Karbolsäure und anderen Desinfektionsmitteln, die Joseph

Pulitzers New Yorker *World* zur Verfügung gestellt hatte. William Randolph Hearsts New Yorker *Journal* schickte ebenfalls einen Zug, der als erster startete und als letzter ankam. Worüber Hearst sich schwarz ärgerte. Er sandte eine seiner besten Kräfte, Winifred Black, seine berühmte »Briefkastentante«, die er eigens aus San Francisco geholt hatte, um Pulitzer zu bekämpfen, nach Galveston. Der Sturm, fand sie heraus, hatte die Särge in einem Galvestoner Friedhof ans Tageslicht befördert. Die Schlagzeile des *Journal* schrie: »SELBST DIE GRÄBER GEBEN IHRE TOTEN HER.«

Der große Hurrikan beherrschte die Schlagzeilen aller Zeitungen von Miami bis Liverpool und brachte eine Flutwelle von Spenden hervor, die meisten davon durch das Rote Kreuz vermittelt. Hearst spendete im Namen einer Stiftung, die sich »New Yorker Basar für die Waisen Galvestons« nannte, 50 000 Dollar, ein Vermögen. In seiner Funktion als Herausgeber des *Journal* sammelte er weitere 3676,02 Dollar. Die staatliche Irrenanstalt von Kansas brachte 12,25, die Colored Eureka Brass Band aus Thibodoux, Louisiana, 24 Dollar auf. Die Elgin Milkine Company aus Elgin, Illinois, schickte zweiundsiebzig Flaschen Brühe in Tabletten- und Pulverform mit Zitronen- und Schokoladengeschmack. Die Mitglieder des Fraternal Mystic Circle, Elmwood Ruling Nr. 430, Gainesville, Texas, spendeten 50 Dollar, die Ladies of the Maccabees of the World, Sacramento Hive Nr. 9, 329,25 Dollar, die Stadt Liverpool gab 13 580, der Baumwollverband von Liverpool 14 550 Dollar. Innerhalb der Vereinigten Staaten spendete der Staat New York die höchste Summe: 93 695,77 Dollar, New Hampshire die kleinste – einen Dollar –, den gleichen Betrag wie Moose Jaw, Kanada. Die Sabbath-Schule in Odell, Illinois, schickte 4,10 Dollar für die wenigen Waisen, die Clara Barton fand, und bekam dafür einen freundlichen Brief. »So bedachtsam, wie sie ausgegeben wurden, würde es mich nicht wundern, wenn nicht auch ein paar Spielsachen davon gekauft worden wären«, schrieb Barton, »vielleicht eine Puppe, ein Plüschhund, eine Antilope oder ein kleines Dorf.«

Unter den Spenden, die sie am tiefsten bewegten, waren 61 Dollar von Arbeitern des Cambria Stahlwerks in Johnstown, Pennsylvania. Diese erwähnten das Martyrium, das sie selber elf Jahre zuvor durchgemacht hatten, als ein Staudamm hoch über der Stadt brach, mit keinem Wort.

Mitarbeiter des Wetteramts zahlten in einen Hilfsfonds für ihre Galvestoner Kollegen ein, wobei sie 200,76 Dollar für Isaac bestimmten, 150 für Joseph und 50 für John Blagden. Isaac drückte ihnen seinen tiefen Dank aus. Ein ziemlich salbungsvoller Brief ging von einem Meteorologen des westindischen Dienstes, William H. Alexander, an Willis Moore. Alexander zahlte nichts in besagten Fonds ein, schwor aber, daß sein Mitgefühl für die Station und den Staat Texas groß sei. »Da dies mein Empfinden ist und ich fürchte, mein Schweigen könnte als Gleichgültigkeit ausgelegt werden, sollte ich, um mir selber Gerechtigkeit widerfahren zu lassen, berichten, daß ich einem bedürftigen Freund in Galveston baldmöglichst nach dem Sturm die Summe von elf Dollar geschickt habe, was das Äußerste ist, was beizusteuern ich mich imstande fühlte.«

Ein Beitrag seiner westindischen Vorgesetzten William Stockman und Oberst H. H. C. Dunwoody ist nicht dokumentiert.

Isaac erschien am Montag, dem 17. September, wieder zur Arbeit. Was er in den acht Tagen davor getan hat, ist unklar. Ein Lokalhistoriker meint, er habe sich im Krankenhaus aufgehalten, aber das ist wenig glaubhaft. Isaac war nicht ernsthaft verletzt, zumindest körperlich nicht. Höchstwahrscheinlich widmete er seine Zeit der Suche nach seiner Frau, der Sorge für seine Kinder und seiner eigenen Trauer. Es gab viel für ihn zu tun. Er mußte ein dauerhaftes Zuhause für seine Kinder finden und eine Frau, die sich um sie kümmerte. Er übergab Joseph die Verantwortung für das Amt, was ihm nicht leichtgefallen sein wird. Joseph dagegen genoß seine neue Stellung und die Abwesenheit seines Bruders. Die Botschaften aus der Station wurden dramatischer im Ton. Am Dienstag, dem 11. September, um 11 Uhr 30 sandte Joseph ein atemloses Telegramm an Moore ab, in dem er meldete, Bornkessell sei immer noch vermißt, Isaac verletzt, wenn auch »nicht ernsthaft«, und »beinahe die halbe Stadt« fortgespült. »Ich selber bin schwer verwundet. Zweitausend Tote im Meer gefunden.«

Genau drei Minuten später passierte ein weiteres Telegramm die Drähte; es stammte von Isaac. »Alle Postverbindungen seit Samstagmittag unterbrochen. Kein Material verfügbar, um Aufschluß über Ernte zu erlangen. Alle Nachrichten per Schiff nach Houston. Instrumente provisorisch von Blagden aufgestellt. J. L. Cline im Dienst, kann aber nicht viel tun.«

Es waren schwere Tage für Isaac. Er glaubte an die Arbeit und die möglichst produktive Nutzung seiner Zeit, doch dabei hatte er die Liebe zu seiner Familie in einer Schublade verstaut, die er sich nur selten zu öffnen erlaubte. Ein Fehler, wie er jetzt sah. Er hatte seine Frau verloren und beinahe auch eine Tochter. Erst jetzt wurde ihm bewußt, wie vollkommen Cora seine Welt zusammengehalten hatte. Seine Kinder brauchten Nahrung, Wärme und einen trokkenen Ort, aber vor allem brauchten sie ihn. Zugleich mit der Stadt waren auch die sauberen Unterteilungen seines Lebens zerstört worden.

Sein Haus war fort, und mit ihm alles, was seine Vergangenheit beschrieb – Photographien, Briefe, seine geliebte Bibel und das beinahe fertig geschriebene Manuskript seines Buches über Klima und Gesundheit – das zweite Mal, das das Buch vernichtet wurde. Seine Station war in Unordnung. Kuhnel war desertiert. Baldwin war gerade eine Woche vor dem Sturm Heimaturlaub verordnet worden.

Und Bornkessell war sicherlich tot. Er hatte sich gerade erst ein Haus im West End gebaut, aber man fand dort nur ein leeres Grundstück vor. Nachbarn hatten offenbar in seinem Haus Zuflucht gesucht, weil sie ihm genauso vertraut hatten wie andere Isaac. An dem Morgen, als Isaac wieder zu arbeiten begann, entdeckte er in der *Galveston News* die Suchanzeige eines Mannes aus Houston namens Harry M. Perry. »Ich möchte Ihnen meine Frau und meinen siebenjährigen Sohn Clayton als vermißt und zweifellos verloren melden. Sie waren zu Besuch bei Mr. und Mrs. Theodore C. Bornkessell, die ihr neues Haus an der Nordseite der Shell Road etwa eineinhalb Kilometer westlich des Denver Resurvey bezogen hatten. Ich bin mit dem Dampfer *Lawrence* nach Galveston gekommen und habe die ganze Gegend vom Grundstück des Hauses bis zur Bucht sorgfältig abgesucht, ohne jedoch eine Spur von ihnen zu finden. Alles, was da war, floß direkt in die Bucht, als wäre es durch nichts aufzuhalten. Das Haus ist nicht mehr da, aber einige seiner Trümmer sind gut eineinhalb Kilometer nordwestlich des Grundstücks in den Bäumen gelandet. Meine Frau ist etwa 1,63 Meter groß, hat welliges, schulterlanges schwarzes Haar, ist dreißig Jahre alt, sieht aber jünger aus, obwohl ihr Haar viele graue Strähnen hat … Sollte irgend jemand von solchen Personen Kenntnis genommen oder erhalten haben, erübrigt es sich zu sagen, daß ich für jede Information dankbar wäre. Mr. und Mrs. Bornkessell sind zweifellos mit ihnen gemeinsam verschwunden.«

Was die Station betraf, hätte es schlimmer kommen können. Joseph war in der Tat verwundet, aber nicht so schwer, wie er selber offenbar meinte. Er war nie gut mit Verletzungen oder Krankheiten fertig geworden. Blagden war glücklicherweise wohlauf und voller Energie. Das Levy-Gebäude hatte keinen Schaden genommen.

Isaac konnte sich nicht helfen – ab und zu hörte er ein Flüstern in seinem Kopf, das ihm zuraunte, er hätte sich mit seiner Familie besser im Levy-Gebäude verschanzen sollen, anstatt zu versuchen, den Sturm in seinem Haus zu überstehen. Warum hatte er sich für diesen Weg entschieden? Aus Stolz? Oder um den Schein zu wahren?

Joseph hingegen schien bei allem Mitgefühl nur zu genau zu wissen, daß er recht gehabt hatte und Isaac nicht.

Nachts kamen die Träume. Isaac schlief abends leicht ein und träumte von glücklichen Zeiten; um so düsterer und trauriger war das Erwachen. Er träumte, er habe sie gerettet; er träumte von seinem verlorenen Baby. »Der Traum«, schrieb Freud 1900 in der Traumdeutung, »ist eine Wunscherfüllung.«

Während der Woche arbeitete er an seinem offiziellen Bericht über den Sturm. Psychisch war dies eine schwierige Aufgabe. Seine Frau wurde noch vermißt. Die Luft stank nach verwesendem Fleisch und verbranntem Haar. In der Vergangenheit war es ihm stets gelungen, sich von den meteorologischen Ereignissen, die er beschrieb, zu distanzieren. Heiße Winde, erstarrte Fische: Er war der Beobachter, der diese Phänomene wie durch eine Glasscheibe betrachtete. Doch dieser Sturm hielt ihn fest umklammert und veränderte sein Leben für immer. Wenn er sich vor seine Schreibmaschine setzte, legte sich menschliche Asche auf jedes neue Blatt Papier.

Er fing an: »Der Hurrikan, der Galveston Island am Samstag, dem 8. September 1900, heimsuchte, war ohne Zweifel eines der bedeutsamsten meteorologischen Ereignisse der Geschichte.«

Es gab so vieles, was er sagen wollte – daß die Zentrale und der Westindien-Dienst den Sturm nicht als Hurrikan erkannt hatten, daß auch er selbst die Warnzeichen zu spät richtig gedeutet hatte –, aber er konnte es nicht. Er konnte dieses gemeinschaftliche Versagen nicht beschreiben, ohne dem Amt nachhaltig zu schaden.

Statt dessen schrieb er: »Die Sturmwarnungen kamen rechtzeitig und gelangten nicht nur in Galveston, sondern in der gesamten Küstenregion zu weiter Verbreitung.«

Er überging den konkreten Charakter dieser Warnungen ebenso wie die Tatsache, daß keine davon einen Hurrikan erwähnt hatte.

Während er schrieb, quälte ihn eine Frage: Warum waren so viele Menschen gestorben? Kein anderer Sturm auf dem nordamerikanischen Festland hatte bisher auch nur annähernd so viele Menschenleben gefordert. Warum dieser? War dies zu einem Teil seine, Isaacs, Schuld?

Wie um sich mit dieser Frage auseinanderzusetzen, schilderte er, wie er am Samstagmorgen die Öffentlichkeit ermahnt hatte, sich einen sicheren Ort für die Nacht zu suchen. »Daraufhin zogen Tausende von Menschen, die in der Nähe des Strandes oder in kleinen Häusern wohnten, mit ihren Familien ins Zentrum der Stadt und wurden so gerettet.« In späteren Jahren stieg die Zahl der Menschen, die er gerettet zu haben behauptete, auf zwölftausend an.

Isaac hatte überdies erhebliche Schwierigkeiten, die Geschehnisse in einer leidenschaftslosen, wissenschaftlichen Weise zu beschreiben und seine persönlichen Erlebnisse dabei außer acht zu lassen. Es war ihm unmöglich. Dies war sein Sturm. Alles, was er darüber wußte, kam daher, daß er es selbst durchlebt hatte.

In wenigen kargen Absätzen beschrieb er den Zusammenbruch seines Hauses und seine Nacht auf den Trümmern. Coras wahrscheinlichem Tod widmete er eine einzige Zeile: »Unter den Opfern war meine Frau, die nach der Zerstörung des Gebäudes nicht wieder aus dem Wasser auftauchte.«

Sein Bericht war sparsam und hatte nichts von der blumigen Schreibweise, die für seine Zeit so typisch war. Dennoch war diese Form neu für ihn. Er hatte noch nie zuvor ein offizielles Dokument in der ersten Person geschrieben, immer nur in der passiven Stimme des Beamten; und ganz gewiß hatte er noch nie seine Familie erwähnt. Es war riskant. Er verstieß damit gegen ein ungeschriebenes Gesetz der Bürokultur, wie sie sich unter Willis Moore herausgebildet hatte: Lasse niemals deinen eigenen Stern heller leuchten als den des Chefs.

Aber es gab keine andere Möglichkeit, diese Geschichte zu erzählen. Isaac schickte sie Moore mit einem Brief, in dem er schrieb: »Meine persönliche Erfahrung war so eng mit dem Verlauf des Sturms verknüpft, daß es mir schien, ich müsse sie in den Bericht einfließen lassen. Sollten Sie anderer Meinung sein, streichen Sie bitte den entsprechenden Teil.

Hochachtungsvoll,
Ihr ergebener Diener
I. M. Cline.«

Washington

Ein Brief von Moore

Am Freitag, dem 28. September, als noch Hunderte von Feuern in der Stadt brannten, entdeckte Isaac in der *Houston Post* einen ärgerlichen Brief von Willis Moore, in dem dieser die Arbeit des Wetteramts hinsichtlich der Warnung vor dem Hurrikan verteidigte. Der Brief bereitete Isaac Kopfzerbrechen. Moores Darstellung entsprach nicht ganz der Wahrheit; warum wandelte er die Geschichte ab?

Moores Brief war die Reaktion auf einen Leitartikel in der *Post*, der das Wetteramt beschuldigte, den Sturm nicht rechtzeitig vorausgesagt und erkannt zu haben. Es hieß dort: »Die weitgehende Unbrauchbarkeit des Nationalen Wetteramts, zumindest in bestimmten Teilen des Landes, zeigte sich nie mit solcher Deutlichkeit wie am letzten Freitag und Samstag, als der Süden von Texas ohne Warnung vor dem kommenden Sturm oder dessen Intensität blieb.« Der Leitartikel zitierte dann die Vorhersage für Texas, die die Zentrale des Amts kurz vor dem Sturm ausgegeben hatte. »Das Wetteramt hatte gesagt, der Samstag würde ›mild‹, an der Küste von Osttexas seien ›frische, möglicherweise kräftige nördliche Winde‹ zu erwarten – wer hätte also damit rechnen können, daß an diesem Tag der zerstörerischste Hurrikan moderner Zeiten die Küste treffen würde?«

In einem fünfseitigen Brief wandte Moore ein, daß am Freitagmorgen Sturmflaggen in Galveston gehißt und »ein paar Stunden später« gegen Hurrikanflaggen eingetauscht worden seien. Er nannte Isaac »einen der heroischen Geister jener schrecklichen Stunde« und gab einen dramatischen, wenngleich unzutreffenden Bericht von Isaacs Tag. »Als die letzten Mittel der Kommunikation mit der Außenwelt versagt hatten, trotzte er, anstatt seiner eigenen Familie zu Hilfe zu eilen, den Furien des Sturms und der tosenden See und schaffte es schließlich, indem er ein bestimmtes Telefon am Ende einer Brücke erreichte, aus der dem Untergang geweihten Stadt eine letzte Botschaft auszusenden, die erst empfangen wurde, als der Sturm vorbei war ... Nachdem er dies zum Wohl des ganzen Volk geleistet hatte, kehrte er heim, um zu entdecken, daß sein Haus zerstört und seine Frau und ein Kind verloren waren.«

Zu diesem Zeitpunkt betrachtete Isaac Moore immer noch als seinen persönlichen Freund. Es kränkte ihn sicher, daß Moore die Geschichte seiner Erlebnisse im Sturm verfälscht hatte. Isaac hatte seine Frau und sein Haus verloren und beinahe auch eine Tochter, aber mit den Einzelheiten nahm es Moore nicht genau. Was Isaac am meisten störte, war Moores Behauptung, daß eine Anweisung, Sturmwarnungen zu flaggen, an Galveston ergangen sei und daß bereits am Freitag Hurrikanflaggen gehißt worden seien. Das war einfach nicht wahr.

Isaac schnitt Moores Brief und eine dazugehörige Anmerkung des Verlages aus, in dem die Herausgeber der *Post* schrieben, sie seien froh gewesen, Moores Antwort abdrukken zu können, weil sie keinerlei Interesse daran hätten, das Amt »mit spitzfindigen Schuldzuweisungen« zu verfolgen; listig fügten sie hinzu: »Wir würden alle lieber glauben, daß das Wetteramt uns wertvolle Dienste geleistet hat, als daß es nutzlos war.« Isaac schickte die Ausschnitte noch am selben Tag an Moore und fügte ein Anschreiben bei, das defensiv war, auf versteckte Weise aber auch Moore kritisierte. Isaac beteuerte, er habe am Samstag alles getan, was möglich gewesen sei. Gerade eben, berichtete er Moore, habe er mit einem Herausgeber der *Galveston News* gesprochen, der ihm versichert habe, die Warnungen seiner Station hätten »mehr als 5000 Menschen« das Leben gerettet.

Isaac ließ Moores verzerrte Darstellung seiner persönlichen Erlebnisse unerwähnt, bestritt jedoch indirekt dessen Behauptung, die Zentrale habe Anweisung gegeben, Hurrikanwarnung zu flaggen. »Was die Anordnungen betrifft, die an Galveston ergingen, möchte ich sagen, daß die Hurrikanwarnung uns nie erreichte«, schrieb er. Die letzte Mitteilung aus Washington, schrieb er, sei um 10 Uhr 30 am Samstagmorgen eingetroffen und habe lediglich auf der Basis einer bereits existierenden Sturmwarnung eine Änderung der Windrichtung gemeldet. Ganz der brave Soldat, ließ Isaac Moore eine Hintertür offen. »Ich nehme an«, schrieb er, »die Hurrikanwarnung, die ein paar Stunden später folgte, erreichte Houston erst, nachdem die Leitungen bereits unterbrochen waren.«

Es gab noch mehr, was er gern gesagt hätte, aber er schwieg. Jahre später schrieb er in einer persönlichen Erinnerung, die einzige Warnung, die die Menschen in Galveston erhalten hätten, sei von ihm und seiner Station gekommen, gegen Moores »strikte Anweisung«, keine unautorisierten Sturmwarnungen auszugeben. »Wenn ich mir am Morgen des Achten die Zeit genommen hätte, erst um die Erlaubnis des zuständigen Meteorologen in Washington zu ersuchen und auf seine Antwort zu warten, hätten die Menschen überhaupt nicht vor dieser Katastrophe gewarnt werden können.« Die Zahl der Opfer, schrieb er, »wäre dann doppelt so hoch gewesen.«

Doch er räumte auch ein, daß er selber den Sturm unterschätzt hatte. »Ich habe nicht vorhergesehen, welch gewaltigen Schaden er anrichten würde.«

Moore fuhr unbeirrt fort, zu behaupten, das Amt habe den Hurrikan professionell vorhergesagt und verfolgt; insbesondere lobte er den westindischen Dienst. In einem Artikel in der Oktoberausgabe des *Collier's Weekly*, eines der einflußreichsten Magazine der damaligen Zeit, schrieb er: »Es zeugt von dem bemerkenswerten Weitblick des gegenwärtigen Landwirtschaftsministers, des Ehrenwerten James Wilson, daß der meteorologische Dienst, den er während des Spanisch-Amerikanischen Krieges zum Schutz der amerikanischen Flotte einweihte, vom letzten Kongreß als ständiger Teil des Nationalen Wetteramts übernommen wurde, weil er sich um die Friedlichkeit und Sicherheit der Handelswege verdient gemacht hat. Ohne die Meldestationen dieses neuen Dienstes wäre das Wetteramt außerstande gewesen, den Galvestoner Hurrikan in seinen Anfängen zu erkennen, als er noch ein harmloser Sturm war, und, als er die Heftigkeit eines Hurrikans erreichte, rechtzeitig vor seinem Näherkommen Warnungen auszugeben.« Dann wiederholte er seine verzerrte Darstellung von Isaacs Martyrium.

Die meisten nationalen Zeitungen, die die Leistung des Wetteramts nicht in all ihren Nuancen beurteilen konnten und damals mehr als heute geneigt waren, Autoritäten zu akzeptieren, übernahmen Moores Sichtweise. Der *Boston Herald* applaudierte dem Amt für seine »exzellente Arbeit«. Der *Buffalo Courier* (New York) meinte, die Vorhersagen des Amts zeugten von dessen »bemerkenswerter Effizienz«; und der *Inter-Ocean* aus Chicago, Illinois, schrieb: »Es ist nur recht und billig, die Effizienz des Direktors des Meteorologischen Amts und seiner Mitarbeiter öffentlich anzuerkennen.«

Wenige stellten die offensichtliche Frage: Wenn das Amt so hervorragende Arbeit geleistet hatte, warum mußten dann so viele Menschen sterben? In Galveston waren mehr Menschen ums Leben gekommen als bei irgendeiner Naturkatastrophe in den Vereinigten Staaten je zuvor – mindestens dreimal so viele wie bei der Johnstown-Flut.

Kurz nach dem Sturm stieß Pater Gangoite vom Belen-Observatorium auf William Stockmans überhebliche Bemerkung, die armen, ahnungslosen Inselbewohner erführen von Stürmen für gewöhnlich »erst, wenn sie fast schon vorüber« seien. Gangoite gab sie an die kubanische Presse weiter. Angesichts des Galvestoner Sturms erschien sie Gangoite und den kubanischen Zeitungsmachern von höchster Ironie. Der *Diario de la Marina* bemerkte, die kubanische Öffentlichkeit hätte Gangoites Vorhersagen stets »mehr Glauben geschenkt«, und die Tatsachen bestärke sie in ihrer Einstellung.

»Ein Beispiel?« hieß es im Leitartikel. »Hier ist eines aus der jüngsten Vergangenheit. Am selben Tag, als das Wetteramt in den Zeitungen Havannas meldete, der letzte Hurrikan habe den Atlantik erreicht, schrieb das Belen-Observatorium in denselben Zeitungen, daß das Sturmzentrum die östlichen Teile der Insel überquert habe und zweifellos Texas erreichen würde. Ein paar Stunden später erhielten wir die ersten telegrafischen Meldungen über die Verwüstungen, die der Wirbelsturm in Galveston angerichtet hatte.«

Der Leitartikel schloß: »Da diese Begebenheit so aktuell ist, liefert sie uns eine höchst willkommene Gelegenheit zur Verifikation dessen, was in den Vereinigten Staaten soeben öffentlich behauptet wurde, daß nämlich bis zur Eröffnung des Wetteramts in Havanna Hurrikan-Vorhersagen dem kubanischen Volk unbekannt waren.«

Sechs Tage nach dem Sturm hob das Kriegsministerium, das von Stockman und Oberst Dunwoody offenbar genug hatte, die Sperre für kubanische Wettertelegramme auf. Moore kochte vor Wut. In einem Brief an den Landwirtschaftsminister schrieb er: »Ich weiß, daß viele geheime Kräfte am Werk waren, um das Wetteramt in Verlegenheit zu bringen. Ich bedaure, daß die Restriktionen, die bis dato für die Übermittlung privater Beobachtungen und Vorhersagen über Regierungsleitungen galten, aufgehoben worden sind.« Beleidigt fuhr er fort: »Es ist für mich und jeden höheren Beamten ... in Westindien offensichtlich, daß die Menschen dort unseren Dienst nicht zu schätzen wissen, ja daß sie nur darauf warten, uns einen Tritt zu geben und auf Wiedersehen zu sagen.«

Gewissermaßen zur Strafe schlug er vor, den Klima- und Erntedienst in Kuba stillegen zu dürfen und die Zentrale des westindischen Hurrikan-Netzwerks von Havanna an einen anderen Ort zu verlegen. Außerdem bat er um die Erlaubnis, »keine Hurrikan-Warnungen an irgendeinen Teil Kubas auszugeben, solange das Kriegsministerium die Übermittlung unverantwortlicher Wetterinformationen über Regierungsleitungen gestattet«.

28. Straße und Avenue P

Der Ring

Früher oder später kam der Punkt, da die Menschen wußten, daß ihre noch vermißten Angehörigen für immer verloren waren; die Kinder begriffen es zuletzt. Immerhin geschahen noch Wunder, wie das der Anna Delz, sechzehn Jahre alt, die zum Festland gespült worden und längst totgeglaubt war, als sie eine Woche später doch noch nach Galveston zurückkehrte. Geschichten wie diese machten Mut, wenn man sich auf die Freude konzentrierte, die in den Familien der wiedergefundenen Überlebenden herrschte, aber sie waren auch bedrückend, vor allem für Elternteile, die wußten, daß ihr Ehepartner tot war, deren Kinder aber bei jedem neuen Wunder Hoffnung schöpften, daß womöglich auch ihre Mutter oder ihr Vater heimkehren würden.

Isaac wußte, daß Cora tot war. Er wußte es auf einer rationalen, wissenschaftlichen Ebene. Trotzdem mußte er sie finden, damit nicht ein Teil von ihm immer daran zweifeln würde. Er mußte sie auch um seiner Kinder willen finden, die noch immer glaubten, daß ihre Mutter eines Tages durch die Tür kommen und sie in die Arme schließen würde. Klein-Esther machte daraus kein Hehl und fragte laut, wann ihre Mutter denn nach Hause komme. Die Älteste, Allie May, versuchte sich erwachsen und mütterlich zu benehmen, aber Isaac wußte, daß auch sie in einem Winkel ihres Herzens glaubte, ihre Mutter würde irgendwann wiederkommen. Die Kinder beteten darum. Nachts wachte er oft auf, weil er die eine oder andere seiner Töchter im

Schlaf weinen hörte. Manchmal weinten sie, sobald sie aufwachten. Freud sagte: »Die Träume der kleinen Kinder sind häufig simple Wunscherfüllungen und dann im Gegensatz zu den Träumen Erwachsener gar nicht interessant. Sie geben keine Rätsel zu lösen.«

Im Amt ging alles bald wieder seinen gewohnten Gang. Isaac, Joseph und John Blagden erhielten eine Belobigung; Ernest Kuhnel, der Deserteur, wurde entlassen. Neue Instrumente wurden angeschafft, und die Männer konnten wieder zur Routine ihrer täglichen Beobachtungen zurückkehren. Überall brannten Scheiterhaufen. Bauarbeiter errichteten Dutzende neuer Häuser. Die Rollfings fanden eines und zogen ein. Der Duft frischgeschnittenen Holzes milderte den Geruch des Todes. Im Hafen wurde wieder Baumwolle verladen, ohne Zweifel zu Houstons Mißvergnügen. Gruppen von Männern machten sich an dem gewaltigen Trümmergrat zu schaffen, der auf der Avenue Q zum Halten gekommen war. Es war auffallend, wie ruhig dies vonstatten ging. Die Männer hatten, natürlich, keine Preßlufthämmer und Kettensägen – nur Äxte, Hämmer, Handsägen und Brechstangen. Sie verbrannten den Trümmerwall Abschnitt für Abschnitt, nachdem sie heil gebliebene Waschbecken, Lampen, Öfen, Kaffeekessel, Pfannen, ja sogar Kommoden – Dinge, die vielleicht noch jemand brauchen konnte – herausgeholt hatten. Das Rote Kreuz verteilte Nahrungsmittel und Kleidung, stellte jedoch fest, daß ein Großteil der gespendeten Kleider unbrauchbar war – entweder zu warm für die Jahreszeit oder zu schäbig –, eindeutig der Ausschuß weit entfernt lebender Seelen, die meinten, Überlebende könnten es sich nicht erlauben, wählerisch zu sein. Irgend jemand hatte eine Kiste modischer Damenschuhe geschickt, aber alle 144 Exemplare darin waren für den linken Fuß: Musterstücke, die der Vertreter einer Schuhfabrik einst mit auf die Reise genommen hatte. Schon wurden die Spenden weniger; Zwietracht machte sich breit. Clara Barton wurde vorgeworfen, Galvestons mittellosen Schwarzen Kleidung vorzuenthalten und Geld an Mitglieder des Hilfskomitees zu verschwenden. Die *Palmetto Post* von Port Royal, South Carolina, bezeichnete sie als Aasgeier. Sie blieb ungerührt; so etwas geschah bei jeder Katastrophe, die sie miterlebte. »Es ist«, schrieb sie, »ein bedauerlicher menschlicher Charakterzug, andere, die sich in humanitären Hilfsaktionen engagieren, anzugreifen oder zu verunglimpfen.«

Den ganzen September über kamen pro Tag mehr als hundert Leichen unter den Trümmern zum Vorschein; am 19. September allein waren es 273. Am nächsten Tag spekulierte die *News*: »Es ist möglich, wenn auch unwahrscheinlich, daß die Zahl der Sturmopfer sich alles in allem auf 6000 Seelen belaufen wird.« Je mehr Tage ins Land gingen, um so schwieriger wurde die Identifizierung, es sei denn, der Tote trug zufällig ein eindeutig wiedererkennbares Schmuck- oder Kleidungsstück.

Am Abend des 30. September begann das Abbruchkommando, das den Trümmergrat, der sich noch immer von einem Ende der Stadt zum anderen erstreckte, abtragen sollte, in der näheren Umgebung von 28. Straße und Avenue P zu arbeiten. Die Männer widmeten sich jeweils nur einem kleinen Abschnitt – sich den vollen Umfang ihrer Aufgabe vor Augen zu führen war einfach zu entmutigend. Sie betrachteten die Welt nicht Hektar für Hektar, sondern Quadratmeter für Quadratmeter.

Je weiter sie durch das Geröll vordrangen, desto stärker wurde der inzwischen gewohnte Verwesungsgeruch. Das überraschte niemanden mehr. Es hatte sich von Anfang an gezeigt, daß der Grat mit Leichen angefüllt war.

Eine Häuserwand war hier liegengeblieben. Sie nahmen sie auseinander und legten alles, was von dem Holz und der Seitenwandung wiederverwendet werden konnte, auf einen großen Haufen. Darunter fanden sie ein Kleid, das sich in dem Geröll verfangen hatte, und in dem Kleid die sterblichen Überreste einer Frau. Die Frau trug einen Ehering und einen Verlobungsring mit Diamant.

Was als nächstes geschah, ist unklar. Es ist möglich, daß irgend etwas an den Trümmern den Männern bedeutete, daß das Haus dem Meteorologen Dr. I. M. Cline gehört hatte, und jemand losgeschickt wurde, um Isaac zu holen. Es ist aber auch denkbar, daß Isaac bereits an Ort und Stelle war und wartete, weil er die Möglichkeit, daß die Leiche seiner Frau dort auftauchen könnte, wo er und seine Kinder sich hatten in Sicherheit bringen können, längst ins Auge gefaßt hatte. Zu diesem Zeitpunkt handelte Isaac vermutlich bereits nach einem Plan, den er täglich befolgte, einer wissenschaftlichen Suchmethode, die mit der morgendlichen Durchsicht der *News* begann und jeden Abend mit einem Kontrollgang zu allen Stellen endete, die als Fundorte für den Leichnam seiner Frau in Frage kamen. Vermutlich rechtfertigte er dies vor sich selbst als gutes Training.

Isaac erkannte den Ring wieder. Irgend etwas in seinem Herzen schloß sich, und eine Art Frieden stieg wie eine Welle in ihm auf. »Noch im Tod«, schrieb er, Jahre später, »war sie mit uns, nah bei uns, durch den Sturm gegangen.«

Die Arbeiter verbrannten ihren Leichnam nicht – auch dies ein Hinweis darauf, daß Isaac während oder kurz nach seiner Entdeckung anwesend war. Statt dessen wurde die Leiche zum Galvestoner Lakeview Friedhof transportiert. Am 4. Oktober 1900, als es bereits kühler wurde, versammelten sich Isaac und seine Töchter auf dem Gelände des Friedhofs, Block 47, Platz E, und sahen zu, wie der Sarg mit Cora May Bellew Cline langsam in die Erde hinabgelassen wurde.

Isaac behielt den Ring, ließ ihn erweitern und trug ihn selbst. Es ist dieser Ring, der wie ein Leuchtfeuer auf seinem Photoporträt funkelt. Er trug ihn auch am 31. Dezember 1900, als Galveston sich bereitmachte, ins zwanzigste Jahrhundert einzutreten. Die Stadt sah wie neu aus. Ihre Straßen waren geräumt, die Scheiterhaufen fort. Der zivilisierte Rauch der Dampfschiffe zog über die Stadt. Und die guten Gerüche waren wieder da, der Duft von Kaffee, frischem Holz und Pferden. Aus dem wiederhergestellten Gartenverein, dem Bankettsaal des Tremont Hotels und dem Tanzsaal des Artillerieclubs schallte Musik. Traurige Männer suchten an diesem Tag Trost bei den Frauen im Haus auf der anderen Straßenseite. Bier floß überall in Strömen, Gelächter drang aus den Häusern. Kinder liefen am Strand entlang, gefolgt von ihren Eltern, die wie immer in Sorge wegen des Meers waren. Dann kamen die Raketen, zeichneten gelbe, rote und goldene Bögen über das schwarze Wasser des Golfs. Alle waren sie da: Isaac mit seinem Baby, Allie und Rosemary; Joseph, der woanders stand; Judson Palmer, allein, aber unter Freunden; Louisa mit August senior und junior, Helen und Klein-Lanta; Mrs. Hopkins und ihre Kinder; Anthony Credo und seine Kinder, Raymond springlebendig, Pearls Arm gut verheilt. Dann kamen die Stimmen: Isaacs Tenor verband sich mit Augusts und tausend anderen Stimmen über dem leisen Wispern des Meeres, ein Band der Freundschaft webend – um alter, vergangener Zeiten willen. Und schließlich kamen die Geister. Sie versammelten sich schweigend am Strand. Cora Cline. Vivian Credo, ihre Schwestern Irene und Minnie, ihr Bruder William. Der kleine Lee Palmer und seine Mutter und, natürlich, Youno. Verlorene, in der Erinnerung weiterlebende Familien: Tix, Popular, Grief.

In dieser Nacht, der Silvesternacht 1900, raste eine sehr merkwürdige Meldung aus England durch die unterseeischen Telegrafenleitungen: Ein so ungeheuer starker Wind war aufgekommen, daß er einen der massiven Steinpfeiler von Stonehenge, dem seit zehntausend Jahren kein Wind gefährlich geworden war, umgeblasen hatte. Das zwanzigste Jahrhundert hatte begonnen.

Sechster Teil

Nachwirkungen

Isaac

Nachwirkungen

Der Sturm

Am Montag, dem 10. September, telegrafierte Willis Moore der *New York Evening World* einen Bericht über die Entwicklung, die der Hurrikan inzwischen genommen hatte. Der Wirbelsturm, schrieb er, »hat seinen zerstörerischen Charakter eingebüßt, und seine künftige Energie wird sich wahrscheinlich eher in allgemeinen Regenfällen über dem Westen des Landes als in starken Winden entladen«.

Abermals hatte Moore die Realität durch das Erwartete, bloß Angenommene verdunkelt. Irgendwo im Himmel über Oklahoma traf der noch nicht aufgelöste Wirbel des Sturms auf das große Tiefdrucksystem, das in östlicher Richtung über das Land zog. Er gewann rasch wieder an Kraft und raste gen Norden, sehr zur Bestürzung von A. I. Root, dem Direktor einer Firma in Medina, Ohio, die Imkerei-Artikel vertrieb. Schon am Montag beobachtete er, wie sein privates Barometer »in sehr ungewöhnlichem Maße« fiel, doch vom Wetteramt kamen lediglich Telegramme, die für Montag und Dienstag klaren Himmel und für Mittwoch aufgelockerte Bewölkung vorhersagten. Statt dessen entstand ein Sturm, der seine Firma zerstörte. Er schrieb an Moore: »War es nicht ein Fehler, daß aus amtlicher Quelle nichts über den gewaltigen Sturm verlautete?«

Die Zentrale in Washington konterte, daß es nicht ihre Politik sei, Windvorhersagen an Orte im Inland zu verschicken.

Der Sturm brachte Winde von Hurrikan-Stärke nach

Chicago und Buffalo, und dies, nachdem er bereits den weiten Mittelteil Amerikas überquert hatte. Er tötete sechs Holzfäller, die dabei waren, den Eau Claire River zu überqueren, und versenkte beinahe ein Dampfschiff auf dem Michigansee. Im übrigen blies er so viele Telegrafenmasten um, daß die Kommunikation im gesamten Mittelwesten und dem nördlichen Drittel der Vereinigten Staaten zum Erliegen kam. Am Mittwochabend verwüstete der Sturm Prince Edward Island und raste dann über den Nordatlantik. Manhattan, einen halben Kontinent weiter südlich, verzeichnete Windgeschwindigkeiten von 110 Stundenkilometern.

Während Tausende von Männern aufs Land zogen, um Telegrafenmasten wieder einzugraben und heruntergefallene Drähte neu zu spannen, trafen Nachrichten von Schiffsunglücken auf dem Atlantik ein. Der Sturm versenkte sechs Schiffe vor Saint-Pierre, weitere sechs in Placentia Bay, vier bei Renews Harbor sowie zweiundvierzig Fischerboote in der Belle-Isle-Straße zwischen Neufundland und dem kanadischen Festland. Er raste in einem kalten, tödlichen Bogen über den Norden der Welt, bis er schließlich in Sibirien landete und aus dem menschlichen Blickfeld verschwand.

Amerika kühlte ab. Die Kaskadenkette wurde grau vor Frost. An der Wasatch Front östlich von Salt Lake City fiel Schnee. In Sherman, Wyoming, türmte er sich 33 Zentimeter hoch. Von Chattanooga bis Brooklyn hießen Männer und Frauen den Tag mit einem Gefühl willkommen, das an Liebe erinnerte.

Galveston

Galveston zählte seine Toten. Die Stadt führte eine Volkszählung durch und meldete im Oktober 3406 bestätigte Todesfälle. Acht der zehn Bezirke der Stadt hatten zehn Prozent oder mehr ihrer Einwohner verloren. Der Sturm hatte 21 Prozent der Bürger des Zwölften Bezirks getötet, 19 Prozent der Bewohner des Zehnten. Am 7. Oktober veröffentlichte die *Galveston News* ihre endgültige Totenliste, auf der 4263 Namen aufgeführt waren. Anfang 1901 stellte die Morrison and Fourmy Company, die das Telefonbuch der Stadt herausgab, eine eigene Erhebung an und kam auf einen Bevölkerungsverlust von insgesamt 8124 Personen. Zweitausend davon waren schlicht aus der Stadt fortgezogen, glaubte die Firma. Blieben 6000 Tote. Informelle Schätzungen gingen jedoch von 8000, ja sogar 10 000 Opfern aus, die mehreren tausend Todesfälle, die sich in tieferliegenden Städten im Landesinneren ereignet hatten, nicht eingerechnet. Und niemand wußte, wie viele Leichen noch auf dem Meeresgrund lagen. »Viele Menschen«, stellte ein Überlebender fest, »aßen mehrere Jahre lang keinen Fisch, keine Shrimps und keine Krebse.«

Die Stadtväter gelobten, Galveston wiederaufzubauen. Sie schufen ein komplexes Modell für die Weltausstellung des Jahres 1904, um die hochfliegenden Pläne der Stadt, einen Wall und dahinter ein glanzvolles neues Galveston zu erbauen, weltweit publik zu machen. Das Exponat wurde bald zu einem der Anziehungspunkte der Ausstellung. Eine Wellenmaschine ließ eine Flutwelle über ein Bild von Galveston rollen; über der in Trümmern liegenden Stadt ging die Sonne auf; dann wurde es Nacht. Am nächsten Tag sah man an Stelle der Ruinen eine große, leuchtende Metropole, die durch einen riesigen Wall vor dem Meer geschützt war.

Dieses Mal baute Galveston den Wall wirklich. Er war sechs Meter hoch und stand hinter einer neun Meter breiten Barriere aus Granitsteinen. McClures *Magazine* bezeichnete ihn als »eines der größten Bauwerke unserer Zeit«. Aber die Bauherren der Stadt, darunter Oberst Robert, wußten, daß ein Wall allein nicht ausreichte. Also legten sie die ganze Stadt höher: In einer gewaltigen Kraftanstrengung hoben Heerscharen von Arbeitern mit manuellen Schraubenwinden zweitausend Gebäude an, darunter sogar eine Kathedrale, und füllten den dabei entstandenen Graben mit elf Millionen Pfund Füllmaterial auf. Dieser 1910 vollendete Akt hatte einen unbeabsichtigten Vorteil: Er sorgte dafür, daß alle noch in der Stadt verschütteten Leichen tief unter der Erde blieben.

Es gab glanzvolle Momente. Die Stadt baute, an Stelle des im Sturm zerstörten, ein großes neues Opernhaus. Al Jolson kam, ebenso Sarah Bernardt und Anna Pawlowa. Um das Selbstvertrauen der Stadt zu demonstrieren, bauten einige ihrer führenden Persönlichkeiten ein riesiges neues Hotel, das Galvez, direkt in den Wall hinein, so als wollten sie den Golf mit ihrer neuen Entschlossenheit verhöhnen. Galvestons Hilfskomitee avancierte zu einer Art Stadtregierung, in der der Bürgermeister zugleich Vorsitzender einer Kommission war, deren gewählte Mitglieder jeweils für ein städtisches Aufgabengebiet verantwortlich waren. Reformer sahen darin eine Möglichkeit, die Politik im Stile Tammanys hinter sich zu lassen, die die Macht in den Händen eines einzelnen zu konzentrieren neigte. Hunderte von Städten im ganzen Land übernahmen dieses Modell. Harvards Präsident Charles Eliot ging daraufhin so weit, den Anbruch »eines helleren Tages« für Amerika zu verkünden. »Wir sind, was unsere Stadtregierungen betrifft, sehr tief gesunken, und es herrschen dunkle Zeiten bei uns, aber wir sehen ein Licht aufscheinen, und besonders hell leuchtet es in Galveston.«

Doch der große Hurrikan – nennen wir ihn Isaacs Sturm – hatte zu einem verhängnisvoll schlechten Zeitpunkt zugeschlagen. Nur vier Monate später ereignete sich ganz in der Nähe etwas, das die Geschichte der Nation und vielleicht sogar der Welt für immer veränderte. Die Rancher von Beaumont, Texas, hatten schon seit langem gehört, wie manchmal Gas und öliges Wasser gurgelnd an die Oberfläche eines sonderbaren Hügels in der Prärie außerhalb der

Stadt stiegen. Einige Männer suchten dort nach Öl und gaben auf, anderen folgten, von den Geschichten, die sie hörten, angelockt. Am 10. Januar 1901 rannte ein Trupp Männer, die für einen italienischen Immigranten namens Antonio Francisco Lucich, der sich selber Tony Lucas nannte, arbeiteten, um ihr Leben, als ein Donnergetöse aus ihrem Bohrturm drang. Öl hatte schon ein paar Menschen in Amerika reich gemacht, aber dies war unvergleichlich. Der Ort hieß Spindletop. Lucas hatte ein riesiges unterirdisches Ölbecken angebohrt. Aus der Quelle sprudelte Amerikas neues Gold – aber es regnete auf Houston und nicht auf Galveston herab.

Während Galveston trauerte und sich bemühte, das Vertrauen der Welt wiederzugewinnen, baggerte Houston Buffalo Bayou aus. Houston lag im Binnenland und war daher sicherer; dazu war es den großen, das Land überspannenden Eisenbahnkorridoren näher. Das Öl verdrängte die Baumwolle. Große Schiffe in Schwarz, Rot und Weiß glitten geräuschlos an Galveston vorbei, auf dem Weg zu den Anlegestellen von Buffalo Bayou.

Stille breitete sich über Galveston aus. Die Bevölkerung hörte auf zu wachsen. Die Stadt hatte alle Sorgen des modernen urbanen Lebens, aber nichts von dessen Dichte und vibrierender Vitalität. Sie wurde zu einem Strandbad für Houston.

Joseph

Kurz nach dem Sturm beförderte Willis Moore Joseph zum Abteilungsleiter, mit einer Gehaltserhöhung um 300 auf 1500 Dollar pro Jahr, und schickte ihn nach Puerto Rico, wo er die Wetterstation übernehmen sollte. Joseph schreckte diese Aufgabe; er behauptete, seine Gesundheit vertrüge das tropische Klima nicht. Am 3. November 1900, zwei Tage vor Josephs geplanter Abreise, setzte Isaac Moore davon in Kenntnis, daß Joseph »unfähig ist, sein Zimmer zu verlassen. Er befindet sich seit dem Hurrikan in medizinischer Behandlung und ist jetzt gezwungen, das Bett zu hüten.«

Einen Monat später schrieb Joseph Moore einen Brief, der sein Widerstreben kaum verbirgt. »Ich glaube, daß ich mich von den Verletzungen der Drüsen und Blutgefäße in (meinem) rechten Bein erholt habe, und da es der Wunsch des Amts ist, daß ich mich auf den Weg nach Puerto Rico mache, werde ich dies mit Vergnügen tun.« Er bat Moore allerdings, eine Versetzung in Erwägung zu ziehen, falls »das Klima sich als widrig erweist«.

Joseph ging nach Puerto Rico und schrieb 1901 in der August-Ausgabe des *Monthly Weather Review*: »Das Klima ist nicht so drückend, wie man es in den Tropen erwarten könnte. Eine kühle, sehr angenehme und äußerst willkommene Brise weht für gewöhnlich über die Insel, insbesondere am Nachmittag und in der Nacht, was dem Wohlbefinden der Einwohner sehr zuträglich ist.«

Zu diesem Zeitpunkt weilte er allerdings schon seit einigen Monaten wieder in den Vereinigten Staaten. Im Frühjahr 1901 hatte Moore Josephs Bitte schließlich stattgegeben und am 5. April an den Landwirtschaftsminister geschrieben, man möge Joseph wegen seiner »schwachen« Gesundheit in die Vereinigten Staaten zurückholen. Moore stufte Joseph auf seinen früheren Rang als Wetterbeobachter zurück und kürzte sein Gehalt um 200 Dollar jährlich.

Als wollte er die Rivalität zwischen Joseph und Isaac absichtlich verstärken, beschloß Moore zwei Wochen später, Isaac zu befördern und ihn nach New Orleans zu schicken, wo er die Verantwortung für den neugeschaffenen Golfländer-Bezirk übernehmen sollte, der Texas, Oklahoma, Louisiana, Arkansas, Mississippi, Alabama und den in den Golf ragenden Teil Floridas umfaßte. Er erhöhte Isaacs Gehalt um 200 Dollar auf 2000 Dollar im Jahr.

Moore

1909 kündigte Willis Moore in einer weit verbreiteten Wettervorhersage an, daß es am Tag des Amtsantritts William Howard Tafts »klar und kälter« sein würde.

Es schneite.

Isaac

Isaac faßte seine Versetzung nach New Orleans als Quittung dafür auf, daß er bei der Vorhersage von Frost, Überschwemmungen und Stürmen allzu erfolgreich geworden war. Er glaubte, Moore betrachte ihn als eine Gefahr für seine eigene Stellung im Amt. »Wenn ein Mitarbeiter einer Station Leistungen erbrachte, die die Aufmerksamkeit der Öffentlichkeit auf sich lenkten und von der Presse gelobt wurden«, schrieb Isaac, »schickte Moore denjenigen häufig in irgendeinen Teil der Welt, wo seine Arbeit nicht weiter auffallen konnte.«

New Orleans war für Isaac ein solcher Ort. Es sei, schrieb er, »ein Abladeplatz für Beobachter, die sich der Trunkenheit oder der Pflichtvernachlässigung schuldig gemacht hatten oder diszipliniert werden mußten«. Die geringen Fähigkeiten seiner Mitarbeiter machten es für Isaac schwer, die Leistung der Station zu verbessern, zwangen ihn aber auch, harte disziplinarische Maßnahmen zu ergreifen, die wiederum seinen Ruf innerhalb des Amts verdarben. Viele Jahre zuvor hatte General Adolphus Greely problematische Angestellte nach Galveston geschickt, aber Isaac hatte diese Versetzungen als gutgemeinte Bemühungen betrachtet, die berufliche Laufbahn dieser Menschen zu retten. Moore unterstellte er andere Beweggründe. »Das Ziel war«, schrieb Isaac, »meine Station *in puncto* Umgang mit Personalproblemen schlecht aussehen zu lassen.«

Isaacs Desillusionierung wuchs, als Moore ihn drängte, ihn in einer Kampagne zu unterstützen, mit der er Landwirtschaftsminister unter Woodrow Wilson zu werden gedachte. Moore benutzte Angestellte und Arbeitszeit des Amtes für seine Ambitionen und war schließlich derart überzeugt, daß Wilson sich für ihn entscheiden würde, daß er schon einen Mann zu seinem Nachfolger bestimmte.

Wilson nahm einen anderen. Das Justizministerium kündigte an, Moores politische Manöver genauer zu untersuchen, und Moore gab Isaac und anderen Mitarbeitern die Anweisung, die mit seiner Kampagne zusammenhängende Korrespondenz zu vernichten. Um neun Uhr am Morgen des 1. April 1913 erschien ein Mitarbeiter des Justizministeriums in Isaacs Büro und verlangte, die gesamte Korrespondenz zwischen ihm und Moore einzusehen. Der Mann erwartete offensichtlich, Isaac würde behaupten, solche Dokumente existierten nicht.

Isaac glaubte an Loyalität, harte Arbeit und das Gute im Menschen, aber er hatte in den dreißig Jahren, die seit seiner Ankunft in Washington vergangen waren, viel gelernt. Er gab dem Mann eine dicke Akte mit allen Direktiven, die Moore während seiner Kampagne erteilt hatte; sogar die abgestempelten Briefumschläge waren dabei.

Moore wurde gefeuert.

Die Rivalität zwischen Isaac und Joseph wuchs sich zu völliger Entfremdung aus. Der deutlichste Beweis dafür findet sich in einem einsamen Dokument im Nationalarchiv. Es ist ein Bericht über den Galvestoner Sturm, den Joseph im März 1922 verfaßte und in dem er alle möglichen, geradezu komischen Verrenkungen macht, um Isaac nicht zu erwähnen oder auch nur als seinen Bruder zu erkennen zu geben. Als Joseph zum Beispiel seinen Weg zu Isaacs Haus am Tag des Sturms beschreibt, nennt er kein einziges Mal dessen Besitzer; es bleibt einfach »ein Haus«, in dem sich fünfzig Menschen versammelt hatten. »Um acht Uhr«, schreibt Joseph, »fiel das Haus, in dem wir uns befanden, zusammen, und während es kippte, brach ich durch das Fenster und kletterte auf die Seitenwandung des Hauses und brachte zwei Kinder in Sicherheit … Schließlich stürzte das Haus ein, und nicht weit entfernt sah ich drei andere Personen aus dem Wasser auftauchen. Diese drei wurden ebenfalls gerettet.«

In der Nacht des Sturms berührten sich Josephs und Isaacs Leben mit einer Intensität, die nur ein von Wut geblendeter Mann zu leugnen imstande ist. Vielleicht ärgerte sich Joseph darüber, daß Isaac hinterher so viel Erfolg innerhalb des Amts beschieden war oder daß er nicht widersprach, als Moore ihn als den großen Helden des Sturms feierte. Und vielleicht fanden Isaacs Schuldgefühle ihren Ausdruck in einer paradoxen Wut auf Joseph, weil dieser mit seinem dringenden Rat, das Haus zu verlassen, recht gehabt hatte. Vielleicht kam Isaac jedesmal, wenn er Joseph sah, die ungeheure Tragweite seines eigenen Irrtums zu Bewußtsein.

Vielleicht spürte Joseph das und handelte danach.

Der Hurrikan veränderte Isaac. Er gab das Studium der Zusammenhänge von Klima und Gesundheit auf und konzentrierte sich statt dessen darauf, herauszufinden, warum der Sturm so tödlich verlaufen war. Er schrieb Bücher über Hurrikans und erfüllte sich damit seinen Kindheitswunsch, eine bedeutende wissenschaftliche Abhandlung zu schreiben. Er wurde zu einem der führenden Hurrikan-Experten des Landes. Es war Isaac, der nachwies, daß die tödlichste Waffe eines Hurrikans nicht, wie das Amt behauptete, der Wind selber war, sondern die vom Wind angetriebene Flut, und daß diese Flut wichtige Warnsignale lieferte. An Selbstbewußtsein mangelte es ihm nicht. In seiner 1942 erschienenen Monographie »Ein Jahrhundert des Fortschritts in der Erforschung von Zyklonen« schrieb er: »Ich war im Nationalen Wetteramt der einzige, der die Bedeutung der Sturmfluten für die Vorhersage von Hurrikans, die aus tropischen Stürmen resultierten, erkannte und untersuchte.«

Doch eine Frage ließ ihn nicht los: Traf ein Teil der

Schuld an der hohen Zahl der Opfer ihn selbst? Am Tod seiner Frau fühlte er sich ohne Zweifel schuldig. Seine Entscheidung, den Sturm im Haus abzuwarten, war ebenso tollkühn gewesen wie der Ratschlag, den er manchen Menschen erteilt hatte, darunter Judson Palmer, der daraufhin alles verloren hatte. Isaac kehrte immer wieder zu dieser Frage zurück. Jedem, der es hören wollte, erzählte er, wie er einen Reporter von der *Associated Press* gefragt hatte, ob man noch mehr hätte tun können, um die Bürger von Galveston zu warnen – und wie der Reporter erwidert hatte: »Man konnte nicht mehr tun, als getan wurde.«

Die Berichte, die Isaac später für den *Monthly Weather Review* verfaßte, lassen auf einen Mann schließen, der besessen davon war, sein Können unter Beweis zu stellen. Anders als seine Kollegen, deren Routineberichte sparsam und sachlich formuliert waren, lobte Isaac seine Arbeit oder berief sich auf Zeitungen und Briefe, die sich entsprechend über ihn äußerten. Im September 1909 zum Beispiel zitierte er aus einem Brief an ihn, der ihn für seine Warnung vor einem Hurrikan in Louisiana lobte: »›Wir sind der Meinung, daß allein Ihr Amt durch die Ratschläge, die Sie im Vorwege versandt haben, in New Orleans viele Menschenleben und Eigentum im Werte Tausender von Dollar gerettet hat.‹«

Der Galvestoner Hurrikan riß die Mauer, die Isaac zwischen dem Persönlichen und dem Professionellen, dem Irrationalen und Rationalen errichtet hatte, ein. Am Morgen des 10. Februar 1901 ersuchte Isaac »mittels Treuebekenntnisses« um die förmliche Aufnahme in die Bapistengemeinde. Einen Monat später versammelte sich die Gemeinde im YMCA, um ihren ersten Gottesdienst seit dem Sturm abzuhalten. Judson Palmer, Rosemary, Allie May und natürlich Isaacs Baby Esther waren da; alles in allem kamen um die einhundert Personen. Als Isaac auf der Bildfläche erschien, brandete nicht enden wollender Applaus auf.

Die Kunst wurde zu seiner Leidenschaft. Er liebte den Geruch von Leinsamenöl und die verführerische Struktur der Leinwand. Er unterteilte seinen Jahresurlaub in Abschnitte von manchmal nur zwei Stunden, um an Auktionen und Nachlaßverkäufen teilzunehmen. Er sammelte frühamerikanische Porträts und chinesische Bronzen und verkaufte 1918 einen Teil seiner Sammlung für die für damalige Verhältnisse sagenhafte Summe von 25 000 Dollar. Als er sich photographieren ließ, wußte er genau, was er tat.

1935 schied er auf Bitten des Amts aus dem Dienst aus und eröffnete ein kleines Kunstgeschäft an der Peter Street in New Orleans. Er hatte nicht wieder geheiratet. Es betrübte ihn tief, daß die langsameren Tage vor der Erfindung von Auto und Flugzeug unwiederbringlich vorbei waren, aber er füllte seine Zeit maximal aus. Er füllte sie mit erdigem Braun und Himmelblau, Leinsamenöl und Terpentin und der kalten Oberfläche alter Bronze.

»Verlorene Zeit läßt sich nie wieder zurückholen«, sagte er; »das sollte man in leuchtenden Buchstaben überall hinschreiben.«

Isaac Monroe Cline starb um 8 Uhr 30 am 3. August 1955 im Alter von dreiundneunzig Jahren, just als Hurrikan »Connie« in der Karibik auftauchte. Joseph starb eine Woche später. Die beiden hatten seit Jahren nicht miteinander gesprochen.

Das Gesetz der Wahrscheinlichkeit

Willis Moore hielt den Galvestoner Hurrikan für eine Laune der Natur. »Galveston sollte Mut fassen«, schrieb er, »denn aller Wahrscheinlichkeit nach wird die Stadt höchstens einmal in tausend Jahren so fürchterlich getroffen.« Doch schon 1915 ereignete sich der nächste heftige Wirbelsturm. Er schleuderte einen Schoner und seine Mannschaft über den Wall hinweg in die Stadt. Den ganzen Sturm über wurde im Hotel Galvez getanzt. Weitere Hurrikans suchten Galveston oder die nähere Umgebung in den Jahren 1919, 1932, 1941, 1943, 1949, 1957, 1961 und 1983 heim. Bei dem Sturm von 1961, »Carla«, wurden eine viertel Million Menschen aus Galveston und dem umliegenden Tiefland evakuiert. Der Wall hielt »Carla« in Schach, doch als wäre er frustriert, schickte der Sturm vier Tornados in die Stadt, die insgesamt 120 Gebäude zerstörten.

Die Zahl der Menschenleben, die all diese späteren Hurrikans zusammengenommen in Galveston forderten, lag unter einhundert, doch gegen Ende des zwanzigsten Jahrhunderts erachteten Meteorologen Galveston noch immer als eines der wahrscheinlichsten Opfer der nächsten großen Hurrikan-Katastrophe. Im Gegensatz zu ihren Kollegen, die unter Willis Moores Leitung gearbeitet hatten, fürchteten sie eher, daß die amerikanische Öffentlichkeit ihren Vorhersagen zu viel Vertrauen schenken könnte. Die Menschen schienen zu glauben, die Technologie habe den Hurrikans ihre Macht, zu töten, geraubt. Kein Hurrikan-Experte teilte diese Ansicht. Keiner von ihnen glaubte, daß die Zeit der hohen Sturmopferzahlen endgültig vorbei sei. Je gründlicher sie Hurrikans erforschten, desto deutlicher wurde ihnen, wie wenig sie von deren Ursprüngen wußten oder von den Kräften, die ihren Verlauf bestimmten. Es hieß, die Erwärmung der Meere könne »Hypercanes« erzeugen, die zweimal so stark seien wie der Galvestoner Hurrikan. Versicherungsgesellschaften, von Hurrikan »Andrew« entsetzt und weit Schlimmeres befürchtend, begannen sich still und leise aus den gefährdeten Gebieten zurückzuziehen. In den letzten Jahren des Jahrhunderts tötete ein Hurrikan mit dem banalen Namen »Mitch« Tausende von Menschen in Lateinamerika und versenkte ein wunderschönes segelgetriebenes Passagierschiff. Das Armeekorps der Ingenieure entdeckte eine seltsame Hohlkehle an der Küstenlinie New Yorks und New Jerseys und stellte nüchtern fest, daß selbst ein mäßiger Hurrikan, der sich genau auf dem richtigen Kurs befände, die Pendler in den U-Bahn-Schächten unter Lower Manhattan ertrinken lassen könne. Die Meere stiegen an; die Sommer schienen wärmer zu werden; der Bering-Gletscher begann zu pulsieren und zu schmelzen, genau wie hundert Jahre zuvor.

Doch auf dem schmalen, blauumgrenzten Streifen Galvestoner Land entstanden extravagante neue Häuser auf einem Pfeilerwald neben blauen Evakuierungsschildern, die den einzigen Fluchtweg aus der Stadt markierten. Wann immer ein tropischer Sturm drohte, liefen die Einwohner der Stadt im funkelnden Wal-Mart zusammen, um Batterien, Taschenlampen und Wasserflaschen zu kaufen. Einst, vor lang vergangener Zeit, als die Menschen noch glaubten, sie könnten Berge versetzen, befand sich an der Stelle des Wal-Marts ein vollkommen anderes Gebäude, und hinter seinen dunstbeschlagenen Fenstern standen dreiundneunzig ahnungslose Kinder, die fröhlich darauf warteten, daß die Flut kam.

Anmerkungen

Es ist eine Sache, die Geschichte großer Männer aufzuschreiben, und eine ganz andere, das Leben unbekannter Männer darzustellen. Theodore Roosevelt hat Bände von Unterlagen hinterlassen, Isaac Monroe Cline nur sehr wenige – zumal alles, was er vor dem 8. September 1900 besaß, zerstört wurde. Wie füllt man diese Lücken? Ich habe mich dem Problem auf die gleiche Weise angenähert, wie ein Paläontologe mit einer Sammlung von Knochen verfährt: Selbst auf der Grundlage des wenigen, was er zur Verfügung hat, ist er imstande, eine Vorstellung davon zu entwickeln, wie die Geschöpfe wohl ausgesehen und sich verhalten haben. Ich bin mit den Knochen dieser Geschichte – Daten, Zeiten, Temperaturen, Windgeschwindigkeiten, Personen, Beziehungen und so weiter – absolut calvinistisch umgegangen. Manchmal habe ich auch Detektivarbeit geleistet und mit Hilfe von Schlußfolgerungen versucht, ein plastisches Bild davon zu entwerfen, was Isaac während des großen Hurrikans von 1900 und davor gedacht, gehört, gerochen und erlebt haben mag.

Glücklicherweise hat Isaac 1945 unter dem Titel *Storms, Floods and Sunshine* seine Erinnerungen veröffentlicht. Sie offenbaren wenig von seinem Gefühlsleben, erlauben jedoch Einsichten in den Charakter Amerikas Ende des neunzehnten, Anfang des zwanzigsten Jahrhunderts, die man anderswo schwerlich gefunden hätte. Wo sonst hätte man erfahren, daß man es in Arkansas leid war, den Namen des Bundesstaates immer wieder falsch ausgesprochen zu hören, weshalb man per Gesetz »Arkansaw« als offizielle Aussprache festschrieb?

Überdies folgte ich Isaacs Spuren anhand der reichhaltigen Archive des Wetteramts, das im neuen National Archive Annex außerhalb Washingtons untergebracht ist – ein Ort, der historische Nachforschungen nicht zu einer lästigen Pflicht, sondern zu einem aufregenden, stets gewinnbringenden Abenteuer macht. Ich hielt Dokumente in der Hand, die, wie es schien, nahezu ein Jahrhundert lang keiner mehr berührt hatte. Ich faßte dieselben Telegramme an, die Willis Moore, Direktor des Wetteramts, einst in der Hand gehabt hatte. Ich mußte häufig niesen.

Genauso wichtig, wenn auch steriler, waren die Mikrofiche-Kopien von Clara Bartons Unterlagen in der *Library of Congress*. Barton kannte ihren Platz in der Geschichte. Sie bewahrte alles auf, Briefe und Briefentwürfe, Telegramme und Telegrammentwürfe, ja noch die prosaischste Korrespondenz, mit der sie sich etwa die kostenlose Beförderung von und nach Galveston sicherte. (Die Pullman Palace Company überließ ihr einen bestens ausgestatteten Palace-Wagen, den die Eisenbahngesellschaften gebührenfrei zu befördern versprachen.) Auffällig war ihre wachsende Verärgerung über die Uneinigkeit, die ihre Ausflüge an den Ort des Geschehens stets zu begleiten schien.

Der wertvollste Schatz an Dokumenten über den Hurrikan liegt jedoch in Galvestons *Rosenberg Library*, ein Gottesgeschenk für jeden, der den großen Hurrikan erforschen möchte. Die Bibliothek verfügt über Hunderte von Briefen und persönlichen Berichten, die den Sturm beschreiben, sowie über viertausend Photographien, manche davon ziemlich makaber. Ich durchforstete die Bestände der Bibliothek nach allem, was mir auch nur ein winziges Stück von der Haut meines Dinosauriers liefern mochte. Ich behandelte Photographien wie Originaldokumente und verbrachte Stunden damit, sie unter der Lupe zu betrachten. Dann benutzte ich Einzelheiten dieser Bilder, um die Szenen in *Isaacs Sturm* auszuschmücken. An einer Stelle beschreibe ich zum Beispiel, was Isaac von dem Haus aus sah, bei dem er und seine Töchter in der Nacht des Sturms an Land kamen. Kaum zu glauben, aber das Rosenberg-Archiv besaß eine Photographie genau dieses Anblicks.

Eine Quelle, die für mich besonders ergiebig war, war die überaus detaillierte Karte von Galveston im Jahre 1899 (siehe *Fire Insurance Map* in den »Quellen«), ein eindrucksvolles gebundenes Werk, aus dem ich erfuhr, daß Isaacs Haus eines der größten in der Gegend war, daß es ein Schindeldach hatte, einen kleinen Stall im Hintergarten und Balkone oder »Galerien« an der Nord- und Südseite. Die Karte zeigte mir auch, wo sein Haus in Relation zu anderen Häusern in der Nachbarschaft, denen von Dr. Samuel O. Young oder Judson Palmer etwa, stand. Sie zeigte mir, daß Isaac, als er sich am Samstagmorgen nach seinem ersten Gang zum Strand auf den Weg in die Stadt machte, in der Nähe einer Sägemühle, einer Kaffeerösterei und mehrere Mietställe vorbeikam, von denen manche sich über ganze Häuserblocks erstreckten. Sie müssen allesamt ihre Düfte verströmt haben. Ich behaupte, daß jeder, in Isaacs Zeit zurückversetzt, feststellen würde, daß die Luft von dem Geruch von Pferdeschweiß und Pferdeäpfeln erfüllt war.

Gelegentlich habe ich auf meine eigenen Beobachtungen vertraut. Das war zum Beispiel der Fall, als ich die großen, fetten Libellen von

Galveston Island beschrieb, das Verhalten der Seemöwen in einem Nordwind und die Farben der Wellenkämme während eines tropischen Sturms. Ich hatte das Glück, eines Tages unmittelbar nach einem schweren tropischen Sturm anzukommen, dem nicht viel später ein zweiter folgte. Einmal, als bereits die Sonne unterging, stand ich plötzlich verloren auf einem winzigen Stück Land irgendwo östlich von Corpus Christi, während in den Radionachrichten allen, die in der Nähe des Strandes wohnten, dringend geraten wurde, bei Einbruch der Dämmerung ihre Häuser zu verlassen.

Das Meer hatte noch nie so schön und so tödlich ausgesehen.

Ich habe versucht, die Anmerkungen so knapp wie möglich zu halten. Wo eine bibliographische Angabe sich auf ein nur einmal verwendetes Dokument bezieht, folgt die vollständige Beschreibung des Dokuments unmittelbar im Anschluß. In allen anderen Fällen verweist die bibliographische Angabe auf eine ausführlichere in den »Quellen«.

Telegramm

11 *Haben Sie*, Telegramm, National Archives, Allgemeine Korrespondenz.

Der Strand: 8. September 1900

13 Nicht jeder fand, daß Galveston ein Märchenland des Reichtums und der glitzernden Straßen war. Die Spanier des 16. Jahrhunderts nannten es die Isla de Malhado, die »Insel des Unglücks«. 1867 brach Gelbfieber im Ort aus und veranlaßte Amelia Barr, deren Mann und zwei Söhne daran gestorben waren, Galveston als »Stadt des furchtbaren Todes« zu bezeichnen. An den heißesten Tagen, schrieb sie, konnte das tropische Klima in der Stadt unerträglich sein. »Eine Stunde oder zwei strömenden, prasselnden, tropischen Regens, und dann eine oder zwei Stunden so entsetzlicher Hitze und gnadenloser Sonne, daß es ... nicht mit Worten zu beschreiben ist.« Der Hafen blühte, aber auf Kosten des Allgemeinwohls. Die Galveston Wharf Company übte eine so monopolistische Kontrolle über die Häfen aus, daß die Gesellschaft von New York bis Liverpool als »Polyp des Golfs« bekannt war. General P. H. Sheridan ergriff die Gelegenheit eines Besuchs in Galveston beim Schopf, um eine der übelsten geographischen Verleumdungen aller Zeiten zu äußern: »Wenn mir Texas und die Hölle gehörten«, sagte er, »würde ich Texas vermieten und in der Hölle wohnen.«

13 *Er hielt manchmal den Kindergottesdienst*, First Bapist Church.
13 *Er zahlte bar*, Giles Mercantile Agency Reference Book.
14 »*Ich denke, es gibt*«, National Archives. Untersuchungsberichte, Galveston, November 1893.
14 *Ein Photograph aus New Orleans*, Photographie, Isaac Cline, Louisiana State Museum, Whitesell Collection, Accession Nr. 1981.83.198.
16 *Der Durchschnittsamerikaner*, McCullough, Path, S. 247.
16 *Sie erwartete ihr viertes Kind*, Isaac Cline, *Monthly Weather Review*, September 1900.
16 *Die Temperaturen in Galveston*, Tagebuch.
16 *Zum ersten Mal,* »The Incredible Shrinking Glacier«.
16 *Ein Korrespondent der* »The Galveston Horror«.
17 *In einer Flugschrift mit dem Titel Home Seekers*, in Ousley, Appendix. Siehe auch *Immigrants Guide to Western Texas*, Galveston, Harrisburg and San Antonio Railroad. Galveston 1876. »Es ist eine im Norden allgemein für wahr gehaltene LEGENDE, daß Texas ein Land der Schlangen, Taranteln, Skorpione, Flöhe und Moskitos sei ...«, S. 103.
18 *Sonntags*. Isaac sagt nirgends explizit, daß er und seine Familie das Murdoch's und das Pagoda-Badehaus aufgesucht hätten, aber angesichts der Nähe zu ihrem Haus und der Geselligkeit seiner Zeit – sowie der Abwesenheit des Fernsehens – kann es als nahezu sicher gelten, daß die Clines dorthin gingen. Einzelheiten zu den Badehäusern: Fire Insurance Map.
19 *Ein elektrischer Draht*, Picturesque Galveston, S. 10.
20 *Er wußte, daß das Stampfen*, Cline, Isaac, »Special Report«, S. 372.
20 *Gegen vier Uhr morgens*, ebenda, S. 372; siehe auch Cline, *Storms*, S. 93; Cline, »Cyclones«, S. 13; Cline, »Century«, S. 26; Cline, Joseph, *Heavens*, S. 49.
20 *Auch Joseph*, Cline, Joseph, *Heavens*, S. 49.
20 *Doch Isaac hatte*, Weems, S. 8–12. Vgl. jedoch insbesondere National Archives, Wetteramt, Allgemeine Korrespondenz, 7. Sept. 1900 William B. Stockman an Oberst H. H. C. Dunwoody, wo die Berichte über den anfänglichen Charakter und Verlauf des Sturms zusammengefaßt sind. Box 1475.
21 *Amtlicherseits*, Whitnah, S. 215.
22 *Da fast die gesamte*, Fire Insurance Map.
22 *An der Ecke*, Photographie, 2502 Avenue Q, Rosenberg Library, Straßenregister: Avenue Q. Siehe auch Fire Insurance Map.
23 *Dr. Samuel O. Young*, Bericht Youngs, Storm of 1900 Collection, Sachregister, Rosenberg Library.

23 *Für sie waren Palmen*, Rollfing, I., S. 1. Louisas autobiographische Schilderung ihrer Einwanderung nach Amerika eignet sich hervorragend als Lektüre für jeden, der sich für die Erfahrungen von Einwanderern interessiert.
24 *Im Sommer 1900*, Mason, S. 54–56.
24 *Josiah Gregg*, Gregg, S. 101.
25 *The New Yorker Herald*, Eisenhour, S. 1.
25 *Am Freitag, dem 7.* Isaac erwähnt nirgends ausdrücklich, daß er die Ergebnisse der Volkszählung in der *News* gelesen habe, aber es war die Hauptnachricht des Tages – Isaac hat sie ganz gewiß zur Kenntnis genommen. Siehe auch Weems, S. 23.
26 *Einer ihrer französischen Meisterköche*, Eisenhour, S. 4.
26 *»Einen weißen Kinderleichenwagen«*, Telefonbuch Galvestons: Werbung, J. Levy and Brother.
26 *Ihre Kämme waren*, Beobachtung des Verfassers bei einem anderen tropischen Sturm vor Galveston.
27 *In der nördlichen Hemisphäre*, Cline, »Adress«.
27 *Hätten wir damals*, Cline, »Cyclones«, S. 13.
27 *Der Nordostwind.* Die Standorte der Sägemühle, der Kaffeerösterei und der vielen Pferdeställe sind in der Fire Insurance Map Galvestons verzeichnet.
28 *»Um 3,3 Hektopascal«*, Cline, »Special Report«, S. 372.
28 *»Die üblichen Zeichen«*, ebenda, S. 372.
28 *»Derart hohen Wasserstand«*, ebenda, S. 372.
28 *Isaacs Besorgnis*, Cline, »West India Hurricanes«.

Erster Teil: Das Gesetz der Stürme

Der Sturm: Irgendwo, ein Schmetterling

Um die Ursprünge und den frühen Verlauf eines Hurrikans zu rekonstruieren, habe ich mich auf Bücher und Vorträge der bedeutendsten Hurrikan-Forscher des zwanzigsten Jahrhunderts gestützt, darunter William Gray, Christopher Landsea, R. H. Simpson, Richard Anthes, Kerry Emanuel und die beiden Pielkes, Roger junior und senior (siehe Quellen). Das Buch *Hurricanes* der beiden letzteren, erschienen 1997, war mir besonders nützlich. Meine Beschreibung, wie ein Ostwind-Wellenkreislauf von der Mannschaft eines Schiffs wahrgenommen werden könnte, beruht weitgehend auf einem ausführlichen Gespräch mit Hugh E. Willoughby, Leiter der Hurrikan-Forschungsabteilung der *National Oceanic and Atmospheric Administration*. Auch die

Beobachtungen einiger Forscher, die ich 1998 für einen Artikel im *Time*-Magazin über künftige heftige Hurrikans interviewt habe, sind indirekt in die Beschreibung eingeflossen; darunter waren Landsea; Gray, Pielke junior; Mark DeMaria, Technischer Leiter des *Tropical Prediction Center* der *NOAA*; Jerry Jarrell, Direktor des *Tropical Prediction Center*; und Nicholas K. Coch, Queens College, New York, der sich als »forensischer Hurrikanologe« bezeichnet.

34 *Drei Kinder kamen beim Sturz*, *Galveston News*, 13. August 1900.
34 *»Die Luft dicht über dem Erdboden«*, Garriott, »Forecasts«, S. 321.
34 *Springfield, Illinois, meldete*, *Galveston News*, 13. August 1900.
35 *Die durchschnittlichen Temperaturen*, Bigelow, »Report«, S. 47, 51, 54, 68, 70, 84, 125, 135.
35 *Von Mitte Juli*, *Galveston News*, 14. Juli, 15. Juli, 10. August 1900.
35 *Zehn Milliarden Joule*, *Galveston News*, 1. Sept. 1900.
35 *Waco wurde von Heuschreckenschwärmen*, ebenda.
36 *Innerhalb dieser sogenannten Ostwind-Welle*, Volland, TK.
36 *Wieder andere verwandelten sich in massige*, Exzellente Beschreibungen und Illustrationen dieser Wolken finden sich im *International Cloud Atlas*.
37 *Schiffe, die direkt auf dem Kurs*, Interview des Verfassers, Hugh Willoughby, Hurrikan-Forschungsabteilung, NOAA.
39 *»Braun ist die neue Farbe«*, *Galveston News*, 2. Aug. 1900.
39 Eine Anzeige für Dr. McLaughlins, *Galveston News*, 1. Aug. 1900.
40 *»Doch stellen Sie sich vor«*, Zebrowski, S. 264.
40 *»Könnte ein Schmetterling«*, ebenda, S. 263.
41 *»Ein simulierter Sturm«*, ebenda, S. 265.
41 *»Ein kleiner Defekt«*, ebenda, S. 266.

Washington, D. C.: Heftige Turbulenzen

In diesem Kapitel stütze ich mich weitgehend auf Isaac und Joseph Clines Erinnerungen sowie auf zwei ausgezeichnete Geschichten des Wetters und des Wetteramts: David Laskins *Braving the Elements* und Donald Whitnahs *A History of the United States Weather Bureau*.

43 *Zum Vergnügen*, Cline, *Storms*, S. 14–17.
43 *Im Herbst, zur Eichelzeit*, Joseph Cline, *Heavens*, S. 44.
43 *Isaacs Onkel schwor*, ebenda, S. 8.

43 *Es kursierten Geschichten*, ebenda, S. 10–11. »Wenn ich heute zurückblicke«, schrieb Joseph von dem wilden Mann, »war es ein abstoßendes Schauspiel, ein menschliches Wesen, wenn man ihn als solches bezeichnen konnte, in einer so erbarmungswürdigen Lage zu sehen.«
43 *Eine andere verwandelte Boyd's Pond*, ebenda, S. 13.
44 *Der Auslöser für Isaacs Entscheidung*, Cline, *Storms*, S. 23–24.
44 *Er las alles*, ebenda, S. 23.
44 *... sein größter Traum war es*, ebenda, S. 23.
45 *»Zuerst studierte ich«*, ebenda, S. 26.
45 *Der Präsident des Hiwassee College*, ebenda, S. 27.
46 *Eine Gedenktafel markierte*, ebenda, S. 30.
46 *Hauptsächlich aber*, ebenda, S. 30.
47 *»Die Meteorologie ist stets«*, Laskin, S. 138.
47 *Mark Twain*, ebenda, S. 146.
48 *1881 nahm die Polizei*, Whitnah, S. 46–47.
48 *Beschwerden kamen auch*, ebenda, S. 46–53.
48 *Persönlich wurde die Auseinandersetzung*, ebenda, S. 53.
50 *»Sie werden freudig«*, Frankenfield, S. 4.
50 *Isaac ließ sie in unverschämtem Tempo*, Cline, *Storms*, S. 32.
51 *In Fort Myer nahm Isaac*, ebenda, S. 33.
51 *Das Wort »Verrückter«*, National Archives: Verwaltungsberichte, »Telegraph Cipher«, Box 1.
51 *Paul Diktion*, Whitnah, S. 26.
51 *Diese Operationen bedeuteten*, Frankenfield, S. 6.
52 *Oft erzählten die Rekruten einander*, von Herrmann, S. 4.
52 *Ein Leutnant ließ eine Gruppe*, Geddings, S. 9.
52 *... ein anderer befahl*, ebenda, S. 3.
52 *Eines Morgens, ebenda*, S. 11.

Der Sturm: Montag, 27. August 1900

Hier und in den folgenden Kapiteln stütze ich mich auf einen unveröffentlichten Bericht von José Fernandez-Partagas, einem Meteorologen des späten zwanzigsten Jahrhunderts, der die Routen vieler historischer Hurrikans, darunter auch die des Galvestoner Hurrikans, rekonstruiert hat. Er war ein akribischer Wissenschaftler, der Stunden in der Bibliothek der University of Miami verbrachte, wo er am 25. August 1997 auf seinem Lieblingssofa starb. Er hatte kein Geld, keine Familie, keine Freunde – nur die Hurrikans. Das Hurrikanzentrum erhob Anspruch auf seinen Leichnam, ließ ihn einäschern und warf seine Asche am 31. August 1998 durch die Abwurfluke eines P-3 Orion Hurrikan-Jägers mitten in das Herz des Hurrikans »Danielle« hinein. Seine Überreste traten etwa fünfhundert Kilometer östlich von Daytona Beach, 28° N, 74.2° W, in die Atmosphäre ein. Alle Angaben zu den Längen- und Breitengraden des Sturms in diesem und den folgenden Kapiteln stammen aus Fernandez-Partagas' Bericht, S. 108.

53 *Offiziell wurde er*, Fernandez-Partagas, S. 96, Anm. 1.

Fort Myer: Was Isaac wußte

54 *Er las von Männern, deren Schiffsdecks.* Niemand kann genau wissen, was Isaac in Fort Myer las, aber es ist anzunehmen, daß er Stürme gründlich studierte, weil sie in seiner Zeit von allergrößter Bedeutung waren. Zu den Pferdebremsen vgl. Rosser, *The Law of Storms*, S. 40; zu den gestrandeten Hirschen Ludlum, S. 61; den angehobenen Kanonen Ludlum, S. 67, 70. Auf Barbados trug ein Hurrikan im Jahre 1831 ein 68 Kilogramm schweres Stück Blei über 540 Meter weit und ein 180 Kilogramm schweres Stück 504 Meter weit fort. McDonough, S. 7. McDonough fand auch heraus, daß der Sturm auf Barbados das Licht in der Atmosphäre auf seltsame Weise veränderte. »Während dieser Sturm auf den Westindischen Inseln tobte, ... erschienen Gegenstände, die von weißlicher Farbe waren, hellblau, so deutlich, daß es die Aufmerksamkeit aller Einwohner auf sich lenkte.« McDonough, S. 8.

54 *Thomas Jefferson führte*, Hughes, S. 26. Auch George Washington führte ein solches Wettertagebuch, berichtet Hughes, und machte den letzten Eintrag am Tag vor seinem Tod.

55 *Samuel Rodman Jr.*, ebenda, S. 31–32.

55 *Die erste »wissenschaftliche« Erklärung*, Frisinger, S. 5.

55 *Der erste Mensch*, ebenda, S. 47.

56 *Aristoteles bewies*, ebenda, S. 67.

56 *Mit der Nüchternheit*, ebenda, S. 32.

57 *Kolumbus brach am 3. August*, Morison, S. 198; Ludlum, S. 1–3.

57 *»Das Wetter war«*, Morison, S. 201.

58 *Kolumbus und seine Kapitäne*, Ludlum, S. 1; Douglas, S. 47.

60 *Kolumbus hatte mindestens drei*, Morison, S. 584–93.

61 *»Es war ein fürchterlicher Sturm«*, Ludlum, S. 6.

62 *Nur eines der ursprünglich drei Schiffe*, Morison, S. 590.

62 *1638 führte Galileo*, Frisinger, S. 67.

62 *Die meteorologische Bedeutung*, ebenda, S. 68.

63 *Um dabei überhaupt*, ebenda, S. 68–69.

63 *Der Begriff »Barometer«*, ebenda, S. 72.

63 *Isaac hielt ihn für einen der größten*, Cline, »Century«, S. 3.
64 *Die Reserve ging vor Yarmouth*, Snow, S. 1–17; Douglas, S. 132–135.
68 *1627 richtete ein mutiger*, Lockhart, S. 37.
68 *Es war Edmund Halley*, Frisinger, S. 123–25.
69 *1735 fand George Hadley*, ebenda, S. 125–128.
70 *Ein Jahrhundert später*, Lockhart, S. 37; Watson, S. 28; Trefil, S. 96–104.
70 *In seinem Vortrag*, Cline, »Adress«.
71 *»Wer vermöchte zu schildern«*, Thomas, S. 164. Thomas druckt Archers vollständigen Bericht auf den Seiten 154–69 ab. Vgl. auch Reid, S. 296–303. Detaillierte Beschreibungen der drei Hurrikans liefern Reid, Douglas und Ludlum. Zu den offiziellen Zahlen der Todesopfer vgl. Rappaport und Fernandez-Partagas, »Deadliest«.
71 *Der zweite*, Ludlum, S. 69–72; Reid, S. 340–65.
71 *»Die schönste Insel«*, Ludlum, S. 69.
71 *Als nächstes erreichte der Sturm*, Reid, S. 345.
72 *Der dritte Hurrikan*, Douglas, S. 173; Ludlum, S. 72–73.
72 *Zusammen fügten die drei*, Douglas, S. 173.
72 *Der erste Kapitän*, Friendly, S. 146.
73 *Am 3. September 1821*, Ludlum, S. 81; vollständiger Bericht S. 81–86. Vgl. auch Douglas, S. 221–26; Rosser, W. H., S. 9–17. Zu dem lange währenden Streit zwischen Redfield und James Espy, »The Storm King«, vgl. Laskin, S. 138–40.
74 *Piddington rekonstruierte*, Douglas, S. 224.
74 *»Die unglückseligen Bewohner«*, Tannehill, S. 31.
75 *»Ich hatte die spärlichen«*, Cline, »Century«, S. 25–26.
75 *In seinem außerordentlich populären.* Vgl. zum Beispiel Piddington, S. 102–03, und 134–37.
75 *»Hat man den Hurrikan in der Hand«*, Piddington, S. 134.
76 *Wie ein Kapitän aus dem neunzehnten Jahrhundert*, Rosser, W. H., S. 41.
76 *Der Chef wollte seine Leute.* Zu schweren Diebstählen vgl. Whitnah, S. 75; zu Sexskandalen Cline, *Storms*, S. 76–78.
76 *Isaac gab die idealistische Antwort*, ebenda, S. 35.
77 *»Ich war einundzwanzig«*, ebenda.

Der Sturm: Dienstag, 28. August 1900

78 *Die Erdrotation*, Interview des Verfassers, Willoughby (vgl. Anm. S. 37). In der nördlichen Hemisphäre rotieren Wirbelstürme gegen den Uhrzeigersinn, in der südlichen im Uhrzeigersinn, was

erklären hilft, warum kein Hurrikan den Äquator überqueren kann. Ich konnte einfach nicht verstehen, wie ein sich gegen den Uhrzeigersinn drehender Sturm von rechtsdrehenden Coriolis-Winden erzeugt werden konnte, bis Willoughby es mir geduldig erklärte. Die Billardkugel-Parallele geht allerdings allein auf mein Konto. Vgl. auch Tannehill, S. 5–6.

78 *Am Dienstag, dem 28. August*, Fernandez-Partagas, S. 96, Anm. 1.

Galveston: Schmutzwetter

79 *»Vor meinen Augen«*, Cline, *Storms*, S. 39.
79 *»Sie hatten offenbar Wind«*, ebenda.
80 *Aber es existierte*, ebenda, S. 45.
81 *»Man sagte mir«*, ebenda.
82 *»Das sieht ja wie Blut aus«*, ebenda, S. 46–47.
83 *Hoch im Norden*, McCullough, *Mornings*, S. 316–17.
83 *Roosevelt nannte es*, ebenda, S. 337.
84 *Während einer Attacke*, Cline, »Summer«, S. 336.
85 *Es war August in Texas*, Cline, *Storms*, S. 51.
87 *»Sie war ein wunderschönes«*, ebenda, S. 57.
87 *Ein ineffektiver Mensch*, Traxel, S. 42.
87 *»In der Vergangenheit«*, ebenda, S. 42.
88 *In seinem ersten Jahr entließ*, Cline, *Storms*, S. 65.
88 *Einen Angestellten*, ebenda, S. 65.
88 *Eine Vorliebe für*, ebenda, S. 66.
89 *Ein Meteorologe im Mittelwesten*, ebenda, S. 66.
89 *Am 21. Januar 1888*, National Archives, Untersuchungsberichte, Galveston, Januar 1888.
90 *Und dann kam Montag*, Laskin, S. 146–47.
91 *Die Stadt stellte*, Turner, Elizabeth, S. 24.
91 *Über die Negro Longshoremen's Association*, Mason, S. 51. Vgl. auch Turner, Elizabeth, S. 371–72.
93 *Am 13. November 1893*, National Archives, Untersuchungsberichte, Galveston, 13.-15. November 1893.
94 *Zur Zeit des Amtsantritts von Harrington*, Cline, *Storms*, S. 74.
96 *In seinen späteren Erinnerungen*, vgl. Cline, Joseph, *Heavens*.
97 *Moores Attacke begann*, Abbè, Container 8.
97 *»Nahezu jeder nennenswerte Fortschritt«*, ebenda, 17. Juni 1893.
98 *»Dunwoody ist ein selbstsüchtiger Intrigant«*, Whithnah, S. 79.
98 *Das System, sagte er*, ebenda, S. 87.
99 *Moore, auf jedes noch so kleine*, National Archives, Allgemeine Korrespondenz, Brief vom 29. März 1900 von Willis Moore an Owen P. Kellar.

99 *»Ich wußte«, schrieb Moore*, Tannehill, S. 110–12.
100 *»Wilson«, sagte er*, ebenda, S. 112.
100 *Er sagte zu Moore*, ebenda.
101 *Beim Frühstück drängten sich*, Cline, *Storms*, S. 83.
101 *Tatsächlich hatte ein Schiffbauingenieur*, Miller, X. (Einleitung).
102 *Am 26. November*, Traxel, S. 296–99.
103 *Aufgrund des plötzlichen Kälteeinbruchs*, Cline, *Storms*, S. 88.

Der Sturm: Donnerstag, 30. August 1900

104 *Um neun Uhr morgens*, Alexander, S. 380.
104 *Etwa um zehn Uhr abends*, ebenda.
104 *Es hatte, wie der* Antigua Standard, ebenda.

Galveston: Ein absurder Irrglaube

105 *Im Januar 1900*, Coulter, S. 63.
106 *Zuerst erklärte er*, Cline, »West India Hurricanes«.
107 *»Hier ist keine größere«*, ebenda.
107 *»Der Schaden, den der Sturm«*, ebenda.
107 *»Der Tornado«*, ebenda.
108 *Gegen fünf Uhr nachmittags*, Greely, S. 444.
108 *»Das offenkundige Nachlassen«*, ebenda.
108 *»Rückflutungswelle«* – diesen Ausdruck hörte ich zum ersten Mal von Nicholas K. Coch, Professor an der School of Earth and Environmental Science, Queens College, City University of New York.
108 *»Die Flut schoß nun«*, Greely, S. 444.
109 *Doch General Adolphus Greely*, ebenda, S. 443.
110 *»Das Wasser in der Bucht«*, Tannehill, S. 35.
110 *»Die Stadt bot nach dem Sturm«*, ebenda.
111 *»Progressive Association«*, Mason, S. 74.
111 *Der Ingenieur der Stadt*, ebenda.
111 *Die Evening Tribune*, ebenda.
111 *»Doch das«, schrieb Hartrick*, ebenda.
111 *»Kein Wirbelsturm«, schrieb er*, Cline, »West India Hurricanes«.

Zweiter Teil: Wirbel

Der Sturm: Spinnweben und Eis

115 *Der Sturm erreichte*, Fernandez-Partagas, S. 108.
115 *Während der Dunst*. Eine hervorragende Arbeit über Wolken und Wolkenphysik ist Volland.

116 *Hurrikans durchbrechen*. Eine umfassende Analyse dieses Phänomens findet sich in Liu.
116 *1979 blies ein tropischer Sturm*, Henry et al., S. 22.
116 *Den Weltrekord hält*, ebenda.
116 *2500 Millimeter*, Tannehill, S. 72.
117 *Hurrikan Camille*, Pielke, Roger A., Sr., S. 2–3.
117 *Camilles Regen fiel*, ebenda, S. 3. Hugh Willoughby von der Hurrikan-Forschungsabteilung, der das Manuskript zu *Isaacs Sturm* las, bezeichnete dies als eine »urbane Legende«.

Galveston: Louisa Rollfing

Das gesamte Kapitel beruht auf Louisa Rollfings Autobiographie, Galveston Collection der Rosenberg Library.

Das Levy-Gebäude: Isaacs Karte

127 *Am Dienstag*, *Galveston News*, 5. Sept. 1900.
127 *Bei der Polizei*, ebenda.
127 *Das erste Donnergrollen*, Tagebuch.
128 *Als eines der letzten Schiffe*, *The New York Times*, 11. Sept. 1900, S. 3 (vgl. »Vessels at Galveston«).
128 *Isaac schickte einen*, Young, S. 1.
129 *Den ganzen Juli über*, National Archives, Allgemeine Korrespondenz, Briefe: James Berry an diensthabenden Mitarbeiter, Galveston, 5. Juli 1900; Isaac Cline an das Wetteramt, 9. Juli 1900, James Berry an den diensthabenden Mitarbeiter, Galveston, 16. August 1900; Isaac Cline an das Wetteramt, 19. August 1900, Box 1423.
129 *Landwirtschaftsminister Wilson*, National Archives, Briefe, Moore an Wilson, 15. Sept. 1900.
129 *Baldwin verließ*, National Archives, Verwaltungsberichte, Box 7, Slip Book, 29. August 1899 – 23. Oktober 1900, Nr. 425.
129 *Moore versprach ihm*, National Archives, Allgemeine Korrespondenz, Telegramm vom 20. August 1900, Box 1473. Vgl. auch Briefe (Nr. L. R. 7510–1900). Protokollführer an den diensthabenden Mitarbeiter, New York, und Protokollführer an den diensthabenden Mitarbeiter.
129 *Er telegrafierte Moore*, National Archives, Allgemeine Korrespondenz, Telegramm vom 20. August 1900.
130 *In der letzten Woche*, Young, S. 1.
131 *»Er stimmte mir zu«*, ebenda.

Kuba: Verdacht

132 *Mit Dunwoodys Hilfe*, National Archives, Allgemeine Korrespondenz, Brief von Moore (als stellvertretender Landwirtschaftsminister) an General T. T. Eckert, Western Union, 28. August 1900, Box 1475.

132 *Kubas Meteorologen*, Douglas, S. 230–36; Hughes, S. 13; Tannehill, S. 63.

133 *»Zuerst war es gar nicht leicht«*, National Archives, Dokumente der Surface Land Observations (»Reports Relating to the Hurricane Display Systems in the West Indies«), Bericht zum Ende des Haushaltsjahres, 30. Juni 1899, William B. Stockman, Box 1.

134 *Interne Memos*, National Archives, Allgemeine Korrespondenz, Box 1470. Die Saga beginnt mit Stockmans Bericht vom 31. Juli 1900. Einmal rät Moores Büro Stockman: »Es erscheint sinnvoll, Ihnen nahezulegen, daß Sie die Arbeit nicht über Ihre Kräfte gehen lassen, um nicht auf diese Weise, durch körperliches Versagen, die hervorragende Bilanz, die Sie in Havanna erzielt haben, zu beschädigen.« Garriots wunderbar formulierte Notiz trägt die Nummer L. R. 7057–1900. Moores Notiz ist mit Bleistift an den unteren Rand eines Memos gekritzelt, das sich in derselben Akte befindet.

135 *Es sei entscheidend*, National Archives, Allgemeine Korrespondenz, Brief vom 6. Juli 1900, Stockman an den diensthabenden Mitarbeiter, St. Kitts.

135 *Er brachte einen großen Teil*, National Archives, Allgemeine Korrespondenz. Die vollständige Geschichte findet sich in Box 1471. Sie beginnt mit einem Brief eines geheimen Informanten an Stockman vom 8. August 1900 und endet mit Moores knappem Brief vom 6. Sept. 1900, zwei Tage vor dem Galvestoner Sturm.

135 *Am 24. August 1900*, National Archives, Allgemeine Korrespondenz, Brief vom 24. August 1900, Blythe an Moore, Box 1475.

136 *Am 28. August*, National Archives, Allgemeine Korrespondenz, Brief von Moore (als stellvertretendem Landwirtschaftsminister) an General T. T. Eckert, Western Union, 28. August 1900, Box 1475.

137 *»Dieses Benehmen«*, National Archives, Allgemeine Korrespondenz, vgl. Ausschnitt 2. Sept. 1900, Box 1475.

137 *»Dank einiger Verrückter«*, National Archives, Allgemeine Korrespondenz, Brief vom 5. Sept. 1900 von H. H. C. Dunwoody an William Stockman, Box 1475.

138 *Am Samstag, dem 1. September*, National Archives, Allgemeine Korrespondenz, vgl. Ausschnitt aus *La Lucha*, 1. Sept. 1900, Box 1475.

138 *Am 31. August*, National Archives, Allgemeine Korrespondenz, vgl. Ausschnitt aus *La Lucha*, 3. Sept. 1900, der Jovers Nachricht vom 31. August enthält, Box 1475.
139 *Am nächsten Tag tat Pater*, National Archives, Allgemeine Korrespondenz, vgl. Ausschnitt aus *Diario de la Marina*, 2. Sept. 1900, der Gangoites Nachricht vom 1. Sept. 1900 enthält, Box 1475.
139 *Am Freitag*, *Monthly Weather Review*, Sept. 1900, S. 377.

New Orleans: Kapitän Halseys Entscheidung

140 *Am Mittwoch um 9 Uhr 20*, *Monthly Weather Review*, Sept. 1900, S. 374; Fernandez-Partagas, S. 101, Anm. 34; *The New York Times*, 11. Sept. 1900, S. 3.
140 *So schrieb Piddington*, Piddington, S. 376–77.
141 *Die Louisiana erreichte*, Fernandez-Partagas, S. 101, Anm. 34.

Die Floridastraße: Eine Frage der Weissagerei

142 *Am Mittwoch kurz nach zwölf Uhr*, *The Daily Register*, Mobile, Ala., 6. Sept. 1900.
143 *»Wir befinden uns heute«*, National Archives, Allgemeine Korrespondenz, vgl. Ausschnitt aus *La Lucha*, 6. Sept. 1900, in dem Jovers Nachricht vom 5. Sept., 8 Uhr, abgedruckt ist, Box 1475.
143 *Der Wind erreichte*, Fernandez-Partagas, S. 99, Anm. 21.
143 *In Key West*, ebenda, Anm. 22.
143 *Seine Geschwindigkeit sank*, ebenda, Anm. 21.
144 *Am nächsten Morgen*, National Archives, Allgemeine Korrespondenz, vgl. Ausschnitt aus der *Havanna Post* vom 7. Sept. 1900, die Stockmans Nachricht zitiert, Box 1475.
145 *Zwei Stunden später*, Brief von E. M. Vernon, Direktor, Forecast and Synoptic Reports Division, an M. S. Douglas, 9. Nov. 1956. Vernon schrieb als Antwort auf eine Anfrage von Douglas, die offenbar für ihr Buch *Hurricane* recherchierte: »Wir können diesen Hurrikan betreffend keinen Hinweis auf die Ausgabe von Hurrikan-Warnungen für die Küsten von Texas oder Louisiana finden.«
145 *»Schnelle Aufklärung«*, National Archives, Allgemeine Korrespondenz, vgl. Telegramm vom 6. Sept. 1900 von Ocean Fishery, Long Branch, N.J., an das Wetteramt, Washington, Box 1475.
145 *»Nicht ratsam«*, National Archives, Allgemeine Korrespondenz, Telegramm vom 6. Sept. 1900, von Direktor Willis Moore an Ocean Fishery, Long Branch, N.J.
146 *Er sagte zu Jover*, National Archives, Allgemeine Korrespondenz, vgl. Ausschnitt aus *La Discusion*, 11. Sept. 1900, und die bei-

gefügte Übersetzung, der das Interview mit Dunwoody enthält. An einer Stelle ruft Jover aus: »... ich glaube, daß niemand das Recht hat, einem Bürger zu verbieten, einer Zeitung alles, was er möchte, sei es wahr oder falsch, zu telegrafieren.« Worauf Dunwoody antwortete: »Also, ich verstehe, daß das nicht gerecht ist, aber kann die Regierung nicht tun, was sie will? Außerdem hat die Regierung bereits ein meteorologisches Amt und braucht kein weiteres.«

Key West: F steht für fehlt

148 *Die Karte, die am Donnerstagmorgen*, National Archives, Allgemeine Korrespondenz, National Weather Map, Erie, Pa., 6. Sept. 1900, Box 1475.

Golf von Mexiko, Die Stimme des Teufels

149 *Nachdem sie die Barre*, Fernandez-Partagas, S. 101., Anm. 34.
149 *Als er am Donnerstagmorgen*, *The New York Times*, 11. Sept. 1900.
150 *Um ein Uhr*, ebenda.
150 *»Ich rede nicht gern«*, ebenda.
151 *Die Louisiana tauchte wieder auf*, ebenda.
153 *1912*, Tannehill, S. 18.
153 *Die verängstigte malaysische Mannschaft*, Piddington, S. 208.
153 *Für Gilbert McQueen*, Reid, S. 92.
153 *Eine der seltsamsten*, Reid, S. 73–76; Piddington, S. 340.
155 *Am 1. September*, Tannehill, S. 128.
155 *Ein Meteorologe des Wetteramts*, ebenda, S. 129.
156 *In Galveston*, Tagebuch.

Der Sturm: Dünung

158 *Die höchste je dokumentierte*, Lockhart, S. 115.
159 *Ein Tsunami*, Zebrowski, S. 134. Zebrowski erzählt die Geschichte der U.S.S. *Wateree*, eines Schaufelraddampfers, der in einen Tsunami geriet, der am 13. Aug. 1868 in Nordchile an Land kam. Nachforschungen ergaben, daß die Welle noch 5580 Meilen weiterrollte, um zwölf Stunden und siebenunddreißig Minuten später die Sandwich Islands zu treffen. Admiral L.G. Billings schrieb: »Als wir zum Meer schauten, sahen wir zuerst eine dünne Linie phosphoreszierenden Lichts, die höher und höher anstieg, bis sie den Himmel zu berühren schien; ihr Kamm, vom Todeslicht des phosphoreszierenden Glühens gekrönt, ließ die düsteren Wassermassen darunter erkennen.« Die

Wateree landete aufrecht und intakt drei Kilometer landeinwärts. Der U.S. Coast and Geodetic Survey schätzte später, daß der Tsunami eine Höhe von 21 Metern erreicht hatte. Vgl. Zebrowski, S. 131–35.

Galveston: Hitze

160 *Er hatte achthundert Reisen*, *Galveston News*, 13. Sept. 1900; vgl. auch Weems, S. 20–22, 26–27, 46. Zu den die Schiffe betreffenden Details vgl. »Vessels at Galveston« in *The New York Times*, 11. Sept. 1900. Außerdem fand ich in der umfangreichen Sammlung von Sturmaufnahmen in der Rosenberg Library die nach dem Sturm aufgenommene Photographie eines mit Leichen gefüllten Schleppers. Ein großes Schiff ist in der Nähe des Schleppers vertäut. Die genauere Betrachtung mit der Lupe ergab, daß es sich dabei um die *Pensacola* handelt. Mitglieder der Mannschaft stehen am Bug und beobachten das makabre Schauspiel. Rosenberg Library, Storm of 1900 Collection, Photographie G-1771, File 1.2. Nr. 9.

160 *Um sieben Uhr früh*, Weems, S. 20–21.

161 *Doch was ihm auffiel*, ebenda, S. 21.

161 *Um 9 Uhr 35 Galvestoner Zeit*, Tagebuch.

162 *»Nun, junger Mann«*, *The New York Times*, 23. Sept. 1900.

163 *»Menard«, sagte er*, *The New York Times*, 13. Sept. 1900.

163 *»Es sah aus, als könne das gute Schiff«*, ebenda.

165 *Heute würde niemand nackt baden*, Cartwright, Galveston, S. 167

165 *»Am Donnerstagnachmittag«*, Young, S. 1.

166 *»Zu meiner eigenen Befriedigung«*, ebenda.

166 *»Mein Fehler«*, ebenda.

166 *Am selben Abend*, Observations.

Kuba: Wer hat recht?

168 *Er hatte geschrieben*, National Archives, Allgemeine Korrespondenz, Brief vom 5. Sept. 1900 von H. H. C. Dunwoody an William Stockman, Box 1475.

170 *»Keine Anzeichen für«*, National Archives, Allgemeine Korrespondenz, Brief von William Stockman an H. H. C. Dunwoody vom 7. Sept. 1900, Seite 14, Box 1475.

170 *Jeder Vergleich*, ebenda, S. 15.

171 *»Bei Tagesanbruch«*, National Archives, Allgemeine Korrespondenz, vgl. Pater Gangoites Nachricht in einem Ausschnitt aus *La Lucha*, 10. Sept. 1900, Box 1475.

Dritter Teil: Schauspiel

Beobachtung

175 *»Der Himmel schien«*, Mason, S. 78–79.

Golf von Mexiko, Die Pensacola

177 *Um 10 Uhr 30*, *Galveston News*, 13. Sept. 1900.

Der Strand: Begeisterung

179 *... der andere*, Young, S. 1.
179 *»Ich war jetzt sicher«*, ebenda, S. 1–2.
180 *Später behauptete er*, Cline, *Storms*, S. 93.
180 *Wenn er nicht gewesen wäre*, Brief von E. M. Vernon, Leiter, Forecast and Synoptic Reports Division, an M. S. Douglas, 9. Nov. 1956, Rosenberg Library, 95–00020, Box 1, File 7.
180 *Bornkessell antwortete*, Weems, S. 45.
180 *»Der Sturm war schlimmer«*, Persönliche Berichte: Blagden, S. 6.
180 *Am Vormittag ging Isaac*, Cline, »Special Report«, S. 373.
180 *Eine Frau*, Persönliche Berichte: Hawley, Sarah, S. 1.
181 *Der Wagen war überfüllt*, Persönliche Berichte: Goodman, S. 2.
181 *Am Sonntag, dem 2. September*, *Galveston News*, 2. Sept. 1900
182 *Später, ungefähr um drei*, *Galveston News*, 2. Sept. 1900.
184 *»Wir haben schon früher«*, Rosser, Angie.
185 *Viele Jahrzehnte später*, ebenda.
185 *»Trotzdem«*, Persönliche Berichte: Cortes, S. 2.
186 *An diesem Morgen erhielt*, Weems, S. 37–38.
186 *»Ich erinnere mich«*, ebenda.
186 *»Ich ging von zu Hause los«*, Persönliche Berichte: Hopkins, »The Day«, S. 1. Vgl. auch Hopkins' Berichte.
189 *Ein Augenzeuge berichtete*, Mason, S. 81.
189 *»Der Anblick war da noch«*, Persönliche Berichte: Davis, S. 2.
191 *Meine Familie beschwor mich*, Persönliche Berichte: Wolfram, S. 1.
191 *»Wir haben schon öfter«*, Mason, S. 79.
192 *Judson Palmer*, Geschäftsführer, First Baptist Church, S. 1.
193 *»Eine Zeitlang wateten«*, Rollfing, S. 3:1.

Ritter's Café: »Sie können mir keine Angst machen«

196 *Rabbi Henry Cohen*, Nathan and Cohen, S. 132–45. Vgl. auch Cartwright, *Galveston*, S. 145–46, 165–66, und »Blow«.
200 *Am Samstagmorgen*, Mason, S. 108–09; vgl. auch Persönliche Berichte: Focke, S. 4. Ein Freund von Stanley Spencer traf Mrs.

Spencer am Morgen des 10. September und erfuhr von ihr, daß Mr. Spencers Gesicht vollkommen unversehrt aussah, obwohl sein Hinterkopf zerschmettert worden war. Persönliche Berichte: Hawley, J. H., S. 3–4.

Bolivar Point: Der verlorene Zug

202 *»Als wir die Brücke«*, Coulter, S. 95–99; First Baptist, S. 3; Mason, S. 84–85.
205 *Ein anderer Fahrgast*, Persönliche Berichte: Benjamin.
206 *Poe wohnte in Lake Charles*, Coulter, S. 89–90; Mason, S. 85–86; 162.
209 *Marry Berryman Lang*, Persönliche Berichte: Lang. Vgl. auch Weems, S. 42.

25. Straße und Avenue Q: Ein Haufen Kröten

210 *»Die Wellen«*, Cline, *Storms*, S. 93.
211 *Gegen 14 Uhr 30*, ebenda, S. 94.
212 *Isaac berichtete*, ebenda.
212 *Joseph gab sich eine weniger*, Cline, Joseph, S. 51.
213 *Auf dem Heimweg*, Tapp, S. 8.
214 *»Bleiben Sie«*, First Baptist Church, S. 2; Weems, S. 74.
215 *»Diejenigen, die in den großen«*, Cline, »Special Report«, S. 373.
215 *»Viele suchten Schutz«*, Persönliche Berichte: Blagden, S. 6.
215 *»Auf jedem noch so kleinen Brett«*, Persönliche Berichte: Bettencourt, S. 16.
215 *Zu diesem Zeitpunkt*, Cline, Joseph, S. 53.
215 *Bis zum Hals*, Cline, »Special Report, S. 373.
215 *»Er wußte besser«*, Cline, Joseph, S. 53.
215 *Das Haus räumen*, ebenda, S. 53; Cline, »Special Report«, S. 373.
215 *Bleiben*, Cline, »Special Report«, S. 373.

Vierter Teil: Kataklysmus

Telegramm

219 *Wir haben*, Telegramm, National Archives, Allgemeine Korrespondenz.

Die Eastside: Louisa Rollfing

221 *August Rollfing*, Rollfing, S. 3:4.
223 *Ungefähr um 14 Uhr*, Cline, *Tropical Cyclones*, S. 246.
224 *Sie sah schweigend zu*, Rollfing, S. 3:3.

Avenue P $^1/_2$: Eltern und ihre Entscheidungen

225 *Um zwei Uhr nachmittags*, Young, S. 2.

226 *Am schnellsten bewegte sich*, Analyse des Verfassers. Die meisten Straßen der Stadt waren von hohen Kantsteinen gesäumt, die wie Erosionsgräben wirkten, um den Wasserfluß zu kanalisieren.

226 *Young sah Kisten*, Young, S. 2. Konkret erinnert sich Young, »kaputte Baracken, Kisten, Fässer, hölzerne Zisternen und alles, was sonst der Macht (der Strömung) anheimfiel«, gesehen zu haben. Daß auch Kutschen und Toilettenhäuschen und Millionen andere Dinge darin schwammen, steht außer Frage. Er spricht allerdings nicht davon, Leichen gesehen zu haben – obwohl zu diesem Zeitpunkt bereits viele in der Strömung trieben, die durch die Stadt schoß.

227 *»Ganz auf mich allein gestellt«*, Young, S. 2.

228 *Während Louise Hopkins*, Persönliche Berichte: Hopkins, »The Day«, S. 1–4.

228 *Da waren Kisten und Bretter*. Auch hier beförderte der Strom alle möglichen Trümmer und dazu Schlangen. Nach dem Sturm berichtete ein Kapitän, er habe weit draußen im Golf Schlangen gesehen. Vgl. Anm. S. 251, Giftschlangen.

228 *Ihr fiel auf, daß ihr Kätzchen*, Persönliche Berichte: Hopkins, »The Day«, S. 1–4.

229 *Genau um 14 Uhr 30*, Tagebuch.

230 *Um 17 Uhr 15*, Tagebuch.

230 *»Wir hatten ein gutes, warmes Gefühl«*, Persönliche Berichte: Hopkins, »The Day«, S. 6.

231 *»Als wir sie anzündeten«*, Persönliche Berichte: Hopkins, Interview, S. 14–15.

231 *Zuerst kamen*, First Baptist Church, S. 2.

232 *Er ließ die Tapeten*, Persönliche Berichte: Cortes, S. 4.

232 *Um 19 Uhr*, First Baptist Church, S. 2.

232 *»Ich kann nicht beten«*, ebenda.

233 *Garry Burnett schlug vor*, ebenda, S. 2.

25. Straße und Avenue Q: Isaac Cline

235 *»Zu diesem Zeitpunkt«*, Cline, »Special Report«, S. 373.

235 *Um 18 Uhr 30*, ebenda.

235 *Das Meer war seltsam flach*, Young, S. 3.

235 *Das Haus der Nevilles*, Photographie, 2502 Avenue Q, Rosenberg Library, Straßenregister: Avenue Q.

236 *Er bestand aus Häusern*, Rollfing, S. 3:7. Vgl. die Sammlung nach

dem Sturm aufgenommener Photographien in der Rosenberg Library, von denen manche grauenvoll sind. Ein Photo, G-1771, File 7.5, Nr. 13, zeigt ein weites Trümmerfeld, wo einst Isaacs Haus gestanden hatte. Ein anderes, G-1771, File 1.2, Nr. 8, zeigt sechs Männer, die offenbar dabei sind, den Leichnam einer Frau zu begraben. Sie ist gut und elegant gekleidet, trägt quergestreifte Hosen und ein Oberteil mit breiten Längsstreifen. Die Männer repräsentieren einen Querschnitt durch die Gesellschaft. Einer ist schwarz, sein Gesicht mit einem Ausdruck des Widerwillens in tiefe Falten gelegt. Möglicherweise spiegelt sich darin seine Verachtung für den Photographen wider. Ein anderer der Gruppe ist jung, glattrasiert, hübsch und trägt ein langärmeliges weißes Hemd, einen Strohhut und Anzughosen. Mit der Lupe erkennt man, daß seine Augen geschlossen sind. Die Männer stehen in einem Meer zerbrochener und gespaltener Bretter.

236 *»Ich stand an der Haustür«*, Cline, »Special Report«, S. 373.
236 *(Joseph behauptet ...)*, Cline, Joseph, S. 53.
237 *Die Brüder lotsten*, ebenda.
237 *»Diese Beobachtungen«*, Cline, »Special Report«, S. 373.
237 *Einen Häuserblock weiter*, Young, S. 2.
237 *»Der Schutt flog regelrecht«*, ebenda.
238 *Ein Augenzeuge*, *Galveston News*, 13. Sept. 1900, S. 5.
238 *Isaacs Haus schwankte*, Analyse des Verfassers, gestützt auf die Nähe von Youngs Standort zu Isaac Clines Haus und die Blickrichtung seines Hauses. Young, S. 2.
238 *»Seltsamerweise«*, Cline, Joseph, S. 53.
240 *»Ich sagte ihnen«*, ebenda.
240 *In Dallas*, Acheson, S. 211; Mason, S. 106.
240 *Deren Galvestoner Vertreter*, vgl. Liste der Opfer, *Galveston News*, 14. Sept. 1900. W. Pilford von der Mexikanischen Telegrafengesellschaft ist mit seinen vier Kindern Madge, Willie, Jackie und Georgianna aufgeführt. Die Liste nennt als Ort, an dem sie ums Leben kamen, »Fünfundzwanzigste Straße und Avenue Q«. Isaacs Ecke.
240 *Währenddessen*, Acheson, S. 211; Mason, S. 106.

Das Levy-Gebäude: Lebenszeichen

241 *Am Samstagabend*, Persönliche Berichte: Blagden, S. 1–2.
242 *Meteorologen fanden dies später*, Cline, »Special Report«, S. 374.
242 *Der Luftdruck war schon den ganzen Tag*, Tagebuch.
243 *Im Hafen*, Weems, S. 101.
243 *– der Rumpf bestand aus*, ebenda, S. 102.

243 *Im Bahnhof*, First Baptist Church, S. 4.
243 *Jahre später*, Rappaport und Fernandez-Partagas, S. 9.
243 *Wenn man davon ausging*, Garriott, »West Indian«, S. 392.
243 *Das Wetteramt schätzte später*, *Monthly Weather Review*, Sept. 1900, S. 424.
244 *Jeder einzelne*. Hervorragende Ausführungen zur Windstärke und ihren Auswirkungen finden sich bei Zebrowski, S. 248–51.
244 *Der Kapitän der* Roma, Mason, S. 160.
244 *Ein Mann band sich seine Schuhe*, Persönliche Berichte: Wolfram, S. 1.
244 *Ein Überlebender*, Persönliche Berichte: »Charlie«, S. 1–2.
245 *Eine der tödlichsten*, Pielke and Pielke, S. 199.
245 *1876 erläuterte Henry Blanford*, *Monthly Weather Review*, »What is a Storm Wave?«, Oktober 1901, S. 461.
246 *Im Oktober*, Garriott, »West Indian«, S. 391.
246 *Wenn ein Hurrikan*, Henry et al., S. 19.
246 *Der Galvestoner Hurrikan*, Cline, »Relation«, S. 208; Garriott, »West Indian«, S. 391; eine Zusammenfassung von Charakter und Route des Hurrikans: S. 384–92.
247 *Die erste Änderung*, Cline, *Tropical Cyclones*, S. 246.
247 *Um 19 Uhr 30*, Cline, »Special Report«, S. 373; Cline, »Relation«, S. 207.

Avenue P½: Der Wind und Dr. Young

248 *Gegen sieben Uhr*, Young, S. 2.
249 *Ein einziger Kubikmeter*, Cline, »Relation«, S. 203.
249 *Ein Mann erzählte*, First Baptist Church, S. 34.
250 *»Es drehte sich halb herum«*, Young, S. 3.
251 *»Ein derartiger Wind«*, ebenda.
251 *»Die Regentropfen begannen«*, ebenda.
251 *Giftschlangen*, Herny et al., S. 19, 23. Hier gehe ich von der Annahme aus, daß Phänomene, die bei späteren Hurrikans beobachtet wurden, wahrscheinlich auch im Galvestoner Hurrikan vorkamen. Henry et al. sprechen von Hurrikan »Audrey«, der 1957 die Küste Louisianas traf. »Man vermutet, daß die Mehrheit der Menschen, die ertranken, auf hohe Bäume geklettert waren, um sich in Sicherheit zu bringen, und von dort herunterfielen, nachdem sie von Giftschlangen gebissen worden waren, die sich ebenfalls in die Bäume geflüchtet hatten.« (S. 19). Später, sagen sie, »finden sich die Schlangen, die gute Schwimmer sind, entlang den Straßen, in den Ruinen von Gebäuden, in Bäumen und an anderen höhergelegenen, trockenen Orten.«(S. 23) Ein Schoner namens

Viva aus Corpus Christi kam kurz nach dem Sturm in Galveston an. Einer der Passagiere, Leopold Morris, erzählte einem Reporter der *Galveston News*, er habe große Schlangen im Golf schwimmen sehen. »Die Schlangen schienen uns anzuflehen, an Bord kommen und mitfahren zu dürfen, und wenn ich jemals Schlangen gesehen habe, die einen Menschen freundlich anschauten, dann waren es diese.« *Galveston News*, 6. Sept. 1900.

251 *Ein Holzgeschoß*, Cartwright, »Big Blow«, S. 114.

251 *Im teuren Lucas Terrace*, Mason, S. 126–27. Eine erschreckende Photographie des Lucas Terrace vor und nach dem Sturm findet sich in Weems, Abbildungen, zwischen S. 84 und 85.

252 *In einem anderen Haus*, Mason, S. 157–58.

252 *»Das Haus stieg«*, Young, S. 3.

25. Straße und Avenue Q: Was Joseph sah

254 *»Als das Haus kenterte«*, Cline, Joseph, S. 54.

254 *»All die anderen«*, ebenda.

255 *»Ich hoffte«*, ebenda, S. 55.

Der Strand: Ruby Credo

256 *Sobald Ruby Credos Eltern*, Tapp, S. 8–9.

257 *»Das Wasser stieg«*, ebenda, S. 9.

258 *»Als unser Haus«*, Mason, S. 111.

259 *»Wir konnten uns hinlegen«*, Tapp, S. 10.

25. Straße und Avenue Q: Was Isaac tat

261 *Als die Eisenbahnbrücke*, Cline, *Storms*, S. 96.

Der Strand: Ein Licht im Fenster

262 *Ihre Schwester Lois*, Persönliche Berichte: Hopkins, »The Day«, S. 7.

263 *Die zehn Nonnen*, St. Mary's. Vgl. auch Cartwright, »Big Blow«, S. 115, sowie Mason, S. 148–51.

264 *Einige der älteren Kinder*, St. Mary's. Es besteht eine gewisse Uneinigkeit, was den Namen eines der drei Überlebenden betrifft. Mason (S. 151) meint, er habe Francis Bulnavic geheißen, das St. Mary's-Büchlein spricht von Frank Madera. Ich habe mich willkürlich für Bulnavic entschieden. Alle Berichte stimmen darin überein, daß von den dreiundneunzig Kindern des Waisenhauses nur drei Jungen überlebten.

264 *Später fand ein Retter*, St. Mary's, ebenso Ousley, S. 114–15. Ein Steward des Mallory-Liniendampfers *Alamo* sagte: »Einer der

traurigsten Anblicke waren die toten Körper einer Ordensschwester und drei kleiner Jungen, die aneinandergebunden im Wasser trieben.« *The New York Times*, 23. Sept. 1900.

265 *August Rollfing saß allein*. Zu Augusts Erlebnissen vgl. Rollfing, S. 3: 4–7.

25. Straße und Avenue Q: Isaacs Reise

269 *Er war allein*, Cline, *Storms*, S. 96.
270 »*Mein Herz begann plötzlich*«, Cline, Joseph, S. 55.
270 »*Wir schoben die Kinder*«, Cline, *Storms*, S. 97.
270 »*Unsere kleine Truppe*«, Cline, Joseph, S. 56.
270 »*Manchmal waren die Schläge*«, Cline, *Storms*, S. 97.
270 »*Einmal gesellten sich*«, Cline, Joseph, S. 57.
271 *Sie trieben stundenlang*, Cline, *Storms*, S. 96–97; Cline, Joseph, S. 56–57.
271 *Ein Holzgeschoß*, Cline, Joseph, S. 58.
271 *Joseph sah ein kleines Mädchen*, Cline, Joseph, S. 58; Cline, *Storms*, S. 97.
271 »*Papa! Papa!*«, Cline, Joseph, S. 59.
272 *Und noch etwas geschah*, ebenda, S. 57.

Fünfter Teil: Seltsame Nachrichten

Telegramm

275 *Soeben erste Nachrichten aus*, National Archives: Allgemeine Korrespondenz.

Golf von Mexiko: Erster Anblick

277 *Als es dämmerte*, *Galveston News*, 13. Sept. 1900.
278 »*Wir entdeckten*«, ebenda.

Galveston: Stille

279 *Am Samstagabend gelang es*, *New Orleans Daily Picayune*, 9. Sept. 1900.
280 *Am Sonntag war eine kleine Gruppe*, Weems, S. 39.
280 *Als einer der bekanntesten*, Persönliche Berichte: Sterett, S. 1–3; vgl. auch Acheson, S. 205–17.
281 *Die geschwollenen Leiber*, Persönliche Berichte: Sterett, S. 2.
281 *Sterett fühlte sich*, ebenda.
281 »*Und ich kann mir nicht helfen*«, ebenda.
282 »*Alles, was atmete*«, ebenda.

282 *»Wir müssen vier bis viereinhalb Stunden«*, Persönliche Berichte: Monagan.
282 *»Ich bin ein alter Soldat«*, »Galveston Horror«, S. 33.
283 *Einmal blickte Sterett*, McComb, S. 127.
283 *Es war, wie Monagan*, Persönliche Berichte: Monagan.
283 *Sie hielten einen Mann an*, ebenda.
283 *»Der Mann täuscht sich«*, ebenda.

28. Straße und Avenue P: Auf der Suche

284 *Es war kühl*, Cline, »Century«, S. 31.
285 *Zwischen den Trümmern.* Isaac Cline sagt nirgends, was er an jenem Morgen genau sah, aber wenn man die Hunderte von Photographien in der Rosenberg Library betrachtet, kann kein Zweifel daran bestehen, daß Isaac Hüte, Kleidung, Leichen und weit mehr gesehen haben muß.
285 *Einhundert Leichen*, Ousley, S. 120.
285 *Manche hatten Bißwunden*, vgl. Anm. S. 251, Giftschlangen.
285 *Dreiundvierzig Tote*, Ousley, S. 120.
285 *»Es waren so viele«*, Persönliche Berichte, Tipp, S. 9.
285 *Isaac begutachtete.* Was Isaac Cline in den Tagen unmittelbar nach dem Sturm tat, ist nicht dokumentiert. Meine Ausführungen beruhen einerseits auf meiner Vorstellung von Isaacs Persönlichkeit und andererseits auf dem Bild, das ich mir anhand Dutzender persönlicher Berichte davon machen konnte, wie die Menschen in ganz Galveston sich nach dem Sturm verhielten. Daß er die Krankenhäuser und die Leichenhalle aufsuchte, scheint selbstverständlich.
286 *J. H. Hawley*, Persönliche Berichte: Hawley, J. H., S. 1–2.
287 *Es gibt ein Photo*, Photographie der Leichenhalle, Rosenberg Library, Storm of 1900 Collection, G–1771, Folder 1.2, »Bodies«, Nr. 2.
287 *Während Isaac systematisch*, vgl. Anm. S. 285, *Isaac begutachtete.*
287 *Am Sonntag meldete er*, *Galveston News*, 9. Sept. 1900.
288 *Am gleichen Morgen*, Ousley, S. 116.
288 *Anthony Credo mußte*, Tapp, S. 12.
288 *Kurz nachdem Ruby Credo*, ebenda, S. 10.
288 *Judson Palmer lag*, First Baptist Church, S. 3.
289 *Später schrieb sein Kollege*, Persönliche Berichte: Lewis.
289 *John W. Harris*, Persönliche Berichte: Harris, S. 7–8.
289 *Die Menschen seien wie benommen*, Coulter, S. 224.
289 *»Man hört die Leute«*, Ousley, S. 120.
290 *»O Gott, warum«*, Persönliche Berichte: Hopkins, Interview, S. 10.

290 *Der Sturm, erzählte Halsey*, *The New York Times*, 11. Sept. 1900.
290 *Es gibt eine Photographie*, Photographie 27. Straße und Avenue N, Blick nach NO. Rosenberg Library, Storm of 1900 Collection, G-1771, File 7.5, Nr. 13.
291 *Die Muats hatten Anna*, Muat, Thomas, Zeitungsausschnitt ohne Überschrift, Rosenberg Library, Storm of 1900 Collection, Sachregister, Zeitungsausschnitte.

Tagebuch: Dienstag, 11. September

293 *I. M. Cline*, Tagebuch.

Galveston: »Nicht tot«

294 *Die Tribune veröffentlichte*, *Galveston Tribune-Post*, 12. Sept. 1900.
294 *Soldaten trieben*, Ousley, S. 117.
295 *Der Schleppkahn lag unweit*, Photographie des Schoners, Rosenberg Library, Storm of 1900 Collection, Photographie G-1771, File 1.2, Nr. 9.
295 *»Bald wurde klar«*, Ousley, S. 266.
296 *Phillip Gordie Tipps Mannschaft*, Persönliche Berichte: Tipp, S. 10.
296 *Der Rettungstrupp*, Coulter, S. 199.
296 *»Der Gestank«*, Persönliche Berichte: Deer, S. 2.
296 *Emma Beal, damals zehn Jahre alt*, Persönliche Berichte: Beal, Teil 1, S. 9; Teil II, S. 9–10.
297 *Ein Überlebender*, Persönliche Berichte: Stuart, S. 53.
297 *Es hieß, ein zweiter Sturm*, *Galveston News*, 12. Sept. 1900.
297 *In der Nacht zum Sonntag*, *Galveston News*, 17. Sept. 1900.
297 *Und für William Marsh Rice*, Morris, S. 84–112.
298 *»Sorgfältige Recherchen«*, Persönliche Berichte: Stuart, S. 53.
298 *»Ich weiß nicht«*, Persönliche Berichte: Blagden, S. 5.
298 *»Fürchterlich heiß«*, Persönliche Berichte: »Charlie«, S. 5.
298 *»Jeden Tag wurde der Gestank«*, Tapp, S. 12.
300 *Clara Barton reiste an*, Telegramm, Barton an William Howard, 18. Sept. 1900.
300 *Sie kam mit einer Zugladung*, Brief von Barton an den Bürgermeister von Galveston, 20. Sept. 1900.
301 *Hearst spendete*, Report, S. 2.
301 *Die staatliche Irrenanstalt*, Barton, Brief, 25. Sept. 1900.
301 *Colored Eureka Brass Band*, Barton, Brief, 26. Sept. 1900.
301 *Elgin Milkine Company*, Barton, Brief, 19. Sept. 1900.
301 *Fraternal Mystic Circle*, Barton, Brief, 20. Sept. 1900.

301 *Ladies of the Maccabees*, Barton, Brief, 13. Okt. 1900.
301 *Stadt Liverpool*, Report, S. 71.
301 *Baumwollverband*, ebenda.
301 *Innerhalb der Vereinigten Staaten*, Barton, Bericht des Roten Kreuzes, Galveston, Texas, S. 77.
301 ... *New Hampshire*, ebenda.
301 *»So bedachtsam«*, Barton, Brief, 14. Okt. 1900.
302 *Unter den Spenden*, Barton, Brief, Cambria Steel Company an Clara Barton, 21. Sept. 1900; Barton an Cambria Steel Company, 25. Sept. 1900.
302 *Mitarbeiter des Wetteramts*, National Archives, Allgemeine Korrespondenz, Brief, Isaac Cline an den Direktor des Wetteramts, 8. Nov. 1900. Isaac schrieb: »Uns fehlen die Worte, um unseren Freunden im Wetteramt unsere Gefühle der Dankbarkeit auszudrücken ...«
302 *»Da dies mein Empfinden ist«*, National Archives, Allgemeine Korrespondenz, Brief, William Alexander an den Direktor des Wetteramts, 20. Nov. 1900.
303 *Am Dienstag*, National Archives, Allgemeine Korrespondenz, Telegramm, Joseph Cline an das Wetteramt, 11. Sept. 1900.
303 *Genau drei Minuten später*, National Archives, Allgemeine Korrespondenz, Telegramm, Isaac Cline an das Wetteramt, 11. Sept. 1900.
304 *»Ich möchte Ihnen meine Frau«*, *Galveston News*, 17. Sept. 1900.
304 *Isaac konnte sich nicht helfen*, Isaac sagt nirgends ausdrücklich, daß er seine Familie möglichst früh schon im Levy-Gebäude hätte unterbringen sollen, aber wie hätte ein Mann in seiner Lage solche Gedanken nicht haben können?
305 *Joseph hingegen*, vgl. Josephs Erinnerungen, *When the Heavens Frowned*. In dem Kapitel über den Galvestoner Hurrikan, S. 49 bis 56, behauptet Joseph eindeutig, wenn auch zuweilen versteckt, anders als Isaac das wahre Ausmaß der Gefahr erkannt zu haben; vgl. z.B. S. 53, wo er schreibt: »Bis ich die Gefahr beim Namen nannte, hatten alle, die da waren, geglaubt, daß (Isaacs Haus) davor gefeit sei, vom Sturm zerstört zu werden.« Alle – vermutlich einschließlich seines Bruders.
305 *Nachts kamen die Träume*. Diese Beobachtung beruht auf allgemeiner Einsicht in die menschliche Natur. Welcher Überlebende einer Katastrophe hat nie davon geträumt, daß die Geschichte einen anderen Ausgang genommen hätte?
305 *»Der Traum«*, Freud, S. 110.

305 *»Der Hurrikan, der Galveston Island«*, Cline, »Special Report«, S. 372.
306 *»Die Sturmwarnungen kamen«*, ebenda, S. 373.
306 *»Daraufhin zogen«*, ebenda.
306 *In späteren Jahren*, Brief, E. M. Vernon, Leiter, Forecasts and Synoptic Reports Division, an M.S. Douglas, 9. Nov. 1956. »Es wird geschätzt«, schrieb Isaac Cline, »daß etwa 12 000 Menschen vor der Katastrophe aus ihren Häusern ausgezogen sind, sonst wäre die Zahl der Opfer zweifellos doppelt so hoch gewesen...« Isaac benutzte immer das Passiv, wenn er etwas beschreiben wollte, was er selber getan hatte.
306 *»Unter den Opfern«*, Cline, »Special Report«, S. 373.
307 *»Meine persönliche Erfahrung«*, National Archives, Allgemeine Korrespondenz, Brief, I.M. Cline an den Direktor des Wetteramts, 23. Sept. 1900, Box 1476.

Washington: Ein Brief von Moore

308 *»Die weitgehende Unbrauchbarkeit«*, *Houston Post*, 14. Sept. 1900.
308 *In einem fünfseitigen Brief*, National Archives, Allgemeine Korrespondenz, Briefentwurf, Willis Moore an *Houston Post*, 22. Sept. 1900 Brief wie veröffentlicht, *Houston Post*, 28. Sept. 1900, Box 1476.
309 *»Wir würden alle lieber glauben«*, *Houston Post*, 28. Sept. 1900.
309 *Isaac schickte die Ausschnitte*, National Archives, Allgemeine Korrespondenz, Brief, I.M. Cline an den Direktor des Wetteramts, 28. Sept. 1900, Box 1476.
310 *»Was die Anordnungen betrifft«*, ebenda.
310 *»Wenn ich mir am Morgen«*, Cline, *Storms*, S. 98.
310 *»Ich habe nicht vorhergesehen«*, ebenda, S. 99.
311 *Der Boston Herald*, *Monthly Weather Review*, Sept. 1900, S. 376.
311 *Der Buffalo Courier*, ebenda.
311 *Der Inter-Ocean*, ebenda, S. 377.
312 *»Ein Beispiel?«*, National Archives, Allgemeine Korrespondenz, vgl. Ausschnitt aus dem *Diario de la Marina*, 18. Sept. 1900, Box 1475.
313 *»Es ist für mich und jeden«*, National Archives, Allgemeine Korrespondenz, Brief, Willis Moore an den Landwirtschaftsminister, 21. Sept. 1900, Box 1475.

28. Straße und Avenue P: Der Ring

314 *Immerhin geschahen noch Wunder*, First Baptist Church, S. 7.

315 *»Die Träume der kleinen Kinder«*, Freud, S. 114.

315 *Isaac, Joseph und John Blagden*, Rundbrief, Büroleiter, Wetteramt, 28. Sept. 1900.

315 *Irgend jemand hatte eine Kiste*, Barton, Bericht des Roten Kreuzes, Galveston, Texas, S. 52.

316 *Die Palmetto Post*, *Palmetto Post*, 20. Sept. 1900, in Barton.

316 *»Es ist«, schrieb sie*, Barton, Brief, Clara Barton an »die Öffentlichkeit«, 6. Okt. 1900.

316 *Am Abend*, Weems, S. 146. Weems schreibt, die Männer hätten Coras Leiche kurz nach Einbruch der Dämmerung gefunden, woraus folgt, daß sie einige Zeit davor in dieser Gegend zu arbeiten begannen.

317 *»Noch im Tod«*, Cline, »Cyclones«, S. 15.

317 *Statt dessen wurde die Leiche*, Lakeview Cemetery Record, Vol. 1, 1992, Rosenberg Library.

317 *Isaac behielt den Ring*. Das ist eine reine Annahme, die ich jedoch auf folgendes stütze: Isaacs romantisches Wesen; seine Liebe zu Cora; seine Kenntnis der Porträtkunst und der symbolischen Botschaften, die die Künstler darin verbergen; die Tatsache, daß er auf Whitesells photographischem Porträt einen Diamanten trägt (s.o., Anm. S. 14, *Ein Photograph aus New Orleans*); sowie Whitesells offensichtliches Bemühen, den Ring und Isaacs Augen so ins Licht zu setzen, daß beide in der Dunkelheit leuchten.

318 *In dieser Nacht*, West, Chronologie.

Sechster Teil: Nachwirkungen

Isaac: Nachwirkungen

321 *Am Montag, dem 10. September*, National Archives, Allgemeine Korrespondenz, Telegramm, 10. Sept. 1900, Willis Moore an den Lokalredakteur der *Evening World*. Die Initialen H. C. F. unter Moores Namen deuten darauf hin, daß der Inhalt des Telegramms, vielleicht auch das Telegramm selbst, in Wirklichkeit von H. C. Frankenfield, einem der gestandenen Wissenschaftler des Amts, stammt. Ich habe Frankenfields Erinnerung an die »Wetterschule« in einer Anmerkung für S. 50 *(»Sie werden freudig«)* zitiert.

321 *Er gewann rasch wieder*, National Archives, Allgemeine Korre-

spondenz. Vgl. die am 13. Sept. beginnende Korrespondenz zwischen A. I. Root und dem Nationalen Wetteramt, Box 1476.

321 *Die Zentrale*, ebenda, 28. Sept. 1900.

322 *Er tötete sechs Holzfäller*, »Six Drowned in Wisconsin«, Nachricht ohne Überschrift, Rosenberg Library, Storm of 1900 Collection, Sachregister, Zeitungsausschnitte; 15. Sept. 1900.

322 *Manhattan*, Fernandez-Partagas, S. 105, Anm. 63.

322 *Der Sturm versenkte*, ebenda, S. 106, Anm. 66–71.

322 *Die Stadt führte eine Volkszählung*, Mart H. Royston Papers, 9. Okt. 1900, Rosenberg Library, Manuskriptsammlung, 25–0587.

323 *Anfang 1901*, McComb, S. 122.

323 *»Viele Menschen«*, Persönliche Berichte: Cortes, S. 6.

323 *Sie schufen*, *World's Fair Bulletin*, April 1904, S. 24–30, Rosenberg Library, 76–0004.

323 *Er war sechs Meter hoch*, Persönliche Berichte: Stuart, S. 78.

323 *McClures Magazine*, Turner, George, S. 615.

323 *Also legten sie*, Cartwright, *Galveston*, S. 29.

324 *Die Stadt baute*, ebenda.

324 *Um das Selbstvertrauen*, ebenda, S. 5.

324 *»Wir sind, was unsere«*, »Chicago«, S. 686.

324 *Nur vier Monate später*, Kane, S. 171–73.

325 *Kurz nach dem Sturm*, National Archives, Brief, Willis Moore an den Landwirtschaftsminister, 9. Okt. 1900.

325 *Am 3. November*, National Archives, Allgemeine Korrespondenz, Brief, I. M. Cline an den Direktor des Wetteramts, 3. Nov. 1900.

326 *»Ich glaube, daß ich«*, National Archives, Allgemeine Korrespondenz, Brief, I. M. Cline an den Direktor des Wetteramts, 4. Dez. 1900.

326 *Zu diesem Zeitpunkt weilte*, National Archives, Brief, Willis Moore an den Landwirtschaftsminister, 5. April 1901.

326 *Als wollte er*, National Archives, Brief, Willis Moore an den Landwirtschaftsminister, 20. April 1901.

327 *1909*, Whitnah, S. 122.

327 *»Wenn ein Mitarbeiter«*, Cline, *Storms*, S. 140.

327 *»Das Ziel war«*, ebenda, S. 141.

327 *Isaacs Desillusionierung*, ebenda, S. 141–46.

328 *Um neun Uhr*, ebenda, S. 146.

328 *Der deutlichste Beweis*, National Archives, Brief, 30. März 1922, Joseph L. Cline an Henry E. Williams, Reminiscences of Employees, Diverse Dokumente, 1878–1924, Box 1.

329 *Er gab das Studium*, Cline, »Century«, S. 37.

329 *In seiner Monographie*, ebenda.

330 *Im September 1909*, *Monthly Weather Review*, September 1909, S. 625.
330 *Am Morgen des*, First Baptist Church, S. 8.
330 *Einen Monat später*, ebenda.
331 *Er unterteilte*, Cline, *Storms*, S. 127.
331 *Er sammelte*, ebenda, S. 170.
331 *»Verlorene Zeit«*, ebenda, S. 248.
331 *Isaac Monroe Cline*, Weems, S. 164.
331 *»Galveston sollte Mut fassen«*, National Archives, Allgemeine Korrespondenz, Telegramm, Willis Moore an die *Chicago Tribune*, 13. Sept. 1900.
332 *Der Wall hielt*, McComb, S. 149.
332 *Die Zahl der Menschenleben*, Gespräche des Verfassers mit Hugh Willoughby, Chris Landsea, Jerry Jarrell, Bill Gray und anderen, s. o. Anm. unter »Der Sturm: Irgendwo, ein Schmetterling«.
332 *Keiner von ihnen glaubte*, Gespräche des Verfassers, s. o.
332 *Es hieß*, vgl. Emanuel, »Dependence«, »Hypercanes« und »Toward«.
332 *Das Armeekorps der Ingenieure*, vgl. U.S. Army Corps of Engineers, Interim Technical Data Report, Metro New York Hurricane Transportation Study, November 1995.
333 *Doch auf dem schmalen*, Beobachtung des Verfassers.
333 *Einst, vor lang vergangener*. Eine kleine Tafel, die an das Waisenhausunglück erinnert, steht an der meerzugewandten Seite des Walls, gegenüber vom Wal-Mart.

Quellen

Abbe, Cleveland, Papers, Library of Congress

Acheson, Sam, *35 000 Days in Texas*, 1938, Nachdruck, Westport, Conn., Greenwood Press 1973

Alexander, W. H., »Thunderstorms at Antigua, W. I.«, monatlicher Wetterbericht, September 1900

Anthes, Richard A., »Tropical Cyclones: Their Evolution, Structure and Effects«, *Meteorological Monographs*, American Meteorological Society, Band 19, Nr. 41, Februar 1982

Barton, Clara, Papers, Library of Congress

Beobachtungen, handgeschriebenes Logbuch des Wetters, Nationales Wetteramt, Galveston, Rosenberg Library, Galveston, Texas, Storm of 1900 Collection, 85–0020

Bericht des Central Relief Committee for Galveston Storm Sufferers, Galveston, 2. Mai 1902, Rosenberg Library, Galveston, Texas

Bigelow, Frank H., »Report on the Temperatures and Vapor Tensions of the United States«, Bulletin Wetteramt, 1906

Birch, Doug, »The Incredible Shrinking Glacier«, *Baltimore Sun*, 10. Februar 1997, 2a

Cartwright, Gary, »The Big Blow«, *Texas Monthly*, August 1990, S. 76–82

ders., *Galveston*, New York, Atheneum 1991

»Chicago and Galveston«, *McClure's Magazine*, April 1907, S. 685–86

Cline, Isaac M., »Adress of Dr. Cline, Delivered to the YMCA Saturday Night«, *Galveston News*, 21. Dezember 1891

ders., »A Century of Progress in the Study of Cyclones«, Ansprache des Präsidenten, American Meteorological Society, 29. Dezember 1934, veröffentlicht New Orleans 1942

ders., »Cyclones, Hurricanes and Typhoons and Other Storms«, Vortrag, Isaac Delgado Central Trades School, 2. Oktober 1936

ders., »Relation of Changes in Storm Tides on the Coast of the Gulf of Mexico to the Center and Movement of Hurricanes«, Proceedings of the Louisiana Engineering Society, New Orleans, La., Band 6, Nr. 5, Oktober 1920 ders., »Special Report on the Galveston Hurricane of September 8, 1900«, *Monthly Weather Review*, Nationales Wetteramt, Washington, D. C., 16. November 1900, S. 372–74

ders., *Storms, floods and sunshine*. New Orleans, Pelican 1945

ders., »Summer Hot Winds on the Great Plains«, Vortrag vor der Philosophical Society of Washington, 20. Januar 1894, veröffentlicht von der Society, März 1894

ders., *Tropical Cyclones*, New York, Macmillan 1926

ders., »West India Hurricanes«, *Galveston News*, 16. Juli 1891

Cline, Joseph L., *When the Heavens Frowned*, Dallas, Mathis, Van Nort & Co. 1946

Coulter, John (Hg.), *The Complete Story of the Galveston Horror*, United Publishers of America 1900

Douglas, Marjory Stoneman, *Hurricane*, New York, Rinehart & Co. 1958

Dunn, Gordon E. und Banner I. Miller, *Atlantic Hurricanes*, Baton Rouge, La., Louisiana State University Press 1960

Eisenhour, Virginia, *The Strand of Galveston*, 1973, Rosenberg Library, Galveston, Texas

Emanuel, Kerry A., »The Dependence of Hurricane Intensity on Climate«, *Nature*, Band 326, Nr. 2, April 1987, S. 483–85

ders., »Hypercanes: A Possible Link in Global Extinction Scenarios«, *Journal of Geophysical Research*, Band 100, Nr. D7, 20. Juli 1995, S. 13755–65

ders., »Toward a General Theory of Hurricanes«, *American Scientist*, Band 76, Juli-August 1988, S. 371–79

Fernandez-Partagas, José, unveröffentlichtes Manuskript, National Hurricane Center, National Oceanic and Atmospheric Administration, Miami

Fire Insurance Map, Galveston, New York, Sanborn-Perris-Map Co. 1899

First Baptist Church, Bericht, Rosenberg Library, Galveston, Texas, 95–0002, Box 1, Folder 7

Frankenfield, H. C., »Some Reminiscences«, National Archives, Wetteramt, Diverse Dokumente 1878–1924

Freud, Sigmund, *Die Traumdeutung* (1900), Frankfurt am Main, Fischer Taschenbuch Verlag 1965

Friendly, Alfred, *Beaufort of the Admiralty*, New York, Random House 1977

Frisinger, H. Howard, *The History of Meteorology: to 1800*, New York, Science History Publication 1977

»The Galveston Horror«, *The Western World and American Club Woman Illustrated*, Chicago, Oktober 1900

Garriott, E. B., »Forecasts and Warnings«, *Monthly Weather Review*, Nationales Wetteramt, Washington D. C., August 1900

ders., »The West Indian Hurricane of September 1–12, 1900«, *National Geographic*, Band 11, Nr. 10, Oktober 1900, S. 384–92

Geddings, R. M., »Reminiscence«, National Archives, Wetteramt, Diverse Dokumente, 1878–1924

The Giles Mercantile Agency Reference Book, Galveston, Texas, 1899

Gray, William M., »Strong Association Between West African Rainfall and U.S. Landfall of Intense Hurricanes«, *Science*, Band 249, 14. September 1990, S. 1251–56

Gray, William M., John D. Scheaffer und Christopher W. Landsea, »Two Climate Trends Associated with Multidecadal Variability of Atlantic Hurricane Activity«, in: *Hurricanes*, Henry F. Diaz und Roger S. Pulwarty, New York, Springer Verlag 1997

Greely, A. W., »Hurricanes on the Coast of Texas«, *National Geographic*, Band 11, Nr. 11, November 1900, S. 442–45

Gregg, Josiah, *Diary and Letters of Josiah Gregg. Southwestern Enterprises. 1840–1847*, Norman, Okla., University of Oklahoma Press 1941

Henry, Walter K., Dennis M. Driscoll und J. Patrick McCormack, »Hurricanes on the Texas Coast«, Center for Applied Geosciences, Texas A & M University, Mai 1982

Hughes, Patrick, *American Weather Stories*, Washington, D. C., U. S. Department of Commerce 1976

International Cloud Atlas, Band 2, World Meteorological Organization 1987

Kane, Harnett T., *The Golden Coast*, Garden City, N.Y., Doubleday 1959

Landsea, Christophe W., William M. Gray, Paul W. Mielke Jr. und Kenneth J. Berry, »Seasonal Forecasting of Atlantic Hurricane Activity«, *Weather*, Band 49, Nr. 8, August 1994, S. 273–284

Laskin, David, *Braving the Elements*, New York, Anchor-Doubleday 1996

Liu, G., A. Curry und C. A. Clayson, »Study of Tropical Cyclogenesis Using Satellite Data«, *Meteorology and Atmospheric Physics*, Band 56, S. 111–23, 1995

Lockhart, Gary, *The Weather Companion*, New York, John Wiley & Sons 1988

Ludlum, David M., *Early American Hurricanes, 1492–1870*, Boston, American Meteorological Society 1963

Mason, Herbert Molloy, *Death from the Sea*, New York, Dial 1972

McComb, David G., *Galveston: A History*, Austin, Texas, University of Texas Press 1986

McCullough, David, *Mornings on Horseback*, New York, Simon & Schuster 1981

ders., *The Path Between the Seas*, New York, Simon & Schuster 1977

McDonough, P., »The Barbados Hurricane of August 10th, 1831«, 24. März 1900, National Archives, Allgemeine Korrespondenz, Box 1445

Montgomery, Michael T. und Brian F. Farrell, »Tropical Cyclone Formation«, *Journal of Atmospheric Sciences*, Band 50, Nr. 2, Januar 1993, S. 285–310

Monthly Weather Review, Nationales Wetteramt, Washington, D. C.

Morison, Samuel Eliot, *Admiral of the Ocean Sea*, Boston, Little, Brown & Co. 1942

Morris, Sylvia Stallings (Hg.), *William Marsh Rice and His Institute*, Houston, Rice University 1972

Nathan, Anne und Harry I. Cohen, New York, *The Man Who Stayed in Texas*, McGrawHill 1941

National Archives, Landwirtschaftsministerium, Wetteramt

- Allgemeine Korrespondenz, empfangene Briefe, 1894–1911
- Verwaltungs- und Finanzberichte, diverse Arbeitsberichte, 1871 bis 1912: Allgemeine Anordnungen, Rundbriefe und Anweisungen, 1871–1909
- Untersuchungsberichte
- Briefe vom Direktor des Wetteramts, 1891–1895, 1897–1911, Band 9
- Dokumente der Surface Land Observations

Ousley, Clarence, *Galveston in Nineteen Hundred*, Atlanta, William C. Chase, 1900

Persönliche Berichte, Rosenberg Library, Galveston, Texas

- Beal, Emma, Interview mit Marilee Neale, Oral History Project, Teil 1, 26. April 1972, Teil 2, 14. Juni 1972
- Benjamin, David, »From the Stricken City«, undatierte Zeitungsausschnitte, Storm of 1900 Collection, Sachregister, Zeitungsausschnitte
- Bettencourt, Mr. and Mrs. Henry, Interview, Oral History Project
- Blagden, John, Brief, 10. Sept. 1900, Manuskriptsammlung, 46–0006
- »Charlie«, Brief an Mrs. Law, 12. Sept. 1900, Storm of 1900 Collection, Storm Letter, 91–0012B
- Cortes, Henry C., »Personal Recollections of the 1900 Galveston Hurricane«, William Maury Darst Papers, 93–0023, Box 42, File 15
- Davis, Walter, Brief an Mutter, 14. September 1900, Manuskriptsammlung, 85–0018B

– Deer, J. N., Brief, Deer an R. N. Schooling, 22. September 1900, Storm of 1900 Collection, Briefe und Erinnerungen
– Focke, Mrs. John, »September Eighth 1900«, Brief an Töchter, Manuskriptsammlung, 67–0006
– Goodman, R. Wilbur, »Address on the Great Galveston Storm of 1900«, 13. August 1975, William Maury Darst Papers, 93–0023, Box 14, File 17
– Harris, John W., Interview mit Robert L. Jones, Oral History Project, 22. Dezember 1980
– Hawley, J. H., Brief, Hawley an Frau und Töchter, 18. September 1900, Manuskriptsammlung, 67–0042B
– Hawley, Sarah Davis, Brief, 12. Sept. 1900, Hawley an Mutter, Manuskriptsammlung, 97–0020, Box 1, File 14
– Hopkins, Louise, »The Day I can't Forget«, Interview mit Jane Kenamore, Storm of 1900 Sachregister, Karte der Sturmschäden/ Bilder
– dies., Interview, Oral History Project, 8. Juli 1982
– Lang, Marie Berryman, »Mother Nature Turns Fury on Galveston«, aus: *East Texas Catholic*, Storm of 1900 Collection, Sachregister, Zeitungsausschnitte
– Lewis, Wilber, Brief, Lewis an »Lieber Freund«, 24. September 1900, Storm of 1900 Collection, Briefe und Erinnerungen, Sachregister
– Monagan, Tom L., »Has Relics of 1900 Storm«, *Dallas Morning News*, 7. Juni 1925, in: J. L. Monagan Papers, 28–0175
– Sterett, William, »The Scene Coming into Galveston after the storm can not be adequately described«, Storm of 1900 Collection, Sachregister, Zeitungsausschnitte
– Stuart, Ben C., »*Storms*«, Ben C. Stuart Papers, 29–0147, Box 1
– Tipp, Phillip Gordie, »Memoirs of September the 8th 1900 at Galveston, Texas«, 05–0002, Box 1, File 7
– Wolfram, A. R., »The Galveston Storm of 1900«, William Maury Darst Papers, 93–00023, Box 14, File 13

»Picturesque Galveston«, *Galveston Tribune*, evtl. 1899, Rosenberg Library, Galveston, Texas

Piddington, Henry, *The Sailor's Horn-Book for the Law of Storms*, 6. Aufl., London, Frederic Norgate 1876

Pielke, Roger A. Sr., *The Hurricane*, London, Routledge 1990

Pielke, Roger Jr. und Roger A. Pielke Sr., *Hurricanes: Their Nature and Impacts on Society*, Chichester, England, John Wiley & Sons 1997

Rappaport, Edward N. und José Fernandez-Partagas, »The Deadliest Atlantic Tropical Cyclones, 1492 to Present«, National Hurricane

Center, National Oceanic and Atmospheric Administration, Miami, updated, 30. Juni 1998

Reid, Oberstleutn. W., *An Attempt to Develop The Law of Storms*, London, John Weale 1846

Rollfing, Louisa Christina, *Autobiography*, unveröffentlichtes Manuskript, Band 1–5, Rosenberg Library, Galveston, Texas, Manuskriptsammlung, 83–0054

Rosenberg Library, Galveston and Texas History Center, Galveston, Texas

Rosser, Angie Ousley, »In the Eye of Galveston's Great Storm«, *Houston Chronicle*, 8. September 1980

Rosser, W. H., *The Law of Storms*, London, Norie & Wilson 1886

St. Mary's Hospital, *A Pattern of Love*, Gedenkbüchlein, Rosenberg Library

Simpson, R. H., »Hurricanes«, *Scientific American*, Juni 1954, Band 190, Nr. 6, S. 32–37

Snow, Edward Rowe, *Astounding Tales of the Sea*, New York, Dodd, Mead & Co. 1965

Tagebuch, Galvestoner Wetterstation, Nationales Wetteramt, Landwirtschaftsministerium, September 1900, Rosenberg Library

Tannehill, Ivan Ray, *Hurricanes*, Princeton, N. J., Princeston University Press 1942

Tapp, Ruby (Credo), »The Great Galveston Storm«, *Tempo Magazine*, Miami, 8. September 1968, S. 8–12

Telefonbuch, Galveston 1899–1900, Rosenberg Library

Thomas, R., *Interesting and Authentic Narratives of the Most Remarkable Shipwrecks, Fires, Famines, Calamities, Providential Deliverances, and Lamentable Disasters on the Seas, in Most Parts of the World*, Hartford, Conn., Ezra Strong 1839

Traxel, David, *1898*, New York, Alfred A. Knopf 1998

Trefil, James, *Meditations at Sunset*, New York, Charles Scribner's Sons 1987

Turner, Elizabeth Hayes, *Women, Culture, and Community: Religion and Reform in Galveston, 1880–1920,* Oxford, Oxford University Press 1997

Turner, George Kibbe, »Galveston: A Business Corporation«, *McClure's Magazine*, Oktober 1906, S. 610–20

Verne, Jules, *Zwanzigtausend Meilen unter den Meeren*, Werke, 20 Bände, Band 4, Frankfurt 1967

Volland, Hans (Hg.), *CRC Handbook of Atmospherics*, Band 1, Boca Raton, Fla., CRC Press 1982

von Herrmann, Charles F., Reminiscence, 17. April 1922, National Archives, Wetteramt, Diverse Dokumente 1878–1924

Watson, Lyall, *Heaven's Breath*, New York, Milliam Morrow 1984

Weems, John Edward, *A Weekend in September*, 1957, Nachdruck, College Station, Texas, Texas A & M University Press 1980

West, Rebecca, *1900*, London, Weidenfeld & Nicolson 1996

Whitnah, Donald R., *A History of the United States Weather Bureau*, Urbana, Ill., University of Illinois Press 1961

Young, S. O., »Interesting Account of the Great Hurricane«, Rosenberg Library, Storm of 1900 Collection, Sachregister, Zeitungsausschnitte

Zebrowski, Ernest Jr., *Perils of a Restless Planet*, Cambridge, Cambridge University Press 1997

Danksagungen

Kein Buch kann ohne die Hilfe einer Vielzahl guter Seelen geschrieben werden, die der Sache des Verfassers ihre Zeit und Energie widmen. Zuallererst möchte ich meiner Frau Christine Gleason danken, einer geborenen Lektorin, die zudem eine hervorragende Ärztin ist. Ihre wiederholte Lektüre des Manuskripts und ihre anschließende Kritik waren von unschätzbarem Wert, selbst die gelegentlichen Zzzzzzzs, die sie an den Rand schrieb, um Stellen zu markieren, an denen die Geschichte sich hinschleppte. Meine Töchter Kristen, Lauren und Erin zeigten ungewöhnlich viel Geduld angesichts eines Vaters, der vor Tagesanbruch in seinem Arbeitszimmer verschwand und ein rätselhaftes Verbot jeder unwesentlichen Nutzung des Computers aussprach, welches ausschließlich seiner neurotischen Angst entsprang, daß sein Manuskript irgendeiner Katastrophe anheimfallen könnte.

Mein Agent David Black gehört zu jenen höchst seltenen Vertretern seines Berufsstands, die – trotz Todesdrohungen von seiten ihrer Autoren – darauf beharren, daß ein Buchvorschlag in allen Einzelheiten stimmt. Er ist ein wunderbarer Mensch mit einem untrüglichen Gespür für Geschichten. Meine Lektorin Betty Prashker war eine stets ermutigende Stimme, die mich sanft an die Abgabe des Manuskripts erinnerte und mir später ebenso sanft empfahl, Teile davon zu streichen, damit sie kein Leser je zu Gesicht bekomme.

Die Kommentare von Freunden, die das ganze Manuskript oder Teile davon lasen, waren unverzichtbar. Dank daher an Robin Marantz-Henig, die das Ganze las und mir eine detaillierte strukturelle und stilistische Kritik lieferte, sowie an Alex Kotlowitz und Carrie Dolan, deren Ermutigung mir jene dunklen ersten Tage überstehen half, als ich mit dem Schreiben begann. Besonderen Dank schulde ich Hugh E. Willoughby, dem Direktor der *Hurricane Research Division des Atlantic Oceanographic and Meteorological Laboratory* der *NOAA*, Virginia Key, Florida, der sich als kompetenter Kritiker in stilistischen ebenso wie in meteorologischen Fragen erwies. Alle verbleibenden Irrtümer gehen vollständig auf mein Konto, nicht auf seines.

Viele Archivare und Bibliothekare haben die Reise in Isaacs Zeit für mich zu einem angenehmen Erlebnis gemacht, allen voran Casey

Greene, Leiter der Special Collections, Shelly Henly Kelly und Anna B. Peebler, alle drei von der *Rosenberg Library*. Ein besonderer Dank geht an Casey, der mir mit seinen häufigen Warnungen, mich nicht so weit mit dem Stuhl zurückzulehnen, zweifellos das Leben rettete. Ich danke auch Margaret Doran, Kuratorin der Sammlungen in Galvestons Moody Museum, die mir die Briefe des verliebten Will Moody Jr. und seiner »Hib«, zeigte; sie sind zwar nicht in die Endfassung eingegangen, aber ihre Leidenschaft und ihre Beobachtungen haben das Buch dennoch beeinflußt. Dank ebenfalls an die *Seattle Public Library*, die mir einen Schlafplatz im »Writer's Room« zur Verfügung stellte, und allen im *National Archives Annex*, College Park, Maryland, in der *Library of Congress* sowie in der *Suzallo Library of the University of Washington* Beschäftigten – dafür, daß sie da sind, so viele kleine Details der nationalen Vergangenheit zu bewahren helfen und sich bereitwillig endlosen, naiven Fragen nach lang vergangenen Zeiten stellen.

Besuchen Sie unsere Website zu *Isaacs Sturm* unter **www.isaacssturm.de!**

Hier können Sie den Hurrikan von Galveston auf seiner tödlichen Route verfolgen und zusätzliche Informationen zum Hintergrund dieses Buches sowie zur Entstehung und zum Verlauf von Stürmen finden.
Überdies können Sie sich dort Photos und Original-Filmsequenzen des zerstörten Galveston ansehen, die Thomas Edison dort wenige Tage nach der verheerenden Katastrophe mit seinem Kinematographen aufnahm.
Von Erik Larson erfahren Sie einiges zur Entstehungsgeschichte von *Isaacs Sturm*. Unsere Website enthält außerdem zahlreiche Links zum Thema Sturm und Wetter.

Erik Fosnes Hansen

Choral am Ende der Reise

Roman

Aus dem Norwegischen von Jörg Scherzer

Band 13099

Die ›Titanic‹ war das größte und modernste Passagierschiff ihrer Zeit, und ihre Jungfernfahrt in den Untergang hat die Schriftsteller unseres Jahrhunderts immer wieder beschäftigt. So sehr, daß ihr Name zur Metapher für die apokalyptischen Visionen und Untergangsstimmungen des 20. Jahrhunderts wurde. Die Geschichte beginnt am 10. April 1912. An diesem Tag gehen im englischen Southhampton sieben Musiker an Bord des Luxusliners, der auf seiner fünftägigen Jungfernfahrt mehr als zweitausend Menschen nach New York bringen soll. Die Musiker, eine bunt zusammengewürfelte Truppe aus aller Herren Länder, sind für die musikalische Unterhaltung während der Seereise zuständig. In den fünf Tagen, die ihnen noch an Bord verbleiben, lernt man ihre höchst unterschiedlichen Lebensgeschichten kennen – Biografien voller Hoffnungen und Niederlagen, voller Leidenschaften und Verzweiflung.

Fischer Taschenbuch Verlag

fi 1941 / 4

E. Annie Proulx

Schiffsmeldungen

Roman

Aus dem Amerikanischen von Michael Hofmann

Band 13041

Quoyle ist mit seinen 36 Jahren ganz unten angelangt: mittelmäßig bis erfolglos mit allem, was er beginnt. Er ist groß, dick, unbeholfen, schüchtern und unfähig zu allem – so redet er, so reden es ihm die anderen ein. Auf eine glühende Liebesaffäre folgen sechs trostlose Ehejahre mit einer notorisch untreuen Frau. Als sie bei einem Unfall stirbt, bleibt Quoyle mit den beiden Töchtern ratlos zurück, er fühlt sich verraten, verloren und ohne jede Perspektive. In dieser Situation taucht seine Tante auf und überredet ihn, im Heimatland der Familie ein neues Leben zu beginnen. An der rauhen, spröden und schönen Küste Neufundlands versuchen die vom Pech verfolgten Familienmitglieder einen Neuanfang. Es gelingt ihnen trotz der widrigen Umstände, in dieser abweisenden und zugleich faszinierenden Landschaft Fuß zu fassen.

Fischer Taschenbuch Verlag

fi 550 / 9

E. Annie Proulx
Herzenslieder
Erzählungen
Aus dem Amerikanischen von Michael Hofmann
Band 13234

Zähe Unglücksraben, skurrile Einzelgänger – das sind die Menschen, von denen E. Annie Proulx mit unvergleichlicher Komik erzählt. In der rauhen und kargen Welt Neuenglands, in die sie den Leser mit einem unfehlbaren Gespür für Atmosphäre versetzt, behaupten sich ihre ebenso verletzlichen wie sturen Helden durch Eigensinn. Sie sind wortkarg und haben ein archaisches Verhältnis zur Natur. Oft gehen sie auf die Jagd, nach Hirschen, nach Vögeln, nach Fischen und letztlich nach sich selbst.

Diese Geschichten, die E. Annie Proulx
den Ruf eines »weiblichen Hemingway« einbrachten,
sind »äußerst raffiniert erzählt und stehen ihren
preisgekrönten Romanen in nichts nach«.
Frankfurter Rundschau

Fischer Taschenbuch Verlag

fi 13234 / 1

Edward Ball

Die Plantagen am Cooper River

Eine Südstaaten-Dynastie und ihre Sklaven

Aus dem Amerikanischen

von Hans Günter Holl

Band 14953

Die Saga der Familie Ball, einer Dynastie von Plantagenbesitzern in South Carolina, die über hundertsiebzig Jahre hinweg insgesamt mehr als viertausend Sklaven besaß, ist zugleich die wie unter dem Mikroskop betrachtete Geschichte des amerikanischen Südens, der Revolution, des Bürgerkriegs und der Sklavenbefreiung.

»(...) ein Meisterwerk der Geschichtsschreibung
über die Sklaverei und die Folgen.«
Die Welt

Stephen Jay Gould

Ein Dinosaurier im Heuhaufen

Streifzüge durch die Naturgeschichte

Aus dem Amerikanischen von
Sebastian Vogel und Cornelia Holfelder-von der Tann
604 Seiten mit 34 Abbildungen. Geb.

Mit seinem neuen Buch erweist sich der Evolutionsbiologe und Paläontologe Stephen Jay Gould abermals als virtuoser Essayist. Ganz in der Tradition Montaignes vermag Gould seine Leser zu bannen, indem er Literatur, Wissenschaft und persönliche Ansichten zusammenführt. Ob er über die Sonnenfinsternis in New York, Mary Shelleys »Frankenstein« oder die Trugschlüsse der Eugenik berichtet, stets entwickelt er einen undogmatischen, umfassenden Blick auf die Welt.

Seine großen Themen – Zeit, Geschichte und Evolution – verliert der Autor nie aus den Augen. Anders als viele Wissenschaftler geht er davon aus, dass die Evolution kein langsamer, stetiger Prozess ist, sondern von plötzlichen Ereignissen vorangetrieben wird. Lehrreich und unterhaltsam erläutert er seine Theorie anhand vieler überraschender Fragen, deren Antworten sich spannend wie Detektivgeschichten lesen.

Barbara Tuchman

Der erste Salut

Aus dem Amerikanischen von Malte Friedrich

Band 15264

Die Seeschlachten des 18. Jahrhunderts, der »Krieg unter Segeln« zwischen Großbritannien und Frankreich, die Unabhängigkeit Amerikas, der Schock der »Alten Welt« über ihre Niederlage – die Morgenstunde des demokratischen Zeitalters.

Barbara Tuchman, eine der bedeutendsten Autorinnen auf dem Gebiet der erzählenden Geschichtsschreibung schildert in diesem Buch den packenden Kampf um die Vorherrschaft auf den Meeren.

Fischer Taschenbuch Verlag

fi 15264 / 1

Barbara Tuchman

Bibel und Schwert

Palästina und der Westen

Vom Frühen Mittelalter bis zur Balfour Declaration 1917

Aus dem Amerikanischen von Gerhard Windfuhr

Band 15265

Im Verlauf des Kampfes gegen die Türken hätte Großbritannien Palästina einnehmen können, ohne sich um dessen ursprünglichen Eigentümer zu kümmern. Statt dessen erklärte Großbritannien in der sogenannten Balfour-Declaration, das Land werde den Juden zur Wiederbesiedlung offenstehen. Obgleich später von seinen Urhebern für unverbindlich erklärt, führte sie zu einem einmaligen Ereignis in der Geschichte – der Wiederherstellung eines Staates nach einer mehr als zweitausendjährigen Unterbrechung der Souveränität: Israel.

Barbara Tuchman zählt zu den bedeutendsten Autorinnen auf dem Gebiet der erzählenden Geschichtsschreibung. Sie zeichnet mit diesem Buch die religiösen und politischen, die moralischen und materiellen Motive nach, die zu diesem einmaligen Akt einer imperialistischen Macht führten, und stellt die Geschichte der Verbindung Englands mit dem Heiligen Land dar. Diese beginnt mit der frommen Suche nach biblischen Vorfahren und setzt sich in den Pilgerbewegungen, den Kreuzzügen und den Handelszügen kommerzieller Abenteurer fort.

Fischer Taschenbuch Verlag

fi 15265 / 1